Buchbeschreibung

Die Videoproduzentin Ellie Foreman war seit fast einem Jahrzehnt nicht mehr im Repertoire der Thrillerautorin Libby Fischer Hellmann zu finden. Jetzt, in *Jump Cut*, ist sie wieder zurück... und sogleich in ein Netz aus Spionage, Mord und Verdächtigungen verstrickt, das droht, alles zu zerstören, was ihr lieb und teuer ist.

Ellie, die von Delcroft, einem der größten Unternehmen der Luftfahrttechnik mit Sitz in Chicago, angeheuert wurde, um ein beschönigendes Video über die Firma zu drehen, ist bestürzt, als die hochrangige Abteilungsleiterin Charlotte Hollander die Produktion verreißt und das ganze Projekt absagt. Ellie glaubt, Hollander wäre durch Aufnahmen eines bestimmten Mannes in dem Videomaterial in Unruhe und Angst versetzt worden. Um herauszufinden warum, vereinbart Ellie ein Treffen mit dem Unbekannten, doch bevor sie mit ihm ein klärendes Gespräch führen kann, wird er von einer U-Bahn erfasst und getötet. In dem ganzen Durcheinander findet Ellie eine offenbar verlorengegangene Zigarettenschachtel, in der sich ein USB-Stick befindet, der dem Toten gehört hat.

Ellie schafft es, die Dateien des Sticks entschlüsseln zu lassen, findet aber bald heraus, dass sie unter Beobachtung steht. Sie hegt den Verdacht, dass Delcroft und die ehrgeizige Hollander dahinterstecken, ist aber nicht ganz überzeugt, vor allem als Hollander ihr erzählt, dass der Tote ein chinesischer Spion gewesen sei. Ellie und ihr Freund Luke versuchen, Antworten zu finden, erkennen jedoch nicht, wie weit sie sich schon in die gefährlichen Hierarchien der verdeckten Mächte vorgewagt haben, wo noch weitere Leben auf dem Spiel stehen – einschließlich ihr eigenes.

Bücher von Libby Fischer Hellmann

Bitterer Schleier (auf Deutsch)
A Bend in the River
War, Spies and Bobby Sox
Havana Lost
Set the Night on Fire

Die Georgia Davis Romane:
DoubleBlind
High Crimes
Nobody's Child
ToxiCity
Doubleback
Easy Innocence

Die Ellie Foreman Romane:
Jump Cut (auf Deutsch)
A Shot to Die For
An Image of Death
A Picture of Guilt
An Eye for Murder

The Incidental Spy
P.O.W.
The Last Page

Nice Girl Does Noir
Chicago Blues (editor)

Diverse Kritiken zu verschiedenen Büchern von Libby Fischer Hellmann

Bitterer Schleier (auf Deutsch)

„Die Iranische Revolution liefert den Hintergrund für dieses akribisch recherchierte, temporeiche, einzigartige Werk von Hellmann … Dieser politische Thriller wird eingefleischten Fans genauso gefallen wie Neueinsteigern." Publishers Weekly

„Mit großem Geschick gestaltet Hellmann eine tragisch schöne Geschichte um eine Botschaft herum, die sowohl scharfsinnig und einfühlsam als auch energisch und lebendig ist. Die Autorin schafft es hervorragend, ihren Standpunkt darzulegen, ohne jemals die hohe Qualität ihrer Erzählkunst außer Acht zu lassen. Vielmehr treibt diese Botschaft den psychologischen und emotionalen Konflikt voran, indem sie ein düsteres und herzzerreißendes Bild malt, das dem Leser noch lange, nachdem er das Buch beendet hat, in Erinnerung bleiben wird." Crimespree Magazine

Die Ellie Foreman Romane (auf Englisch)

„Eine meisterhafte Mischung aus Politik, Geschichte und Spannung … Scharfsinniger Humor und lebhafte Sprache … Ellie ist eine engagierte Amateurdetektivin, deren Gerissenheit ständig zunimmt." Publishers Weekly

„Komplex … faszinierend … Hellmann hat ein ganz feines Gespür für Sprache, wodurch viele Szenen ihrer Geschichten unglaublich witzig werden …" Chicago Tribune

„Hellmann steht bei ihren Kolleginnen in der Schuld: Sara Paretsky (für die komplexe Handlung) und Barbara D'Amato (für die ausgezeichnete Recherche) aus Chicago – doch eigentlich ist sie selbst die junge, freche Ungestüme, die diese Rezeptur wieder neu belebt!" Aunt Agatha's

Die Georgia Davis Romane (auf Englisch)

„Es gibt eine neue sachlich-nüchterne, weibliche Privatdetektivin in der Stadt: Georgia Davis, eine ehemalige Polizeibeamtin, die knallhart und klug genug ist, um sogar dem legendären V. I. Warshawski ernsthafte Konkurrenz zu machen … Hellmann weiß, wie sie das Wesentliche eines Charakters in ein paar schnörkellosen, aber messerscharfen Sätzen herausarbeiten kann." Dick Adler, Chicago Tribune

„Hellmann lässt die Realität des Schikanierens und Tyrannisierens unter Teenagern mit so vielen Drehungen und Wendungen lebendig werden, dass man die Geschichte unbedingt zu Ende lesen will. Sehr empfehlenswert!" Library Journal, Starred Review

„Hochspannung … Hellmann jongliert sehr geschickt mit grundverschiedenen Handlungssträngen und schafft es, Bankbetrug, Erpressung, Drogenproblematik und illegale Einwanderung miteinander zu verbinden." Publishers Weekly

Set the Night on Fire (auf Englisch)

„Ein einzigartiger Thriller der Spitzenklasse, der sich die Anti-Kriegs-Demonstrationen der 1960er und 1970er Jahre zunutze macht … Eine tolle Mischung aus Vergangenheit und Gegenwart: Hellmanns einfühlsamer, politisch aufgeladener Kriminalroman durchleuchtet einen faszinierenden Zeitraum amerikanischer Geschichte." Publishers Weekly

„Ein herausragendes Einzelwerk … In diesem Roman erschafft Hellmann eine in vollem Umfang ausgearbeitete Welt … mit sämtli-

chen alltäglichen Details, Leidenschaft und Enthusiasmus ..."
Chicago Tribune

„Tief bewegend und eindringlich ... Selten sind Geschichte,
Geheimnisse und politische Philosophie so wunderbar miteinander
verknüpft worden ... Sodass es leicht passieren könnte, dass dieses
Werk auf der verpflichtenden Literaturliste für Collegekurse in
amerikanischer Geschichte landet." Mystery Scene

Havana Lost (auf Englisch)

„Ein fesselnder historischer Thriller ... Dieser spannende
Multigenerationen-Schmöker ist vollgepackt mit Intrigen und scho-
ckierenden Wendungen." Booklist

„Ein vielschichtiges Abenteuer ... Schlau geschrieben, auf
schriftstellerisch versiertem Niveau von einer Autorin, die ihre Leser
niemals bevormundet." Mystery Scene Magazine

JUMP CUT

LIBBY FISCHER HELLMANN

THE RED HERRINGS PRESS
CHICAGO, IL

Dies ist eine erfundene Geschichte. Beschreibungen und Darstellungen realer Personen, Ereignisse, Organisationen oder Einrichtungen sind dazu vorgesehen, den Hintergrund der Geschichte bereitzustellen, und werden fiktiv verwendet. Weitere Figuren und Situationen stammen aus der Vorstellung der Autorin und sind nicht als real vorgesehen.

Aus dem Amerikanischen von Viola Schöpf
Überarbeitet von Anne Masur
Korrektorat: Vanessa Streng (www.BuchGestalt.com)

Cover Design von Miguel Ortuno
eBook-Design von Sue Trowbridge

ISBN (eBook): 978-1-938733-87-1
ISBN (Druckausgabe): 978-1938733-96-3
ISBN (Hörbuch, auf Englisch): 978-1-938733-88-8

Für meine Mutter, fünfundneunzig Jahre jung,
und immer noch schön, innerlich und äußerlich

Danksagungen

Ich schulde einer Anzahl von Leuten Dank, einige davon wollten nicht genannt werden. Ihr Fachwissen zu Verschlüsselung und Hacking in Unternehmenssysteme war faszinierend – und verstörend. Danke auch an Fred Rea und Detective Marc. Herzlichen Dank an Kevin Smith, einen großartigen Lektor; ebenso an Jan Gordon, Cara Black und Kent Krüger, die immer die Dinge beim Namen nennen. Besonderen Dank auch an Don Whiteman, der über alles etwas weiß, einschließlich Drohnen; und an Eileen Chetti, deren Adlerauge beim Redigieren Dinge bemerkte, die mir nie aufgefallen wären. Und an The Red Herrings, die zuhörten – und das ganze Manuskript über das letzte Jahr hinweg rezensierten. Meine Recherche führte mich quer durch das Internet, aber ich möchte besonders einen Essay hervorheben: Anatomy of the Deep State, von Mike Lofgren auf Bill-Moyers.com, den ich im Buch zitiere. Schließlich freue ich mich, wieder einmal mit Poisoned Pen Press zusammenzuarbeiten. Danke Rob, Barbara und Diane.

Kapitel 1

Winzige Staubwolken explodierten immer, wenn der Junge mit seinem Fuß den Stein die Straße hinunter kickte. Er hatte ihn zweihundert Meter weiter hinten gefunden, als er um die Viehherde herumgegangen war. Mit seiner flachen und runden Form sah er aus wie ein kleines Brot, das Naan, das von den Männern im Dorf gebacken wurde, abgesehen davon, dass er schwarz war. Das war in dieser Gegend ungewöhnlich; durch die Sommersonne wurde alles kreidebleich, einschließlich der Steine. Ein gutes Omen, *dachte er und achtete darauf, mit seinem rechten Fuß zu schießen, um weiter schießen zu können.*

Sein Ziel war die Madrasa, die Koranschule, in der Dorf-Moschee. In einigen Wochen würde er auf den Feldern seiner Familie Baumwolle pflücken, aber bis die Pflanzen blühten und die Kapseln aufplatzten, erlaubten ihm seine Eltern, die Schule zu besuchen. Der Junge wusste nicht, wie lange das noch der Fall sein würde. Aber er ging nicht sehr oft hin. Über die letzten Monate hatte sich die Atmosphäre in der Moschee verändert. Jetzt strahlte eine förmlich greifbare Energie von den Steinmauern ab. Männer, die er nicht kannte, Männer mit langen Gewändern und Bärten, waren ins Dorf gekommen und sprachen eindringlich über Dinge, die er nicht verstand.

Er versuchte, nicht darauf zu achten. Mit seinen neun Jahren war er mehr daran interessiert, Fangen zu spielen, Fußballspielen zu üben und Süßigkeiten zu

1

naschen, was ihm seine Eltern erlaubten, wenn sie in die drei Stunden entfernte Stadt Aksu reisten.

Aber es war schwierig, nicht zuzuhören, wenn die Männer alle Jungs darüber belehrten, dem Jihad beizutreten. Als er seinem Vater eines Abends davon erzählte, schaute dieser düster drein und legte seine Pfeife weg.

„Diese Männer denken anders als wir. Sie sprechen von Dingen, die uns nicht betreffen. Sie sind gefährlich. Wenn du nicht vorsichtig bist, werden sie dich verhexen. Sie werden dich mit einem Zauber belegen, damit du dein Heim und deine Familie verlässt und mit ihnen durch die Wüste reist."

Der Junge bekam große Augen und warf die Arme um seinen Vater. „Ich werde dich nie verlassen, Dada", sagte er. „Oder Ana."

Seine Mutter küsste ihn auf den Kopf. „Das wissen wir, Yusup." Aber über seinen Kopf hinweg tauschten sie und sein Vater beunruhigte Blicke aus. „Ich habe eine Idee", sagte sie nach einem Moment. „Warum fahren wir morgen nicht nach Aksu? Wir alle drei. Ich muss einkaufen und danach können wir in das Internetcafé gehen und deine Schwester anrufen."

„Über Skype", fiel ihr sein Vater ins Wort.

„Ja, über Skype", wiederholte sie, bevor sie den Kopf schüttelte. Die Wunder der Technik erstaunten sie immer noch. „Es ist so, als befände sie sich im Zimmer nebenan und nicht auf der anderen Seite der Welt." Sie lächelte.

„Unsere Welt verändert sich", sagte Yusups Vater. „Bald, mein Liebling, wird jeder über uns Bescheid wissen. Und man wird uns zu Hilfe kommen."

Seine Mutter erhob sich. „Ich bete, dass du recht hast." Sie tauschten noch einen Blick aus. Der Junge bemerkte es, wusste aber nicht, was er bedeutete. Er freute sich über die Aussicht, in die Stadt zu fahren. Sie waren zu arm, um einen eigenen Computer zu besitzen, aber er war fasziniert von den Geräten und den Möglichkeiten, die sie boten. Wenn er älter wäre, wollte er sein eigenes Internetcafé mit all diesen Bildschirmen, Druckern und Internetverbindungen haben. Seine Eltern sagten, er wäre ein neugieriges Kind, genau wie seine Schwester. Jeden auf der Welt jederzeit kontaktieren und die Welt erkunden zu können, wann immer er wollte, waren die aufregendsten Dinge, die er sich vorstellen konnte. Er überlegte bereits, wonach er morgen suchen sollte. Seine Schwester machte ihm immer Vorschläge, nach welchen Orten er auf Google suchen konnte.

„Natürlich werden wir nur fahren, wenn du all deine Aufgaben erledigt hast", sagte sein Vater.

Also stellte Yusup sicher, dass er die Ziegen und Kühe fütterte, den Boden fegte und Ana in der Küche half. Doch als er fertig war, war es immer noch früh, und es gab nichts mehr für ihn zu tun. Die meisten seiner Freunde waren in der Madrasa und seine Eltern erlaubten ihm, sie nach Ende des Unterrichts zu treffen. Er hoffte, dass jemand einen Ball dabeihaben würde.

Er küsste seine Eltern zum Abschied und ging los, zur Madrasa. Auf seinem Weg zum Dorf überquerte er den Bach, der mit Tauwasser angeschwollen war. Die Grasstoppeln am Bachufer waren ein starker Kontrast zu den roten, felsigen Bergen, die sich schwer und still in der Ferne erhoben. Das hier war seine Ecke der Welt, aber er fragte sich, wie es an anderen Orten aussah. Er hatte Bilder von Großstädten, wie Peking und Shanghai, gesehen. Und natürlich von den amerikanischen Städten New York und Chicago, wo seine Schwester jetzt wohnte. Er schlenkerte mit den Armen und lächelte, während er den Stein vorwärts kickte. Er hatte viel, worauf er sich freuen konnte: einen Nachmittag Fußballspielen mit Freunden und morgen ein Ausflug in die Stadt.

Einige Hütten wiesen darauf hin, dass er sich dem Dorf näherte. Er beschleunigte seine Schritte und bald waren die flachen Gebäude der Moschee, die Dorfhalle sowie der Marktplatz zu sehen. Er beugte sich hinunter, hob den Stein auf und steckte ihn in seine Tasche. Während er das tat, durchdrang ein surrendes Geräusch die Stille. Als er nach oben schaute, konnte er nichts sehen, aber das Surren dauerte an. Manchmal konnte er ein Glitzern hoch am Himmel erhaschen. Sein Vater hatte gesagt, das Glitzern seien Flugzeuge, die voll mit Leuten waren, die um die Welt reisten. Er erwartete, dass sich die Sonne nun an einem davon spiegelte und wartete, aber da war nichts: keine Reflexion, kein metallisches Glitzern. Stattdessen wurde das Surren lauter. Wie tausende Wespen, die nur Zentimeter von seinen Ohren entfernt in der Luft schwebten.

Er fing an, in Richtung der Dorfgebäude zu laufen. Irgendetwas stimmte nicht.

Er musste unbedingt in das Innere eines Gebäudes hinein, um sich vor den Wespen zu schützen. Auf einmal übertönte ein zischendes Geräusch das Surren, gefolgt von einem leichten Knall.

Ein großes weißes Licht blitzte auf und löschte jegliche Sicht und Geräusche aus.

Kapitel 2

Montag

Bevor mein Gangster-Rapper-Nachbar seine AK-47 in seinem Kumpel entleerte, war das Aufregendste, das in unserem Dorf passiert war, die Eröffnung eines neuen Lebensmittelgeschäfts gewesen. Der Laden hatte einen Pianisten eingestellt, der Beatles-Melodien spielte, zweifellos, um die Einkaufenden dazu zu bringen, sich leichter von ihrem Geld zu trennen. Mein Nachbar, der Rapper King Bling, hatte seinen Fans auch geholfen, sich von ihrem Geld zu trennen, aber die Schießerei beendete all das. Nachdem er eine Kaution hinterlegt hatte, war er umgezogen, und seitdem hörte man nichts mehr von ihm.

So läuft's in meinem Winkel von North Shore, ungefähr zwanzig Meilen von der Innenstadt Chicagos entfernt. Es gibt auch Vorteile. Durch den King, wie er von seinen Anhängern genannt wird, hatten unsere Polizisten mehr zu tun, als nur Strafzettel an Geschwindigkeitssünder auszustellen. Und durch den neuen Lebensmittelladen hatte ich die Möglichkeit, Fertigmahlzeiten zu kaufen und auf das Kochen zu verzichten. Beides erweist sich als sehr nützlich, wenn ich ein neues Video drehe, wie jetzt gerade. Erst um sieben Uhr hatten wir den Dreh beendet. Ich raste auf dem Expressway heimwärts, ging schnell in den Laden und beäugte gerade einen Putenschmorbraten – den einzigen, der noch da war – als sich mein Mobiltelefon meldete. Ich fischte es aus meiner Tasche.

„Mom, wo hast du die Schuhe her?" Im Hintergrund hörte ich Geschnatter und Gekicher.

„Welche Schuhe, Rachel?"

„Die, die du Jackie gegeben hast." Meine Tochter Rachel hatte, obwohl es kaum zu glauben war, das College erfolgreich abgeschlossen und wohnte nun in einem Apartment in Wrigleyville. Jackie war ihre Mitbewohnerin. „Alle finden sie umwerfend."

Ich lächelte. Einige Wochen zuvor hatte ich ein Paar Schuhe online gekauft. Sie sahen aus wie graue Turnschuhe auf einem Sieben-Zentimeter-Absatz. Sie waren hinreißend, genau meine Stilrichtung. Als ich sie jedoch anprobierte, waren sie so hoch, dass ich wusste, dass mein Körper mittleren Alters sich eines meiner Beine mittleren Alters innerhalb von Minuten brechen würde. Deshalb hatte ich geseufzt und sie Rachels Mitbewohnerin gegeben, die Jahrzehnte jünger war, aber meine Größe hatte. „Ich erinnere mich nicht. Irgendwo online." Ich schaute auf den Schmorbraten und näherte mich.

„Hattest du einen Coupon?"

Ich zermarterte mir das Hirn. „Ich glaube, ja. Woher weißt du das?"

„Du kaufst nie im Einzelhandel. Okay, bis dann. Oh, warte! Q möchte, dass wir dich zum Essen ausführen."

Q, als Kurzform für Quentin, ist Rachels Freund und schon länger bei ihr als sie es eigentlich mit den Typen aushielt. In der High School waren sie „nur Freunde" gewesen, aber fünf Jahre später hatte sie bemerkt, dass er „ziemlich cool" war, wie Rachel es nannte. Anscheinend war es ernster als ich gedacht hatte, wenn er vorschlug, sich mit ihrer Mutter zu treffen. Entweder das, oder er hatte die Methode, sich bei den Eltern einzuschleimen, perfektioniert.

„Was für ein netter Gedanke", antwortete ich und beäugte immer noch den Putenschmorbraten, der schon aus der Ferne lecker roch. Leider steuerte ein weiterer Einkäufer, ein Mann mit buschigen Augenbrauen, eng stehenden Augen und einem dieser kleinen Körbe über dem Arm, auch darauf zu. Ich musste schnell sein.

„Lass uns später darüber reden! Ich mache gerade das Abendessen ... fertig.“

„Ach Mom, ich weiß, dass du im Laden bist. Ich kann die Musik hören.“

Aufgeflogen.

Der Mann mit dem Korb merkte, dass ich den Schmorbraten anstarrte. Sein Blick wanderte von mir zum Braten. Und wieder zurück zu mir. Ich warf ihm einen stahlharten Blick zu. Dann drehte er sich wieder dem Schmorbraten zu, zuckte verächtlich mit den Schultern und nahm stattdessen eine Platte Rippchen.

Ich schnappte mir mein Abendessen. Es sind die kleinen Siege, die zählen.

Kapitel 3

Montag - Dienstag

Wieder zurück daheim rief ich nach dem Abendessen meinen Vater an, der zum Meckern aufgelegt war. Dann Luke, meinen Freund, der nicht meckerte. Danach rief ich meine beste Freundin Susan an. Nachdem meine täglichen Melde-Anrufe gemacht waren, kletterte ich ins Bett und war bald in einen Roman über Zeitreisen vertieft, als sich mein Mobiltelefon bemerkbar machte. Es war eine Nachricht von Mac, meinem Regisseur und Kameramann.

„Komm um 6:00 Uhr morgens! Wir müssen den ganzen Stand ausleuchten."

Zum x-ten Mal fragte ich mich, ob ich zu alt für frühmorgendliche Drehs wurde. Wir machten ein Video für Delcroft Aviation, einen der größten Flugzeug-Hersteller der Welt, mit riesigen zivilen und militärischen Verträgen. Es gab sie schon seit Jahren, ihr Hauptquartier befand sich in der Innenstadt von Chicago, aber erst kürzlich hatten sie ihre Strategie zur Unternehmenskommunikation aktualisiert. Nun wollten sie „engagiert und an der Öffentlichkeit interessiert" erscheinen. Im Zeitalter von Facebook, Twitter und noch circa hundert anderen Sozialen Medien fragte ich mich, wie viel wohl einem Berater bezahlt worden war, um mit solch einer offensichtlichen Strategie aufzuwarten. Jedoch störte es mich nicht allzu sehr; immerhin hatte der Berater ein Video über das Unternehmen empfohlen.

Und Delcroft hatte mich gebeten, ihnen ein Angebot zu machen. Wir würden nur die zivile Luftfahrtseite von Delcroft thematisieren, mit ihren militärischen Flugzeugen, Bombern und Drohnen, welche wahrscheinlich einen großen Anteil, wenn nicht den größten Anteil, am Profit des Unternehmens ausmachten, hatten wir nichts zu tun.

Das Video, das ich vorschlug, würde in ‚Kapiteln' veröffentlicht werden, wie ein Buch. Einmal wöchentlich würde über mehrere Monate ein neues ‚Kapitel' auf ihrer Webseite, Facebook und YouTube erscheinen. Außerdem würde Delcroft einen Wettbewerb sponsern, in dem ganz normale Leute Flugtickets zu einem Zielort ihrer Wahl gewinnen konnten, ohne weitere daran geknüpfte Bedingungen.

Delcroft gefiel die Idee, und nun drehten wir eine unserer letzten Einstellungen, eine Luftfahrt-Messe im McCormick Place, wo Delcroft einer der Hauptaussteller war.

Mac, umsichtig wie immer, hatte alles im Griff. „Ich werde Kaffee mitbringen", schrieb ich ihm zurück.

———

Am nächsten Morgen glitzerte die Sonne auf der gefrorenen Oberfläche des Lake Michigan, während ich nach Süden zum McCormick Place fuhr. Während einem der brutalsten Winter in Chicago in Jahrzehnten deuteten verwischte violette Wolken mit einem Hauch von Pink und Gold darauf hin, dass der Winterwahnsinn seinen Höhepunkt – möglicherweise – hinter sich gelassen hatte. Ich parkte auf dem überteuerten Parkplatz, kaufte ein halbes Dutzend Tassen überteuerten Kaffees und trug sie in die riesige Ausstellungshalle.

Die Crew baute gerade die Beleuchtung auf, Mac stand hinter der Kamera und stellte sie ein. MacArthur J. Kendall der Dritte

besitzt ein Produktionsstudio in Northbrook. Er hatte mit Geburts-
tags-, Bar-Mizwa- und Hochzeits-Aufnahmen angefangen und sein
Repertoire mit Unternehmens-Videos erweitert. Wir arbeiten seit
fast zwanzig Jahren zusammen, seit den Tagen der Zwei-Zoll-
Videos, und waren über die Ein-Zoll-, zu den Dreiviertel-Zoll- und
jetzt bei den digitalen Videos angelangt.

Macs Name, seine grau melierten Haare, die zugeknöpften
Hemden und Penny Loafer schrien förmlich ‚weißer protestanti-
scher Amerikaner mit britischem Hintergrund', aber die hässliche
Narbe auf seiner linken Wange rettete ihn vor der totalen episko-
palen Schande. Er erzählte den Leuten, er wäre von einem mexika-
nischen Drogenbaron angegriffen worden, und hat mich schwören
lassen, nie zu enthüllen, dass sie von einem Autounfall stammte.

Ich ging zu ihm. „Was soll ich tun?"

„Hast du das Sequenzprotokoll?"

Ich nickte und zog es aus der Segeltuchtasche, die mir auch als
Handtasche diente. Wir gingen die Liste durch. Er gestikulierte in
Richtung Hauptbereich des Delcroft-Stands, auf dem eine Projekti-
onsfläche mit dem Unternehmens-Logo auf beiden Seiten und circa
zwanzig theaterartig arrangierte Stühle standen.

„Um wie viel Uhr findet die erste Präsentation statt?"

Teresa Basso Gold, unser Kundenkontakt, hatte uns gesagt, wir
sollten uns auf eine Reihe kurzer Kommentare von leitenden
Delcroft-Angestellten vorbereiten, die die neuesten Innovationen
von Delcroft anpreisen würden.

Ich schaute auf meine Uhr. Gerade mal 6:30 Uhr. „Die Türen
öffnen sich nicht vor neun Uhr und Teresa hat gesagt, vorher sei
auch niemand zu erwarten. Aber du kannst ein paar Eröffnungs-
szenen aufnehmen, wenn du willst."

„Hört sich nach einem Plan an", sagte Mac und schlenderte
hinüber, um sich mit der Crew zu beraten.

Kapitel 4

Dienstag

Der Dreh verlief glatt, aber es gab viele Sprecher und wenig zu schneidendes Material oder B-Aufnahmen. Vielen Videoproduzenten machte das nichts aus. Tatsächlich sind Jump Cuts zwischen Sprechern ohne entsprechendes Cover-Material oder Übergänge, die deren Bemerkungen verbinden, in unserer ‚Instant Video‘-Gesellschaft ziemlich üblich. Aber ich schätze, ich bin eine Puristin.

Wir hatten eine Fülle von Video-Material aus den Produktionsstätten, die wir besucht hatten, sowie aus den neuen Flugzeugen, die gerade auf dem Markt eingeführt worden waren. Teresa hatte mir bereits einige Dateien für Aufnahmen geschickt, die uns helfen würden, die Geschichte des Unternehmens aufzuzeigen. Nun schlug ich vor, sie sollten uns mit einem ihrer neuen Flugzeuge für B-Aufnahmen auf die Bahamas fliegen lassen. Das Licht wäre dort so viel besser – schließlich war es Februar in Chicago –, aber sie rollte nur mit den Augen.

„Oder …“, ruderte ich etwas zurück. „Es gäbe ja auch noch Miami …“

Sie lachte.

Ich seufzte.

Ein Mann musterte uns, während er an uns vorbeischlenderte, und lächelte, als hätten wir uns alle gerade einen Witz erzählt. Er setzte sich auf einen der Stühle und wartete dort vermutlich auf den nächsten Sprecher. Er war etwa Mitte dreißig, hatte durchdringende Augen, ziemlich langes, schwarzes Haar und eine schlanke Figur. Seine Abstammung schien teils asiatischer, teils kaukasischer Herkunft zu sein und erinnerte mich an Keanu Reeves in einem Nadelstreifenanzug.

Teresa und ich tauschten einen Blick aus und sie lächelte. „Nett." Ich beäugte ihre linke Hand und konnte keinen Ehering entdecken.

„Er gehört ganz Ihnen", sagte ich. „Ich bin nicht mehr auf dem Markt."

„Das kann ich nicht machen", sagte sie. „Sie wissen ja, was man sagt ... Wo man isst ..."

„Schade." Der Typ war sexy, auf unterschwellige aber unbestreitbare Art. „Sie sagen es."

Ich mochte Teresa.

————

Wenn man einen tollen Regisseur wie Mac hat, ist die Produktion einfach. Ich musste mich nicht um viele Dinge sorgen, außer um das Skript und wie wir das Material in der Nachproduktion abändern würden. Langsam schlenderte ich um den Stand herum und studierte die verschiedenen Modelle der Großraumjets. Sie hatten einen Durchmesser von einem Meter und waren bemerkenswert akkurat, bis hin zur Polsterung auf den winzigen Sitzen. Ich entschied, um eines der Modelle zu bitten, wenn die Messe zu Ende war. Mein Freund Luke ist Pilot. Er fände das toll, ich konnte es förmlich auf dem Kaminsims in seinem Büro vor mir sehen. Obwohl, vielleicht sollte es lieber von der Decke hängen. Ich grübelte gerade darüber nach, als ich von Keanu Reeves unterbrochen wurde.

„Verzeihung." Er lächelte höflich. „Mir ist aufgefallen ..." Er zeigte auf die Crew. „Gehören Sie zu denen?“

Ich nickte.

„Was filmen Sie hier?“

„Ein Werbe-Video für Delcroft“, sagte ich.„Werbung?“ Er neigte den Kopf, als wüsste er nicht, was das bedeuten sollte. Jetzt, da wir nebeneinander standen, konnte ich sehen, dass seine Augen nicht so dunkel waren wie seine Haare. Tatsächlich waren sie meerblau, umsäumt von dunklen Wimpern. Markant.

„Wir zeigen die weichere Seite von Delcroft“, sagte ich und stahl damit den alten Sears-Werbeslogan.

Sein Gesichtsausdruck blieb leer. Er verstand es nicht, also räusperte ich mich und streckte die Hand aus. „Ellie Foreman.“

Er musterte mich. Ich hatte lange, wellige schwarze Haare, die (dank meines Friseurs) nie auch nur eine Strähne Grau enthalten werden, und blaugraue Augen, außerdem trage ich immer noch Größe 36, obwohl man die Maße ziemlich frei interpretieren kann. Trotzdem schien er nicht an meinen weiblichen Attributen interessiert zu sein, wie ich eigentlich vermutet hatte, als er zu mir gekommen war.

Wir gaben uns die Hand. „Ich bin Gregory Parks“, sagte er. „Arbeiten Sie für Delcroft?“

„Nein, ich bin freiberufliche Produzentin. Delcroft hat mich mit diesem Video beauftragt. Eigentlich mit einer ganzen Reihe von Videos“, fügte ich hinzu.

„Ach.“ Er schien nicht zu wissen, was er damit anfangen sollte.

„Früher habe ich bei den Nachrichten gearbeitet.“ Ich fühlte mich immer noch genötigt, den Leuten das zu sagen, als ob ich ihnen versichern müsste, dass ich, obwohl ich jetzt unter Kritik stand, früher einmal ein respektables Mitglied unter den Journalisten gewesen war. Andererseits, angesichts des beklagenswerten Zustands der heutigen TV-Nachrichten, war das vielleicht nicht so eine weise Entscheidung gewesen.

Er runzelte die Stirn zu einem verwirrten Gesichtsausdruck, was durch das Klingeln seines Handys unterbrochen wurde. Als er den Anruf entgegennahm, legte sich ein zärtlicher Ausdruck über sein Gesicht.

Er sprach leise in einer Sprache, die sich wie Chinesisch anhörte, lächelte, legte dann wieder auf und steckte das Telefon weg.

Sein Lächeln hellte sich weiter auf, seine Augenbrauen hoben sich, und jetzt sah er interessierter aus. Ich fragte mich, ob er mit einer Frau gesprochen hatte. Vielleicht mit seiner Freundin oder Ehefrau, aber als ich nach einem Ring suchte, fand ich keinen.

Plötzlich war er wieder ganz auf das Geschäft konzentriert. „Welche Abteilung von Delcroft macht dieses … dieses Video?"

„Öffentlichkeitsarbeit." Ich wunderte mich, warum er mich das fragte. „Und Sie?", fragte ich.

„Ich bin ein … ein Berater."

Der totale Unternehmens-Sammelbegriff. Das konnte alles bedeuten, vom Hausmeister bis zum Vorstandsvorsitzenden. „Das deckt einen großen Bereich ab."

„Mein Unternehmen hat mich geschickt, um neue Entwicklungen in der Luftfahrt zu erforschen."

„Ach. Welches Unternehmen ist das?"

„Sie würden es nicht kennen." Er lächelte, steckte die Hand in seine Jackentasche und nahm eine Schachtel Marlboro heraus. Das rot-weiße Logo würde ich überall erkennen. Als ich noch geraucht hatte, war Marlboro meine Marke gewesen, und die Verpackung hatte sich seitdem nicht verändert.

Ich runzelte die Stirn. „Diese Dinger können Sie umbringen, wissen Sie." Eines der Dinge, auf die ich am stolzesten war, war, dass ich vor zwanzig Jahren aufgehört hatte.

Er wurde rot und fasste noch mal in seine Jacke. „Entschuldigung. Eigentlich wollte ich Ihnen das geben." Er nahm eine Visitenkarte heraus, überreichte sie mir und steckte die Zigarettenschachtel wieder in seine Tasche. Ich wühlte in meiner Tasche und gab ihm im Gegenzug eine meiner Karten.

Dann warf ich einen Blick auf seine Karte. Nur sein Name, eine E-Mail-Adresse und eine Telefonnummer.

„Und das Unternehmen?", fragte ich nochmals.

Er errötete noch mehr. „Eigentlich – ähm – arbeite ich mit Delcroft."

„Wirklich."

Er nickte.

„Tja, in diesem Fall lassen Sie sich nicht von mir aufhalten. Es war nett, Sie kennenzulernen, Gregory." Ich ließ seine Karte in meine Tasche fallen und drehte mich um. Er hatte mich ausgefragt. Mich getestet. Aber ganz klar war auch, dass er im Gegenzug nicht ausgefragt werden wollte.

Als wir im McCormick-Place-Restaurant Mittagspause machten, erspähte ich Gregory erneut, auf der anderen Seite des Raumes. Er winkte, als wären wir beste Freunde, und ich winkte zurück.

„Wer ist das?", fragte Mac zwischen zwei Bissen eines Supersize 30-Zentimeter-Hotdogs.

„Ich bin mir wirklich nicht sicher. Zuerst dachte ich, er wollte mich abschleppen." Ich hielt inne. „Aber das hat er nicht versucht. Er hat mich über Delcroft ausgefragt, aber dann meinte er, er würde für sie arbeiten." Mac zog die Augenbrauen hoch. „Seltsamer Typ", sagte ich.

Der Rest des Tages war ein Wirrwarr aus Präsentationen, Nahaufnahmen von Modellfliegern und Schnitten. Als wir fertig waren, war es schon nach sechs.

„Soll ich das Material für dich hochladen?", fragte Mac.

Jetzt, wo alles digital ist, muss ich nicht mehr stundenlang in einem dunklen Raum, mit einem Cutter über eine Maschine gebeugt, verbringen. Ich kann die Aufnahmen auf meinem Computer durchsehen und markieren und dann alles, was ich will, per E-Mail an Mac schicken. Trotzdem vermisse ich die Intimität des Schneideraums. Dort passierte der Zauber, und wenn man das Glück hatte, einen Cutter wie Hank Chenowsky zu haben, der für Mac arbeitete, dann fühlte es sich nicht wie Arbeit an, selbst wenn ich Stunden später wie eine unleidliche Eule, die wegen der Sonne blinzelt, aus dem abgedunkelten Raum herauskam.

„Weißt du was? Ich denke, ich komme morgen früh rüber und gehe das mit Hank durch. Gib ihm Bescheid, ja?"

„Abgemacht", sagte Mac. „Bring Donuts mit!"

Kapitel 5

Mittwoch

Ich neige dazu, zwischen den beiden Konzepten von freiem Willen und Schicksal zu schwanken, aber wenn jemals eine Person dazu bestimmt war, Video-Editor zu werden, dann Hank Chenowsky. Er behauptet, dass er seine prägenden Jahre vor dem Fernseher verbracht hat, und das glaube ich ihm. Das hat ihm ein natürliches Verständnis für Aufnahmen, Bilder und echte Blickfänge verliehen, die einen Film ausmachen – oder ein Video, wie in unserem Fall – und ihn ausgefeilter und eindrucksvoller machen, als er verdient hätte. Ich bin nicht sicher, wo Mac ihn gefunden hat. Er sagt, er habe Hank vor einem Nachmittags-Computer-Programmierkurs an der Schule gerettet – aber wo auch immer er herkommt, Hank ist der beste Editor, mit dem ich je gearbeitet habe. Ich ließ den Donut-Karton neben die Kaffeemaschine in Macs Studio fallen, öffnete ihn und zog einen mit Gelee gefüllten Donut heraus, der zusätzlich mit Zucker bestreut war. Nachdem ich mir eine Serviette geschnappt hatte, ging ich den Flur hinunter, zum dritten Raum auf der linken Seite. Die Tür stand offen und ich konnte sehen, wie sich Hank bereits über die Konsole beugte und die Bänder durchsah.

„Für dich", sagte ich und legte den Donut neben seinen halb vollen Kaffeebecher. Hank richtete sich auf, inspizierte die Backware und grinste.

„Krishna hat seinen Großmut gezeigt." Er faltete die Hände zu einem Turm.

Dünn und schlaksig, mit hellblauen Augen und langen, hellen Haaren sieht Hank fast wie ein Albino aus. Als ich ihn jedoch einmal deshalb geneckt hatte und meinte, das komme davon, dass er nie draußen in der Sonne ist, war er beleidigt. Später erfuhr ich, dass das Fehlen von Haut-, Augen- und Haarfarbe manchmal in Verbindung mit geistiger Zurückgebliebenheit steht. Hank ist so scharfsinnig wie die Sonne über einem Strand in der Karibik klar ist, aber seine Reaktion ließ mich überlegen, ob womöglich jemand in seiner Familie davon betroffen war.

Nun schaute ich ihn an. „*Seinen* Großmut?"

Er blickte mit einem verschmitzten Blitzen in den Augen auf. „Ich bin allen Göttern dankbar. Unabhängig vom Geschlecht. Vor allem, wenn sie mir Marmeladen-Donuts bringen."

„Dann nehme ich an, das macht mich zu einer Göttin?"

„Die Göttin der Donuts." Er neigte seinen Kopf. „Ich werde deinen Schrein anbeten."

„Um Himmels willen! Wenn ich dir Schokolade bringe, werde ich dann zur obersten Göttin befördert?"

Er schüttelte den Kopf. „Ich esse keine Schokolade. Schlecht für die Haut."

„Aja."

„Aber … vielleicht noch einen Marmeladen-Donut? Oder einen mit Honig glasierten? Das könnte eine ganze Kirche wert sein."

Ich lächelte und ließ mich neben ihm auf einen Stuhl sinken. „Dann betrachte dich als Anbeter der Kirche von Delcroft."

Er biss ein großes Stück von seinem Donut ab und nahm einen Schluck Kaffee, bevor er sich wieder der Konsole zuwandte.

Jedes Mal, wenn ich Macs Schneideraum besuche, gibt es neues Equipment, das ich nicht verstehe. Heute waren es die Bildschirme. Mindestens zwei davon waren neu und jeder zeigte etwas anderes. Das machte nun insgesamt acht Bildschirme, wobei die Bildschirme mit Avid, oder welches neue Bearbeitungssystem Hank auch immer gerade verwendete, nicht mit eingerechnet waren. Die Bedienschalter, Schieber und Hebel auf den Geräten ähnelten dem Cockpit eines kleinen Flugzeugs. Früher sah es hier aus wie in allen Regieräumen der Fernsehsender, bei denen ich gearbeitet hatte; etwas, das ich verstand und wo ich mich zu Hause fühlte. Mittlerweile war ich hier völlig verloren.

Hank hatte den Rohschnitt für vier Kapitel des Videos bereits zusammengestellt, und ich hatte eine Arbeitsspur der Erzählung erstellt. Nachdem wir die passenden Aufnahmen von der Messe ausgewählt hätten, könnten wir diese ganz einfach einfügen. Für nächsten Montag hatte ich ein Treffen mit Delcroft angesetzt, bei dem die Top-Führungskräfte hoffentlich unsere bisherigen Arbeiten gutheißen würden. Dann würden wir die professionelle Erzählung und all die Spezialeffekte hinzufügen, die unsere Videos eine Stufe besser machten als die der anderen.

Auf dem Bildschirm gingen Hank und ich durch, was wir am Tag zuvor aufgenommen hatten, markierten einige O-Töne der Präsentatoren und suchten nach Cover-Material, um die Bildbeiträge interessanter zu gestalten. Mac hatte einige der auf dem Stand ausgestellten Modellflieger aufgenommen und wir entschieden, eine Überblendung vom Modell zum wirklichen Flugzeug, das durch die Luft glitt, zu machen, nachdem wir die Daten-Beiträge von Teresa erhalten hatten.

Wir besprachen gerade, wo die Überblendung gemacht werden sollte, als Mac den Kopf zur Tür herein streckte. „Alles okay?"

Ich nickte. Genau wie Hank verbringe ich gerne den ganzen Tag im Schneideraum. Ich sah zu, wie Hank mit der statischen Einstellung des Modells herumspielte und sie animierte, damit es aussah, als würde es fliegen.

„Nett." Ich lächelte.

Hank musste ebenfalls lächeln. Aus nichts etwas zu machen, etwas, worauf wir stolz sein konnten, war eine Form von Kunst. Nun, zumindest eine bemerkenswerte Fähigkeit.

„Foreman", sagte Mac, „hast du uns nicht eine Reise auf die

Bahamas versprochen? Damit wir das Innere des Flugzeugs aufnehmen können?"

Ich zögerte. „Ähm, negativ. Sie sind nicht darauf angesprungen."

„Versprechungen, immer nur leere Versprechungen … Wann lieferst du endlich, Ellie?"

„Teresa schien etwas enthusiastischer zu sein, als Miami erwähnt wurde."

„Ja, klar."

„Hey", mischte sich Hank ein, „wer ist der Typ?"

„Welcher Typ?"

„Er taucht in fast jeder Aufnahme auf."

Ich schielte auf den Bildschirm. „Ach, der! Ein Berater oder so etwas." Ich warf einen Blick in meine Aufzeichnungen. „Gregory Parks."

„Ja? Ich finde, sein Name sollte Walter sein. Sieh mal."

Hank hatte das Video markiert und ging drei oder vier Aufnahmen durch. Und tatsächlich, entweder plauderte er mit anderen Leuten, studierte die Modellflieger oder saß vor dem Messestand.

„Weißt du, wenn ich jetzt darüber nachdenke, hat er mich während des Drehs ein bisschen ausgefragt."

„Worüber?"

„Über Delcroft." Ich biss mir auf meine Lippe. „Erzähl weiter!"

Hank lud eine weitere Aufnahme und drückte auf ‚Abspielen'. Vorne am Stand sprach eine Frau, hinter ihr stand ein Bildschirm. Sie sprach über die Sicherheitsmerkmale der neuen Flugzeuge, während auf dem Bildschirm Nahaufnahmen der Gurte, Feuerlöscher und Defibrillatoren gezeigt wurden. Als sie anfing, über das Autopilot-System zu sprechen, schwenkte Mac von ihr zum Publikum herüber. Etwa ein Dutzend Leute hörten ihr zu, einschließlich Parks. Sein Gesichtsausdruck war so intensiv, dass ich das Gefühl hatte, er analysierte jedes einzelne ihrer Worte. Ich fühlte mich unbehaglich, als ob ich bei einem privaten Gespräch lauschen würde.

Mac musste das gleiche Gefühl gehabt haben, denn er wählte

genau diesen Moment, um die Kamera zurück zu der Frau zu schwenken. Sie vermied eindeutig den Augenkontakt mit Parks, sah überall hin, außer zu ihm. Obwohl sie ein angenehmes Lächeln aufgesetzt hatte, erreichte es nicht ihre Augen. Sie sah besorgt aus.

Ich lehnte mich vor. „Sie sehen nicht gerade wie Freunde aus, oder?"

„Nein, das tun sie nicht." Hank lehnte sich zurück. „Wer ist sie?"

Ich ging zurück zu meinen Notizen. „Charlotte Hollander. Sie ist Vizepräsidentin und technische Direktorin bei Delcroft. Gerade erst von Utah nach Chicago gezogen. Teresa meinte, die Frau sei ein aufgehender Stern. Könnte möglicherweise eines Tages die Top-Position einnehmen. Wie die Frau bei GM."

Mac strich über die Narbe auf seiner Wange. Das tut er immer, wenn er überrascht ist. „Eine Frau bei Delcroft?"

Wir alle drei betrachteten sie ganz genau. Sie war groß, schlank und ganz auf das Geschäft konzentriert. Wahrscheinlich in ihren Vierzigern. Blonde Haare, zu einem engen Zopf nach hinten gebunden. Ein strenger schwarzer Hosenanzug. Dunkle Augen und eine lange, spitze Nase, die sie scharfsinnig erscheinen ließ. Sie schien nicht viel Make-up zu tragen, aber das brauchte sie auch nicht. Die Falten auf ihrer Stirn deuteten darauf hin, dass sie auf der Karriereleiter mehr als nur eine Schlacht geschlagen hatte. Gleichzeitig lag ein leicht hochnäsiger Ausdruck auf ihrem Gesicht, der deutlich machte: „Leg dich nicht mit mir an."

Mac runzelte die Stirn. „Technische Direktorin, sagst du?"

Ich nickte.

„Warum war sie in Utah?", fragte Hank. „Ist sie Mormonin?"

„Hank, deine Rollenklischees kommen wieder durch", sagte ich.

Mac strich über die Narbe auf seiner Wange. „Ich verstehe es immer noch nicht. Warum sollte sie das Video freigeben müssen? Wir haben doch überhaupt nichts mit der Technikabteilung zu tun."

„Vielleicht, um sicherzustellen, dass wir keine Geheimnisse preisgeben?"

„Geheimnisse?" Hank machte absichtlich große Augen. „Willst du etwa behaupten, ein Unternehmen wie Delcroft hätte Geheimnisse?"

„Sie sind der Top-Militärzulieferer im Land", sagte ich. „Kampfjets, Drohnen und das ganze Zeug. Tatsächlich hat Teresa gesagt, dass sie, bevor wir den Auftrag bekommen haben, über uns alle eine Hintergrund-Recherche durchführen musste."

„Das sagst du uns erst jetzt?", fragte Mac.

„Ihr habt doch alle bestanden. Ich war diejenige, mit der sie ein Problem hatten."

Falls es möglich war, dass sich Macs Augenbrauen noch weiter nach oben zogen, dann taten sie es jetzt. Ich traf seinen Blick. „Keine Sorge. Wir haben es hinbekommen."

Hank kratzte sich an der Seite seiner Nase. „Das erklärt nicht, warum sie dem Typen die kalte Schulter zeigt."

„Vielleicht ist er ein Ex-Freund?"

„Sie sieht nicht wie die Art von Frau aus", sagte Hank.

„Stimmt", sagte ich. „Aber zuerst dachte ich auch, er wollte mich abschleppen."

„Also, was willst du machen?"

„Lass uns ihn ein- oder zweimal zeigen. Unser Glück ist, dass wir eine ganze Serie machen. Die Zuschauer werden sich nicht von Woche zu Woche an alles erinnern."

„Stimmt."

„Muss ich die Arbeitsspur vor Montag nochmal überarbeiten?"

Hank schüttelte den Kopf. „Die ersten vier werden bis Freitag fertig sein."

„Großartig. Kannst du sie mir mailen, wenn sie fertig sind?"

„*Sí, Senorita.*"

„Warte. Bin ich jetzt etwa eine spanische Göttin?"

„Ich übe nur für Miami."

Kapitel 6

Mittwoch

„Wenn ich keinen Herzinfarkt bekomme, dann schafft mich der Medicare-Papierkram", sagte mein Vater an diesem Nachmittag. „Du würdest nicht glauben, wie hoch der Papierberg auf meinem Schreibtisch ist."

Wir saßen an einem Tisch in dem koscheren Feinkostladen in Skokie, den mein Vater so mag. Ein Ort mit schwarz-weißen quadratischen Fliesen auf dem Boden, einer riesigen Speisekarte mit acht laminierten Seiten und einem verlockenden Aroma von Knoblauch-Essiggurken und frisch gebackenem Pumpernickel. Dad bestellt immer dasselbe: Kreplach-Suppe, Corned Beef auf Roggenbrot und Kaffee. Er ist auf jeden Fall beständig. Und er ist über neunzig, deshalb hat er sich auch das Recht verdient, jede Laune auszuleben, die ihn gerade überkam. Also nörgelte er weiter.

„Du würdest es einfach nicht glauben."

„Was ist das Problem, Dad? Du hast deine Anhänge A und B, deine Ergänzung und deinen Teil D, richtig?"

Mein Vater lehnte sich über den Tisch. Er war noch nie groß gewesen, und das Alter hat ihn zusätzlich noch bucklig werden lassen. Er sieht mit jedem Jahr zerbrechlicher aus, ganz ähnlich einem schrumpeligen Ben Kingsley. Aber sein Verstand ist noch messerscharf, und sein Herz, das über die Jahre immer größer und gütiger geworden ist, macht wett, was er an Statur verloren hat. „Sie schicken mir Berichte über jeden Arztbesuch und jedes Rezept, jedes Mal, wenn mir das Heim eine Tablette gibt, praktisch jedes Mal, wenn ich huste, um Himmels willen. Dann sagen sie mir, wie viel sie davon abdecken und was sie möglicherweise zahlen werden. Wenn sie dann tatsächlich zahlen, schicken sie einem alles nochmal zu. Wenn ich sterbe, wirst du dich durch die Papiere graben müssen, nur um meine Leiche zu finden! *Emmes.*"

Ich nippte unbeeindruckt an meinem Kaffee, da ich an sein Schimpfen gewöhnt war. „Warum wirfst du sie dann nicht einfach weg?"

„Was … Ich soll die Umwelt verschmutzen?" Er richtete sich auf. „Außerdem, wer weiß? Eines dieser Papiere kann dir eines Tages vielleicht viel Geld einsparen."

Ich gab mich geschlagen und schloss die Augen. Mein Vater war Rechtsanwalt und neigt zum Horten. Seine Fallakten von vor fünfzig Jahren standen immer noch in meinem Speicher. „Ich kann doch jederzeit Duplikate anfordern", erwiderte ich.

„Dann musst du einen weiteren Papierberg durcharbeiten. Diese Mühe will ich dir ersparen."

Ich kniff die Augen zusammen. „Seit wann bist du so grün?"

„Grün?" Er schaute mich verwundert an. „Ach so. Das meinst du." Er hob seine Kaffeetasse, und obwohl seine Hand zitterte, verschüttete er nichts.

„Und überhaupt", ich griff nach einem Zuckerpäckchen, „du stirbst nicht."

„Ich werde nicht mehr ewig leben."

Ich stritt nicht mehr mit ihm. Ich schätze, da ich inzwischen selbst ein bestimmtes Alter erreicht habe, bin ich bezüglich seines Alters feinfühliger geworden. Obwohl es einen stetigen Strom neuer Bekanntschaften in seinem betreuten Wohnen gibt, hat er die meisten seiner engen Freunde verloren. Sogar die vorherigen Besitzer der Einrichtung hat er überlebt. Ich stelle mir immer vor, dass ihm die neuen Besitzer Arsen ins Essen geben und auf seinen Abgang hoffen, damit sie die Gebühren verdoppeln und eine andere arme Seele ausnehmen können. Aber, wie ich Luke bereits gesagt hatte, nur über meine Leiche.

„Und über seine offensichtlich auch", hatte Luke erwidert.

Nun behielt ich meine Meinung jedoch für mich. Die Kellnerin, eine Frau mittleren Alters, mit wasserstoffblonden Haaren und einem breiten Grinsen, brachte unsere Sandwiches und einen Extrateller mit Knoblauchgurkenscheiben.

„Sie sorgen gut für uns, Shirley", sagte Dad und lächelte.

Shirley zwinkerte ihm zu. „Für Sie, Jake. Ich sorge gut für Sie."

Er strahlte. „Möchten Sie mich heiraten?"

„Tut mir leid. Das habe ich schon hinter mir."

„Haben wir das nicht alle?" Mein Dad biss von seinem Sandwich ab.

Shirley verließ uns wieder. Wie aufs Stichwort rief eine männliche Stimme: „Na, das ist ja komisch, dass ihr auch hier seid!"

Als wir aufschauten, sah ich wunderschöne blaue Augen, graumeliertes Haar und einen tollen Körper. Ich hatte ihn Monate nicht gesehen, deshalb brauchte ich einen Moment, um zu realisieren, dass es Barry war, mein Ex-Mann und Rachels Vater. Eines muss ich ihm lassen: Er schafft es immer, unglaublich sexy auszusehen. Ein anderer Mann, wahrscheinlich sein Termin zum Mittagessen, lauerte im Hintergrund.

„Barry!" Ich stand auf und umarmte ihn. Wir sind seit mehr als fünfzehn Jahren geschieden, länger als wir verheiratet waren, und die Zeit hat unserer Beziehung Gelassenheit verliehen. Wir waren beide darüber weg. Niemand war davon überraschter als ich selbst.

Barry widmete seine Aufmerksamkeit meinem Vater. „Jake …" Er streckte ihm seine Hand entgegen. „Du siehst nicht einen Tag älter aus."

Mein Vater ergriff die ihm angebotene Hand und bedeckte sie mit seiner anderen. „Und du erzählst immer noch einen Haufen …", sagte Dad, aber konnte sich das Grinsen nicht verkneifen.

Barry ließ sich davon nicht irritieren. „Nun, wie geht's euch beiden?"

„Gut", sagte ich.

„Furchtbar", sagte Dad.

Barry wandte sich an mich. „Wie geht's Luke?"

„Großartig." Ich wollte das Thema wechseln. Es war mir immer noch unangenehm, mit meiner alten über meine neue Liebe zu reden. „Du siehst toll aus ... wie immer."

„Danke ..." Er lächelte ein bisschen selbstgefällig, was mich wieder daran erinnerte, dass er sich seiner Wirkung auf Frauen nur allzu bewusst war. Was er während unserer Ehe auch bewiesen hatte. Wiederholt.

„Besuchst du meine Enkeltochter oft genug?", mischte sich Dad ein. Er kommt immer direkt zum Punkt.

„Dad ..."

„Ist schon in Ordnung, Ellie. Ich verstehe das", sagte Barry. Er wandte sich wieder zu Dad. „Rachel und ich waren vorgestern Abend miteinander Essen. In Wrigleyville."

„Gut. Ein Mädchen braucht seinen Vater. Egal, wie alt sie ist", richtete Dad seinen Kommentar an mich.

Ich errötete.

Barry nickte. „Nun, das war eine tolle Überraschung. Lasst es euch gutgehen, ihr beide. Meld dich doch mal wieder, Ellie! Ich denke, wir könnten jetzt tatsächlich miteinander reden."

Ich wüsste nicht, worüber wir beide reden sollten, sagte aber nichts. Er trat den Rückzug an und entfernte sich von uns, ohne den Mann vorgestellt zu haben, der bei ihm war.

Was natürlich das Erste war, was mein Vater fragte. „Wer war der andere Mann?"

„Keine Ahnung, Kemosabe. Ein Geschäftspartner? Tennispartner? Golfkumpel?"

Dad dachte nach. „Wahrscheinlich keine schlechte Sache."

„Was ist keine schlechte Sache?"

„Dass ihr beide euch getrennt habt."

Ich erinnerte mich, wie aufgebracht er anfangs darüber gewesen war, und setzte mein Martha-Stewart-Lächeln auf. „Das war auf jeden Fall gut so."

„Auch wenn der Dings kein Jude ist."

„Dings hat einen Namen. Und was viel wichtiger ist: Er macht mich glücklich."

„Wann werdet ihr heiraten?"

Ich wies mit dem Daumen zu Barry, der an der Theke stand und seine Rechnung bezahlte. „Wie Shirley, unsere weise Kellnerin, gesagt hat: Das habe ich schon hinter mir."

Dads Blick wurde finster.

„Ich finde es gut, dass wir nicht ständig aufeinanderhocken. Wir geben einander Raum."

Er schnaubte. „Als ich jung war, brauchten wir keinen Raum. Wenn man zusammenlebt, lebt man *zusammen*, weißt du, was ich meine?" Er hielt inne. „Andererseits, ich schätze, ich werde zu alt für diese Welt."

Ich schluckte den Kloß hinunter, der sich plötzlich in meinem Hals festgesetzt hatte. Er sollte alterslos sein.

Kapitel 7

Montag

Am darauffolgenden Montag fuhr ich hinunter in die Innenstadt, mit dem Laptop auf dem Beifahrersitz. Mein geschätzter Volvo hatte vor einigen Jahren den Geist aufgegeben, deshalb war ich nun stolze Besitzerin eines Toyota Camry, mit Bluetooth, Rückfahrkamera und Satellitenradio. Mit all den Annehmlichkeiten in den Autos heutzutage fragte ich mich, ob man vielleicht in das Auto einziehen und stattdessen lieber das Haus verkaufen sollte. Ich zog es ernsthaft in Betracht.

Ich parkte in dem Delcroft-Parkhaus, welches seltsamerweise keine Tiefgarage war, sondern in der siebten bis zehnten Etage ihres Gebäudes lag. Die Parkplätze wurden von einer Armada an Sicherheitsfirmen patrouilliert und ich fragte mich, für wen die wohl vor diesem Auftrag gearbeitet hatten. Die Erfahrung hat mich gelehrt, dass der militärische Industriekomplex nicht so groß ist, wie man denkt. Und dass die Unternehmen die Tendenz hatten, alles doppelt abzusichern.

Ich schlich an drei uniformierten Wachen vorbei und fuhr hinauf in

die 64. Etage, in der die Geschäftsräume des Unternehmens untergebracht waren. Diese Büros waren genauso opulent und vornehm, wie
man es sich bei dem größten militärischen und zivilen Flugzeugher-
steller des Landes vorstellte, mit dicken Teppichen, Ölgemälden an den
Wänden und großen Glasfenstern mit einer spektakulären Aussicht. An
Tagen, an denen es nicht bewölkt war, so behauptete die Dame am
Empfang jedenfalls steif und fest, könne sie bis nach Evanston sehen.

Sie führte mich in den Konferenzraum, in dessen Mitte ein
riesiger Mahagoni-Tisch stand. Entlang der Wände waren Einbau-
leuchten installiert, die helle Halogenlampe über dem Tisch erinnerte mich an den Operationssaal eines Krankenhauses. Der Tisch
wurde von zwei Dutzend Stühlen umringt und an allen vier
Wänden des Raumes hingen Bildschirme. Auf einem Sideboard,
ebenfalls aus Mahagoni, standen ein halbes Dutzend Wasserfla-
schen, Kristallgläser und winzige Teller mit Früchten. Keine Bagels
oder andere Backwaren, bemerkte ich. Was wieder meine Theorie
bestätigte, dass je höher dein Rang und das Gehalt sind, desto
weniger Kalorien du zu dir nehmen darfst.

Ich trug einen meiner Business-Designer-Hosenanzüge:
schwarze Donna-Karan-Hose mit einem roten Jackett. Meine locki-
gen, schwarzen Haare hatte ich auf dem Kopf locker zu einem
Knoten aufgetürmt, sogar Make-up hatte ich aufgetragen, wodurch
meine grauen Augen wie die von Elizabeth Taylor aussahen.
Zumindest behauptete Luke das. Jetzt ist doch klar, warum ich
diesen Kerl anbete, oder?

Ich fühlte mich vollkommen professionell, als ich Teresa
begrüßte. Sie war freundlich, aber ihr Blick huschte im Zimmer
umher und sie fuhr sich nervös mit der Zunge über die Lippen. Ich
lächelte und hoffte, sie dadurch etwas beruhigen zu können, aber
das hatte keine große Wirkung. Ich war mindestens zehn Minuten
zu früh dran, aber Charlotte Hollander saß bereits am Tisch. Sie
blickte mich ungerührt an, prüfte die Uhrzeit und setzte eine böse
Miene auf. Das war eine klassische Einschüchterungstaktik, und auf
Teresa, die mehrere Stufen unter Hollander stand, hatte es die
gewünschte Wirkung. Ich war froh, dass ich dieses Spiel nicht

mitspielen musste. Ich war eine Außenseiterin. Eine Beraterin. Also warf ich der Frau ein strahlendes Lächeln zu.

Hollander schien das zu verwirren, als wäre sie nicht sicher, weshalb ich mir die Mühe machte, freundlich zu sein.

Zwei Punkte.

Ich streckte meine Hand aus. „Guten Morgen. Wir haben uns bei der Messe gesehen. Ich bin Ellie Foreman."

Ihr Händedruck war so schlaff wie eine verkochte Nudel. „Nett, Sie wiederzusehen."

Ich lächelte ihr noch einmal zu, bevor ich meinen Laptop an den Projektor anschloss, der sich auf einer Seite des Tisches befand. Ich steckte den USB-Stick ein und spielte mit den Einstellungen herum, bis die Titel des ersten Videos auf dem Bildschirm erschienen, dann stellte ich auf Pause.

„Ich bin sehr gespannt zu sehen, was Sie bisher produziert haben." Hollander glättete die Reversaufschläge ihres dunkelblauen Jacketts, obwohl keine einzige Falte zu sehen war.

„Das bin ich auch. Ich hoffe sehr, dass es Ihnen gefallen wird."

Sie nickte, schaute mir dabei aber nicht in die Augen. Nicht direkt gebieterisch, aber schon sehr nahe daran.

Zwanzig Minuten später waren die anderen vier Manager eingetroffen, die die Videos freigeben mussten. Sie verströmten diese falsche Jovialität von Leuten, die miteinander in heftigem Wettstreit stehen. Ich wurde Dave Foxhall vorgestellt, dem geschäftsführenden Vizepräsidenten für Unternehmenskommunikation, an den Teresa Bericht erstattete, ihrem Haupt-Regierungslobbyist, der aus DC eingeflogen war, und dem stellvertretenden Geschäftsführer für das operative Geschäft. Gary Phillips, ein großer, schlanker Mann in den späten Dreißigern oder frühen Vierzigern, war ganz oben im Unternehmen angekommen. Er war vorzeitig ergraut, aber hatte perfekte blaue Augen, attraktive Krähenfüße an ihren Rändern und trug einen tadellos maßgeschneiderten Anzug. Dann war da noch ein vierter Mann, älter, rundlich und kahl, aber Teresa sprach seinen Namen und seine Position so schnell aus, dass ich ihn mir nicht merken konnte.

Nachdem die Männer an dem Tisch Platz genommen hatten,

ging Teresa auf die andere Seite. „Guten Morgen. Wie wir besprochen haben, ist eines unserer Haupt-Kommunikationsziele, unsere Netzpräsenz auszubauen und unsere Produkte auf nationaler und internationaler Ebene sichtbarer zu machen. Um das zu erreichen, ist Delcroft dabei, in die neue Welt der Sozialen Medien einzutauchen, und diese Videos sollen sozusagen unsere ersten ‚Schüsse vor den Bug' darstellen.

Wir wollen als freundliches Unternehmen wahrgenommen werden – als zugängliches Unternehmen –, aber auch als Eines, das sich der Perfektion widmet. Wie Sie wissen, konzentrieren wir uns ausschließlich auf die Kundenseite und haben beschlossen, unsere ersten Bestrebungen in wöchentlichen Folgen auf unserer Webseite zu veröffentlichen. Wie bei einer Serie."

Ich sah fast alle im Raum nicken. Phillips, der stellvertretende CEO, fragte: „Wird das auch auf Facebook, Twitter und all den anderen Kanälen zu sehen sein?"

Teresa nickte. „Ja. Die Videos werden auf unserer Webseite gehostet, aber wir werden darüber hinaus auch auf Facebook, Twitter, YouTube, Pinterest und in anderen Medien aktiv werden."

„Was meinen Sie mit ‚aktiv werden'?", fragte der Mann, dessen Name und Titel mir entgangen waren.

War er wirklich so ahnungslos? Wahrscheinlich hatte er keine Kinder.

Teresa erklärte weiter. „Wir werden uns mit allen sozialen Medien verlinken, um den Austausch zurück zu unserer Webseite zu führen, wo die Leute die Videos ansehen, Kommentare abgeben und Fragen stellen können. Wir haben einen Social-Media-Manager eingestellt, der die Übersicht über die Aufrufe und Kommentare behält und, falls angebracht, auch darauf antwortet."

„Antworten? Worauf antworten wir?", fragte Phillips.

Bevor Teresa antworten konnte, schaltete sich der Lobbyist ein. „Ähm, ich denke, das könnte ein Problem darstellen. Dieser Social-Media-Kerl – wer ist er?"

„Er ist eine *Sie*, Harry", sagte Teresa. „Ihr Name ist Naomi Kraft. Wir haben sie vor etwa einem Monat eingestellt."

„Was bedeutet, dass sie nichts über unsere Firmenpolitik, gesetzliche Auflagen oder Kongressarbeit weiß. Wie soll sie für das Unternehmen sprechen können?"

Teresa warf ihrem Chef Foxhall einen Blick zu, ein kleiner blonder Mann mit borstigem Schnurrbart. Er sagte nichts.

„Falls Kommentare eines dieser Themen ansprechen", sagte Teresa, „werden wir Antworten von Ihren Leuten einholen, bevor wir antworten. Der Punkt ist, dass wir antworten müssen, auch wenn wir nur sagen müssen, dass es sich um eigentumsrechtlich geschützte Informationen handelt. Wir wollen, dass uns die Öffentlichkeit als einen der ‚Guten' wahrnimmt. Ein gutes Unternehmen, dem sie vertrauen und das sie respektieren können."

Harry der Lobbyist schüttelte den Kopf. „Ich weiß nicht recht." Phillips blickte finster drein. Teresa verlor die Kontrolle über die Diskussion. Warum unterstützte Foxhall sie nicht? Ich schaute verstohlen zu ihm hinüber. Er lehnte sich in seinem Stuhl zurück und spielte mit einem Bleistift herum, als wäre er lieber überall anders als hier in diesem Konferenzraum.

„Verzeihen Sie, wenn ich mich einmische", erklang meine Stimme mit − wie ich hoffte − einem freundlichen Lächeln, „aber warum werfen wir nicht einfach einen Blick auf die Videos? Ich denke, viele Ihrer Bedenken werden verflogen sein, nachdem Sie sie gesehen haben."

Teresa warf mir einen dankbaren Blick zu.

Als ich Phillips nicken sah, stand ich auf, löschte die Lichter im Zimmer, ging zu meinem Laptop und drückte auf ‚Play'.

Kapitel 8

Montag

Ich hätte nicht hoffen sollen.

Die erste Folge kam gut an, was ich auch erwartet hatte. Wir hatten sie mit unseren besten Aufnahmen und einigen besonders schönen Effekten ausgestattet. Tatsächlich sah ich hier und da ein Lächeln und wagte zu hoffen, alles andere würde genauso glatt laufen.

Das Problem tauchte am Ende des zweiten Videos auf. Plötzlich richtete sich Charlotte Hollander auf, und ich sah, wie sie etwas auf einen Notizblock schrieb. Ich richtete meine Aufmerksamkeit auf den Bildschirm. Wir waren in der Mitte einer Sequenz, die wir auf der Messe gedreht hatten. Hatten wir etwas falsch gemacht? Versehentlich vertrauliche Informationen preisgegeben? Ich glaubte das zwar nicht, aber schrieb mir trotzdem den ungefähren Zeitpunkt auf, als sie das erste Mal reagiert hatte.

Dann, während des dritten Videos, klappte Hollanders Kinnlade herunter und ihre Brust hob sich mit so tiefen Atemzügen, dass ich befürchtete, sie würde hyperventilieren. Wieder wandte ich mich dem Bildschirm zu. Wir waren zurück auf der Messe, genauer gesagt bei dem Modellflieger, der sich in Archivaufnahmen auflöste und zu dem Flugzeug wurde, das durch die Luft schwebte. Hollander spitzte die Lippen und versuchte, Augenkontakt mit Foxhall aufzunehmen, abcr der saß hinuntergebeugt da und kroch praktisch unter den Tisch, um niemanden ansehen zu müssen. Auch während des vierten Videos machte Hollander noch mehr Notizen.

Als die Vorführung zu Ende war, hielt ich das Programm auf meinem Laptop an und schaltete die Lichter wieder ein. Die Männer im Raum sahen nicht verärgert aus, aber das erwartete ich auch nicht von ihnen. Die meisten Leute kennen den Unterschied zwischen einem Bildsprung und einer Überblendung nicht, und es ist ihnen auch egal. Sie wollen einfach nur unterhalten werden, und es schien so, als wäre das der Fall gewesen. Ich sah einige Male ein zustimmendes Nicken, als hätten die Videos sie darin bestärkt, welches Glück sie hatten, solch ein tolles Unternehmen zu führen.

Hollander jedoch schaute auf ihre Notizen. Die Welle eisiger Wut, die von ihr ausging, hätte den Lake Michigan zufrieren lassen können. Uns stand etwas Schlimmes bevor.

„Ich weiß nicht, wie es dem Rest von Ihnen geht", sagte sie in ihrem überheblichen Ton, „aber ich finde diese Videos inakzeptabel."

Im Raum wurde es still. Mein Mut verließ mich. Ich warf Teresa einen Blick zu, auf deren Gesicht sich ein panischer Ausdruck ausbreitete.

Phillips schaute Hollander von der Seite aus an. „Wie kommen Sie darauf, Charlotte?"

„Das sieht aus wie etwas, das mein zwölfjähriger Sohn hätte zusammenschustern können. Es ist eine Zusammensetzung aus Amateurfotografie, grober Bearbeitung und uninspirierter – nein, abgedroschener – Erzählung. Es ist ... es ist", sie warf die Hände in die Luft und schien nach den richtigen Worten zu suchen, „würdelos. Wenn wir diese Videos veröffentlichen, wird unsere Webseite zur Lachnummer. Und ich würde meine Hand dafür ins Feuer legen, dass wir damit einen finanziellen Einbruch erleiden werden."

Ich denke, in diesem Moment traf mich ein Schock, denn der

Rest ihrer Worte schien nur noch aus weiter Ferne auf mich einzuprasseln.

Sie drehte sich zu mir. „Sie", auf diesem Wort lag ganz offensichtlich ihre Betonung, „haben es geschafft, uns aussehen zu lassen wie ein Dritte-Welt-Unternehmen, das versucht, mit den großen Jungs mitzuhalten. Das ist eine Abscheulichkeit."

Ich hörte ein Räuspern und verlegenes Rascheln. Einer der Männer kratzte sich an der Nase. Ein anderer fuhr sich mit der Hand durch die Haare. Wieder schaute ich zu Teresa hinüber. Sie starrte mich angespannt an. Dieses Starren kannte ich. Ihr Job und meine Karriere standen auf dem Spiel. Es musste umgehend Schadensbegrenzung betrieben werden.

Also nahm ich einen tiefen, beruhigenden Atemzug und versuchte, mich zusammenzureißen. „Miss Hollander, können Sie etwas konkreter werden? Noch können wir Änderungen durchführen. Deswegen sind wir hier. Welche Szenen waren Ihrer Meinung nach kritikwürdig?"

Sie breitete ihre Hände aus. „Alle. Ich kann nicht glauben, dass Sie tatsächlich annehmen, dass dieses Material für ein Top-500- – nein, Entschuldigung, ein Top-100-Unternehmen geeignet wäre."

„GE hat etwas Ähnliches gemacht", meldete Teresa sich leise zu Wort.

„Wir sind nicht GE."

„Dessen bin ich mir bewusst, Miss Hollander", fuhr Teresa fort. „Aber deren Beliebtheitsgrad ist in die Höhe geschossen, genau wie ihre Profite. Die Analysten haben bereits Worte wie ‚bewundernswert' und ‚respektabel' verwendet, wenn sie über sie schreiben. Und dann gibt es da noch Richard Branson bei Virgin. Er twittert, schreibt Blogs und betreibt ein aktives Instagram-Profil."

„Wir stellen keine Glühbirnen her, Teresa", sagte Hollander. „Und Richard Branson ist es nicht wert, dass über ihn diskutiert wird. Delcroft produziert Kampfjets. Zivilflugzeuge. Drohnen. Militärflugzeuge. Wir sind Weltmarktführer in der Luftfahrt. Dieses Video lässt uns aussehen wie Marktschreier, die den Leuten hinterherlaufen müssen, damit sie das Zirkuszelt betreten. Ich denke, wir sollten das ganze Projekt abblasen."

Es gab weiteres Räuspern und Bewegung im Raum. Die Schwere der Spannung erdrückte langsam alle Anwesenden, trotzdem nahm meine Verärgerung zu. Diese Frau hatte immer noch keinen einzigen konkreten Punkt angesprochen.

„Wie wäre es, wenn Sie und ich uns mit Teresa treffen, Miss Hollander?", sagte ich. „Damit wir Ihre konkreten Bedenken besprechen können. Wie ich bereits gesagt habe, ist es gar kein Problem, Änderungen vorzunehmen. Wir wollen sicherstellen, dass Delcroft seiner Stellung entsprechend dargestellt wird. Und natürlich, dass es Ihnen gefällt."

Sie starrte mich kühl an. „Ich bezweifle, dass das möglich ist." Dann wandte sie sich an Teresas Boss. „David, haben Sie das genehmigt?"

Er zuckte mit den Schultern. Er zuckte tatsächlich mit den Schultern. Und das kam von dem Mann, der nicht ein Wort herausgebracht hatte, seit er diesen Raum betreten hatte.

„Nun, Charlotte …", meldete sich Harry, der DC-Lobbyist, zu Wort, „mir hat es gefallen." Am liebsten hätte ich ihn geküsst. „Sie müssen bedenken, dass wir eine jüngere Generation ansprechen wollen. Wir wollen sicherstellen, dass sie wissen, wie omnipräsent Delcroft ist. Wir sind ein wichtiger Teil des Gesellschaftsgefüges. So bekannt wie Cheerios oder − na ja, ich hasse es, das zuzugeben, aber − wie Richard Branson."

Ich richtete mich auf. Vielleicht gab es doch noch einen Funken Hoffnung.

Hollander warf ihm einen missmutigen Blick zu, antwortete aber nicht. Hatte Harry eine höhere Position inne als sie?

Schließlich übernahm Phillips, der offensichtlich die emotionale Temperatur im Raum gemessen hatte, die Kontrolle. „Nun, wir scheinen uns hier noch nicht ganz einig zu sein, Miss Foreman, aber ich möchte Ihnen für alles danken, was sie bisher für uns getan haben. Das war ein sehr … *aufschlussreiches* Treffen. Wir melden uns bei Ihnen, sobald wir die Gelegenheit hatten, alles zu reflektieren."

Ich nickte und war immer noch wie betäubt, als ich spürte, wie sich ein monströser Kopfschmerz ankündigte. Während die Führungskräfte den Konferenzraum verließen, sammelte ich meinen

Laptop und die Kabel zusammen und stopfte gerade alles in meine Tasche, als Teresa noch einmal hereinkam. Sie sah aus wie ein ausgenommener Fisch.

„Es tut mir unglaublich leid", sagte ich.

Sie schüttelte den Kopf. „Das habe ich nicht kommen sehen."

„Ich werde Sie später anrufen", sagte ich.

„Wenn ich dann noch einen Job habe", gab sie zurück.

Kapitel 9

Montagabend

Als Luke an diesem Abend auftauchte, hatte ich schon fast eine ganze Flasche Wein getrunken. Normalerweise sehe ich ihn nie vor Donnerstag, wenn wir das Wochenende miteinander verbringen. Aber ich fühlte mich so zerschlagen, verletzt und erbärmlich wie ein misshandelter Welpe, deshalb hatte ich ihn angerufen.

Als ich seinen Schlüssel im Schloss hörte, sprang ich vom Sofa auf und eilte zur Tür. Er hatte kaum seinen Mantel ausgezogen, als ich mich auch schon in seine Arme warf und anfing zu weinen.

Er legte seine Arme um mich und hielt mich fest, was mich nur noch mehr weinen ließ. Ich hatte versucht, mich zusammenzureißen, aber sein sorgenvolles Gesicht riss meine Wunden wieder auf.

Also klammerte ich mich an ihn. Er wiegte mich hin und her, wie ich es früher mit Rachel getan hatte, wenn sie sich verletzt hatte. „Hey, hey, was ist denn passiert, Liebling?"

„Ich bin in meiner ganzen Karriere noch nie so gedemütigt worden."

„Erzähl mir, was passiert ist."

Ich schüttelte den Kopf, die Tränen strömten mir immer noch über meine Wangen.

„Ist okay", sagte er mit leiser, sanfter Stimme. „Alles okay."

Ich brauchte noch etwa eine Minute, bis ich mich beruhigte. Ich löste mein Gesicht von seinem Pullover und fuhr mit meinen Fingern über die Stelle, an der ich gelehnt hatte. „Ich glaube, ich habe ihn ruiniert."

„Für so etwas gibt es Reinigungen." Er lächelte und strich mit seinen Fingern über meine Wange. „Komm, lass uns erst mal reingehen ..." Er zeigte in Richtung des Wohnzimmers. „Ich möchte, dass du mir genau erzählst, was passiert ist." Ich schniefte und er zog ein Taschentuch aus seiner Tasche. Luke Sutton ist der einzige Mann, den ich kenne, abgesehen von meinem Vater, der tatsächlich ein Stofftaschentuch mit sich herumtrug. Ich nahm es entgegen und tupfte meine Augen ab. Luke war nicht besonders groß, dafür aber robust und stark. Seine Haut war hell und mit Sommersprossen übersät, wegen denen er in der Sonne vorsichtig sein musste. Er trug eine Brille und hatte rotbraune Haare, oder was davon übrig war, und einen ungepflegten grauen Bart, an dessen sorgfältige Pflege ich ihn immer wieder erinnern musste. Aber er hatte die gütigsten blauen Augen östlich des Mississippi. Meine Freundin Susan beschreibt ihn immer als den Typ Mann, bei dem man es kaum erwarten kann, ihn seinen Eltern vorzustellen.

Nun führte er mich ins Wohnzimmer und schob mich sanft auf das Sofa. „Also, was ist passiert?"

Ich erklärte, wie Charlotte Hollander das Projekt auseinandergenommen hatte. „Das ergab alles keinen Sinn. Teresa hat erwähnt, dass es eine Übernahme durch externes Management gegeben hatte. Aber diese Frau ist völlig unerwartet auf uns losgegangen und der andere Typ hat kein einziges Wort gesagt und –"

Luke hob seine Handflächen. „Warte! Du fährst gerade mit Vollgas durch die Wand. Atme tief durch und fang ganz am Anfang an."

Das tat ich. Ich beschrieb die ganze Historie des Projekts. Wie begeistert Teresa gewesen war. Wie ansteckend ihr Enthusiasmus gewesen war. Wie man, nachdem ich mein Konzept vorgestellt und mein Angebot unterbreitet hatte, diesem zugestimmt hatte. Wie hart wir beim Dreh und an der Nachproduktion gearbeitet hatten. „Die Videos sind toll geworden, Luke. Hank war unglaublich."

Er runzelte die Stirn. „Und du bist dir sicher, dass diese Frau es sabotieren wollte?"

Meine Augen füllten sich wieder mit Tränen. „Natürlich bin ich mir sicher. Außerdem war sie grauenvoll. Sie meinte, ihr zwölfjähriger Sohn hätte einen besseren Job abliefern können. Sie hatte es darauf abgesehen, mich zu demütigen. Und Teresa. Und das hat sie geschafft."

„Ich verstehe das nicht. Wer ist diese Frau?"

„Vizepräsidentin der Technikabteilung. Sie steht ziemlich hoch auf der Karriereleiter bei Delcroft, könnte sogar eines Tages CEO werden."

Luke schwieg für einen Moment, dann meinte er: „Es muss einen Grund gegeben haben, weshalb sie so ausgeflippt ist."

„Ich wüsste nicht, welchen, aber wenn sich das herumspricht, werde ich in dieser Stadt nie wieder Arbeit bekommen."

„Meinst du nicht, dass du ein kleines bisschen zu melodramatisch bist?"

Ich lehnte mich auf dem Sofa zurück. Jetzt, da ich etwas ruhiger war, fühlte ich mich seltsam distanziert von den Ereignissen. Ich schätze, der Grund dafür war der, dass ein Mensch nur ein gewisses Maß an Beschämung aushalten kann. Es kann auch Selbstschutz gewesen sein. Andererseits könnte es auch an dem Wein liegen, dessen Wirkung jetzt einsetzte. Ich rieb meine Schläfen.

„Es muss einen Auslöser dafür gegeben haben", sagte Luke.

„Ich weiß es nicht. Vielleicht mag sie es nicht, wenn sich andere Frauen in ihr Territorium einmischen."

Luke schüttelte den Kopf. „Wenn man so empfindlich ist, wird man nicht Vizepräsidentin eines solchen Unternehmens. War in dem Video irgendetwas, das sie aufgebracht haben könnte?"

Ich schniefte und neigte den Kopf zur Seite. „Lass mal sehen. Während des ersten Videos war alles in Ordnung. Ich habe gesehen, wie alle nickten und lächelten, und dachte tatsächlich, dass es ihnen gefiel." Ich hielt inne. „Es war gut, Luke. Ganz ohne Eigenlob, einfach, na ja – du weißt schon – wirklich gut. Sogar ein bisschen selbstironisch."

„Du hast also deine Persönlichkeit eingebracht?"

„Hör auf, mir zu schmeicheln!" Ich brachte ein schwaches Lächeln zustande.

Er grinste. „Erwischt."

„Hey, kann ich es dir vielleicht zeigen? Ich brauche eine objektive Meinung."

Kapitel 10

Montagabend

Wir schauten uns alle vier Episoden an. Ich beobachtete Lukes Reaktionen, aber manchmal konnte er undurchschaubar sein. Als die Folgen durchgelaufen waren, fragte ich ungeduldig: „Und?"

„Ich bin kein Experte in diesem Thema."

Ich nickte.

„Aber mir hat es gefallen. Es war klar, überzeugend und herzlich. Und akkurat, soweit ich es beurteilen kann." Luke war Pilot. Er besaß einige kleinere Flugzeuge, wusste viel über das Fliegen und die Luftfahrt.

„Nicht unprofessionell?"

„Überhaupt nicht."

Ich runzelte die Stirn. „Was ist dann der Knackpunkt? Sie weiß, dass sich Unternehmen heutzutage als Partner und Freund an Kunden vermarkten. Sie kennt die Vorzüge der sozialen Medien."

Luke stand auf, ging zu meiner Anrichte und nahm eine Flasche Bourbon heraus. Er schenkte sich einen Drink ein und kam dann zurück zur Couch. „Es könnten eine Million Dinge sein, Ellie.

Delcroft ist ein riesiges Unternehmen. Ich meine, der verdammte CEO berät den Präsidenten der Vereinigten Staaten in Bezug auf Technologie und Nationale Sicherheit. Jeder, der hoch genug postiert ist, um die Unternehmensleitung innezuhaben, sitzt auf einem Kessel, der jeden Moment hochgehen könnte."

Ich starrte ihn an.

Er schaute an sich hinunter, als wäre mir gerade ein Fleck oder ein Riss an seinem Pullover aufgefallen. „Was ist los?"

„Was hast du gerade gesagt?"

„Dass Delcroft ein Kessel ist, der jeden Moment hochgehen könnte?"

„Nein. Der Teil über das Beraten des Präsidenten bezüglich Technologie und Nationale Sicherheit."

Ich wartete nicht auf seine Antwort und suchte sofort das entsprechende Video, um es mir noch einmal anzuschauen. In der Mitte des zweiten Segments hatte Hollander angefangen, Probleme zu sehen. Ich hielt das Video an, sah meine Notizen durch und ging einige Sekunden zurück. Wir befanden uns in der Mitte einer rasanten Bildmontage. Ich ließ es langsam vorwärtslaufen, dann sah ich es. Es war nur eine Sekunden-Aufnahme, aber dort war Gregory Parks, der ‚Berater' von Delcrofts Messestand, im McCormick Place deutlich zu sehen. Er saß im Publikum und hörte Hollander zu. Ich drückte auf ‚Pause'.

„Dieser Kerl. Sie hat diesen Kerl gesehen."

„Na und?" Ich erzählte ihm, wie er auf der Messe herumgelaufen war und von dem eisigen Empfang, den Charlotte ihm gegeben hatte. „Natürlich benimmt sie sich bei den meisten Leuten so, wie ich mittlerweile feststellen durfte."

„Na und?", wiederholte Luke.

Ich spulte zum nächsten Segment vor und verlangsamte die Aufnahme. Ich sah noch einmal meine Notizen durch und fand den Zeitpunkt, den ich aufgeschrieben hatte, als Hollander sich aufgeregt hatte. Und tatsächlich, da war noch eine weitere Aufnahme von Parks; dieses Mal inspizierte er das Modellflugzeug auf dem Messestand.

„Das ist es. Deshalb war sie so aufgebracht. Ich würde meine nächste Flasche Wein darauf verwetten, dass es an ihm liegt."

Luke lehnte sich vor und stützte seine Hände auf den Knien ab. „Das weißt du nicht. Davon kannst du nicht einfach ausgehen."

„Ich glaube schon, dass ich das kann. Sie kann den Typen nicht leiden. Das war offensichtlich."

Er verschränkte die Arme. „Okay, nehmen wir mal an, du hast recht. Was willst du jetzt tun?"

„Noch einmal hingehen und sie fragen, was sie gegen diesen Typen hat. Ihr sagen, dass wir jede Aufnahme von ihm aus den Videos löschen werden. Ich weiß nicht. Betteln vielleicht."

„Sicher, Schatz. Sie wird dir ganz bestimmt vergeben und alles vergessen, nach all dem, was sie heute mit dir gemacht hat."

Ich richtete mich auf. „Dann werde ich sie einfach übergehen."

„Das ist keine gute Idee."

„Warum nicht?"

„Du hast keine Beweise. Überhaupt keine. Das ist ein Unternehmen, das Drei- und Vier-Sterne-Generäle einstellt, wenn sie aus dem aktiven Dienst ausscheiden. Im Vergleich dazu bist du nur ein Sandkorn. Wenn du meinen Rat willst, ich denke, du solltest dir einen neuen Kunden suchen. Es gibt viele andere Unternehmen in Chicago."

„Aber −"

„Ellie, wenn du denen Ärger bereitest, werden sie dir noch viel mehr Ärger bereiten. Wahrscheinlich haben sie schon eine Akte über dich angelegt."

„Ja, haben sie. Sie haben bei uns allen einen Hintergrund-Check gemacht."

Luke breitete die Hände aus. „Tja, alles, was es braucht, ist ein neuer Bericht von denen über dein Verhalten, deine Professionalität, vielleicht sogar deine Strategie …"

Ich unterbrach ihn. „… und ich bin geliefert." Er nickte. „Das ist unheimlich. So, wie du das sagst, hört es sich an, als lebten wir in einem Land wie Russland. Oder China."

Luke nahm einen Schluck von seinem Bourbon.

Wir waren beide einen Moment lang still, dann sagte ich: „Tja dann, wenn der Berg nicht zu Mohammed kommt …"

„Ellie …", antwortete Luke schnell. „Denk noch nicht mal daran! Versprich es mir!"

Ich lächelte, lehnte mich hinüber und küsste ihn. „Du hast natürlich recht."

Kapitel 11

Dienstag

Am nächsten Morgen fühlte ich mich viel besser, besonders, nachdem mir Luke Kaffee ans Bett gebracht hatte. Ich nippte ein paar Mal daran, und dann machten wir das, was wir normalerweise morgens immer machten. Und abends. Und auch nachmittags, wenn sich die Möglichkeit ergab. Danach fuhr er zurück nach Lake Geneva, während ich duschte.

Ich zog mich gerade an, als der Computer in meinem Gästezimmer, das auch als mein Büro dient, klingelte, um mir mitzuteilen, dass eine E-Mail eingegangen war. Ich ging bedächtig auf ihn zu, weil ich mir nicht sicher war, ob ich heute Morgen wirklich irgendwelche E-Mails lesen wollte, und setzte mich etwas widerwillig an meinen Schreibtisch.

Die Mail war von David Foxhall von Delcroft. Foxhall war der leitende Vizepräsident und als Standortleiter verantwortlich für die Unternehmenskommunikation. Er war der Mann, der während des Treffens gestern kein Wort gesagt hatte. Trotzdem war er, als Teresas Chef, mein ‚offizieller‘ Kundenkontakt und hatte enthusiastisch gewirkt, als ich die Videos vorgeschlagen hatte. Ich presste die Lippen zusammen und las seine Nachricht.

„Guten Morgen, Ellie. Nach vielen internen Diskussionen haben wir beschlossen, nicht mit den Videos fortzufahren. Wir werden Sie natürlich für die gesamte Produktion entschädigen, aber da wir noch Probleme mit dem Konzept haben, werden wir alle weiteren Produktionen einstellen. Ich hoffe, dies verursacht Ihnen und Ihrer Crew keine zu großen Verluste. Wir wünschen Ihnen nur das Beste. Wie bereits erklärt, schicken Sie mir bitte die Rechnung für das gesamte Projekt. Ich werde dafür Sorge tragen, dass sie umgehend beglichen wird.

Mit freundlichen Grüßen

David“

Da stand es. Ich war gefeuert worden.

Meine erste Reaktion war Erleichterung, dass Teresa noch einen Job hatte. Die zweite war weniger wohlgesonnen.

„Zur Hölle mit diesen Feiglingen!“ Ich stapfte aus meinem Büro, ging hinunter in die Küche und stellte schmutzige Teller und Tassen in den Geschirrspüler. Schon eine Minute später schwächte meine Wut ab und ich staunte darüber, wie mächtig Hollander sein musste, um das gesamte Projekt einfach so einstampfen lassen zu können. Eine weitere Minute später verbesserte sich meine Laune noch weiter, und ich war dankbar, dass wir für die Arbeit bezahlt werden würden, die wir nicht zu Ende bringen mussten. Das würde Mac glücklich machen. Vielleicht würde es sogar für ein langes Wochenende in Florida für Luke und mich reichen; und schon träumte ich von einem Flug nach Florida oder in die Karibik.

Wenige Sekunden später war ich jedoch wieder wütend. Ich war von einem Top-100-Unternehmen zurückgewiesen worden. Seit mehr als 25 Jahren bin ich professionelle Filmemacherin, und darum schäumte ich geradezu vor Wut, als ich eine Ladung Wäsche in die Waschmaschine warf. Wie können sie es wagen? Auf einer bestimmten Ebene wusste ich wahrscheinlich, dass mein Zorn von diesen nie enden wollenden Gefühlen der Unsicherheit stammte, die dicht unter der Oberfläche lauerten. Gefühle, die nur darauf warteten, sich verheerend auf mein Ego auszuwirken.

In Zeiten wie diesen würde ich normalerweise meine Freundin Susan anrufen und wir würden unsere Probleme während eines Power Walks um das Dorf herum abarbeiten. Aber das wilde Schneetreiben draußen prophezeite nichts Gutes für einen Spaziergang, außerdem arbeitete Susan dienstags immer in einer Kunstgalerie.

Ich fing an, ziellos im Haus herumzutigern. Die Stimmen der Unsicherheit klangen wie die Stimme und die Worte meiner verstorbenen Mutter. „Ja, eine Zwei-plus ist okay, aber wieso ist es keine Eins geworden? Und du gehst nur nach Michigan?" Dennoch war ihre beste Rolle beinahe Oscar-würdig, die des Motivators. „Du musst herausfinden, wer dir das angetan hat und warum. Und dann musst du es wieder in Ordnung bringen."

Kapitel 12

Dienstag

Ich fand Gregory Parks' Nummer in meiner Tasche und tippte sie ein. Ich war nicht überrascht, als mich eine wie überall vorkommende, weibliche Stimmaufzeichnung dazu aufforderte, eine Nachricht zu hinterlassen. Berater sind sehr beschäftigte Leute.

„Gregory, hier ist Ellie Foreman. Wir haben uns letzte Woche auf der Luftfahrtmesse im McCormick Place kennengelernt. Ich habe ein Video für Delcroft produziert und hoffe, dass Sie mich zurückrufen."

Ich hinterließ meine Nummer, legte auf und fragte mich, was ich jetzt tun sollte. Ich konnte mich nicht dazu aufraffen, Mac anzurufen, um ihm die Neuigkeiten mitzuteilen. Oder Teresa mein Bedauern auszusprechen. Ich entschied mich für einen Serien-Marathon mit einer ganzen Staffel von *Homeland* − ein bipolarer CIA-Agent in Schwierigkeiten heitert mich doch immer wieder auf − und drückte gerade auf ‚Play', als mein Telefon klingelte.

Ich nahm ab. „Ellie Foreman …"

Es ertönte ein Klicken in der Leitung, aus dem ich nicht schlau wurde. Dann eine männliche Stimme, die sich anhörte, als wäre sie sehr weit entfernt. „Hier ist Gregory Parks."

„Mr. Parks, danke für den Rückruf." Offensichtlich zeichnete er seine Anrufe auf. „Ich hoffe, Sie erinnern sich an mich."

„Ja. Doch, das tue ich." Er hörte sich nicht ungeduldig an. Eher neugierig.

„Ich habe mich gefragt, ob Sie sich mit mir treffen würden."

Es entstand eine lange Pause. Dann: „Weswegen?"

Ich räusperte mich. „Nun, wir sind mitten in unserem Projekt für Delcroft, und ich weiß, wie interessiert und sachkundig Sie in der Luftfahrt sind. Ich dachte, vielleicht möchten Sie die Rohversion sehen. Ich habe sie auf einem USB-Stick, was bedeutet, ich kann Sie praktisch an jedem Ort treffen, um Ihnen das Video zu zeigen. Ich würde mich über Ihren Beitrag wirklich sehr freuen."

„Es tut mir leid, aber ich bin kein Luftfahrt-Experte. Ich wüsste nicht, wie ich Ihnen helfen könnte."

Ich dachte darüber nach, wie ich weiter vorgehen sollte. Ich kannte diesen Kerl nicht und hatte keine Ahnung, wie er zu Hollander stand, also musste ich vorsichtig sein.

„Nun, Gregory, wir haben uns gestern mit Charlotte Hollander getroffen und sie schien auf Ihre Anwesenheit auf unserem Schnittmaterial zu reagieren. Ich habe mir gedacht, der Grund dafür –"

Er unterbrach mich. „Was ist ein Schnittmaterial, und wie komme ich in Ihr Video?"

„Natürlich. Tut mir leid." Ich erklärte, dass das Schnittmaterial zur Einrichtung der Szene für die umfassende Erzählung oder für den Übergang zwischen O-Tönen verwendet wurde. „Sie waren eine" – ich suchte nach höflichen Worten – „aktive Präsenz am Messestand."

„Ich verstehe."

Die Telefonverbindung wurde durch starken Lärm gestört, der nach wenigen Sekunden wieder verschwand. Ich runzelte die Stirn. „Hollander hatte einige – ähm – Bedenken wegen der Videos, und ich hatte gehofft, Sie wären in der Lage, Licht in ihre Denkweise zu bringen, da sie beide offensichtlich miteinander bekannt sind."

„Ms. Foreman, ich verste–"

„Nennen Sie mich Ellie!"

„Ja. Ellie. Ich verstehe noch immer nicht, was ich für Sie tun kann. Ich kenne Miss Hollander kaum. Ich bin nur ein einfacher Berater."

Ich wurde wachsam. Sei bloß vorsichtig vor jedem, der behauptet, ein bescheidener Berater zu sein! Besonders, wenn er aussieht wie Keanu Reeves.

„Ich bitte nur um einige Minuten Ihrer Zeit. Delcroft ist ein wichtiger Akteur auf dem Markt in Chicago, und ich möchte sicherstellen, dass meine Reputation – ähm – in der Zukunft ein A-plus mit Sternchen sein wird. Miss Hollander hat viel Einfluss. Der Kaffee oder Tee geht natürlich auf mich. Wir könnten uns im Ann Sather's Café treffen, wenn Sie mögen." Das hatte ich schön mit hineingeschmuggelt. Ich wollte eine ihrer Zimtschnecken. Ich *brauchte* eine ihrer Zimtschnecken.

Parks antwortete nicht. Wahrscheinlich fragte er sich, was er von dem Treffen hätte. Ganz ehrlich, die Antwort war: Nichts. Ich würde *ihn* aushorchen. Daher war ich überrascht, als er sagte: „Ich bin nicht in der Innenstadt. Und Sie wohnen in einem Vorort."

„Woher wissen Sie das?"

Er zögerte kurz. „Ich – ich hatte es angenommen. Auf der Messe sagte mir Ihr Regisseur, dass er aus Northbrook komme."

Ich runzelte die Stirn. Mac war kein geschwätziger Typ. Besonders nicht bei Fremden. Was bedeutete, Parks musste mich überprüft haben. Aber warum? Das wurde jetzt doch etwas seltsam. Vielleicht sollte ich das Treffen mit ihm vergessen. Andererseits, wir würden uns ja an einem öffentlichen Ort treffen, nicht in irgendeinem versteckten Hinterhof.

Dann: „Ich schätze, ich kann die Hochbahn in die Stadt nehmen. Ich muss sowieso etwas in der Innenstadt erledigen. Kennen Sie die Station, wo sich Blue Line und Red Line kreuzen?"

Parks musste westlich der Innenstadt sein, wenn er die Blue Line nahm.

„Ja", antwortete ich. „An der Station Jackson." Es war Jahre her, seit ich die Hochbahn genommen hatte. „Soweit ich mich erinnere, gibt es einen Fußgängerübergang, um von der einen Linie zur anderen zu gelangen."

„Genau", sagte er. „Auf dem Fußweg gibt es einen Starbucks. Ich treffe Sie dort. In zwei Stunden."

Das war jetzt kein so öffentlicher Platz, wie ich es gerne gehabt hätte, aber es war besser als nichts. „Okay. Ich bin mir ziemlich sicher, dass ich mich an Sie erinnere – auf jeden Fall habe ich Ihr Gesicht oft genug auf den Videos gesehen. Geben Sie mir jedoch für alle Fälle etwas, an dem ich Sie erkennen kann."

„Ich werde einen Burberry-Schal und eine schwarze North Face-Jacke tragen." Wie adrett.

„Großartig. Ich werde bei Starbucks nach Ihnen Ausschau halten."

Kapitel 13

Dienstag

Ich parkte am CTA-Bahnhof in Wilmette, stieg in die Purple Line hinunter nach Howard und dann in die Red Line für die Fahrt hinunter zur Innenstadt. Als wir Rogers Park, Ravenswood und Lakeview passierten, rasten schnell wie eine Gewehrkugel flüchtige Eindrücke aller Art an mir vorbei. Ein Bungalow mit Schnee auf dem Dach, eine durchhängende Veranda, eine Reifenschaukel, die schlaff von einem kahlen Ast hing, das Dreirad eines Kindes.

Ich erinnerte mich an meine Wohnung in Lakeview. Ich hatte ein paar Jahre zuvor das College abgeschlossen, war ungefähr im gleichen Alter gewesen wie Rachel jetzt. Barry und ich hatten uns gerade kennengelernt, und der Funke zwischen uns war geradezu explodiert. Wir verbrachten so viel Zeit, wie wir konnten, damit, den Körper des anderen zu erkunden. Am liebsten waren mir die Sonntage im Winter. Ein langer Tag und eine noch längere Nacht, unsere Strickpullover, Jeans und Stiefel auf dem Dielenfußboden verstreut, die eine verräterische Spur zum Schlafzimmer markierten.

Bei North und Clybourne begann der Zug, unterirdisch zu fahren, und ich erhaschte mein Spiegelbild im Fenster. Ich lächelte.

Einige Minuten später stieg ich an der Station Jackson aus. Bürgermeister Rahm ließ gerade die Hochbahn-Stationen sanieren – witzig, wie er es immer wieder schaffte, einige Millionen Dollar aufzutreiben, wenn er es wirklich wollte – und die Station Jackson war eine der ersten Modernisierungen gewesen. Ich ging los, über den Fußgängerübergang. Die Obdachlosen, die diese Stelle sowie auch Lower Wacker als Übernachtungsquartier genutzt hatten, waren verschwunden. Ebenso die rissigen Mauern und hohlen Echos. Der einst schäbige Bereich war gut ausgeleuchtet, dekoriert mit Wandbildern von Pendlern, die kamen und gingen, und strotzte nun von trendigen Läden, natürlich einschließlich eines Starbucks.

Ich hing draußen herum. Immer wieder gingen Leute hinein und wieder hinaus. Ich sah dem Zischen und Agieren all der Maschinen zu, bis ich mir dachte, dass ich jederzeit eine alternative Karriere als Barista beginnen könnte. Schließlich warf ich einen Blick auf meine Uhr. Parks war fünfzehn Minuten zu spät dran. Ich wusste, wie er gekleidet sein würde, deshalb entschied ich mich, in Richtung Blue Line zu gehen.

Die Mittagszeit war bereits vorbei, aber es war nicht überfüllt. Die Hetzerei der Rush Hour würde erst in einer Stunde losgehen. Ich folgte den Schildern, ging eine Treppe hinauf und schlenderte in Richtung der Gleise der Blue Line. Es war eine ganz normale Station, zwei Gleise, wobei jedes in entgegengesetzter Richtung genutzt wurde, getrennt durch eine Beton-Plattform. Weiter hinten sah ich eine weitere Treppe, ähnlich der am anderen Ende, die ich gerade hochgestiegen war. Hier waren die Lichter trüber, vielleicht lag es aber auch nur an der Neonbeleuchtung. An den Wänden waren Graffiti und der leicht ranzige Gestank von Urin hing in der Luft. Die Umgestaltung hatte definitiv bei dem Fußgängerübergang aufgehört.

An der Treppe blieb ich stehen und dachte mir, ich würde Parks sehen, wenn er aus dem Zug stieg. Etwa fünf Minuten später fuhr der Zug ein, aber es waren so viele Wagen angehängt – wahrscheinlich hatten sie sich schon auf den Nachmittagsandrang vorbereitet –, dass ich das Ende des Zuges nicht sehen konnte. Die Türen öffneten sich mit einem Zischen. Etwa zwei Dutzend Leute stiegen aus und gingen in Richtung der Treppe. Ich schaute zum anderen Ende der Plattform und sah einige Menschen aus dem Zug steigen. Ich eilte hinüber. Vielleicht wusste Parks nicht, dass sich der Starbucks hinter uns befand, und ich wollte ihn noch einholen, bevor er die Treppe erklommen hätte, also fing ich an zu laufen.

Während ich das tat, hörte ich, wie sich hinter mir ein Zug aus der entgegengesetzten Richtung näherte. Das Zischen einer künstlichen Brise blies über die Plattform hinweg, bevor dieses Geräusch von einem Knurren übertönt wurde, das sich zu einem Brüllen steigerte und schließlich in einem Donnerschlag endete, als der Zug abbremste. Auch an diesen Zug waren anscheinend viele Wagen angehängt, was bedeutete, dass er einen längeren Bremsweg hätte. Wie bei dem anderen Zug, der gerade wieder abfuhr, zogen sich auch bei diesem Zug die Wagen bis über meine Sichtweite hinaus in die Länge.

Auf einmal schoss eine undeutliche, verschwommene Bewegung über die Plattform. Eine Frau schrie. Dann ein Mann. Der Zug kam mit einem Ruck zum Stehen. Seine Bremsen quietschten lange und laut, und klangen wie ein verwundetes Tier. Einige Sekunden später rannten zwei Männer auf mich zu. Jemand anderes rannte die Treppe auf der anderen Seite der Plattform hinauf.

„Rufen Sie die Polizei! Holen Sie die Cops! Sofort!", schrie einer der Männer, die an mir vorbeirannten.

„Oh mein Gott! Oh Gott!", rief der andere Mann.

„Was ist passiert?", fragte ich.

„Jemand hat sich vor den Zug geworfen!"

Kapitel 14

Dienstag

Jeder hat schon einmal von den verzweifelten Seelen gehört, die ihr Leben auf den Bahngleisen beenden. Ich hatte einen entfernten Cousin, der genau das ebenfalls getan hatte. Aber was jetzt passierte, schien so außerhalb der Realität zu sein wie das Skript eines tragischen Films. Ich bekam Gänsehaut auf den Armen, gleichzeitig wurde mir heiß. Ich musste mich selbst daran erinnern, dass ich selbst okay war. Lebendig und unverletzt. Ich hasste mich dafür, dass ich mir das Unglück anschauen wollte, aber ich konnte meine Neugier nicht unterdrücken, also eilte ich ans Ende der Plattform, wo sich eine Menschenmenge angesammelt hatte. Wo waren all diese Gaffer so schnell hergekommen? Einige Leute sprachen in ihre Mobiltelefone, ich nahm an, sie riefen die Polizei an. Aber andere machten Bilder, die sie wahrscheinlich schon bald ins Netz stellen würden.

Ich schaute mich nach einem Burberry-Schal mit Schottenmuster um, von dem Parks gesagt hatte, dass er ihn tragen würde, aber ich sah keinen. Ich drängte mich weiter in die Menge hinein, wurde aber von einer Frau behindert, die die Rolle der Ausruferin angenommen hatte. Ich habe früher bei den Fernseh-Nachrichten gearbeitet und bemerkt, dass Leute oft in bestimmte Rollenmuster verfallen, wenn eine Tragödie passiert. Da ist der Stadtausrufer, der allen anderen erzählt, was los ist, als hätte er oder sie Insider-Informationen. Dann gibt es noch den griechischen Chor, also Leute, die dem Stadtausrufer zuhören und mit entsprechendem Horror, Kummer oder Angst reagieren. Und dann gibt es die Neinsager, die nichts mit dem Ereignis zu tun haben wollen und sich durch die Menge drängen, um zu flüchten oder die Existenz des Ereignisses zu leugnen.

Ich bahnte mir einen Weg durch die Menge und heimste mir einige „Hey, Lady, passen Sie doch auf"-Kommentare ein, aber Parks sah ich immer noch nicht. Vor Unbehagen krampfte sich mein Magen zusammen. Mittlerweile stand der Zugführer auf der Plattform und hatte den Strom für den Zug und die Schienen abgeschaltet. Er starrte hinunter, dorthin, wo ein Mann, mit zum größten Teil verdecktem Gesicht, auf den Gleisen lag. Nur ein Teil seiner Wange war sichtbar und geschwärzt von dem Stromschlag. Sein Gesicht konnte ich nicht sehen, aber als ich das Flattern eines beige-schwarz-roten Burberry-Schottenmusters sah, erstarrte ich.

Eine Woge der Übelkeit stieg in mir auf, und ich legte rasch die Hand auf meinen Mund.

Jemand neben mir schaute mir in die Augen. „Sind Sie in Ordnung?"

Ich schüttelte den Kopf und wollte gerade antworten, als ich von einer lauten Stimme unterbrochen wurde.

„Polizei! Treten Sie alle zurück! Machen Sie Platz!"

Die Menge teilte sich und ließ zwei Polizeibeamte durch. Sie waren schnell eingetroffen; vermutlich hatten sie gerade in der Station patrouilliert. Als Erstes kam eine Polizistin. Als sie die Leiche sah, verzog sie das Gesicht.

„Scheiße."

Der männliche Polizist folgte ihr, schaute hinunter auf Parks und schloss schockiert die Augen. Dann drehte er sich zu uns um. „Höchste Zeit, weiterzugehen, Leute. Die Show ist vorbei. Aber bevor Sie gehen, wird der Sergeant hier Ihre Namen und Telefonnummern notieren. Wir werden uns bei Ihnen melden. Hat jemand gesehen, wie er gesprungen ist?"

Ich war auf der Plattform wie angewurzelt stehengeblieben und versuchte zu verarbeiten, was da eben passiert war. Irgendwo über mir heulte eine Sirene. Die Sanitäter trafen ein, während der Cop versuchte, ein Mindestmaß an Ordnung herzustellen. „Treten Sie zurück! Eine Trage ist unterwegs. Kennt irgendjemand diesen Mann? Hat irgendjemand gesehen, was passiert ist?"

Er drehte sich in meine Richtung und mein Magen verknotete sich. Die Augen des Polizisten verengten sich, als würde er denken, ich wisse etwas. Eine Welle der Schuld überflutete mich, aber ich wusste aus Erfahrung, dass eine Aussage die Wiederholung der gleichen Aussage bei verschiedenen Beamten für den Rest des Tages und vermutlich auch des Abends beinhalten würde. Damit würden letztendlich auch Delcroft und Charlotte Hollander mit hineingezogen werden. In Anbetracht meiner aktuellen Situation wäre das eine Katastrophe. Falls das Unternehmen wegen seiner Verbindung zu Parks durch die Presse gehen würde und falls mein Name mit dem Schlamassel in Verbindung gebracht werden würde … Bei dem Gedanken an die möglichen Folgen fing ich an zu zittern. Ich fühlte mich unglaublich schuldig, sagte aber nichts.

Zum Glück mischte sich die Stadtausruferin ein. „Officer, ich habe ihn gesehen."

Der Cop richtete seinen Blick auf sie. „Sie haben gesehen, wie er gesprungen ist?" Er zog einen kleinen Notizblock heraus.

„Wie ist Ihr Name?"

„Brenda Huffmann." Sie war eine ungepflegte Frau, mit dünner werdenden, grauen Haaren. Ich hatte das Gefühl, dass das hier für sie das Aufregendste war, was ihr je passieren würde, und sie schien fest entschlossen, das Beste daraus zu machen. „Nun, ja. Irgendwie schon."

„Was heißt das? Wo waren Sie?"

„Tja, ähm … ich war dort unten." Sie zeigte vage in Richtung der Treppe neben mir.

„Wie weit waren Sie weg?"

Sie wurde rot. „Nun, ich war irgendwie in der Mitte, zwischen den beiden Treppen."

Der Polizist seufzte, als würde er erkennen, dass das, was immer sie auch zu sagen hatte, wertlos wäre. Dennoch bemühte er sich. „Okay. Also, was haben Sie gesehen?"

„Nun, es ging wirklich schnell. Sehr plötzlich. Erst war er nicht da, dann war er da."

„Wo ist er hergekommen?"

Sie schaute sich um, auf die verbliebenen Gaffer, als suche sie nach Unterstützung. Ich kannte den Kerl. Ich sollte etwas sagen. Doch das tat ich nicht.

„Ich – ich bin nicht sicher", sagte sie zögernd. „Aus dem anderen Zug?"

Ein weiterer Mann schaltete sich ein. „Ich glaube, ich habe ihn aus dem anderen Zug aussteigen und in Richtung Treppe gehen sehen, aber dann …"

„Dann was?", fragte der Cop.

„Ich – ich weiß nicht", stammelte der Mann. „Es ist so schnell passiert."

Ich hörte einen Tumult, oben an der Treppe.

Der Cop schaute auf. „Okay, alle zurücktreten."

Die Sanitäter eilten mit einer Trage, einem Defibrillator und einer Tasche, die wahrscheinlich voll mit anderer Ausrüstung war, heran, und schauten hinunter auf Parks Leiche.

„Tja, ich schätze, den werden wir nicht brauchen", sagte einer von ihnen und zeigte auf den Defibrillator.

Eine neue, künstliche laute Stimme mischte sich ein. „Alle Reisegäste werden gebeten, den Bereich jetzt zu räumen. Es gelten die Notfallvorschriften. In den nächsten zwei Stunden werden keine Züge fahren. Es wird ein Schienenersatzverkehr eingerichtet werden, um Sie an Ihr Ziel zu bringen." Ein wichtigtuerisch-aussehender Mann mit CTA-Uniform kam auf uns zu. „Kommen Sie, auf geht's!" Er machte eine scheuchende Bewegung mit den Händen. „Es gibt nichts mehr zu sehen."

Der Polizist zog ihn zur Seite und sprach mit ihm.

Der CTA-Mann räusperte sich. „Bevor Sie gehen, geben Sie bitte den Polizisten Ihren Namen und Ihre Telefonnummer. Wir werden Sie befragen müssen." Seine plötzliche Verwendung von „wir" brachte mich beinahe zum Lachen. Aber nur beinahe.

Zu den Polizisten gesellten sich noch vier weitere Männer in Uniform und zwei in Zivil. Ermittler. Das war meine letzte Chance, mich zu Wort zu melden. Ihnen zu erzählen, was ich wusste. Nein. Das Risiko war zu groß. Die Schuld, die ich verspürte, weil ich in einem Moment wie diesem nur an mich dachte, wurde stärker, aber mir war bewusst, dass ich in dieser Stadt womöglich nie wieder Arbeit finden würde, falls mein Name, genau wie der von Delcroft und Hollander, in diesem Zusammenhang auftauchen würde. Ich musste auch daran denken, was Susan, Luke, mein Vater und sogar Rachel sagen würden. „Misch dich da nicht ein, Ellie" – das kam von Mom. „Schatz! Es ist noch nie etwas Gutes dabei herausgekommen, wenn du dich irgendwo eingemischt hast."

Sie hatten recht. Damit würde ich mich erst im Fegefeuer auseinandersetzen müssen. Ich drehte mich um und war bereit, die ganze Szenerie hinter mir zu lassen. Die Stufen in der Nähe waren durch einen stabilen Beton-Stützpfeiler abgestützt, und dieser Stützpfeiler befand sich nur wenige Meter von Parks Körper entfernt. Tatsächlich war die Konstruktion breit genug, um die Sicht von unserem Standort aus zu blockieren. Was bedeutete, dass niemand, mich eingeschlossen, genau gesehen haben konnte, was passiert war, als Parks gesprungen ist.

Ich betrachtete den Beton-Stützpfeiler, während ich mich umdrehte und anfing, zum gegenüberliegenden Ende der Plattform zu gehen. Dabei passte ich jedoch nicht wirklich auf, wohin ich trat, und stieß versehentlich etwas mit meinem Stiefel an. Es schepperte. Ich schaute hinab und entdeckte eine knautschfeste Schachtel Marlboro-Zigaretten. Parks rauchte Marlboro! Und ich war nur etwa zwei Meter von der Plattformkante entfernt, hinter der er jetzt lag. Ich bückte mich, wobei ich sicherstellte, dass niemand zusah, und ließ die Schachtel in meine Manteltasche gleiten. Dann ging ich langsam weg.

Kapitel 15

Dienstag

Auf meinem Weg zurück zur Red Line schüttelte ich die Marlboro-Schachtel. Was auch immer darin war, es klapperte und gab ein leicht blechernes Geräusch von sich. Wo blieb bloß der verdammte Zug? Endlich fuhr er in die Station ein. Ich tippte ungeduldig mit dem Fuß auf, bis sich die Türen öffneten, eilte hinein und schnappte mir einen Sitzplatz. Dann klappte ich den Deckel der Schachtel auf.

Darin befand sich ein USB-Stick, einer, wie ich ihn für Kundenvorführungen benutze. Auf dem Etikett stand 16 GB. Ein durchschnittliches Video – zumindest die, die ich produziere – läuft circa dreißig Minuten, was, abhängig von der Qualität der Übertragung, kaum mehr als vier GB benötigt. Ich runzelte die Stirn. Warum sollte Parks so einen USB-Stick in einer Marlboro-Schachtel verstecken? Er hatte erwähnt, dass er noch etwas erledigen musste. Hatte er vorgehabt, ihn bei jemandem abzuliefern? War ihm die Schachtel aus den Händen gefallen, als er gesprungen ist? Was war da wohl drauf?

Ich starrte zum Fenster hinaus, achtete aber im Gegensatz zu heute Morgen nicht auf die Eindrücke von Chicago, die vorbei rasten. Dieser Tag konnte nicht mehr schlimmer werden. Ich war gefeuert worden und jemand, den ich kannte, hatte sich umgebracht. Die Schuld nagte an mir, weil ich mich nicht zu Wort gemeldet hatte, und jetzt besaß ich auch noch einen mysteriösen Speicher-Stick, der, soweit ich vermutete, geschützte oder illegale Daten enthielt. Was kam als Nächstes?

Als ich nach Hause kam, schenkte ich mir ein großes Glas Wein ein und rannte nach oben in mein Büro. Nachdem ich den Stick in meinen Computer gesteckt hatte, informierte mein Mac mich höflich, dass ich jetzt mit einer externen Festplatte verbunden war, und fragte, ob ich sie öffnen wolle. Ich klickte auf ‚Öffnen‘ und sah das bekannte Icon, das einen Ordner anzeigt. Es stand kein Name darauf, nur eine Reihe von Zahlen, die wie zufällig ausgewählte Ziffern aussahen. Ich klickte den Ordner an und eine ganze Reihe von Dateien erschien. Das mussten mehr als fünfzig sein. Jedoch waren sie nicht gekennzeichnet, wodurch ich nicht herausfinden konnte, mit welcher App sie erstellt worden waren. Also klickte ich wahllos eine Datei an. Es öffnete sich ein Bildschirm, auf dem nichts anderes als ein rechteckiges Kästchen und die Anweisung ‚Bitte Passwort eingeben‘ zu sehen war.

Die Datei war verschlüsselt.

Ich probierte einige der anderen aus, aber sie waren ebenfalls verschlüsselt. Ich verließ die Datei-Ebene und klickte auf ‚Software-Informationen‘ des Ordners. Er enthielt 5,5 MB. Abhängig vom Inhalt konnten das viele Daten sein oder auch nicht. Das konnte man unmöglich sagen.

Ich nippte an meinem Wein und dachte darüber nach. Dann kopierte und zog ich die Inhalte des Sticks auf meine Festplatte. Ich öffnete den Ordner erneut, klickte auf eine Datei, die mich zur Passwort-Aufforderung brachte, und machte einen Screenshot. Dann mailte ich diesen an Mac und fragte ihn, was er darüber wisse, abgesehen von der Tatsache, dass es verschlüsselt war. Dann wurde mir bewusst, dass ich ihm noch gar nicht gesagt hatte, dass wir gefeuert worden waren, und nahm den Hörer in die Hand.

Kapitel 16

Dienstag

„Wo hast du den denn her?", fragte Mac am Telefon, nachdem er sich den Screenshot angesehen hatte.

„Ähm, ich habe ihn in einer Marlboro-Schachtel gefunden."

„Was soll das? Ist das die Einleitung für einen Witz über Spione?"

„Wovon sprichst du?"

„Ach, komm schon, Ellie. Das hast du doch auch schon in dutzenden Filmen gesehen."

Ich erwiderte nichts.

„Wo warst du, als du ihn gefunden hast?" Ich wollte gerade antworten, als er hinzufügte: „Weißt du was? Vielleicht sollten wir darüber nicht am Telefon reden."

Ich wurde gereizt. „Ach, komm. Du machst dir immer zu viele Sorgen über solches Zeug."

„Weil ich weiß, mit wem ich es zu tun habe."

Ich seufzte dramatisch. „Es gibt nichts, worüber du dir Sorgen machen müsstest, außer über mein verletztes Ego."

„Ich bin mir nicht sicher, ob mir die Richtung gefällt, in die dieses Gespräch geht", sagte er.

„Mir gefällt dieser ganze Tag nicht." Ich schwenkte den Wein in meinem Glas. Es war schon fast leer, also ging ich mit dem Glas zurück in die Küche und füllte es auf. „Also, kennst du jemanden, der einen Blick darauf werfen könnte?"

„Auf den USB-Stick?"

„Ich möchte wissen, was darauf gespeichert ist."

„Warum? Damit hast du überhaupt nichts zu tun."

Ich zögerte. „Nun ja, ähm, tja, möglicherweise ist das nicht ganz der Fall."

„Okay. Jetzt reicht's mir mit dem Mist. Was ist los?"

Ich holte tief Luft. „Gestern und heute waren höllische Tage. Ich habe heute Morgen eine E-Mail von Delcroft bekommen."

„Von wem genau?"

„Von Dave Foxhall, dem Kommunikations-Typen des Unternehmens."

„Warum habe ich das Gefühl, dass mir das nicht gefallen wird?"

„Weil du Hellseher bist." Ich erzählte ihm von dem Treffen am Tag zuvor, wie wütend Charlotte Hollander gewesen war, die kalte und demütigende Art, mit der sie uns niedergemacht hatte, und wie wir dann per E-Mail gefeuert worden waren. Dann erzählte ich ihm, dass ich Gregory Parks angerufen hatte, musste ihn aber zunächst daran erinnern, wer Parks überhaupt war. „Aber jetzt kommt das Beste", sagte ich. „Bist du online?"

„Natürlich."

„Google seinen Namen oder geh einfach auf die Website von Kanal 7!"

Es folgte eine Minute der Stille. Dann entfuhr es ihm: „Verdammte Scheiße, Ellie!"

———

Ich erzählte ihm, was am CTA-Bahnhof in Jackson passiert war. Wie geschockt und verängstigt ich gewesen war. „Ich bin immer noch ganz zittrig." Zuletzt erzählte ich ihm noch, dass ich der Polizei nichts gesagt hatte.

Er unterbrach mich. „Das muss das erste Mal gewesen sein, dass du deinen Mund gehalten hast. Aber was ist mit dem USB-Stick?"

„Das war Zufall. Ich habe die Zigarettenschachtel in der Nähe der Stelle gefunden, von wo aus er gesprungen ist."

„Also, damit ich das richtig verstehe: Du warst dabei, als es passiert ist?"

„Das war ich."

„Und du hast nicht mit den Cops gesprochen und deine Verbindung zu ihm erklärt?"

„Ich habe mit den Cops gesprochen, aber ich habe nicht gesagt, dass ich ihn kannte."

Mac wurde still.

„Deshalb frage ich mich, ob du jemanden kennst, der in der Lage sein könnte, diese Dateien zu entschlüsseln."

„Warum interessiert dich das? Nur weil irgendein Typ, den du kaum kanntest, vor eine U-Bahn gesprungen ist, beweist das nicht, dass die Marlboro-Schachtel seine war. Oder dass dich das etwas angeht."

„Ich schätze, das heißt nein", sagte ich.

„Ellie, du kannst keine Spielchen mit den Leuten treiben, die für Delcroft arbeiten."

„Er war Berater. Kein Angestellter."

„Ja, und du hast gesehen, was mit ihm passiert ist."

Mac hatte nicht ganz unrecht. „Ich hab's kapiert, aber überleg doch mal! Was ist, wenn der Stick Parks gehört hat? Vielleicht hat er Daten von Delcroft gestohlen. Wenn ich ihn zurückgeben kann, ganz still und heimlich, ohne großes Trara, dann stehen wir vielleicht wieder in ihrer Gunst?", meinte ich hoffnungsvoll.

Mac brauchte einen Moment, um zu antworten. „An dieser Annahme ist so viel falsch, dass ich gar nicht weiß, wo ich anfangen soll. Erstens kannst du dich bei einem Unternehmen wie Delcroft nicht einschleimen. Das bringt dir nichts. Zweitens hast du absolut keinen Beweis dafür, dass der USB-Stick Parks gehört hat oder dass der Stick irgendetwas mit Delcroft zu tun hatte. Drittens –"

„Aber ich möchte wirklich gerne wissen, was auf dem Stick ist. Du nicht?"

„Auf gar keinen Fall. Du musst die Finger davon lassen, Ellie. Das liegt weit über deiner Gehaltsklasse. Das könnte ganz schnell hässlich werden."

„Mac, jetzt machst du mir Angst."

„Gut. Wirf den verdammten Stick in den See! Geh stattdessen raus und finde einen neuen Kunden für uns!"

„Eine Sache würde ich dich gerne noch fragen: Was wäre, wenn es kein Selbstmord war?"

„Jetzt glaubst du auch noch, er sei ermordet worden?"

„Wenn Delcroft so mächtig ist, wie du sagst, wäre es doch möglich?"

„Ich habe keine Ahnung. Und du hast auch keine. Ich muss zugeben, dass das wahrscheinlich das Verrückteste ist, worin du je verwickelt warst. Warte, das nehme ich zurück. Eine der verrücktesten Sachen. Lass einfach die Finger davon! Wie ich schon gesagt habe, finde für uns einfach nur eine andere Show, die wir produzieren können!"

Kapitel 17

Mittwoch

In dieser Nacht war mein Bett entweder zu heiß oder zu kalt. Ständig stieß ich die Decke weg und holte sie mir dann wieder zurück. In meinem Kopf drehten sich die Gedanken im Kreis. Mac hatte natürlich recht. Ich sollte mich nicht einmischen, denn das hier war eine potenziell gefährliche Situation. Andererseits war ich beruflich gedemütigt worden. Falls der Stick Parks gehört hatte, und da war ich mir sicher, und falls es etwas mit Delcroft zu tun hatte und ich ihn ihnen zurückbrachte, wäre ich vielleicht eine Heldin für sie. Vielleicht waren die Informationen aber auch so sensibel, dass ich noch mehr Ärger bekommen würde.

Dass das ziemlich viele Bedingungen waren, war mir bewusst. Dennoch war die Versuchung, meinen Ruf wiederherzustellen, unwiderstehlich. Genau wie meine Neugier unersättlich. Was zum Teufel war auf dem Stick? Und warum hatte Parks ihn in der Marlboro-Schachtel versteckt?

Um etwa fünf Uhr gab ich es auf, einschlafen zu wollen, ging nach unten und kochte eine Kanne Kaffee. Ich wartete bis acht Uhr dreißig, dann machte ich einen Anruf.

„Georgia Davis …“

„Ellie Foreman.“

„Hey, Ellie, wie geht es Ihnen?“

„Ich sitze ein bisschen in der Patsche.“

„Gibt es auch etwas Neues?“

Ich ignorierte den Kommentar. „Wie geht es Ihnen, Georgia?“

„Ganz fantastisch.“

Ich wusste, dass sie mit Jimmy Saclarides ausging, dem Polizeichef von Lake Geneva, außerdem war er ein enger Freund von Luke. Unsere Wege hatten sich noch nicht gekreuzt, aber das würde noch passieren.

„Also, was kann ich für Sie tun?“

„Es müssten unbedingt einige Dateien auf einem USB-Stick entschlüsselt werden, ich kenne aber niemanden, der das machen kann. Ich hatte gehofft, Sie kennen da vielleicht jemanden.“

„Möglicherweise. Ist das offiziell oder nicht?“

„Was meinen Sie damit?“

„Sie haben mich schon verstanden.“

Ich dachte kurz darüber nach. „Inoffiziell. Definitiv inoffiziell.“

„Okay.“ Ich hörte das leise Klappern einer Tastatur. „Erinnern Sie sich an den Typen, mit dem wir uns in Park Ridge getroffen haben, der ein Experte für Videobearbeitung war?“

„Sicher. Ich erinnere mich nicht an seinen Namen, aber er hatte einen Hund. Jericho.“

Sie lachte. „Richtig. Er heißt Mark Dolan. Nun, er hat einen Bruder, der ist ethischer Hacker.“

„Was ist er?“

„Sie werden es herausfinden. Ich werde ihn anrufen und sicherstellen, dass er sich mit Ihnen treffen wird.“

———

Hinter den Häusern im Kolonialstil mit den weißen Lattenzäunen und den Villen von Northbrook liegt das Gewerbegebiet des Ortes. Während die Einwohner auf ihre gut gepflegten Rasen, die genormte Gartengestaltung und das saubere Äußere stolz sind, ist das Gewerbegebiet fast dystopisch. Versteckt unter dem Ausläufer des Edens Expressway, besteht es aus einer Ansammlung von einstöckigen Gebäuden, Wellblechhütten und Parkplätzen. Ab und zu ist auch ein Baum zu finden. Ich gebe zu, es ist sauber – schon fast makellos. Ich konnte keinerlei Laub, keine Fast-Food-Verpackungen und auch keinen Vogelkot sehen. Nichts, was dem Gebiet irgendeine Persönlichkeit verliehen hätte.

Ich hielt auf einem Parkplatz neben einem einstöckigen roten Backsteingebäude an. Ich hatte im Vorfeld angerufen und Zachariah Dolan hatte gesagt, wenn ich eine Freundin von Davis sei, wäre ich willkommen. Ein betonierter Weg führte mich zu einer Tür, auf der nichts stand außer der Gebäudenummer. Die Tür war nicht verschlossen und der Flur im Innern führte bis ans Ende des Gebäudes. Es gab kein Namensverzeichnis am Eingang und auf den Bürotüren standen ebenfalls keine Namen. Ich prüfte die Notiz auf meinem Telefon. Er war in Suite 1505.

Der Mann, der an die Tür kam, war stämmig und hatte einen Bart, aber seine apfelroten Wangen wiesen darauf hin, dass er nicht älter als 25 sein konnte. Ich versuchte, mich daran zu erinnern, wie sein Bruder aussah, aber das war so lange her, dass ich nicht beurteilen konnte, ob es eine Ähnlichkeit gab. Zachariahs Augen waren dunkel, genau wie seine Haare, die lang genug waren, sein Gesicht einzurahmen und in einen Bart überzugehen.

Wir schüttelten uns die Hand. „Danke, dass ich kommen durfte, Mr. Dolan, aber ich muss Sie direkt eine Sache fragen: Was ist ein ethischer Hacker?"

Er lachte. „Ich heiße Zach und ich bin einer von den guten Jungs."

Ich lächelte. „Das hatte ich angenommen. Waren Sie früher mal einer der bösen?"

Er grinste. „Könnte man so sagen."

„Was brachte Sie denn dazu, sich von einem schwarzen Schaf in ein weißes zu verwandeln?"

„Die Beichte und drei Ave Marias."

Ich mochte ihn jetzt schon. Er führte mich von der Tür in ein spartanisch eingerichtetes Büro mit vier Computern, die an den

Wänden standen, und einem Besprechungstisch in der Mitte. Das schien das einzige Zimmer zu sein. Er bedeutete mir, mich zu setzen. „Eigentlich war es Mike, der mir geholfen hat, meine Fehler einzusehen."

„Mike? Wie geht es ihm? Und Jericho?"

Zachs Lächeln verschwand. „Mike geht es gut, aber Jericho ist über die Regenbogenbrücke gegangen."

Ich zögerte. „Das tut mir sehr leid. Er war ein toller Hund. Ihrem Bruder total treu." Ich neigte meinen Kopf zur Seite. „Also. Ethisches Hacken?"

„Ein ethischer Hacker ist ein Computerfreak, der sich in das System seines Kunden hackt – mit dessen Wissen, natürlich –, um Mängel und Schlupflöcher zu finden, durch die ein gemeiner Hacker vielleicht eindringen könnte, um das zu seinem Vorteil auszunutzen."

„Das ist faszinierend", fing ich an, brachte meinen Satz dann aber doch nicht zu Ende. „Warten Sie! Wenn Kerle wie Sie an der Sache dran sind, warum wird dann immer noch so viele gehackt? Auch im großen Stil."

Geduldig faltete er die Hände, als hätte man ihn das schon etliche Male gefragt. „Da gibt es viele Gründe. Die Technologie ändert sich ständig und entwickelt sich weiter. Man stopft ein Leck und an einer anderen Stelle taucht ein neues Leck auf. Leider müssen wir uns eingestehen, dass die Männer mit den schwarzen Hüten auf der anderen Seite genauso fähig und clever sind wie wir. Manchmal sogar noch besser. Und die IT-Typen in großen Unternehmen, wie soll man das beschreiben, sie verteidigen gern ihr Revier."

„Wie ungewöhnlich."

Er lächelte. „Sie sind sich sicher, dass ihre Systeme vor Hackern sicher sind. Also kümmern sie sich nicht um so Kerle wie uns." Er grinste. „Ihr eigener Verlust. Manchmal kommen sie danach dann doch mit eingezogenem Schwanz zu uns."

„Sie arbeiten also für große Unternehmen?"

Er nickte.

„Und Sie haben Georgia durch Mike kennengelernt?"

„Ich mache auch einige forensische Arbeiten."

„Wie Ihr Bruder."

„Ja, es ist eigentlich ganz erstaunlich. Ich werde bezahlt, um das zu tun, was ich liebe."

„Sie können sich glücklich schätzen."

Er breitete die Hände aus. „Also, was haben Sie für mich?"

„Einen USB-Stick mit verschlüsselten Dateien."

„Und Sie haben keinen Schlüssel."

„Ganz genau. Ich habe keine Ahnung von Verschlüsselung." Ich holte den Stick aus meiner Tasche und überreichte ihn ihm.

Er stand auf und ging zu einem der Computer, wo er den Stick in die USB-Buchse steckte und versuchte, die Dateien zu öffnen. Er starrte auf die erscheinenden Dateien, dann kratzte er sich am Kopf. „Okay, ich werde mir das mal ansehen, aber ich kann nichts versprechen. Verschlüsselungen sind – ähm – schwierig."

„Wirklich? Tja, ich wäre dankbar für alles, was Sie tun können."

„Wollen Sie mir sagen, was Sie darüber wissen? Wo er herkommt? Wie Sie ihn bekommen haben?"

„Nicht wirklich."

„Habe ich mir gedacht." Er lächelte wieder. „Sie haben ihn nicht gestohlen, oder?"

Ich zögerte. „Nein."

„Woher kennen Sie Georgia?"

„Wir kennen uns schon lange. Das hat vor über zehn Jahren mit meiner Tochter angefangen, als sie noch ein Teenager war. Also, meine Tochter meine ich. Georgia war damals noch bei der Polizei."

Er musterte mich.

„Also, was wird mich das kosten?"

„Das kommt darauf an, was ich finde. Das Minimum liegt bei dreihundert. Das ist übrigens der Freunde- und Familienrabatt. Ich werde mich in den nächsten Tagen darum kümmern."

„Großartig."

„Und Sie sind sicher, dass Sie damit weitermachen wollen?"

Ich runzelte die Stirn. Versuchte er, mich abzuschrecken? Dachte er, dreihundert Dollar würden mich abhalten? Ich wollte gerade antworten, als ich ein lautes Kratzgeräusch und ein Bellen hörte.

Zach erhob sich und ging in Richtung einer Nische, die mir gar nicht aufgefallen war. „Kommen Sie mit Hunden zurecht?"

Ich nickte. Als er eine Tür öffnete, sprang ein großer Deutscher Schäferhund heraus und wedelte wie wild mit dem Schwanz. Er kam zu mir gerast und legte seinen Kopf auf meinen Schoß. Ich streichelte seinen Kopf und kraulte ihn hinter den Ohren, was ihn noch schneller wedeln ließ. „Und wer ist das?"

„Joshua", antwortete Zach mit einem Funkeln in den Augen. „Er ist mein Kreditmanager."

Ich kicherte. „Moment mal! Joshua … Jericho … und Sie sind Zachariah. Was hat es mit den ganzen biblischen Namen auf sich?"

Er faltete die Hände, wie zum Gebet. „Wir sind eine fromme Familie."

Kapitel 18

Mittwoch

Auf dem Nachhauseweg von Zach ertönte meine Camry-Freisprechanlage. Jetzt, da ich die neueste Bluetooth-Technologie habe, klingelt mein Handy über das Radio, und ich kann es freihändig beantworten. Es sagt mir sogar, wer anruft. Ich erwartete einen Anruf von Susan, aber mein Auto sagte, dass die Identifikation des Anrufers unterdrückt wurde.

Ich drückte auf ‚Annehmen‘.

Eine Frauenstimme sagte: „Hallo. Ist da Ellie Foreman?"

Ich kannte diese Stimme. „Ja, am Apparat."

„Hier ist Charlotte Hollander."

Es war gut, dass ich den Anruf ohne Hände hatte annehmen können. Hätte ich das Telefon in der Hand gehalten, hätte ich es vor Überraschung auf den Boden fallen lassen. „Ähm − ach wirklich? Was kann ich für Sie tun?"

Sie räusperte sich. „Ich habe mich gefragt, ob wir uns treffen könnten − auf einen Drink."

„Sie? Und ich? Zusammen?"

„Ich wohne in Lake Forest und ich weiß, dass Sie auch in dieser Richtung unterwegs sind."

Natürlich wohnte sie in Lake Forest. Das ist das wohlhabendste Viertel in North Shore.

„Warum treffen wir uns nicht im Happ Inn, sagen wir um fünf? Das liegt direkt auf meinem Nachhauseweg."

„Ich … schätze, das ginge in Ordnung. Aber warum −"

Sie unterbrach mich mit einem schroffen „Auf Wiedersehen, ich treffe Sie dann dort".

Als ich auf ‚Anruf beenden' drückte, verkrampfte sich mein Magen sofort vor Schreck. Was wollte sie? Den letzten Nagel in meinen Sarg schlagen?

————

Das Happ Inn ist die neueste Inkarnation einer Fläche in Northfield, die in den letzten zwanzig Jahren durch so viele Wiedergeburten gegangen ist, dass es sogar Buddha gutheißen würde. Jetzt gehört es dem Koch eines gehobenen Restaurants in Highwood und ist ein trendiges Bistro, das ein breitgefächertes Angebot auf der Karte hatte, um sowohl Sechsjährige als auch Genießer um die Sechzig herum zu erfreuen. Die vorherigen Versionen des Bistros waren von jedem Besitzer individuell dekoriert worden, aber diese Interpretation passte nun tatsächlich zu dem wohlhabenden Vorort, in dem es sich befand: polierte Eichentische, Privaträume für Partys sowie diverse Kunstwerke an den Wänden, passend dazu Wortspielen mit ‚Happ'. Es gab sogar einen Flachbild-Fernseher, nur um alle daran zu erinnern, dass hier ‚HAPPenings' stattfanden.

Ich zog eine elegante Hose und ein Seidenhemd an und trug sorgfältig Make-up auf. Vornehme fünf Minuten zu spät ging ich hinein und schaute mich nach Hollander um. Sie war nicht an der Bar, aber da kam die Hostess bereits auf mich zu und fragte, ob ich auf Miss Hollander wartete.

„In der Tat, das tue ich."

„Ich werde Sie zu ihr bringen." Sie ging voraus, durch den Speisesaal in einen privaten Nebenraum, der klein und gemütlich aussah, mit Brokatstoff-Sofas, Stühlen und einem Kaffeetisch aus poliertem Holz; der Raum wirkte eher wie ein Wohnzimmer als ein Restaurant. Hollander war die einzige Person im Raum, sie saß auf einem der Sofas, nippte an einem Scotch mit Soda, wie ich annahm, und sprach in ihr Mobiltelefon. Als sie sich in meine Richtung drehte, winkte sie mich zum Sofa hinüber, doch ich setzte mich auf den Stuhl neben ihr. Sie beendete ihr Gespräch mit: „Ich muss Schluss machen. Ich werde Sie später zurückrufen." Dann lächelte sie.

Das musste das erste Mal sein, dass ich sie je lächeln gesehen hatte, und es veränderte ihr ganzes Gesicht. Ihre Stirn glättete sich, und sie sah plötzlich weicher, sogar ansprechend, aus.

„Danke, dass Sie gekommen sind, Ellie. Besonders so kurzfristig. Was möchten Sie trinken?"

Ich überlegte, ob ich auch einen Scotch bestellen sollte, dann dachte ich: *Zur Hölle damit. Ich bin Weintrinkerin.* „Chardonnay. Das Eis separat."

„Und ich nehme auch noch einen", sagte Hollander.

Die Hostess, die uns nicht von der Seite gewichen war, meinte, sie sei gleich wieder da.

„Sie fragen sich sicher, warum ich Sie treffen wollte."

„Könnte man so sagen." Ich beäugte sie. Sie trug einen hellbeigen Hosenanzug, der nach St. John aussah. Er war femininer und eleganter, als ich erwartet hatte.

„Das möchte ich Ihnen erklären", sie hielt dramatisch inne und trank ihren Scotch aus, „und mich für mein Benehmen am Montag entschuldigen."

Ich legte meinen Kopf schief. War das dieselbe Frau, die mich vor Delcrofts Spitzenleuten so gedemütigt hatte? Was sollte ich dazu sagen? Ich hatte keine Ahnung, also sagte ich nichts. Die Hostess brachte meinen Wein und einen weiteren Scotch für sie.

Dass ich nicht antwortete, schien sie nicht zu stören. „Also, zunächst die Erklärung." Sie beugte sich zu mir herüber. „Was ich sagen werde, ist streng geheim und höchst vertraulich. Ich weiß, David hat eine Hintergrund-Recherche über Sie angestellt, deshalb verlasse ich mich auf Ihre Verschwiegenheit."

„Natürlich." Ich ließ einen Eiswürfel in mein Weinglas gleiten und nahm einen Schluck. Sie tat so, als merke sie es nicht.

„Ich weiß, dass Sie für gestern ein Treffen mit Gregory Parks vereinbart hatten. Ich weiß auch, dass es nie stattgefunden hat. Und ich weiß, weshalb."

Ich erstarrte. „Wenn Sie das wussten, warum haben Sie nicht –"

„Dazu kommen wir noch." Sie nahm ihr Glas in die Hand und schwenkte den Inhalt, sodass die Eiswürfel klimperten. „Ich bin mir sicher, Sie hatten legitime Beweggründe." Sie machte eine wegwerfende Handbewegung. „Und die hatten wahrscheinlich etwas mit mir zu tun. Aber", sie stellte das Glas auf dem Tisch ab, „Sie haben es geschafft, in etwas ziemlich Hässliches hineinzugeraten."

Ich trank einen weiteren Schluck Wein.

Dann sprach sie weiter. „Ich bin mir sicher, Sie haben den asiatischen Touch an unserem verstorbenen Freund Mr. Parks bemerkt."

Ich nickte und musste an Keanu Reeves denken.

„Gregory Parks war ein Spion der chinesischen Regierung."

Kapitel 19

Mittwoch

„Verdammte Scheiße!" Ich konnte mich nicht beherrschen. „Parks war ein Spion?"

Sie nickte. „Die Chinesen stehlen gerne unsere Technologie, die sie dann kopieren und zum halben Preis produzieren. Und dann verwenden sie sie entweder selbst oder sie unterbieten uns auf dem Markt."

„Ich dachte, wir hätten einen Waffenstillstand", sagte ich. „Sie werden unser Zeug nicht stehlen und wir werden ihr Zeug nicht stehlen."

„Klar", antwortete Hollander. „Wenn Sie das sagen."

„Aber … aber wie …", verhaspelte ich mich und hörte mich wie eine Feuerwerksrakete an, die ihr Zischen verloren hatte. Mac hatte recht. Das lag *weit* über meiner Gehaltsklasse.

Sie hob eine Hand. „Ich werde Ihre Fragen gleich beantworten. Aber zuerst will ich Ihnen etwas sagen. Ich habe den größten Teil des letzten Jahres in Utah verbracht, um dem Design eines neuen Systems den letzten Schliff zu geben."

Ich dachte über die Tausenden von Drohnen nach, mit denen

wir auf ISIS abzielten. Laut Meinungsmache des Militärs hatten wir so viele Bomben abgeworfen, dass wir jeden Terroristen im Nahen Osten hätten umhauen müssen. „Was ist so besonders daran?"

Sie warf mir ein gönnerhaftes Lächeln zu. „Das ist eine Situation, in der nur berechtigte Personen Infos erhalten."

Da ich sie nicht so einfach davonkommen lassen wollte, entgegnete ich: „Wenn es wichtig genug war, unser Video zu kündigen und dass Parks jetzt tot ist, dann bin ich vielleicht berechtigt und sollte es wissen. Besonders, weil ich, wie Sie selbst sagten, mittendrin gelandet bin."

Sie sah mich mit einem Blick an, der aussagte, dass sie unsicher war, ob sie meine Hartnäckigkeit loben oder kritisieren sollte. „Sie sind überzeugend. Aber merken Sie sich Folgendes: Alles, was ich Ihnen von jetzt an sagen werde, ist streng geheim." Sie senkte ihre Stimme.

Lobte sie mich tatsächlich gerade? Oder war es nur eine weitere Taktik, mir das zu sagen, was sie mich sowieso wissen lassen wollte?

„Es ist ein Gegendrohnen-System. Wir nennen es DADES, Delcroft's Air Defense Energy System. Ob ein Feind kleinere, taktische Drohnen einsetzt oder welche von der Größe eines B-1-Bombers, wir brauchen eine Möglichkeit, uns zu schützen. Und das macht DADES. Und es funktioniert überall, unabhängig von Wetter oder Terrain."

„Es schießt Drohnen ab?"

„Es übernimmt die Kontrolle darüber. Bringt sie vom Kurs ab, blockiert ihr Signal, schießt sie vom Himmel. Was auch immer wir wollen." Sie lächelte triumphierend. „Tatsächlich ist das System so gut wie fehlerlos."

„Wie das?"

Sie schaute sich im Zimmer um und senkte ihre Stimme noch mehr. „Es kann auf einem Flugzeug, einem Schiff und sogar auf einer einfachen Drohne montiert werden."

„Aber inwiefern ist es so gut wie fehlerlos?"

„Weil wir künstliche Intelligenz verwenden. Aber das ist wirklich alles, was ich Ihnen sagen kann."

Das reichte mir bereits. Ich schluckte den Rest meines Weines so schnell hinunter, dass ich den eichig-weichen Geschmack des guten Chardonnay nicht genießen konnte.

„Das ist natürlich keine neue Idee, aber einige von uns wissen, wie viel Erfolg wir bei den Probeläufen hatten. Dann können Sie sich meine Reaktion vorstellen, als ich auf Ihrem Video einen Mann gesehen habe, von dem ich weiß, dass er aktiv versucht, unsere Pläne für China in die Finger zu kriegen."

„Er sagte, er sei ein Berater", sagte ich matt.

„Das sagen sie alle." Sie hob ihr Glas, welches, wie ich jetzt bemerkte, praktisch schon leer war. Hollander konnte mehr vertragen als ich. „Und unser sogenannter Waffenstillstand mit den Chinesen ist ein Schwindel."

„Haben Sie deshalb das Video gekündigt?"

Sie lächelte, aber es wirkte einstudiert. „Zu dem Zeitpunkt dachte ich, Vorsicht ist die Mutter der Porzellankiste. Im Nachhinein betrachtet, war ich vielleicht etwas voreilig."

So ist es. Aber ich blieb höflich. „Inwiefern?"

„Es hat uns eine Gelegenheit verschafft."

„Eine Gelegenheit?" Ich runzelte die Stirn.

Sie beugte sich vor und sprach in einem verschwörerischen Tonfall. „Um die Situation auszunutzen. Um genau herauszufinden, was und wie viel Parks wusste."

Um den Spion auszuspionieren. Ich wand mich auf meinem Stuhl, denn plötzlich fühlte ich mich bei dieser Unterhaltung unwohl. „Wie haben Sie herausgefunden, dass er ein Spion war?"

„Das kann ich Ihnen nicht sagen."

Ich schaute sie an. „Woher wussten Sie, dass er und ich uns treffen wollten?"

„Was glauben Sie denn, woher wir das wussten?" Ihre Stimme klang gereizt, als ginge ihre Geduld langsam zu Ende.

„Sie haben sein Telefon angezapft", sagte ich.

Sie hob ihr Glas in stiller Zustimmung. „Möchten Sie noch einen Wein?"

Mein Verstand musste messerscharf bleiben. Wenn Hollander sein Telefon angezapft hatte, dann tat sie das wahrscheinlich auch mit meinem. Ich erinnerte mich daran, wie ich Macs Bedenken über das Abhören von Telefongesprächen leichtfertig abgetan hatte. Wann würde ich es endlich lernen?

Plötzlich erschien eine Kellnerin. „Noch eine Runde?"

Ja, mein Verstand musste messerscharf bleiben. Aber ein deutliches Gefühl des Unbehagens lief mir über den Rücken. „Gern."

Eine Dreiergruppe, zwei Männer und eine Frau, kamen herein und setzten sich auf die andere Seite des Raums, wo ein ähnliches Arrangement aus Sofa, Stühlen und einem Kaffeetisch stand. Sie hatten offensichtlich schon einiges intus und sprachen mit zu lauten Stimmen, durchsetzt mit zu viel Lachen und Kichern. Hollander musterte sie, schien aber zu entscheiden, dass sie keine Gefahr darstellten. Dann wandte sie sich wieder mir zu.

„Wie ich hörte, haben Sie eine Tochter?"

Bei diesem abrupten Themenwechsel hielt ich mitten in der Bewegung inne. Worauf wollte sie jetzt hinaus?

„Ja, sie wohnt in der Innenstadt." Versuchte sie, mich einzuschüchtern? Mir zu zeigen, dass sie meinen Hintergrund durchleuchtet hatte? Nun, das Spiel konnte ich mitspielen. „Und Sie haben einen Sohn."

„Er ist zwölf."

Ich versuchte, sie mir als Fußball-Mutti vorzustellen, was mir beim besten Willen nicht gelingen wollte. „War er mit Ihnen in Utah?"

Ihre Augen verengten sich für den Bruchteil einer Sekunde, als sei ich auf verbotenes Terrain vorgedrungen. Dann erlangte sie ihre Fassung zurück. „Ja."

„Wofür interessiert er sich?"

Sie winkte mit der Hand ab. „Ach, Sie wissen schon, die ganz normalen Dinge. Fußball, Amateurfunk, Computer."

„Wirklich? Der Mann meiner besten Freundin ist Amateurfunker. Schon seit der High School. Ich dachte, Amateurfunk wäre heutzutage ein zu braves Hobby für Kinder."

„Oh nein. Er liebt es, sich mit Leuten auf der ganzen Welt zu unterhalten."

Ich nickte. Wir unterhielten uns weiter über zusammenhanglose Dinge. Ich lehnte mich zurück an die gepolsterte Lehne des Stuhls und fing langsam an, mich zu entspannen. Die Bedienung brachte uns noch eine dritte Runde, nach der ich mich warm und benommen fühlte. Charlotte entwickelte sich zu einer Person, die ich vielleicht sogar mögen könnte. Doch dann legte sie einen Schalter um.

„Nun", fing sie an, „ich schulde Ihnen eine Entschuldigung. Es tut mir leid, dass dieser … dieser Patzer Ihre Pläne und Termine über den Haufen geworfen hat. Ich weiß, wie es ist, eine alleinerziehende, arbeitende Mutter zu sein."

Wusste sie auch irgendetwas nicht über mich?

„Ich möchte Ihnen sagen, dass ich es wiedergutmachen werde. Ich werde Sie mit einem riesigen Videoprojekt beauftragen, viel größer und wahrscheinlich auch wichtiger als diese … Videos für die Website." Sie gestikulierte abwertend mit ihrem Arm.

Ich richtete mich auf. Es war also doch noch nicht alles verloren.

„Ellie, wären Sie dafür zugänglich?"

Ich lächelte das erste Mal, seit wir uns getroffen hatten. „Natürlich."

„Gut. Lassen Sie uns für die nächste Woche ein Treffen vereinbaren."

„Großartig." Ich tippte mit dem Finger auf mein Weinglas. Vielleicht war Hollander doch kein so großes Miststück. Eigentlich verspürte ich widerwillig Respekt für sie. Es braucht Mut, bei jemandem gute Miene zu machen, mit dem man sich vorher derart herumgeschlagen hatte. Es war reiner Tisch gemacht geworden und meine Laune stieg. Die Leute auf der anderen Seite des Raumes waren nicht betrunken, sie waren glücklich. Ich war nicht mehr eine Persona non grata und ich hatte eine weitere Chance für ein Video bekommen. Das Leben war schön.

Der Wein machte sich definitiv bemerkbar. In einer dunklen Ecke meines Kopfes wusste ich, dass ich immer noch aufpassen musste, was ich sagte. Aber bevor ich mich selbst bremsen konnte, platzte ich heraus: „Mit Parks könnten Sie recht haben."

Sie neigte ihren Kopf, viel zu lässig. „Wie meinen Sie das?"

Für einen kurzen Moment fragte ich mich, ob ich etwas sagen sollte. Andererseits hatten wir beide viel getrunken und sie hatte all meine Fragen beantwortet. Eigentlich fragte ich mich, ob sie mir nicht etwas zu viel über DADES, Parks und Spiongee erzählt hatte. Dennoch beugte ich mich vor und flüsterte: „Über seine – über Parks' – Aktivitäten."

„Wieso sagen Sie das?"

„Ich habe etwas gefunden, das ihm gehört haben könnte."

„Was?"

„Einen USB-Stick."

Sie zog die Augenbrauen hoch. „Wirklich? Was ist da drauf?"

„Ich weiß es nicht. Die Dateien sind verschlüsselt."

Sie musterte mich. Ich konnte ihren Gesichtsausdruck nicht entziffern, aber bekam das Gefühl, zu viel gesagt zu haben.

„Wo haben sie ihn gefunden?"

Mist. Keine Chance für einen Rückzieher. „Auf der U-Bahn-Plattform, in einer Zigarettenschachtel, in der Nähe der Stelle, von der er gesprungen ist."

Sie sagte nichts. Dann: „Haben Sie ihn noch?"

Ich war noch geistesgegenwärtig genug, um meinen Kopf zu schütteln.

Ihr Gesichtsausdruck wurde berechnend. „Das ist zu schade. Wir hätten diesen Stick gut gebrauchen können."

„Obwohl Parks tot ist?"

„Die Daten darauf sind immer noch da draußen. Wir müssen den Stick in die Hände bekommen, bevor es jemand anders tut."

Ich erzitterte. „Sie fangen an, mich denken zu lassen, dass Parks vielleicht gar nicht gesprungen ist. Dass ihn vielleicht jemand gestoßen hat."

Sie beugte sich zu mir und senkte die Stimme. „Genau das macht mir Sorgen. Falls ihn jemand wegen des Sticks umgebracht hat und wenn dieser Jemand glaubt, dass Sie ihn jetzt haben …"

Den Rest des Satzes ließ sie unausgesprochen.

Kapitel 20

Freitag

Das Wort, das Susan Siler am besten beschreibt, ist ‚Stil‘. Das ist Teil ihrer DNA. Ich habe noch nie gesehen, dass ihre erdbeerblonden Haare nicht tipptopp frisiert wären. Groß und gartenschlank, trägt sie immer das perfekte Outfit für jede Gelegenheit. Ihr Haus ist wundervoll eingerichtet und sie hat eine tolle Familie. Außerdem ist sie eine Gourmetköchin und hat eine ruhige, weise Sichtweise auf das Leben. Ich habe nur einmal gesehen, dass sie sich aufgeregt hat, und das war, als sie jemand bei einer Versteigerung bei einem Stuhl von Ludwig XVI überboten hat. Susan ist meine beste Freundin, was dem Sprichwort ‚Gegensätze ziehen sich an‘ eine wahre Bedeutung verleiht.

Es war ungewöhnlich mild für Ende Februar – blauer Himmel und Temperaturen im einstelligen Plus-Bereich, dank eines Knicks im Jetstream oder eines Hochdruck-Gebiets – oder was auch immer die Wetterschwafler sagen, um einen schönen Tag zu beschreiben –, also entschieden wir uns, zu Fuß zu gehen. Natürlich ist Winter in Chicago immer relativ. Auf den Rasenflächen und am Straßenrand häufte sich fleckiger und schmutziger Schnee und jeglicher Hauch von Frühling war noch Wochen entfernt. Aber wir packten uns warm ein, in Mützen, Schals, Stiefel und Handschuhe, und gingen von meinem Haus aus los.

Als wir um die Ecke bogen – mein Haus steht am Ende einer Sackgasse – näherten wir uns dem Haus der Schomers, welches, wegen Herrn Schomers Schlaganfall und der Krebserkrankung seiner Frau, nun zum Verkauf stand. Sie hatten hier mehr als fünfzig Jahre gelebt, und man müsste viel Arbeit in das Haus stecken. Ein dreckiger, grüner Pick-up parkte auf der Straße davor. In seinem Innern saßen zwei Männer mit wuchtigen Jacken und Wollmützen, die sie sich tief in ihre Stirn gezogen hatten. Der Mann auf dem Fahrersitz sah uns eindringlich an und schaute dann auffällig zur Seite.

„Haben wir etwas an uns, das uns seltsam aussehen lässt?", fragte ich.

„Nun, wir laufen mitten im Winter draußen herum", sagte Susan. „Und mit all diesen Klamotten sehen wir wahrscheinlich aus wie Inuit."

„Inuit, okay. Aber dieser abscheuliche Schneemann? Hast du den Gesichtsausdruck von diesem Kerl gesehen?"

„Das sind Arbeiter." Susan zeigte auf das ‚Zu Verkaufen'-Schild. „Gab es schon eine Besichtigung mit dem Makler?"

Ich nickte. „Ich habe gehört, dass eine Familie mit vier Kindern daran interessiert wäre."

„Wirklich?"

„Das Viertel verändert sich. Bald wird es hier Unmengen von Kindern geben und ich werde die verrückte Alte am Ende der Straße sein."

Susan grinste, als wollte sie etwas erwidern.

„Wage es ja nicht!", sagte ich.

Sie lachte. „Okay. Aber du hast die besten Halloween-Leckereien im Dorf. Das hat Ben zumindest immer gesagt." Ben ist der mittlerweile 28-jährige Sohn von Susan.

Während wir den Pick-up passierten, ließ mich irgendetwas an diesen Männern nicht los. Sie saßen einfach nur da, machten keine Anstalten, ihr Werkzeug oder ihre Ausrüstung zur Hand zu nehmen und zur Eingangstür der Schomers zu gehen. Ich drehte mich um und schaute auf das Kennzeichen. Illinois. Ich wiederholte es mehrmals in Gedanken, dann zog ich mein Mobiltelefon heraus, öffnete meine Notizen-App und gab die Nummer ein.

„Was machst du da?"

„Nichts."

Susan kniff die Augen zusammen, ließ meine Antwort aber unkommentiert.

Während des Spaziergangs analysierten wir den Warenbestand des neuen Lebensmittelgeschäfts – einige große Marken waren nicht vorrätig. Dann stellten wir unsere Überlegungen zur letzten Bürgermeister-Vorwahl an, die in einer Stichwahl enden würde, trotz der Tatsache, dass die Wahl in Chicago war. Dann gingen wir über zur Weltwirtschaft, bedauerten den Zustand Griechenlands, Portugals, Italiens und sogar des armen, sonnigen Spaniens.

Zwanzig Minuten später merkten wird, dass es zu kalt war, um unsere übliche Fünf-Kilometer-Strecke um das Dorf herum zu machen, deshalb drehten wir um und gingen zurück. Wir waren beide still, die eisige Luft hatte unsere Energie ausgelaugt.

Als wir in meine Straße einbogen, stand der Pick-up immer noch da. Und auch die beiden Männer.

„Das ist aber seltsam", sagte Susan. „Die müssen sich doch den Hintern abfrieren."

„Und schau dir das an!" Ich reckte mein Kinn nach vorne.

Ungefähr dreißig Meter entfernt hielt gerade ein weiterer Wagen an, ein SUV mit zwei Männern darin.

Susan schaute auf ihrem Mobiltelefon nach der Uhrzeit. „Jemand ist spät dran."

Ich schaute sie an. „Hm?"

„Der, der für diese Typen verantwortlich ist."

„Oh."

Plötzlich ließ der Fahrer des Pick-ups den Motor aufheulen, fuhr aus der Parklücke und raste die Straße hinunter davon.

Jetzt blickte Susan finster drein. „Was war denn das jetzt?"

Nun schaute ich zum SUV, merkte mir das Kennzeichen und gab es in meine Notizen-App ein.

Susan schaute mir dabei zu. „Ellie, was ist los?"

„Nichts." Ich versuchte, heiter zu klingen.

„Nein. Das kaufe ich dir nicht ab. Was verheimlichst du mir?"

„Wirklich, es ist nichts."

Susan spitzte die Lippen und warf mir einen Blick zu, der gleichzeitig Ratlosigkeit, Enttäuschung und vielleicht auch ein bisschen Wut ausdrückte. Aber was konnte ich schon sagen? Dass ich eine weitere schlaflose Nacht mit einem Kater verbracht und mich wegen des USB-Sticks und Charlotte Hollander herumgequält hatte? Dass mir klar geworden war, dass die Frau mich nicht wegen irgendwelcher Reue ihrerseits oder dem Wunsch, es wiedergutzumachen, zu den Drinks eingeladen hatte, sondern weil sie mich über den USB-Stick aushorchen wollte, von dem sie wahrscheinlich schon gewusst hatte? Dass es mir wirklich nicht gefiel, manipuliert zu werden, und dass ich nicht den Wunsch hatte, ein Video für sie zu produzieren, selbst wenn sie mich zum Weintrinken nötigte und mir ein Vermögen für die Arbeit bezahlte? Und, was am wichtigsten war, dass ich, nach dem, was Parks passiert war, anfing, mir über meine eigene Sicherheit Sorgen zu machen?

Kapitel 21

Freitag

Nach unserem kurzen Spaziergang war es immer noch Vormittag. Ich wusste nichts mit mir anzufangen, also ging ich zum Sport. Das Fitnessstudio, in das ich gehe, gehört dem Glenview Park District, aber es wirkt eher wie ein Country Club als wie eine Park-District-Einrichtung. Es gibt eine riesige Sporthalle, mit allen nur denkbaren Geräten, um den menschlichen Körper zu quälen, außerdem fanden in einer weiteren riesigen Halle Unmengen von Kursen über den Tag verteilt statt, dann gab es noch ein Schwimmbad mit Olympia-Ausmaßen, einen Whirlpool und eine Indoor-Laufbahn.

Ich kam gerade rechtzeitig für den Zumbakurs mit Debbie, meiner Lieblingstrainerin. Der Kurs half mir, alles zu vergessen. Macht gute Salsa-Musik an, lasst mich die Hüften schwingen und schon bin ich in Kuba oder Lateinamerika und warte auf einen prachtvollen Sonnenuntergang und den Mojito, der hoffentlich bald kommt.

Nach dem Kurs blieb ich noch etwas da, um mich mit einer Frau zu unterhalten, die ich kannte, dann gingen wir gemeinsam hinaus zu unseren Autos. Sie ging in eine Richtung und ich in eine

andere. Ich stieg in mein Auto und fuhr los, in Richtung des Lebens-
mittelladens.

Als ich die Waukegan Road hinauffuhr, bemerkte ich, dass mir
jemand folgte. Es war nicht der Pick-up-Truck, den ich vorhin
gesehen hatte, und auch nicht der SUV. Es war ein ramponierter
grüner Toyota. Ein Frösteln überkam mich. Was jetzt?

Ich schaute in den Rückspiegel, aber die Sonne schien genau im
falschen Winkel in den Spiegel, sodass ich den Fahrer nicht sehen
konnte. Trotzdem war ich nicht bereit, so einfach aufzugeben. Ich
versuchte das Kennzeichen zu erkennen, aber das grelle Sonnen-
licht im Rückspiegel hinderte mich daran. Was bedeutete, dass ich
einen Plan B brauchte. Ich stieß meinen Atem aus und bog plötzlich
nach rechts von der Hauptstraße ab. Der Toyota folgte mir. Ich fuhr
ein oder zwei Querstraßen weiter, und bog dann wieder rechts ab.
Der Toyota tat es mir gleich. Wenn ich weiter abbog, wusste ich,
würde ich mitten in einem Wohnviertel landen, ähnlich dem, in
dem ich wohne. Als ich noch mal abbog, tat der Toyota es ebenfalls.

Ich war neugierig, ob die Person, die mir folgte, die Dreistigkeit
besitzen würde, mir in die Sackgasse zu folgen, die bald kommen
würde. Wenn sie das täte, würde ich wenigstens die Person und ihr
Kennzeichen genauer sehen können. Ich bog nach links, in eine
Sackgasse, ab. Ich fuhr bis zum Ende und wartete.

Kein Toyota. Ich wartete weitere fünf Minuten.

Er kam nicht.

Es war vorbei. Zumindest für den Moment.

Kapitel 22

Freitag

Nachdem ich meine Einkäufe im Supermarkt erledigt hatte und auf dem Nachhauseweg war, rief ich Dan O'Malley an, den Polizeichef meines Ortes. Wir kennen uns nur zu gut. Er nahm meinen Anruf sofort entgegen.

„Ellie! Habe ja lange nichts von dir gehört. Anscheinend benimmst du dich wohl gerade einmal."

Ich wusste nicht, wie ich darauf antworten sollte, deshalb ließ ich es so stehen. „Glückwunsch, Dan. Ich glaube nicht, dass wir miteinander gesprochen haben, seit du befördert wurdest." So lange ich ihn kannte, war er der stellvertretende Polizeichef gewesen.

„Danke. Nach zwanzig Jahren fühlt sich das gut an. Also, was kann ich für dich tun?"

„Ich habe mich gefragt, ob du das abschließende Ergebnis eines Falls in Chicago für mich nachschauen könntest."

„Sprich weiter!"

„Ein Mann ist neulich vor eine U-Bahn gesprungen und ich war da, als es passiert ist." Ich wählte meine Worte mit Bedacht. „Ich habe mich nur gefragt, ob über die Todesursache formell entschieden wurde. Oder wird."

„Davon habe ich gehört. Wusste nicht, dass du involviert warst."

„Das war ich nicht. Ich war nur zufällig vor Ort."

„Ich verstehe", sagte Dan in einem Ton, der deutlich zeigte, dass er mir nicht glaubte. Es folgte eine kurze Pause. Dann: „Lass mich mal sehen, was ich herausfinden kann. Du hast nicht zufällig die Fallnummer, oder?"

„Nein, tut mir leid."

„Ich melde mich bei dir zurück, sobald ich etwas herausgefunden habe. Hast du noch die gleiche Nummer?"

„Ja, habe ich. Vielen Dank." Ich legte auf.

―――

Als ich nach Hause kam, hatte ich eine Nachricht von Zach Dolan auf dem Anrufbeantworter.

„Hallo Ellie. Die Arbeit – na ja – hat sich als komplexer herausgestellt, als ich dachte. Wer auch immer die Daten verschlüsselt hat, hat weder Voltage noch DataMotion oder andere Programme benutzt, die die Unternehmen in ihren Netzwerken verwenden. Aber ich arbeite daran. Wollte Ihnen nur ein Update geben."

Ich löschte die Nachricht, wobei ich mich fragte, was Voltage und DataMotion waren, entschied aber, dass ich lieber die Kennzeichen der ‚Arbeiter' überprüfen wollte, die ich in mein Mobiltelefon eingespeichert hatte. Leider hatte ich für keines davon Zeit. Mein Vater, Rachel, ihr Freund Q und Luke kamen zum Shabbat-Essen, und ich musste noch kochen.

Meine Familie hat seit mindestens vierzig Jahren ein geheimes Familienrezept für Rinderbrust, die himmlisch lecker schmeckt. Es gibt wahrscheinlich noch zehn Millionen andere Leute, die es kennen, aber es ein ‚Geheimnis' zu nennen, machte es besonders begehrt. Man nimmt eine Rinderbrust, reibt sie mit trockener Zwiebelsuppen-Mischung ein, beizt sie mit Ketchup und kippt dann eine Flasche Bier – Heineken funktioniert gut – darüber. Manche Köche bestehen darauf, dass die Rinderbrust in einer Plastiktüte gekocht werden muss. Das sehe ich nicht so streng, aber ich füge während der letzten Stunde Karotten, Zwiebeln und Kartoffeln hinzu. Kombiniert mit Matzeknödelsuppe, einem Salat und meinem Spezial-Apfelauflauf mit Teigkruste ist es ein todsicheres Festessen.

An diesem Abend entzündete Rachel, die mehr und mehr meiner verstorbenen Mutter ähnelt, die Kerzen, fuhr dreimal mit ihrer Hand über die Flammen und schloss ihre Augen. Dad spricht immer gerne das Dankgebet über das Challah-Brot, und ich segne den Wein.

Danach teilte ich die Matzeknödelsuppe aus, wobei mir Rachel half. Bevor wir anfingen zu essen, räusperte sich mein Vater. „Bevor wir dieses wundervolle Mahl zu uns nehmen, das meine Tochter zubereitet hat –"

Ich unterbrach ihn. „Du hast es doch noch gar nicht probiert."

„Sei still, Ellie", schimpfte er. „Ich will nur sagen, dieses Essen … diese Anlässe mit Familie und Freunden", er nickte Luke und Q zu, „sind das, worum es im Leben geht. Ich bin so dankbar, euch alle bei mir zu haben. Ich hätte mir keine gütigere und großzügigere Familie wünschen können." Er schaute feierlich um sich und brach dann in ein Grinsen aus. „Das ist alles. Ihr könnt jetzt – wie sagt ihr das? – zu eurem planmäßigen Programm zurückkehren."

Wie gewünscht, sagte ich nichts mehr, aber ich merkte, wie ich die Tränen wegblinzeln musste. Es war so gar nicht die Art meines Vaters, sentimental zu werden. Ein bittersüßes Gefühl durchlief mich. Ich war dankbar, dass mein Vater noch lebte und bei klarem Verstand war, aber ich war mir auch bewusst, wie zerbrechlich das Leben ist, besonders wenn man in den „späten Neunzigern" war, wie Dad es nannte.

Luke schien zu verstehen, was ich fühlte, und nahm meine Hand. Als Antwort darauf drückte ich seine. Die Gespräche am Tisch nahmen Fahrt auf, das würzige Aroma der Rinderbrust und das Klirren der Löffel in der Suppe schwirrten durch die Luft, und ich versuchte, diesen Augenblick in mir aufnehmen, ihn für immer auf meiner Memory Card aufzubewahren. Anscheinend hatte Rachel die gleiche Idee, denn sie zog ihr Mobiltelefon hervor und knipste ein paar Bilder.

„Oh nein! Rachel, bitte lad die nicht auf Facebook hoch!", sagte ich. „Das ist ein Familienmoment." Ihre Daumen klickten auf ihrem Handy. „Und meine Haare sehen furchtbar aus."

„Zu spät. Sie sind schon hochgeladen." Sie grinste, als hätte sie mich beim Damespielen geschlagen. Manche Dinge ändern sich wohl nie.

———

Wir räumten gerade den Tisch ab, als das Telefon klingelte. Als ich noch ein Kind gewesen war, ließen meine Eltern es am Sabbat immer klingeln. „Wir sollten wenigstens am Sabbat Ruhe und Frieden haben", würde mein Vater sagen. Aber als seine Anwaltspraxis sich ständig erweiterte und Mandanten mit Notfällen anriefen, erlosch diese Tradition. Ich habe sie nie wieder neu belebt. Ich nahm das Gespräch in der Küche an und erwartete, dass es O'Malley war.

„Ellie, hier ist Georgia Davis."

„Hey. Was ist los?"

„Ich habe gerade einen Anruf bekommen und dachte mir, Sie sollten das erfahren. Zach Dolans Büro? In Northbrook?"

Ein ungutes Gefühl stieg in mir auf. „Ja?", sagte ich langsam.

„Zach ist okay. Er war nicht da. Aber durch eine Art Sprengfalle wurde gerade das Gebäude in die Luft gejagt."

Kapitel 23

Freitag

Auf wackeligen Beinen ging ich zurück ins Esszimmer und erzählte ihnen, was passiert war. Es wurde still im Zimmer. Sogar die Kerzen, die fast bis zum Stumpf heruntergebrannt waren, schienen alarmiert zu flackern.

Auf einmal fingen alle Personen im Raum gleichzeitig an zu reden.

„Was geht da vor?" − „Wer ist Dolan?" − „Was hattest du mit ihm zu tun?" − „Pack aus, Mom!" Nur Q blieb gnädigerweise still. Wahrscheinlich wollte er keinen Ärger machen. Das brauchte er auch nicht. Die anderen, die am Tisch saßen, taten bereits ihr Bestes.

„Okay, okay." Ich setzte mich und schenkte mir ein Glas Wein ein. „Ihr wisst doch, dass mich Charlotte Hollander bei dem Job für Delcroft gefeuert hat? Und dann hat sich der Typ, mit dem ich über sie sprechen wollte, in der U-Bahn umgebracht? Nun, Hollander rief mich am Mittwoch an, um sich quasi zu entschuldigen. Wir haben uns auf einen Drink getroffen und sie erzählte mir, dass der Typ, der sich umgebracht hatte, ein chinesischer Spion war."

Stille. Dann warf mir mein Vater einen strengen Blick zu. „Ein Spion? Was für ein *mishegoss* ist das?"

Ich spürte, wie ich heiße Wangen bekam. „Ich weiß es auch nicht, aber ich habe auf der U-Bahn-Plattform einen USB-Stick gefunden, bei dem ich ziemlich sicher bin, dass es seiner war."

Die Stille verdrängte den gesamten Sauerstoff aus dem Zimmer.

„Er war verschlüsselt. Also habe ich ihn zu jemandem gebracht, um ihn entschlüsseln zu lassen."

Lukes Blick änderte sich von ausdruckslos zu wütend. „Bist du verrückt geworden?"

„Warum mischst du dich da ein?", fragte Rachel mich.

„Ich … ich habe nie daran gedacht, dass es gefährlich sein könnte", sagte ich.

„Delcroft. Führender Hersteller von Drohnen. Eigentlich im Besitz und geführt vom US-Militär. Und dazu noch chinesische Spione." Luke hatte einen harten Ausdruck im Gesicht, als er kapitulierte. „Und du dachtest nicht, dass es gefährlich werden könnte?"

„Würdest du nicht wissen wollen, was darauf ist?" Bevor jemand antworten konnte, fügte ich hinzu: „Nun ja, ich wollte es auf jeden Fall wissen. Aber jetzt will Hollander ihn in die Finger kriegen. Sie behauptet, die Daten auf dem Stick würden beweisen, was sie schon die ganze Zeit gewusst hätte."

„Über diesen … diesen Spion?", fauchte mein Vater.

Ich nickte.

„Na und? Du schuldest ihr überhaupt nichts", sagte Rachel.

„Rachel!"

„Nein, Mom, das tust du nicht. Sie benutzt dich." In Momenten wie diesen werde ich immer daran erinnert, wie sehr sie nach ihrem Vater kommt.

„Deine Tochter hat recht", sagte Luke.

Ich strich mit dem Finger am Rand meines Glases entlang. „Hm, vielleicht benutzt ja jemand *sie*. Das Gebäude, das in die Luft geflogen ist, war der Ort, wo ich den Stick hingebracht hatte."

Keiner sagte etwas.

„Also …" Ich schluckte meinen Wein hinunter und schaute in die Runde. „Shabbat shalom."

Kapitel 24

Freitagabend

Ich schaltete im Obergeschoss die Zehn-Uhr-Nachrichten ein. Der Tisch war abgeräumt, das Geschirr gestapelt und die Gäste waren gegangen. Luke schaute sich im Wohnzimmer Netflix an, was mir nur recht war. Ich wollte alleine sein. Ich fühlte mich so, als sei von allen Seiten auf mich eingedroschen worden, ohne dass ich die Chance gehabt hatte, ihnen zu sagen, dass ich, als ich den Stick zu Zach gebracht hatte, noch gar nichts von irgendwelchen chinesischen Spionen gewusst hatte. Folglich hatte ich seither nicht viel gesagt. Klugerweise ließ mich Luke in Ruhe. In den Nachrichten brachten sie erfreulicherweise nichts über die Explosion in Zachs Gebäude. Noch nicht.

Die Sportreporterin erschien, eine Frau mit frischem Teint, und die Story wurde so geschnitten, dass ein Starstürmer der Bulls ein kurzes Statement abgab. Es könnte ein Bears-, Sox- oder auch ein Cubs-Spieler gewesen sein. Egal, um welchen Sport es ging, heutzutage schienen die Athleten mit eingeübter Monotonie zu sprechen, als ob sie eine Einkaufsliste lesen würden. Ich konnte mir gut vorstellen, dass ein TV-Coach sie instruiert hatte, ihre Emotionen zu unterdrücken, damit sie nicht als Spielverderber dastehen würden. Das Problem dabei ist, dass sie damit auch die gesamte Leidenschaft aus der Welt des Sports entfernt haben.

Plötzlich stand ich auf, ging in mein Büro und schaltete meinen Mac ein. Ich war mir ziemlich sicher, dass jemand unrechtmäßig auf meinen Computer zugreifen würde, und je weniger sie sahen, desto besser. Also machte ich eine weitere Kopie, löschte dann den Inhalt von Parks' USB-Stick von meiner Festplatte und ließ den neuen Stick in meine Handtasche fallen. Dann ging ich zurück ins Bett. Als ich Lukes Schritte auf der Treppe hörte, ergriff ich das Buch von meinem Nachttisch, und tat so, als würde ich lesen. Er steckte den Kopf zur Tür herein, als müsse er erst meine Laune prüfen, bevor er ganz eintrat.

Ich schaute auf. „Ist okay. Ich bin nicht ansteckend."

Er kam herein und setzte sich auf die Bettkante. „Bist du bereit, darüber zu reden?"

„Was gibt es noch zu sagen? Jeder hat seine Meinung bereits geäußert."

Er schaute mich über den Rand seiner Lesebrille hinweg an. „Ist es möglich, dass du hier ein bisschen Opfer spielst, nur ein bisschen?"

„Nun, wie würdest du dich denn fühlen, wenn jeder mit dir reden würde, als wärst du ein ungezogenes Kind? Einschließlich deiner Tochter?"

Einen Moment lang antwortete er nicht. Dann: „Tja, mit einer Sache hattest du recht. Das ist kein Kinderspiel. Ellie, verstehst du wirklich, in welch großer Gefahr du dich möglicherweise befinden könntest?"

Ich klappte das Buch wieder zu. Die Erinnerung an eine Person, die über die U-Bahn-Plattform raste, bombardierte meine Gedanken wie ein Tieffliegerangriff. „Weshalb ich den Stick zurückgeben und alles vergessen werde, was ich heute Abend gesagt habe." Ich schnippte mit den Fingern. „Problem gelöst."

„Nein. Problem nicht gelöst. Irgendjemand hat dich auf dem Radar."

„Also wie bei jedem anderen in der Welt auch, laut Edward Snowden."

Ich spürte, wie er innerlich seufzte. Mir war bewusst, dass ich zickig war. Und er war so geduldig mit mir.

„Stimmt, aber es ist auch klar, dass irgendjemand ein besonderes Interesse an dir hat. Delcroft, das Militär, die NSA … Gott weiß wer … Vielleicht sogar die chinesische Regierung. Du musst vorsichtig sein."

Ich ließ meine Finger am Buchrücken auf und ab gleiten. „Natürlich bin ich besorgt. Ich werde nie vergessen, wie Parks in diesen Zug krachte." Dann schaute ich auf. „Und dennoch … nun ja … Ich bin eigentlich nicht überzeugt, dass es Selbstmord war."

Luke legte den Kopf schräg, die Frage stand ihm wie ins Gesicht geschrieben.

„Und ich glaube auch, dass jemand mein Telefon angezapft hat."

Sein Rücken versteifte sich. „Woher willst du das wissen?"

„Wer auch immer Dolans Studio gesprengt hat, wusste, dass er den Stick hatte. Dolan und ich hatten einige Male telefoniert. Genau genommen hat er mich heute Morgen noch angerufen." Ich schluckte. „Und da ist noch mehr." Ich erzählte ihm von den ‚Arbeitern' in den Autos, die vor dem Haus an der Straße gestanden hatten. Dass eines der Autos losgefahren war, als die Männer bemerkten, dass Susan und ich von unserem Spaziergang zurückkamen. Und wie ich dachte, dass ich verfolgt würde, als ich zum Sport und dann zum Supermarkt fuhr.

„Okay." Luke verschränkte die Arme. „Ich möchte, dass du mir einen Gefallen tust."

„Der da wäre?"

„Ich möchte, dass du von jetzt an so oft wie möglich dein Handy benutzt und nicht dein Festnetztelefon."

„Mein Handy? Aber ich dachte −"

„Es gibt eine ziemlich gute, kostenlose Sicherheits-App. Die werden wir herunterladen."

„Und die wird verhindern, dass ich gehackt werde?"

„Die wird es jedenfalls wesentlich schwieriger machen. Gib mir dein Telefon!"

Ich beugte mich hinüber, fischte es aus meiner Tasche und sah zu, wie er den App-Store öffnete, etwas herunterlud und installierte. Nach einer Minute gab er es mir zurück. „Diese App ist wirklich einfach anzuwenden. Befolge einfach die Anweisungen. Ach, und ich habe dein GPS und auch den Standort-Finder deaktiviert. Die benutzt du bitte beide nicht!"

„Im Ernst?"

Er nickte. Er machte keinen Spaß.

Ich biss mir auf die Lippen, schaute die App an und drückte einige Tasten, um zu sehen, was sie zu bieten hatte. Dann legte ich mich zurück auf meine Kissen und meine Wut verrauchte. „Danke. Ich weiß, du versuchst nur, mir zu helfen."

Jetzt lächelte er. „Und ich weiß, dass du es hasst, gerettet zu werden. Aber ich … ich will nicht, dass dir irgendetwas passiert. Ich liebe dich."

Ich streichelte seine Wange und spielte mit seinem Bart. „Tut mir leid. Ich habe wohl überreagiert."

„Ich kenne da Leute. Ich könnte einige Dinge herausfinden …"

„Über Delcroft? Und woran sie arbeiten?"

Er nickte.

„Ist das wirklich notwendig? Wir haben doch schon eine generelle Vorstellung davon."

„Je mehr wir wissen, desto besser werden wir positioniert sein."

„Wofür?"

Er zuckte mit den Schultern. „Wer weiß?"

„Einmal Pfadfinder …"

Er lächelte. „Genau. Und noch etwas …"

„Was?"

„Solange ich hier bin, wird dir niemand auch nur ein Haar auf deinem wunderschönen Kopf krümmen."

Wie sollte man mit so jemandem streiten können? Ich öffnete meine Arme und sie blieben nicht lange leer.

Kapitel 25

Samstag

„Sind Sie sicher, dass Zach okay ist?", fragte ich Georgia Davis am nächsten Morgen am Telefon. Ich schaute zum Küchenfenster hinaus. Drei Zentimeter Neuschnee bedeckten den Matsch der vergangenen paar Wochen und versprachen einen Tag Reinheit und Unschuld.

„Es geht ihm gut, Ellie. Er hatte eher zu arbeiten aufgehört und war mit seiner Freundin im Kino, als es passierte."

„Was ist mit seinem Hund?"

„Ich bin sicher, der ist okay. Sonst hätte Zach etwas gesagt."

„Gut."

Es entstand eine lange Pause. Dann: „Ellie, in was für Schwierigkeiten stecken Sie? Brauchen Sie Hilfe?"

„Ich ... ich weiß es nicht. Aber ich möchte wirklich gerne wissen, wer hinter der Explosion steckt."

„Möchten wir das nicht alle? Übrigens, seien Sie vorbereitet! Sie werden Besuch von den Cops bekommen. Vielleicht auch von den Bundesbehörden."

„Das wird bestimmt jede Menge Spaß machen."

„Sie wissen, Sie können nicht –"

Ich unterbrach sie. „Ich weiß. Aber ich möchte deren Fragen wirklich nicht beantworten."

„Also, Ellie, das ist ein Kapitalverbrechen. Sie wissen, die werden Zach fragen, wer seine Kunden sind. Ihr Name wird dabei auftauchen."

„Mist!"

Eine weitere Pause breitete sich zwischen uns aus. „Sind Sie sicher, dass es nichts gibt, das Sie mir erzählen wollen?"

Ich dachte an Delcroft, Hollander und Parks. Dann stellte ich mir vor, wie Dan O'Malley, der Polizeichef des Ortes, oder einer seiner Stellvertreter sie interviewten. Besonders den stellvertretenden Finanzvorstand von dem Treffen – wie hieß er doch gleich? – Phillips. Gary Phillips. Wenn sie damit fertig waren, würde es mit meinem Ruf und meinem Bankkonto noch weiter bergab gehen. Ganz zu schweigen davon, dass, sobald jemand ‚chinesischer Spion' sagte, sich das FBI darauf stürzen würde. Vielleicht auch die CIA. Und wenn irgendetwas davon in die Medien käme, was natürlich letzten Endes passieren würde, dann würde Delcroft einen Schlag einstecken müssen. Und das alles, weil ich bei einem Job gefeuert wurde und wissen wollte, weshalb. Ich vergrub den Kopf in meinen Händen. Was hatte ich da bloß ins Rollen gebracht?

———

Das fand ich eine Stunde später heraus, als ein Zivilfahrzeug mit Blaulicht auf dem Dach vor dem Haus hielt. Polizei. Ein stämmiger Mann mit wuchtigem Mantel stieg aus. Es war nicht O'Malley, ich kannte ihn nicht. Andererseits war sein Gesicht teilweise durch den Mantel und einen dicken Schal verdeckt. Das war bei dem Sportwagen, der dahinter hielt, ein silberner Spyder, dessen Stoßstange in der Sonne glänzte, nicht der Fall. Wer, zum Teufel, hatte den Nerv, im Winter, in Chicago, einen Sportwagen zu fahren? Plötzlich riss ich meinen Kopf hoch. Ich kannte dieses Auto. Und seinen Besitzer.

Wie aufs Stichwort kletterte ein schlanker, schlaksiger Mann vom Fahrersitz. Er trug Jeans, eine schwarze Lederjacke und

Arbeitsstiefel. Ein Paar Handschuhe und ein dicker Schal schienen sein einziges Zugeständnis an die Jahreszeit zu sein. Während er zur Tür schlenderte, erkannte ich die grüne Baseball-Kappe auf seinem Kopf, mit den weißen Buchstaben ‚Different Drummer Charter Fishing‘ darauf.

Ich atmete tief ein. „Dieser Morgen wird ja immer besser.“

Luke warf mir gerade einen fragenden Blick zu, als auch schon die Türklingel ertönte.

Als ich die Tür öffnete, hatte der Mann aus dem Zivilfahrzeug schon seine Marke gezückt. „Detective Frank Delaney, Polizei.“

„Guten Morgen“, sagte ich. Er musterte erst mich, dann Luke.

Luke streckte die Hand aus. „Luke Sutton. Ein Freund von Miss Foreman.“

Delaney nickte, als wüsste er das bereits, aber der Mann mit der Baseball-Kappe neigte den Kopf und nahm Luke neugierig in Augenschein.

„Und das ist Special Agent Nick LeJeune, FBI“, sagte Delaney.

Ich nickte. „Ich hatte bereits das Vergnügen.“

LeJeune grinste. „Hallo, *chère*. Ist eine Weile her.“

Ich zeigte auf den draußen geparkten Spyder. „Immer noch der gleiche Wagen? Wie viele Jahre ist das her?“

„Elf. Der ist jetzt erst richtig eingefahren“, grinste er. „Du siehst keinen Tag älter aus, *chère*. Wie geht’s deiner Tochter? Mag sie immer noch schnelle Autos und noch schnellere Männer?“ Ich wurde daran erinnert, wie Rachel mit vierzehn so verliebt in LeJeune und sein Auto gewesen war, dass er sie damit sogar einmal um den Block fahren ließ. Ich schüttelte den Kopf. War ich wirklich so unbekümmert gewesen?

Jetzt runzelte ich die Stirn. „Ihr geht‘s gut. Sie ist 25.“

„Das kann nicht wahr sein. Wo ist sie?“

Delaney scharrte unruhig mit den Füßen. „Macht es Ihnen etwas aus, wenn wir das drinnen fortsetzen? Es ist verdammt kalt.“

„Natürlich.“ Ich öffnete die Tür ein Stück weiter, sie kamen herein und brachten eine Woge kalte Luft mit. Dann wandte ich mich wieder LeJeune zu. „Rachel ist in der Stadt. Sie arbeitet für eine Non-Profit-Organisation, wo sie Frauen hilft, wieder auf den richtigen Weg zu kommen und einen Job zu finden."

„Wie nobel." LeJeune nickte. „Genau wie ihre Mutter. Ist sie Single?"

„Das ist sie. Und wage es ja nicht, dich ihr auf hundert Meter zu nähern!"

Sein Lächeln wurde breiter und er nahm die Kappe ab.

Als ich ihn kennengelernt hatte, hatte er rotblonde Haare mit einigen grauen Strähnen gehabt. Jetzt waren sie überwiegend grau. Aber seine Augen waren immer noch durchdringend grün, gesprenkelt mit schwarz, und er sprach immer noch mit demselben Südstaaten-Akzent, auch wenn es sich manchmal anhörte, als hätte er eine Murmel im Mund. Wir hatten uns vor über zehn Jahren kennengelernt, als ich an einem Video über die Wasseraufnahmebehälter am Lake Michigan gearbeitet hatte. Jetzt, da ich darüber nachdachte, fiel mir auf, dass dieses Video damals auch nicht fertiggestellt worden war. Ich war zwar nicht gefeuert worden – aber inmitten der Dreharbeiten passiert 9/11, und die Wasserverwaltung entschied vorsichtshalber, keine Informationen darüber zu verbreiten, wie Chicago sein Wasser bekam.

Aber das war nicht das Ende vom Lied gewesen. Ich hatte Beweise gefunden, ziemlich zufällig, dass einige böse Jungs vorgehabt hatten, schlimme Dinge in Chicago anzustellen, und LeJeune war der Fall zugeteilt worden. Wenn ich so darüber nachdenke, waren die jetzigen Umstände unheimlicherweise dem sehr ähnlich, was damals passiert war.

Luke, der während unseres Gesprächs sehr still gewesen war, streckte LeJeune die Hand entgegen. „Ich bin Luke Sutton."

„Ja, der Freund von Miss Foreman", sagte LeJeune. „Sieh mal einer an!"

Ich spürte, wie ich errötete.

Kapitel 26

Samstag

Ich führte die Männer ins Wohnzimmer und bot ihnen Kaffee an, was alle bejahten. Als ich ein Tablett aus der Küche hereinbrachte, sagte ich: „Nick, eigentlich bin ich überrascht, dich zu sehen."

„Immer, wenn etwas explodiert und wir nicht wissen, was es ist, bekomme ich den Anruf. Du erinnerst dich."

Ich reichte ihnen die Tassen mit Kaffee. „Also bist du immer noch in der Antiterror-Einheit?"

Er lächelte. „Ich gehe dorthin, wo sie mich hinschicken."

Delaney saß im alten Sessel meines Vaters, einem bequemen Ohrensessel, den er mir überlassen hatte, als er in das Heim für betreutes Wohnen umgezogen war. „Ich brauche etwas Weiches für meinen Hintern, wenn ich bei dir bin", hatte Dad gesagt. Luke und ich saßen auf dem Sofa. LeJeune stand vor dem offenen Kamin.

„Also", sagte Delaney, nachdem er einen Schluck aus seiner Tasse getrunken hatte. „Bevor wir anfangen, wollte Dan O'Malley, dass ich Ihnen mitteile, dass mit dem U-Bahn-Unfall alles geklärt ist. Es wurde zu einem Selbstmord erklärt."

Luke blickte mich prüfend an. Ich wusste, dass er sich fragte, was zur Hölle ich getan hatte.

„Bitte richten Sie ihm meinen Dank aus!"

„Das werde ich. Jetzt zu Zach Dolan. Er sagt, Sie gehören zu seinen Kunden. Wollen Sie mir erklären, was er für Sie tut?"

Nicht wirklich, dachte ich. „Ich habe ihn gebeten, einen USB-Stick zu entschlüsseln. Ich wollte wissen, was darauf ist."

„Und wie sind Sie an den Stick gekommen?"

„Das ist kompliziert."

LeJeune stützte einen Ellbogen auf den Kaminsims. „Wir haben alle Zeit der Welt."

„Ich hatte wirklich gehofft, ich müsste das nicht alles erzählen."

LeJeune erwiderte: „Und eigentlich weißt du es besser, *chère*. Das FBI ist hier, um unseren Brüdern in Blau zu helfen."

„Na klar." Den Sarkasmus in meiner Stimme konnte ich mir nicht verkneifen. „Was ist damit, es aus den Medien herauszuhalten?"

„Falls etwas durchsickert, dann kommt es nicht von uns."

Ich atmete tief durch und erzählte ihnen die ganze Geschichte. Von dem Delcroft-Job. Gefeuert zu werden. Parks. Von dem U-Bahn-Unfall. An dieser Stelle nickte Delaney. Vom Auffinden des Sticks. Wie Hollander mir erzählte, Parks sei ein Spion für die Chinesen gewesen. Keiner der Männer schrieb etwas auf, aber ich nahm an, einer von ihnen nahm meine Aussagen auf.

Als ich fertig war, beugte sich Delaney vor. „Reden wir über das Timing. Wussten Sie, dass Sie die einzige neue Kundin waren, die Zach Nolan in den letzten Wochen annahm?"

„Hat er Ihnen gesagt, wer seine Kunden sind?"

Delaney und LeJeune tauschten einen Blick aus. „Wir haben ihm keine große Wahl gelassen", sagte LeJeune.

„Deine sanfte Überzeugungstaktik hat ihn überzeugt."

„Du hattest schon immer eine rasche Auffassungsgabe, *chère*", sagte LeJeune.

Die „*chères*" und seine übertrieben herzliche, zu persönliche Südstaaten-Art fingen an, mich zu nerven. Ich wusste, er kam aus dem Cajun-Gebiet, einem Bezirk im östlichen Louisiana. Ich schaute hinüber zu Luke. Er versuchte, gefasst zu bleiben, aber sein rechtes Auge war halb geschlossen. Das passierte immer, wenn er sich ärgerte.

„Hat sich Dolan mit irgendwelchen Ergebnissen von dem Stick bei dir zurückgemeldet?", fragte LeJeune.

„Noch nicht. Alles, was er gesagt hat, war, dass es sich um kein gewöhnliches Verschlüsselungsprogramm handele."

Delaney und LeJeune nickten beide. Das wussten sie bereits.

„Was natürlich Hollanders Vorstellung stützen könnte, dass Parks tatsächlich ein Spion war", sagte LeJeune, fast wie zu sich selbst. „Hey, Ellie. Hast du noch eine Kopie des Sticks?"

„Ähm, nein", log ich. Ich sah den skeptischen Ausdruck auf LeJeunes Gesicht und überdeckte das mit einer Frage. „Was hat es mit der Explosion auf sich?", fragte ich. „Habt ihr eine Ahnung, was es war?"

„Unsere Bomben- und Brandstiftung-Teams arbeiten daran." Er warf mir einen warnenden Blick zu. „Und wir stellen hier die Fragen."

LeJeune rollte mit den Augen, als mache er sich über Delaney lustig. „Es steht schon fest, Detective. Eine Art Sprengfalle."

„Haben Sie eine Ahnung von den Komponenten?", fragte Luke.

„Darüber wissen wir noch nichts." LeJeune neigte den Kopf zur Seite. „Warum fragen Sie?"

„Ich habe mich nur gefragt, ob sie aus militärischen Quellen stammen könnten."

LeJeunes Augen blitzten auf. Ich versteifte mich. Ich hatte niemandem erzählt, was mir Charlotte Hollander bei den Drinks erzählt hatte: Dass Delcroft einen Vertrag mit dem Militär hatte, um ein Gegendrohnen-System zu produzieren, und dass sie an dessen Design mehr als ein Jahr gearbeitet hatte. Außer Luke.

Aber LeJeune war kein Dummkopf. Würde er wissen wollen, warum Luke speziell die militärischen Komponenten zur Sprache gebracht hatte? Zu meiner Überraschung jedoch überging LeJeune Lukes Frage. Er musste beschlossen haben, dass dies hier nicht der richtige Zeitpunkt und nicht der richtige Ort war. Dennoch wusste ich, dass er es überprüfen würde.

„Sie waren in der Air Force, nicht wahr?", fragte LeJeune. „Hatten auch einige Auslandseinsätze, richtig? Sind BUFFs geflogen."

BUFFs waren B-52 Stratofortress-Flieger mit dem Spitznamen ‚Big Ugly Fat Fuckers'. Einst trugen sie Atombomben, aber heutzutage wurden sie hauptsächlich als Frachtflugzeuge eingesetzt.

LeJeune hatte Luke überprüft, bevor er hierher gekommen war. Obwohl ich wusste, dass er nur seinen Job machte, den er auch gut machte, war ich verärgert. Welches Recht hatte er, gegen meinen Freund zu ermitteln? Ich atmete tief durch, um mich zu beruhigen.

„Ich habe mich anwerben lassen", antwortete Luke. „Und ja. Während des ersten Golfkriegs bin ich einige Missionen im Irak geflogen."

Als wüsste er, wie ich mich fühlte, legte LeJeune ein engelsgleiches Lächeln auf. „Natürlich haben Sie das. Wollte es nur direkt von Ihnen hören."

Lukes Auge war nun fast vollständig zugepresst.

Ich überschlug die Beine, mein Fuß tippte nervös auf und ab. „Hast du schon mit Delcroft gesprochen?"

LeJeunes Lächeln verschwand. Der Blick, den er mir zuwarf, bedeutete, dass ich der dümmste Fisch im Aquarium war.

„Ich hätte Parks nie kontaktieren sollen. Ich war nur so wütend darüber, dass ich gefeuert wurde. Es ist alles meine Schuld."

„Aber jetzt hilfst du deinem Land", sagte LeJeune. „Handelst patriotisch."

„Na toll, vielen Dank. Ich kann es kaum erwarten, meine Medaille zu bekommen. Falls ich lange genug lebe, um sie zu bekommen." Mein Fuß wackelte nun noch schneller. „ Es ist klar, dass irgendjemand nicht möchte, dass wir herausfinden, was auf dem Stick ist. Was ist, wenn sie als Nächstes hinter mir her sind?"

Luke ergriff das Wort: „Welchen Schutz gibt es für sie? Können Sie da etwas tun?"

„Schutz?", fragte Delaney.

„Ihr Telefon wurde angezapft", erklärte Luke. „Und Unbekannte haben ihr Haus überwacht."

„Erzählen Sie uns davon!", sagte Delaney.

Ich erzählte ihm von den falschen Arbeitern vor dem leeren Haus. „Und jemand in einem grünen Toyota ist mir gefolgt."

„Beschreiben Sie bitte diese Person."

„Ich habe den Fahrer des Toyota nicht gesehen, aber ich kann die ‚Arbeiter' beschreiben." Das tat ich und fügte dann hinzu: „Ich habe sogar noch etwas Besseres. Ich habe ihre Autokennzeichen."

Delaney hob die Augenbrauen, LeJeune lächelte.

„Und ich werde sie Ihnen geben. Unter einer Bedingung."

Delaney richtete sich auf. „Ich weiß, Sie sind mit Chief O'Malley befreundet, aber das berechtigt Sie nicht dazu, Beweise zurückzuhalten. Sie könnten –"

Ich unterbrach ihn. „Nachdem Sie sie identifiziert haben, müssen Sie mir sagen, wer die Typen sind."

„Ich weiß nicht …", sagte Delaney. „Das werde ich mit dem Chef abklären müssen."

LeJeune warf Delaney einen Seitenblick zu und wandte sich dann an mich. „Weißt du, heutzutage kannst du selbst den Besitzer eines Autokennzeichens ausfindig machen."

„Ich weiß. Aber was ist, wenn sie meinen Computer gehackt haben? Dann werden sie wissen, dass ich nach ihnen suche."

„Und deshalb braucht Ellie Schutz", sagte Luke.

„Glauben Sie nicht, dass das etwas weit hergeholt ist?", sagte LeJeune.

„In der heutigen Zeit?", konterte Luke. „Nein. Das glaube ich nicht."

„Falls Schutz gerechtfertigt ist, werden wir dafür sorgen", sagte Delaney nach einem langen Augenblick.

„Was bedeutet, dass es jetzt nicht so ist", sagte Luke. „Also sind wir auf uns allein gestellt."

„Sie sehen aus, als hätten Sie die Dinge im Griff. Und die Dame auch." LeJeune hielt inne. „Sie wissen ja, wie das läuft. Reden Sie am Telefon nicht über Dinge, von denen Sie nicht wollen, dass sie mitgehört werden! Fahren Sie nicht an Orte, wenn Sie nicht wollen, dass man Ihnen dorthin folgt! Wir melden uns, wenn wir etwas wissen."

Luke schaute mich an und nickte.

Ich ging in die Küche, kam mit den aufgeschriebenen Kennzeichen zurück und händigte sie ihnen aus.

„Braves Mädchen", sagte LeJeune.

Mädchen? Ich reagierte gereizt. Hatte er mich wirklich als Mädchen bezeichnet?

Er zwinkerte mir zu, als wüsste er genau, was er gerade getan hatte.

Kapitel 27

Samstag

Nachdem sie gegangen waren, sammelte ich die Kaffeetassen ein und stellte sie in die Spüle. Luke folgte mir in die Küche. „Also, willst du mir vielleicht etwas über den Typen erzählen?"

„Da gibt es nicht viel zu sagen. Ich habe an einem Video über die Chicagoer Wasserzufuhr gearbeitet, aber das wurde wegen 9/11 gekündigt. Aber ich hatte Outtakes, also nicht verwendetes Filmmaterial, von einem Kerl – tja, wie ich gesagt habe, es wird kompliziert."

„Du scheinst die Angewohnheit zu haben, ständig gefeuert zu werden."

Ich wirbelte herum, bereit zum Gefecht.

„Ich habe nur Spaß gemacht." Er hob entschuldigend die Hände. „Der FBI-Typ hat eine sehr hohe Meinung von sich selbst."

„Ich glaube, er ist die Art von Mensch, die über die Oberfläche des Lebens gleitet, aber Schwierigkeiten hat, mit den Strömungen darunter umzugehen."

„Ich muss mir doch keine Sorgen machen, oder?"

War Luke eifersüchtig? Das war eine neue Erfahrung. Ich trocknete meine Hände ab, ging zu ihm und streichelte seine Wange. „Wegen LeJeune? Das Einzige, worüber du dir Sorgen machen musst, ist, dass er die besten kreolischen Restaurants in Chicago kennt."

Er beugte sich vor und küsste mich. „Trotzdem mache ich mir Sorgen. Nicht wegen ihm, wegen dir. Das kann so nicht weitergehen."

„Das verstehe ich." Ich zögerte. „Übrigens", ich löste mich aus seiner Umarmung und schaute zu ihm auf, „da gibt es noch etwas, das du wissen solltest."

„Was?"

„Ich habe doch noch eine Kopie des USB-Sticks. Die habe ich gemacht, bevor ich die erste Kopie zu Dolan gebracht habe."

„Natürlich hast du das." Er seufzte. „Und wer auch immer sie haben will, weiß das wahrscheinlich auch. Einschließlich LeJeune."

„Ich hatte sie auf meiner Festplatte, aber dort habe ich sie neulich Abend gelöscht. Ich habe beschlossen, die Kopie stets bei mir zu tragen. Nur für den Fall der Fälle."

„Warum legst du sie nicht in deinen Safe?"

„Ich werde darüber nachdenken."

Luke verschränkte die Arme. „Du entscheidest dich besser bald. Übrigens, während du dich entscheidest, werde ich selbst auch die gebührende Sorgfalt walten lassen", sagte Luke. „Wir werden nicht herumsitzen und warten, bis jemand hinter dir her ist."

Während LeJeune in seinem eigenen Tempo durch das Leben glitt, attackierte Luke es frontal. Er verließ die Küche, einen Moment später hörte ich ihn telefonieren.

———

Später am Nachmittag stiegen wir in Lukes Pick-up. Lukes Vater war ein höchst erfolgreicher Eisenbahn-Magnat gewesen. Er hatte die automatische Kupplung zwischen Eisenbahnwagen entwickelt, womit er ein Vermögen verdient hatte. Luke hatte seinen ganzen Wohlstand geerbt und konnte sich − nun ja − ein Dutzend Spyders leisten. Aber zu protzen war trotzdem nicht sein Stil. Er wollte nicht einmal den neuen Daimler-Pick-up; ihm gefiel der Dodge Ram. Die einzigen Zugeständnisse, die er beim Kauf eines Neuen gemacht hatte, waren bequeme Sitze, eine Klimaanlage und ein Navigationssystem gewesen, hauptsächlich für mich.

„Wo fahren wir hin?"

„Das wirst du noch sehen."

„Oh ja, ich liebe Geheimnisse."

Er warf mir einen Blick zu, fuhr dann aber eine umständliche Route über North Shore, wand sich durch die Kurven, bog scharf ab und fuhr auf Nebenstraßen, alles in scheinbar zufälligem Muster.

„Meinst du, wir werden verfolgt?", fragte ich.

Er antwortete nicht, aber ich war dankbar. Er nahm nichts als selbstverständlich an. Wir fuhren Richtung Norden auf der Route 41, an Lake Forest und Lake Bluff vorbei. Schließlich wandten wir uns nach Osten zur Great Lakes Naval Station, dem Boot-Camp für Marine-Rekruten und der größten militärischen Trainingseinrichtung weit und breit. Mehr als 1100 Gebäude stehen auf fast 650 Hektar, wodurch es einer Kleinstadt gleicht. Ich vermutete, wir würden dort jemanden treffen, aber als Luke an der Einfahrt vorbeifuhr, war ich verwirrt.

„Wir gehen nicht rein?"

Er schüttelte den Kopf.

Fünf Minuten später waren wir in der Innenstadt von Waukegan. Leider ist Waukegan, Illinois, kein Paradebeispiel fortschrittlicher Stadtplanung. Nach dem Wohlstand von Highland Park, Lake Forest und Lake Bluff erscheint Waukegan wie ein zurückgelassenes Waisenkind. Mit hunderttausend Leuten ist die Stadt zwar nicht klein, aber welchen Charme sie auch gehabt haben mochte, er war ausgeweidet worden, durch Jahrzehnte der Misswirtschaft und Korruption. Jetzt hat sie ein notleidendes, heruntergekommenes Häuserbild, unterbrochen von einer Reihe von Handelsketten und Tankstellen.

„Luke, warum sind wir hier?", fragte ich.

Luke musterte den Rückspiegel so sorgfältig wie die Windschutzscheibe. Nachdem wir fünf Minuten den Block umkreist hatten, hielt er vor einem Gebäude, das noch zwei Stufen unter einer

Spelunke stand. Es war eine Eckkneipe, deren Wände von Graffiti und verschnörkelten Buchstaben bedeckt waren und deren Fenster wahrscheinlich das letzte Mal in den Zwanzigerjahren geputzt worden waren. Sie hatte keinen Namen, nur ein Neonschild über der Tür, auf dem ,Bar' stand. Der Buchstabe R flackerte im düsteren Licht.

„Wir hätten ins Solyst's fahren können", sagte ich. „Warum mussten wir den ganzen Weg hierherkommen?" Solyst's ist eine Bar bei mir im Ort; da die neuen Eigentümer kürzlich die Toiletten renoviert und zu halb-luxuriös verbessert haben, bin ich mir nicht sicher, ob sie immer noch als Spelunke gilt.

Luke stieg aus dem Truck, kam auf meine Seite und öffnete die Tür.

„Irgendetwas sagt mir, dass mir das nicht gefallen wird", sagte ich.

Kapitel 28

Samstag

Das Innere der Bar war genauso schäbig wie das Äußere. Abgewetzte Linoleumböden, ein Riss in der Decke, der sich durch den ganzen Raum zog, und eine verzogene Holzvertäfelung. Das Einzige, was der Verschönerung diente, war eine Kette aus fröhlich bunten Weihnachtslichtern, hoch oben an den Wänden, die wahrscheinlich eine Dauereinrichtung war, denn inzwischen war es fast März.

Luke reckte den Hals nach den Leuten in den Ess-Nischen, die beide Seiten des Raumes säumten. Sein Blick blieb im hinteren Teil des Raums hängen, wo ein Kerl mit grauem Kapuzenshirt und einer Sox-Baseball-Kappe zurückstarrte. Als eingefleischter Cubs-Fan war ich nicht sicher, wie ich das finden sollte. Sein Gesichtsausdruck war neugierig, vielleicht sogar misstrauisch, aber als er Luke erkannte, leuchtete sein Gesicht auf und er lächelte breit.

„Das ist er." Luke führte mich zu der Nische. Als wir näher kamen, erblickte ich zwei Krücken, die auf dem Kissen neben ihm lagen.

Er ergriff eine der Krücken und versuchte, aufzustehen.

Luke eilte hinüber. „Nein, bleib sitzen." Er umarmte ihn. „Hey, Mann!"

„Hey, Mann, Alter!" Sie tauschten erfreute Blicke aus, was zeigte, dass sie sich freuten, einander zu sehen. Dann richtete sich der Blick des Mannes auf mich.

„Das ist Ellie?"

Ich lächelte. „Schuldig."

„Ellie, das ist Artie Hubbard." Wir schüttelten uns die Hand. Er hatte ein schmales Gesicht, ein spitzes Kinn, eine Stirn mit tiefen Furchen, aber sanfte braune Augen. „Er ist ein alter Freund."

Hubbard räusperte sich laut. „Das heißt jetzt Commander Hubbard, mein Freund." Er strich über die grauen Stoppeln auf seinem Kinn, die entweder ein gewollter Bart sein konnten oder das Ergebnis von einer Woche nicht rasieren.

„Ich fass' es nicht. Du hast es doch noch getan, du alter Sack", sagte Luke. Er drehte sich zu mir. „Wir nannten ihn früher Grizzly. Vielleicht siehst du ja, warum."

Hubbard tätschelte sein Kinn. „Die Stoppel-Wirkung. Soll die Frauen wahnsinnig machen."

Ich kicherte.

„Komisch ... Das haben die anderen Frauen auch getan."

Ich glitt in die Nische ihm gegenüber. Luke setzte sich neben mich. „Sie sind bei der Navy?", fragte ich.

„Ich bin in Great Lakes daheim."

„Aber Luke war bei der Air Force. Wie habt ihr euch kennengelernt?"

Luke mischte sich ein. „Wir sind zusammen in Lake Geneva aufgewachsen. Während der High School haben wir beide im alten Playboy-Club gearbeitet."

Ich nickte und erinnerte mich an Lukes Geschichte über eine Kneipe, die jetzt Lodge hieß, aber einst eines der trendigsten Lokale nördlich von Chicago gewesen war.

„Wir sind in Verbindung geblieben", sagte Grizzly.

„Da gehören Sie zu den Glücklichen", antwortete ich. „Der einzige andere Freund von Luke, den ich je getroffen habe, ist Jimmy Saclarides."

Grizzly sah aus, als wollte er etwas sagen, aber Luke unterbrach ihn. „Wie geht's dem Bein?" Dann verzog er das Gesicht. „Sorry. Du weißt, was ich meine."

„Schon in Ordnung. Da ist noch ein gewisser Phantomschmerz, aber ich kann damit leben." Er wandte sich mir zu. „Ich habe es bei einem Helikopter-Unfall in Afghanistan verloren."

„Du hattest Glück, Bruder", sagte Luke.

„Als ob ich das nicht wüsste." Er hielt inne. „Mein Pilot hatte das nicht." Er rieb seine Nase, als versuchte er, die Erinnerung auszuradieren. „Hey, die Pizza hier ist nicht schlecht."

„Dann bestellen wir die", sagte Luke. „Fassbier für alle?"

Wir nickten und Luke ging rüber zur Bar, um die Bestellung aufzugeben.

Ich schaute mich um. „Weshalb treffen wir uns hier?"

Grizzly lächelte. „Weil Ihr Freund das so wollte."

„Luke hat diesen Ort ausgesucht?"

„Er hat es Ihnen nicht gesagt?"

„Kein Wort."

„Nun …" In der Ecke begann eine Jukebox, die mir zuvor nicht aufgefallen war, ein Lied von Taylor Swift zu schmettern. „Ich bin bei meinem letzten Einsatz. Ausbildungsstab des Stützpunktkommandeurs."

„In welchem Bereich?"

„Nachrichtendienst." Er hielt inne. „Und davor war ich Leiter der Analyse nachrichtendienstlicher Erkenntnisse aus allen Quellen in Katar. Und davor in Afghanistan."

Ich fing an zu verstehen, warum Luke mich hierhergebracht hatte.

Grizzlys nächste Worte bestätigten das. „Ich weiß viel über Drohnen."

Kapitel 29

Samstag

Zwanzig Minuten später hob ich dünne Fäden von Mozzarella auf und wickelte sie um ein Stück Salami-Pizza, bevor ich mir alles in den Mund schob und es dann mit einem gezapften Bier hinunterspülte. Der Geschmack von würzigen Aromen, milchigem Käse und kaltem Bier machte süchtig. Pizza war mein Lieblingsessen. Außerdem brauchte man kein Besteck.

„Ich nehme an, du hast einige Fragen zu Gegendrohnen-Systemen", sagte Grizzly zu mir.

Ich hielt einen Finger hoch, während ich kaute und schluckte. Dann: „Ich bin mir nicht sicher, ob Fragen das richtige Wort ist. Eine Beichte trifft es vielleicht besser."

„Du kannst mir jederzeit alles beichten, junge Dame."

„Danke, Vater." Ich schaute hinüber zu Luke, er nickte. „Eine leitende Angestellte von Delcroft hat mir erzählt, dass die Firma seit mehr als einem Jahr an einem Gegendrohnen-System arbeitet. Diese leitende Angestellte hat es in Utah getestet. Sie sagt, das System sei fehlerlos."

Grizzly trank einen Schluck. „Ich bin nicht überrascht.

Gegendrohnen verwenden die gleiche Technik wie Drohnen. Alles, was man tun muss, ist, technische Umkehrung dafür zu verwenden."

„Was meinst du damit?"

„Die meisten davon werden mit altmodischen Funksignalen gesteuert."

„Funksignale?" Ironischerweise wusste ich ein bisschen was über Funksignale, wegen des Falls, durch den ich LeJeune kennengelernt hatte.

„Auch mit Satelliten-GPS-Signalen."

„Okay."

„Wie du wahrscheinlich weißt, sind die Nutzlasten auf Drohnen entweder Kameras und Überwachungssensoren oder Sprengstoffe für Angriffe. Manchmal auch beides. Wenn ich die Kontrolle über eine Drohne übernehmen wollte, würde ich deren Funksignal imitieren und verstärken. So könnte ich ihr Fehlinformationen über den Abwurfort der Bombe einspeisen, oder darüber, was auszuspionieren ist – das nennt man dann Spoofing – oder ich könnte sie einfach vom Himmel schießen, wenn ich wollte."

Ich nickte und tat so, als verstünde ich viel mehr, als es tatsächlich der Fall war.

„Also, egal welches System Delcroft entwickelt, es hätte wahrscheinlich einen Sensor zum Aufspüren und Triangulieren der Position der anvisierten Drohne. Die Gegendrohne würde zu ihr hinüber fliegen. Nachdem sie innerhalb der Reichweite wäre, würden die Jungs am Boden ein Signal mit Anweisungen übermitteln. Die Gegendrohne würde die neue Eingabe bestätigen und das tun, was ihr befohlen wurde."

„Bei dir hört sich das so einfach an."

Grizzly winkte ab. „Weißt du, auf Eines bin ich neugierig, Ellie. Warum soll sie so fehlerlos sein?"

„Das hat irgendetwas mit künstlicher Intelligenz zu tun."

„Wirklich?"

„Überrascht dich das?"

„Ich denke schon. Funksender und Radar wurden früher mit Hardware gebaut, die nur auf bestimmte Art übertragen konnte.

Heute gibt es Softwares, die von einem Moment zum anderen
ändern kann, wie die Signale ausgestoßen werden. Beispielsweise
haben wir gehört, dass jemand eine Bündelübertragung aufge-
zeichnet hat – er sagte nicht, von wo aus –, welche die Modulation
achtmal in zwei Sekunden geändert hat. Um das zu tun, so nehmen
wir an, muss sie durch einen ‚kognitiven‘ Computer gesteuert sein –
ergo, künstliche Intelligenz.“ Er fuhr fort. „Und wenn man das
macht, dann hat man die Tür zu allen möglichen Dingen geöffnet.“

„Für was zum Beispiel?“

„Sich in gegnerische Netzwerke hacken. Malware in feindlichen
Systemen zu platzieren.“

„Hacking à la NSA?“

„Darauf kannst du wetten. Aber aus der Luft. Unbemannt.
Nicht nachzuverfolgen. Das ist ziemlich beeindruckend. Und denk
daran, Delcroft hat die fortschrittlichsten Drohnensysteme der Welt!
Verdammt, sie bauen sogar eine F-16-Drohne, und sie haben eine
Möglichkeit entwickelt, Drohnen von einem Apache-Helikopter aus
zu steuern. Also, welches Gegendrohnen-System sie auch entwickelt
haben, es berücksichtigt all diese Punkte. Das ist ziemlich fortschritt-
liche Technologie. Und nicht viele Unternehmen haben das Investi-
tionsvolumen, um das zu perfektionieren. Oder um es fehlerfrei zu
machen.“

„Aber Delcroft schon?“

„Was glaubst du denn?“

Ich trank einen weiteren Schluck Bier. „Also, unter’m Strich,
angenommen, Delcroft hat dieses größere, bessere System, dann
könnte es ‚Parteien‘ geben, welche die Technologie in die Finger
bekommen wollen.“

„Machst du Witze? Natürlich! Wir haben mit unseren Drohnen
einen brutalen Haufen Schäden angerichtet. Unsere Feinde wollen
es uns heimzahlen. Obwohl, wie ich gesagt habe, wenn die Ingenieure dieser ‚Parteien‘ wissen, was sie tun, könnten sie in der Lage
sein, selbst auf Delcrofts Technologie zu kommen. Erinnerst du dich
daran, wie die Iraner vor ein paar Jahren eine Drohne abgeschossen
haben?“

Ich nickte.

„Das war eine CIA-Drohne." In seiner Stimme schwang eine Spur von Selbstgefälligkeit mit. „Die Iraner behaupteten, sie hätten die Signale blockiert, Umkehrtechnik dafür verwendet und die Drohne damit gezwungen, dort zu landen, wo sie sie haben wollten, und sie hätten alle ihre Daten gestohlen."

„Haben sie das?"

„Wer weiß? Letztlich ist es egal. Es ist keine Raketenwissenschaft."

„Komisch."

Luke stand auf und brachte einen frischen Krug Bier mit. Als er sich wieder setzte, schob ich den Pizzateller zu ihm herüber. Ein Stück war noch übrig, er griff sofort danach.

„Nun, was hat es auf sich mit dir und Delcroft?", fragte Grizzly.

Luke und ich tauschten wieder einen Blick aus. Dann sagte Luke: „Ellie hat Informationen, dass jemand in Verbindung zu Delcroft dieses neue System an die chinesische Regierung verkaufen könnte. Oder an das Militär."

„Das ist ein und dasselbe", sagte Grizzly. „Also deshalb wolltest du, dass wir uns außerhalb des Stützpunkts treffen. Was genau ist denn passiert?"

Ich schaute mich um. Die Nische neben uns war leer, in unserer Nähe waren keine anderen Gäste. Dennoch senkte ich meine Stimme und erklärte ihm alles, angefangen mit dem Video, Parks, dem USB-Stick, Hollanders Verdacht, bis zu dem Sprengkörper, der Dolans Büro in die Luft gejagt hatte.

Grizzly trank sein zweites Bier, während ich sprach. Als ich fertig war, bedeckte ein winziger Schaumfilm seine Oberlippe. Er wischte sich mit dem Handrücken über den Mund.

„Das gute alte Delcroft. Bester Freund des Militärs. Die wissen mehr über die Fähigkeiten unseres Landes als der durchschnittliche Brigadegeneral oder Admiral."

„Also wenn Delcroft ein supergeheimes Gegendrohnen-System baut, würde es dann Leute geben, die davon wissen?"

„Mit ,Leuten' meinst du unsere Feinde, nehme ich an?", fragte Grizzly.

Ich nickte.

„Es ist schwer, so etwas lange geheimzuhalten." Er legte die Hände um sein leeres Bierglas. „Übrigens, die meisten Gegendrohnen-Tests werden in Mugu Point, nahe China Lake, durchgeführt. Das ist in Kalifornien, nicht in Utah."

„Willst du damit sagen, Hollander hat gelogen, wo sie gearbeitet hat?"

„Vielleicht."

„Warum?"

„Weil sie es kann."

Ich dachte darüber nach. „Moment mal! Wenn sie wegen Utah gelogen hat, könnte sie auch über den Teil mit der künstlichen Intelligenz gelogen haben?"

„Das ist möglich. Du musst immer an Folgendes denken: Unsere Feinde sind nicht dumm. Sie können unsere Technologie ausnutzen und uns somit schnell überholen. Irgendwie spielen wir immer noch ein Aufholspiel. Es zahlt sich aus, zu lügen. Das Umfeld zu verwirren. Den Feind denken zu lassen, wir wüssten oder hätten mehr, als wir in Wirklichkeit haben."

In meinem Kopf drehte sich alles. „Mein Gott! Das ist ja schlimmer als das Spiegelreich bei Alice im Wunderland. Wem kann ich vertrauen?"

„Niemandem."

„Aber wir reden hier von der Sicherheit unseres Landes."

Jetzt blickte sich Grizzly im Raum um. „Lasst uns von hier verschwinden … Dreht mit mir doch noch eine Runde in deinem Pick-up."

Ich runzelte die Stirn, aber Luke stand sofort auf und ging zur Bar, um zu bezahlen.

Grizzly hob seine Krücken auf und grinste. „Ich muss öfter mit so reichen Typen rumhängen."

Kapitel 30

Samstag

Wir drängten uns zu dritt auf den Vordersitz von Lukes Pick-up und warfen Grizzlys Krücken auf die Ladefläche. Grizzlys Stirn legte sich in Falten; er sah aus, als wollte er etwas sagen. Luke wollte gerade den Zündschlüssel drehen, hielt aber unerwartet inne, als hätte er eine telepathische Nachricht erhalten. Er öffnete die Fahrertür und sprang raus.

„Fasst nichts an!", rief er uns zu.

Wir sahen zu, wie er langsam um den Pick-up herum ging, unter die Karosserie schaute, dann die Motorhaube öffnete und einen Blick in den Motorraum warf. Anscheinend war er zufrieden, dass es nichts auszusetzen gab, kam zurück zum Wagen und hievte sich zurück in den Sitz. Dann schaltete er das Navi ab und Grizzlys Stirn glättete sich.

„War das wirklich notwendig?", fragte ich.

Luke und Grizzly tauschten einen Blick aus. „Das war es."

„Das gefällt mir nicht", meinte ich.

„Willkommen im Club." Luke schaltete den Motor ein und wir fuhren los.

„Warum haben wir die Bar verlassen?"

„Weil ich nicht wollte, dass mir jemand zuhört", sagte Grizzly.

„Wegen …"

„Das ist vielleicht mein letzter Einsatz, aber ich bin immer noch in der Navy. Wir sollen keine Meinungen haben, die − ähm − nun, wir sollen überhaupt keine Meinungen haben."

„Welche Art von Meinungen?"

„Ihr habt mich gefragt, wem ihr vertrauen könnt, und ich habe euch gesagt: niemandem."

„Und?"

„Luke", sagte Grizzly, „mach das Radio an."

Sobald die Stones auf dem Classic-Rock-Sender ‚Brown Sugar' schmetterten, fing er zu reden an. „Hör gut zu, Ellie … Das Verteidigungsministerium ist ein verdammtes Wurmloch. Die linke Hand weiß nicht − oder vertraut nicht darauf −, was die rechte tut."

„Aber du bist doch ein Teil davon."

Sein Ton war geduldig, nicht genervt. „Ihr kennt bestimmt das Bild der Galaxie, mit zig Milliarden von Sternen und dem Pfeil, auf dem steht ‚Ihr seid hier'?"

Ich nickte.

„Nun, ungefähr so ist es, für die Abwehr zu arbeiten. Denkt mal darüber nach. Das Land hat siebzehn Geheimdienste und die meisten davon sind mit dem Verteidigungsministerium verbunden. Dann sagt das Pentagon vor ein paar Jahren, das Militär brauche sein eigenes Team von Spionen, um Personeninformationen einzuholen. Da gab es keine Debatte im Kongress. Keine öffentliche Ankündigung oder Erklärung. Aber einige Monate später gibt es etwas, das Verteidigungsgeheimdienst heißt."

„Nummer achtzehn?"

Er nickte.

Ich spürte den leichten Schwips vom Alkohol und den Kohlenhydraten. „Du bist ziemlich zynisch. Vielleicht sogar paranoid."

„Das hat die Karriere im Militärgeheimdienst so an sich." Er zog eine Zigarette und Streichhölzer aus einer zerknitterten Schachtel. „Verdammter Widerspruch." Er kurbelte das Fenster hinunter, entzündete ein Streichholz und berührte die Zigarette mit der

Flamme, bevor er einen langen Zug nahm und den Rauch nach draußen blies. „Aber wisst ihr was? Es macht nicht den geringsten Unterschied, was ich denke. Oder was du denkst. Oder was unser Freund Luke da drüben denkt."

„Wieso?"

„Weil wir im ‚Deep State' leben."

„Okay." Ich zögerte. „Was ist der ‚Deep State'?"

„Das ist die Regierung derjenigen, die auf beiden Seiten der Pennsylvania Avenue zu Hause sind. Ein Staat im Staat."

„Jetzt bist du auch noch ein Verschwörungstheoretiker?"

„Nein. Ich bin Realist."

„Das ist nichts Neues. Eisenhower hat uns vor sechzig Jahren schon vor dem militärisch-industriellen Komplex gewarnt."

„Aber dieser hat neue, mächtigere Mitglieder. Jeder konzentriert sich auf die nationale Sicherheit, wir reden da nicht nur vom Pentagon, sondern vom Staat, Homeland Security, der CIA und der Justiz. Sogar das Finanzministerium ist dabei. Und Großkonzerne mit der gleichen Agenda."

„Und der Kongress?"

„Nein. Alles, was die machen, ist abzustempeln, was der Deep State macht. Aber jetzt kommt es: Alles, was der Staat macht, ist geheim. Verschlusssache. Ein Überwachungsstaat, der Amok läuft. Und er wird mehr und mehr vom privaten Sektor gelenkt. Von den Banken, der Wall Street und deinen Freunden bei Delcroft."

„Was meinst du damit?"

„Waffenlieferanten. Private Auftragnehmer, digitale Typen wie die alte Blackwater-Bande, ethische und nicht-ethische Hacker. Sie arbeiten jetzt alle *mit* der Regierung. Sind enger miteinander verbandelt denn je."

Ich dachte an Dolan.

„Etwa siebzig Prozent von Amerikas Geheimdienst-Budget fließt in den privaten Sektor. Um den Terrorismus auszumerzen und das Land zu schützen."

„So viel?"

Er versuchte zu lächeln, aber es wirkte eher wie ein unmutiger Ausdruck. „Ja. Was in der Praxis bedeutet, dass der CEO von

Delcroft den Präsidenten zu Technologie und nationaler Sicherheit wahrscheinlich genauso oft berät wie der Generalstab. Dann kommt noch hinzu, dass die meisten Admiräle und Generäle im Ruhestand in den Vorständen und Aufsichtsräten von Unternehmen wie Delcroft landen. Tatsächlich haben heute die meisten großen Konzerne ihre *eigenen* Geheimdienst-Operationen. Und sie teilen ihre Informationen miteinander. In einer Größenordnung, die sogar Edward Snowden schockieren würde." Er nahm einen weiteren Zug von seiner Zigarette. „Wusstest du, dass die Regierung anfängt, Unternehmen wie Delcroft, Google und AT&T vor Datenschutzklagen zu schützen, als Gegenleistung für deren Daten?"

Ich schüttelte den Kopf. „Was ist mit Beweisaufnahme-Verfahren und solchen Dingen, die sie brauchen, um an die Daten zu kommen?"

Grizzlys Lachen klang hohl. „Das gehört der Vergangenheit an."

„Aber braucht es nicht lange, um bestimmte Informationen zu finden und zu übertragen?"

„Wenn du der Meinung bist, dass ein Bruchteil einer Sekunde eine lange Zeit ist." Er hielt inne. „Sieh mal, ich liebe mein Land. Deswegen habe ich mein verdammtes Bein verloren. Aber ich erkenne dieses Land nicht mehr wieder."

Luke unterbrach ihn. „Du sagst also, dass sie Ellie gerade ausspionieren könnten?"

„Darauf kannst du wetten. Delcroft, das FBI, wahrscheinlich auch dieser neue Verteidigungsgeheimdienst." Er verschränkte die Arme. „Aber das wusstet ihr doch schon, oder etwa nicht?"

Ich sackte betroffen an die Rückenlehne des Pick-ups.

Kapitel 31

Samstag

Wir ließen Grizzly am Eingangstor von Great Lakes raus – für die Hinfahrt hatte er zuvor ein Taxi genommen – und fuhren Richtung Süden. Keiner von uns sagte etwas, während ich versuchte, alles zu verinnerlichen, was Grizzly gesagt hatte. Ich war auch früher schon mit Gefahren konfrontiert gewesen, aber normalerweise stand mir eine Person oder eine Gruppe gegenüber. Leute mit Namen und Gesichtern, von denen ich wusste, dass sie nicht meine Freunde waren. Doch hier handelte es sich um ein komplett neues Drehbuch. Wer war hinter mir her? Wie viele von ihnen gab es? Und wer wollte den Stick?

Charlotte Hollander war die einzige Person außer meiner Familie, Zach, Luke und Grizzly, der ich von dem Stick erzählt hatte. Aber wer auch immer mein Telefon anzapfte, falls das nicht Hollander war, wusste es ebenfalls, da ich Dolan deswegen von zu Hause aus angerufen hatte. Also gab es Hollander, Dolan, Luke, den Telefon-Anzapfer und jetzt auch noch Grizzly. Wem hatte es Hollander erzählt? Und wem hatten es diese Personen erzählt? Die Anzahl von Leuten, die über Parks und den USB-Stick und über die

Tatsache, dass ich ihn hatte, Bescheid wussten, hatte sich inzwischen exponentiell vervielfacht.

Aber warum? Was war darauf? Falls Parks wirklich ein Spion gewesen war, hatte er sich tatsächlich in das System von Delcroft eingehackt und die Pläne gestohlen? Hollander war ziemlich ungeduldig gewesen, als es darum ging, den Stick zurückzubekommen, und sie war Delcrofts Bienenkönigin unter den Drohnen. Aber steckte sie hinter meinem angezapften Telefon? Sie hatte mir bei den Drinks erzählt, dass sie Parks' Telefon angezapft hatte. Warum nicht auch meines? Oder hatte sie das in der Befehlskette nach oben weitergereicht? Grizzly hatte gesagt, die meisten Unternehmen hätten inzwischen ihre eigenen Nachrichten-Abteilungen, und er hatte auch gesagt, Delcroft und das Militär wären praktisch miteinander verheiratet. Bedeutete das, die NSA hatte sich in meinen Computer eingehackt? Und wenn sie das wirklich getan hatten, wo würde das aufhören? Verfolgten sie auch Rachel? Oder meinen Vater? Ich erzitterte.

„Luke", sagte ich. „Ich will den USB-Stick zurückgeben. Ich will nicht mehr in diese Sache verwickelt sein."

Sein Blick schnellte von der Straße zu mir. „Da stimme ich dir zu."

„Was soll ich tun?"

„Ruf morgen früh Hollander an. Gib ihn direkt bei ihr zu Hause ab."

„Irgendwie hört sich das zu einfach an. Was ist, wenn das eine Falle ist?"

Luke antwortete nicht.

Ich schluckte. Als wir ein Schild passierten, auf dem stand, dass wir nach Lake Forest kamen, atmete ich tief ein. „Ich habe eine bessere Idee."

„Ich möchte nach Hause."

„Hollander wohnt in Lake Forest. Geben wir ihn jetzt ab!"

„Warum? Hast du den Stick dabei?"

„Du kennst doch die Antwort darauf. Bitte! Fahr rechts ran!" Ich fischte mein Mobiltelefon aus der Tasche.

Luke hielt nicht an, wurde aber langsamer. „Das wird nicht

funktionieren. Jemand mit ihrer Sicherheitsfreigabe wird nicht im Telefonbuch aufgeführt sein. Du wirst sie nicht finden, außer sie will es so."

Ich wippte wieder nervös mit dem Fuß auf und ab, was ich in letzter Zeit oft tat. Dann setzte ich mich auf. „Ich weiß, wie wir ihre Adresse herausfinden. Bitte halt an."

Luke zog die Augenbrauen zusammen, bog aber von der Green Bay Road auf eine Seitenstraße ab und stoppte den Pickup. Wieder holte ich das Mobiltelefon aus der Tasche und rief Susan an.

Zum Glück nahm sie ab. „Hey, Ellie. Was ist los?"

„Ich hab's eilig, du musst mir einen Gefallen tun. Du kennst doch Leute, deren Kinder die Lake Forest Middle School besuchen, oder?"

„Sicher. Die Kinder von Jim und Carol Milgram."

Susan kennt einfach jeden. „Sie haben doch ein Schülerverzeichnis, oder?"

„Ja …" Susan zog das Wort über drei Sekunden in die Länge, was bedeutete, dass sie nicht sicher war, ob sie noch mehr hören wollte.

„Ich brauche eine Adresse und eine Telefonnummer, falls die gelistet ist, für einen zwölf Jahre alten Jungen, dessen Nachname Hollander ist."

„Ellie …"

Ich unterbrach sie. „Bitte, Susan. Es ist wichtig."

Kapitel 32

Samstag

Wir hielten zwanzig Minuten später vor dem 1642 Greenview Place an. Die erste Überraschung war, wie schlicht das Haus war: Es wirkte eher wie ein bescheidenes New-England-Häuschen als wie ein Herrenhaus in Lake Forest. Ein weißes Backsteinhaus am Ende einer kurzen Einfahrt. Es hatte Mansardenfenster, eine rot gestrichene Tür und eine angebaute Garage. Sauber geschnittene Hecken umsäumten die Front, und seitlich breitete eine große Eiche ihre Krone aus. Auf der anderen Seite stand eine Fichte, die bis zum Dach der Garage reichte. Nicht gerade das Haus, von dem ich erwartet hatte, dass es die Bienenkönigin der Drohnen beherbergte.

Die zweite Überraschung war, wie leer es aussah. Vor dem Haus waren zwar Lampen eingeschaltet, und auch über der Garage brannte Licht, aber im Inneren war es dunkel. Ein dichter, schwerer Nebel hatte sich ausgebreitet, durch den das Haus noch dunkler und verlassener aussah.

„Das gefällt mir nicht, Ellie", sagte Luke. „Gehen wir lieber wieder."

„Es ist Samstagabend. Vielleicht ist sie zum Essen ausgegangen. Oder über das Wochenende weggefahren."

„Nun, du kannst den Stick ja nicht einfach auf ihrer Türschwelle liegen lassen." Er hielt inne. „Und überhaupt, denk nicht einmal daran, auszusteigen und hier herumzuschnüffeln!"

„Warum nicht?"

„Erstens, weil es um das ganze Haus herum Überwachungskameras geben muss. Wahrscheinlich gibt es auch einen stillen Alarm, um die Behörden zu verständigen; das könnte dann die örtliche Polizei sein oder auch nicht. Eigentlich …" Er ließ den Motor aufheulen und fuhr los. „Halt dich fest!" Er fuhr bis zum Ende des Blocks, etwa fünfzig Meter vom Haus entfernt, bog ab und parkte dort.

Ich lächelte.

„Das bedeutet immer noch nicht, dass du aussteigen sollst."

„Warum nicht? Ich trage ein Kapuzenshirt." Ich fasste hinter meinen Nacken und klappte die Kapuze meines Sweatshirts hoch.

„Ellie … Was ist aus der Frau geworden, die vor zehn Minuten noch die Hosen voll hatte?"

„Deshalb sind wir hier. Lass mich nur sichergehen, dass sie nicht zu Hause ist. Eine Minute, mehr nicht." Er stellte den Motor ab und schloss genervt die Augen. „Du musst nicht mitkommen", fügte ich hinzu.

„Oh doch, das muss ich."

Ich zog meinen Mantel aus, zog mir die Kapuze ins Gesicht und schlüpfte aus dem Pick-up.

„Du hast genau eine Minute", sagte Luke und zog eine Taschenlampe aus dem Handschuhfach. „Hör mal", fügte er hinzu, „falls du eine Kamera entdeckst, sieh um Gottes willen nicht hinein. Und es wird nicht geredet. Nicht ein Wort. Falls du meine Aufmerksamkeit brauchst, wink mir zu. Funktioniert das nicht, dann belle wie ein Hund."

„Ernsthaft?" Als er nickte, murmelte ich: „Pfeifen kann ich besser."

Ich war nicht sicher, ob er mich gehört hatte, aber er warf mir einen vernichtenden Blick zu, also senkte ich den Kopf, um mich stillschweigend bei ihm zu entschuldigen.

Dann gingen wir zurück zum Haus und hielten an der Ecke der Einfahrt an.

Ich zog die Kapuze so weit wie möglich über mein Gesicht und schob meine Haare zurück. Luke drehte seine Jacke von innen nach außen, um das North Face-Logo darauf zu verbergen, und zog sich ebenfalls die Kapuze über den Kopf. Wir inspizierten die Front des Hauses, aber konnten nichts Ungewöhnliches erkennen.

Als ich in Richtung Garage ging, entdeckte ich auf einer Seite ein Fenster und linste hinein. Im Innern parkte ein Auto. Eine Oberklasse-Limousine, die wie eine neuere Version eines Volvos aussah. Ich hatte schon einmal einen Volvo besessen, aber war notorisch schlecht im Erkennen von Autos. Luke folgte mir und schaltete die Taschenlampe ein. Egal, um welches Modell es sich handelte, es stand in der Mitte der Garage, und das Licht der Taschenlampe wanderte über die vordere Stoßstange. Vielleicht war Charlotte Hollander heute Abend ausgegangen. Wahrscheinlich zum Essen. Zusammen mit Freunden, die sie abgeholt hatten.

Luke ging zurück und leuchtete mit der Taschenlampe am Garagentor auf und ab und quer darüber. Mir fiel nichts auf, aber er schien sich auf etwas zu konzentrieren, dann hörte ich seinen scharfen Atemzug.

„Was?", flüsterte ich.

Er hielt einen Finger an die Lippen, zeigte auf das Tor und zielte mit der Taschenlampe darauf.

Ich schaute hin. Etwa in der Mitte war mit schwarzem Markierstift ein schwarzes X auf das weiß gestrichene Garagentor gekritzelt worden.

„Jemand ist hier gewesen, Ellie", flüsterte er. „Jemand, der sicherstellen will, dass ein Anderer das sieht."

Ich runzelte die Stirn. „Willst du damit sagen, jemand spioniert Hollander aus? Jemand anderer außer uns?"

Er nickte. „Wir müssen wirklich hier weg. Sofort. Und kein Reden mehr."

Ich hob meinen Zeigefinger. „Ich werde vorsichtig sein", formte ich stumm mit den Lippen und ging zurück zum Straßenrand, wo der Briefkasten stand. Das war die dritte Überraschung. Der Briefkasten war vollgestopft mit Post von mindestens drei bis vier Tagen. Ich winkte Luke herbei und deutete auf den Inhalt. Er nickte. Als ich fragend meine Hände hochhielt, zuckte er mit den Schultern. Vielleicht war sie mit ihrem Sohn über das Wochenende weggefahren. Ins Door County. Oder nach Michigan.

Luke schaute auf seine Uhr und machte eine Drehbewegung mit dem Zeigefinger, was bedeuten sollte, ich solle mich beeilen. Ich gab ihm ein Zeichen, noch kurz zu warten, und trottete zur Rückseite des Hauses, entschlossen, um das ganze Haus herumzugehen. Vielleicht würden wir von der Rückseite aus im Innern ein Licht sehen. Nicht, dass ich mich dadurch besser fühlen würde, aber zumindest würde ich wissen, dass jemand da war. Wolkige Nebelschwaden behinderten unsere Sicht, aber ich konnte ausmachen, dass sich das Gelände hinter dem Haus weiter ausdehnte. Das Grundstück musste mindestens viertausend Quadratmeter groß sein; der Großteil davon war von einem 2,50 Meter hohen Holzzaun umgeben, der eine Terrasse vor neugierigen Blicken schützte. Soviel zum einfachen Haus.

Vor dem Zaun waren Büsche und Sträucher gepflanzt worden, jedenfalls auf drei Seiten. Die kalte Luft verschärfte das Aroma von Pinien und Fichten. Auf der Hinterseite des Hauses fand ich ein Gartentor. Es war verschlossen, aber nicht mit einem normalen Riegel oder Vorhängeschloss, sondern mit einem numerischen Tastenfeld. Luke zeigte darauf, als wollte er sagen: „Ich hab's dir doch gesagt." Ich kniff die Augen zusammen und schaute durch einen Spalt zwischen zwei Zaunlatten. Im Garten sah ich einen Pool von ansehnlicher Größe, der für den Winter abgedeckt worden war, und etwas, das aussah wie ein Grill, ebenfalls abgedeckt, obwohl mir der Nebel da vielleicht einen Streich spielte.

Ich drehte mich um, ernüchtert und bereit, zu gehen. Ich hatte nichts Neues über Charlotte Hollander in Erfahrung gebracht, außer, dass sie nicht zu Hause war und ein schönes Auto und einen Swimmingpool hatte. Luke gab mit seinem Daumen ein Zeichen in Richtung Vorderseite, und wir gingen zurück um das Haus. Plötzlich kam ein Schweinwerfer-Paar in Sicht und ein SUV fuhr die Straße hinunter und hielt vor Hollanders Haus an. Der Fahrer schaltete den Motor ab. Ein zweites Paar Scheinwerfer folgte. Die Türen der Autos gingen auf. Luke und ich tauschten panische Blicke aus und tauchten im Gebüsch ab.

Kapitel 33

Samstag

Obwohl Eiben immergrün sind, neigen sie dazu, im Winter durchscheinend auszusehen. Ich kauerte hinter zwei von ihnen und hoffte, dass uns keiner sehen würde. Trotz des Nebels konnte ich den Gehweg vor Hollanders Haus sehen, aber mein Blickwinkel war eingeschränkt. Der Nebel dämpft auch die Geräusche, von daher war es schwer, etwas zu hören. Ich vernahm das Zuschlagen von Autotüren. Schritte knirschten auf den wenigen verbliebenen schneebedeckten Stehen auf dem Boden. Aber ich hörte keine Stimmen, kein Rufen und auch kein Geflüster. Nur das andauernde Bellen eines Hundes, einige Häuser entfernt – zumindest hoffte ich, dass es ein Hund war und kein Kojote. Was auch immer es für ein Tier war, anscheinend merkte es, dass ‚menschliche' Gerüche in sein Revier eingedrungen waren.

Während sich meine Augen an die Dunkelheit gewöhnten, tauchten drei Personen auf, die schwärzer als die Nacht um sie herum wirkten, und kamen von der Vorderseite des Hauses auf uns zu. Ich versuchte mich nicht zu bewegen, aber es war kalt, und als

Jacke trug ich nur den Kapuzenpullover. Ich zitterte und befürchtete, dass sich mein Beben irgendwie auf die Eiben übertragen würde. Auch meine Atmung versuchte ich zu beruhigen. Kleine Dampfwolken, die aus den Büschen kamen, konnte ich jetzt wirklich nicht gebrauchen.

Die drei Personen gruppierten sich auf der Seite des Hauses und dann teilten sie sich auf, wie in diesen Videos auf *Nova*, die die Zellteilung beschrieben. Eine der Personen ging durch den Garten bis zur Garage, aber die anderen beiden kamen in unsere Richtung. Mein Herz hämmerte gegen meinen Brustkorb, mein Puls raste so schnell, dass mir schwindelig wurde. Ich versuchte mich dazu zu zwingen, ruhig zu bleiben.

Als die beiden Personen um die Eiche herumgingen, wandelten sich ihre unscharfen Konturen, sodass ich Männer in dunkler Kleidung erkennen konnte. Beide waren stämmig gebaut und sahen wegen ihrer Steppjacken, Wollmützen und dicken Stiefel noch wuchtiger aus. Einen beängstigenden Moment lang ließ mich der Winkel, in dem sie den Garten durchquerten, glauben, sie hätten uns ins Visier genommen, aber in letzter Sekunde drehten sie ab und gingen zum Gartentor. Die Männer schienen das Gleiche zu tun wie Luke und ich: Sie spionierten Hollanders Haus aus.

Als sie das Gartentor erreichten, hielten sie an – sie waren weniger als sieben Meter von uns entfernt – und wandten uns ihre Rücken zu, während der Geruch abgestandener Zigarren zu uns herüber wehte.

Plötzlich blitzte ein helles Licht durch die Dunkelheit. Mein Atem stockte. Einer der Männer hatte eine dieser superhellen Halogen-Taschenlampen angeknipst. Glücklicherweise richtete er den Lichtstrahl in Richtung des Hauses, aber wie lange würde das noch so bleiben? Ich duckte mich weiter hinunter und versuchte zu einem Ball zusammenzuschrumpfen.

Der Strahl tanzte über die Hintertür von Hollanders Haus, über die Fenster, hoch zum ersten Stock und dann wieder zurück. *Gott, bitte lass ihn nicht hier herüber leuchten!* Ich hatte das Gefühl, Luke sprach mental dasselbe Gebet.

Aber das Licht wanderte in unsere Richtung. Es huschte von

links nach rechts über den Zaun, ungefähr anderthalb Meter über den Büschen, hinter denen wir uns versteckten. In wenigen Sekunden würden sie uns finden. Ich konnte nicht atmen. Einer der Männer ließ seinen Blick von Seite zu Seite schweifen. Gleich würde er die Taschenlampe auf uns richten. Ich biss mir auf die Zunge. Wir waren verloren.

Ohne Vorwarnung fing der Hund wieder an zu bellen. Es hörte sich näher an als zuvor. Ging sein Besitzer mit ihm spazieren? Ich weiß, dass der Geruchssinn eines Hundes fünfhundert Mal so stark ist wie der eines Menschen. Er musste die Männer riechen … und uns ebenfalls.

Die Männer mussten dasselbe gedacht haben, denn ihre Köpfe zuckten nach oben. Ich hörte ein Knurren, gefolgt von: „Was zum Teufel?"

„Weg hier!", sagte einer der Männer, bevor beide zurück zur Seite des Hauses joggten, von wo sie gekommen waren. Einen Augenblick später waren sie außer Sicht. Der Hund bellte immer noch, tatsächlich klang sein Gebell jetzt schneller und aufgeregter. Eigentlich waren ihm die Männer jetzt näher als auf der Rückseite des Hauses.

Die Stimme eines Mannes war zu hören: „Barney, beruhige dich! Das ist nur der Nebel."

Ich wollte gerade einen erleichterten Atemzug machen, als ich einen Klaps auf meiner Schulter spürte. Ich erschrak fast zu Tode und wirbelte herum.

Luke!

„Komm!", flüsterte er. „Machen wir uns vom Acker. Sofort!"

Er kam hinter einem Busch in der Nähe hervor und fing an zu rennen. Ich folgte ihm, aber anstatt zur Garage oder der Vorderseite des Hauses zu laufen, rannte er in die entgegengesetzte Richtung los. Wir rannten weiter nach hinten, immer am Zaun entlang. Nach dreißig Metern machte der Zaun einen Neunzig-Grad-Knick. Wir befanden uns an der Grundstücksgrenze zu Hollanders Nachbarn. Dessen Garten war ebenfalls durch einen Zaun begrenzt – schließlich waren wir hier in Lake Forest.

Aber hinter den beiden Zäunen gab es einen kleinen Durchgang, mit den jeweiligen Zäunen auf einer Seite und Immergrün-Büschen auf der anderen. Es war gerade genug Platz, um sich hindurchzuquetschen. Leere Bierflaschen, Abfall und dürre Äste, die von den Gärtnern nicht entfernt worden waren, verschmutzten den Bereich und machten ihn zu einer kleinen Müllhalde. Ich fragte mich, ob die Besitzer überhaupt wussten, dass es diesen Weg gab. Der Zigarettenkippen und Fast-Food-Verpackungen nach zu urteilen, wussten es ihre Kinder auf jeden Fall. Aber das war alles egal.

Luke und ich rannten über den Pfad, der sich bis zum Ende des Blocks erstreckte. Dann bogen wir links ab. Wir wollten gerade zum Pick-up rennen, als Luke erstarrte. Ich war hinter ihm und krachte beinahe in ihn hinein. Er schüttelte den Kopf. Ich erlangte mein Gleichgewicht zurück und starrte an ihm vorbei. Einer der Männer aus dem SUV trieb sich bei Lukes Pick-up herum, in seiner rechten Hand hielt er einen Revolver.

Ich wimmerte und bedeckte meinen Mund mit der Hand. Luke warf mir einen grimmigen Blick zu, der klar bedeutete: „Halt die Klappe!" Ich kauerte mich hinter ihn, fragte mich, was zur Hölle wir jetzt tun sollten. Wir konnten nicht zurückgehen. Wir konnten nicht weitergehen. Wir saßen in der Falle. Warum hatte ich nicht gleich auf Luke gehört?

Langsam ging Luke rückwärts in den Garten des Hauses an der Ecke. Ich folgte ihm. Der Mann mit der Waffe trat von einem Fuß auf den anderen und schaute sich in beide Richtungen um, schien uns aber nicht zu entdecken. Plötzlich fing der Hund an zu bellen. Es folgte ein kurzes, tiefes Knurren.

„Barney!", sagte eine Stimme. „Hör auf damit! Es ist alles in Ordnung."

Aber Barney bellte weiter, und plötzlich tauchten Hund und Besitzer direkt vor uns auf dem Gehweg aus dem Nebel auf. Ich schloss meine Augen, wir würden entdeckt werden. Glücklicherweise jedoch sah sie der Mann mit dem Revolver auch, steckte die Waffe schnell in seinen Hosenbund und lief davon, um die Ecke, in Richtung seines Autos.

Barneys Besitzer hielt an und, anstatt zu bellen, fing der Hund an zu winseln. Er roch uns. Gott sei Dank ist der Geruchssinn eines Menschen so viel schwächer als der eines Hundes. Barneys Besitzer schaute sich um und murmelte: „Ich weiß nicht, wer das war, aber ich glaube, dass ich das auch gar nicht wissen will. Gehen wir nach Hause."

Wir warteten, bis es still war und ich mich traute, endlich Atem zu holen. Luke drückte auf die Fernbedienung der Zentralverriegelung, und die Türen des Pick-ups entriegelten sich. Wir rannten hin und warfen uns hinein. Ich schnappte meine Jacke und warf sie über meine Schultern, dann rieb ich die Hände aneinander. Luke startete den Wagen und fuhr los; da erlebten wir unsere nächste Überraschung.

Greenview Place hatte keine Ausfahrt. Wie meine Straße auch, war es eine Sackgasse.

„Scheiße … Scheiße … Scheiße", sagte ich.

„Das kannst du laut sagen", meinte Luke.

Auf unserem Weg hinaus würden wir an Hollanders Haus vorbeifahren müssen. „Die Männer, die ihr Haus ausspionieren, werden uns sehen. Sie waren auf dem Weg zur Vorderseite, nicht wahr?"

„Vielleicht auch nicht", sagte Luke. „Warten wir erstmal ab."

„Und werden zur Zielscheibe?"

„Wir sind noch weit genug entfernt. Bleib ruhig."

Wir warteten eine gefühlte Ewigkeit. Der Hund und sein Besitzer gingen zurück zu ihrem Haus. Barney war ein Rottweiler, und auch wenn sein Bellen aufgehört hatte, war er immer noch wachsam. Weitere fünf Minuten vergingen. Barney war im Innern seines Hauses verschwunden. Eine Minute später erschienen alle drei Männer vor Hollanders Haus. Der Nebel und die Dunkelheit machten es schwer, alles zu erkennen, aber es schien, als hätten sie den vollen Briefkasten entdeckt. Besonders als einer der Männer in einer unschlüssigen Geste die Handflächen hob und mit den Schultern zuckte.

Schließlich gingen sie wieder zur Rückseite des Hauses. Luke startete den Motor und wir bogen auf die Straße und rasten auf dem Weg hinaus, den wir gekommen waren. Als wir Hollanders Haus passierten, schaute ich mir den davor geparkten SUV an. Er kam mir bekannt vor, und als mein Blick zum Kennzeichen wanderte, drehte sich mir der Magen um. Der SUV war derselbe, der vor meinem Haus gestanden war.

Kapitel 34

Sonntag

Als Luke und ich nach Hause kamen, taumelten wir regelrecht ins Bett. Wir waren beide erschöpft, sodass ich nicht einmal versuchte, mir einen Reim darauf zu machen, was in Lake Forest passiert war. Wie Scarlett aus ‚Vom Winde verweht' würde ich morgen darüber nachdenken.

Nach dem Frühstück am nächsten Morgen sagte Luke: „Ich denke, ich sollte einige Tage hierbleiben."

„Ich dachte, du hättest morgen ein Treffen in Lake Geneva."

„Das stimmt, aber nach dem, was gestern Abend passiert ist, werde ich es verschieben."

„Das ist nicht nötig. Mir wird es gutgehen. Ich werde mich wie eine Erwachsene benehmen."

„Ich weiß nicht so recht."

Ich begleitete ihn zur Tür. „Luke … Ich werde es schaffen, ein oder zwei Tage ohne dich zu überleben. Wirklich." Trotzdem blieb ich länger in seiner Umarmung als sonst, die Angst und die Einsamkeit setzten bereits ein. Ich fühlte mich wie Janis Joplin, er nahm ein Stück meines Herzens mit sich.

„Weißt du was?", fragte er.

Ich schüttelte den Kopf.

„Ich denke, ich werde am Dienstag zurückkommen."

Ich schaute zu ihm auf. Wie konnte er meine Gedanken so einfach lesen? „Das wäre wunderbar."

„In der Zwischenzeit möchte ich, dass du mindestens zweimal am Tag anrufst oder eine SMS schreibst, damit ich weiß, dass du in Sicherheit bist." Ich nickte. „Und verwende *nicht* dein Festnetz-Telefon, außer um Pizza oder so etwas zu bestellen. Nimm dein Handy! Die Verschlüsselungs-App, die ich darauf installiert habe, ist ziemlich sicher. Aber, nur um sicherzugehen, solltest du zusätzlich deine Anruferkennung blockieren." Wieder nickte ich. „Und du gehst auch nicht an seinen Computer!"

„Außer um Pizza zu bestellen", sagte ich.

Er grinste. „Ich liebe dich, Ellie Foreman."

„Ich dich auch." Ich lächelte ihn an und umarmte ihn fest.

Nachdem er gegangen war, beschloss ich, das Kennzeichen des SUV, der mein Haus überwacht hatte und auch am vorigen Abend bei Hollanders Haus aufgetaucht war, nachzuverfolgen. Trotz des Risikos, dass jemand herausfinden könnte, was ich tat, musste ich es einfach wissen. Eigentlich hätte ich es schon vor Tagen tun sollen, aber jedes Mal, wenn es mir in den Sinn gekommen war, schien etwas anderes meine sofortige Aufmerksamkeit einzufordern. Doch jetzt stapfte ich nach oben in mein Büro und ging online. Mehrere Webseiten verkündeten, sie könnten jedes Kennzeichen aus jedem Bundesstaat des Landes identifizieren. Aber als ich ‚W80-6939' eingab, ein Kennzeichen aus Illinois, wollten sie plötzlich Geld haben, und ich würde mich hüten, ihnen meine Kreditkartennummer zu geben.

Schließlich stand ich wieder auf und rief mit dem Mobiltelefon Georgia Davis an. Als ehemalige Polizistin und jetzige Privatdetektivin hatte sie bessere Quellen als so Normalsterbliche wie ich. Schon zehn Minuten später rief sie mich zurück. Es gab keine Unterlagen zu dem Kennzeichen. Nicht in Illinois und auch sonst nirgendwo.

„Was bedeutet das?", fragte ich sie.

„Das könnte vieles bedeuten. Ohne Registrierung könnte es ein gestohlenes Fahrzeug sein. Oder jemand, der sich unter dem Radar bewegen will."

„Der SUV sah gut gepflegt aus."

„Woher wissen Sie das? Sie haben gesagt, es war dichter Nebel."

Ihr entging nichts. „Das stimmt. Sagen Sie mal, Georgia … Könnte so ein unregistriertes Auto von Sicherheitsleuten eines Unternehmens verwendet werden? Oder von Leuten von einem Geheimdienst?"

Es folgte eine lange Pause. „Ellie, in was genau sind Sie da verwickelt?"

„Ich kann wirklich nicht … Ich wünschte, ich könnte … Ich brauche einfach nur eine Antwort."

Wieder Stille. Dann: „Lassen Sie es mich so sagen. Wenn ich für das FBI, die CIA oder einen der anderen der Buchstaben-Dienste arbeiten würde, dann würde ich eines der beiden folgenden Dinge machen: entweder das Auto über eine Scheinfirma anmelden oder es in einem der vielen sich überlappenden Gerichtsbezirken registrieren lassen, damit Sie nie herausfinden würden, wem es gehört."

„Aber es wäre registriert."

„Hören Sie mir zu. Wissen Sie, wie der Bürgermeister immer all die Strafzettel bekommt?"

Der Wagenkonvoi des Bürgermeisters von Chicago war bekannt dafür, rote Ampeln zu überfahren und das Tempolimit zu überschreiten.

„Nun, er hätte noch größere Probleme, wenn seine Autos keine aktuellen Nummernschilder und Versicherungen hätten."

„Also wurde der SUV, von dem ich spreche, wahrscheinlich gestohlen?"

„Das habe ich nicht gesagt."

„Sie verwirren mich."

„Das wollte ich nicht. Aber viele sogenannte private Sicherheitsberater bewegen sich unter dem Radar. Wer weiß, welche Ausrüstung die haben oder wie sie da rangekommen sind?"

„Also meinen Sie –"

Sie unterbrach mich. „Was ich meinte, ist: Nur weil der SUV

nicht registriert ist, heißt das noch gar nichts." Eine weitere Pause. „Sind Sie sicher, dass es nichts gibt, was Sie mir sagen wollen?"

Ich stieß den Atem aus. „Ich hätte nie gedacht, dass ich das einmal sagen würde, aber manchmal wünschte ich, ich wäre keine Video-Produzentin. Ich scheine dauernd auf Probleme zu stoßen, die sich als – na ja – als gefährlich herausstellen."

„Wie gefährlich?"

„Ich werde es Ihnen sagen. Aber das ist inoffiziell, okay?"

Sie lachte. „Das ist es immer."

Ich erzählte ihr von Gregory Parks, Delcroft und Charlotte Hollander. Als ich zu Parks' U-Bahn-Unfall kam, unterbrach sie mich.

„Davon habe ich gehört. Einige Leute, die ich kenne, sind nicht davon überzeugt, dass es ein Unfall war."

„Ja, nun, da haben sie nicht ganz Unrecht. Er könnte auch gestoßen worden sein. Delcroft dachte, er wäre ein Spion für die chinesische Regierung."

„Hat der USB-Stick, wegen dem Sie mich angerufen haben, etwas mit all dem zu tun?"

„Mhm."

Sie stieß entnervt den Atem aus. „Ellie. Diese Leute spielen keine Spielchen. Was kann ich für Sie tun?"

„Im Moment nichts. Aber ich gebe Ihnen Bescheid."

Kapitel 35

Montag

Der Montag dämmerte mit einem dieser kristallblauen Himmel über Chicago, die besagen, dass der Frühling vor der Tür stehe und es Zeit sei, die Winterkleidung wegzuräumen. Das tat ich nicht, denn wenn man in Chicago wohnt, weiß man es besser. Ich kochte eine Kanne Kaffee und wartete ungeduldig, bis es 8:30 Uhr war und ich anfangen konnte, Geschäftsanrufe zu machen. Der erste ging an Charlotte Hollander. Ich wollte immer noch den USB-Stick loswerden und mich allem entziehen, was mit Delcroft zu tun hatte – Videoauftrag hin oder her. Höchste Zeit, mich in das unschuldige Land der weißen Lattenzäune zurückzuziehen.

Aber ich bekam keine Chance dazu. Mein Anruf erreichte nur ihre Mailbox. Also hinterließ ich eine Nachricht mit der Bitte um Rückruf.

Eine Minute später klingelte mein Telefon. Ich nahm ab und erwartete, Hollander am anderen Ende zu hören, doch sie war es nicht.

„Hallo Ellie. Hier ist Zach Dolan."

„Zach! Sind Sie okay? Ich war geschockt, als ich von der Explosion in Ihrem Büro gehört habe. Was ist passiert?"

„Deshalb rufe ich an. Uns geht's gut, Joshua und mir. Wir waren nicht da, als es passierte."

„Das habe ich gehört. Trotzdem muss es niederschmetternd sein."

„Ist schon in Ordnung. Ich arbeite im Haus meines Bruders, bis die Versicherungs-Gutachter einen Scheck ausstellen. Er lässt Ihnen Grüße ausrichten. Hey, möchten Sie sich mit mir auf eine Tasse Kaffee treffen?"

„Haben Sie Neuigkeiten?"

„Wir haben schon lange nicht mehr auf einen Kaffee getroffen", sagte er.

Ich verstand. „Sicher. Kaffee wäre toll. Ich habe sowieso etwas für Sie."

Er antwortete nicht, aber wir machten aus, uns in dreißig Minuten im Starbucks in der Nähe meines Hauses zu treffen. Ich kam zuerst an und suchte mir einen Parkplatz. Gerade als ich aus meinem Auto kletterte, kam Zach in einem BMW an. Ethisches Hacken lohnte sich finanziell auf jeden Fall.

Er ließ das Fenster herunter und bedeutete mir, einzusteigen. Joshua besetzte den größten Teil der Rückbank. Mir war das letzte Mal gar nicht aufgefallen, wie groß er war. Und wie wolfartig er aussah, obwohl er ein Schäferhund war. Zum Glück wedelte er wie verrückt mit seinem Schwanz.

Ich sprang ins Auto und Zach fuhr los.

„Warum die Planänderung?"

„Sie wissen, dass unsere Telefone angezapft sind."

„Ich habe gedacht, deshalb treffen wir uns."

„Genau", sagte er. „Und die glauben, wir gehen in den Starbucks, richtig?" Er zeigte mit dem Daumen nach hinten. Als ich nickte, fügte er hinzu: „Nun, dann machen wir es für sie einfach etwas schwieriger."

„Einen Block entfernt gibt es einen Dunkin' Donuts", sagte ich hoffnungsvoll.

„Ich glaube, wir sollten einfach irgendwo spazieren gehen. Das ist sicherer."

Ich schluckte meine Enttäuschung hinunter. Die Kalorien brauchte ich sowieso nicht. Ich wühlte in meiner Tasche und zog den zweiten USB-Stick hervor. „Ich habe eine weitere Kopie gemacht, bevor ich Ihnen den Stick gegeben habe. Also hier, bitte sehr."

„Danke. Aber da gibt es etwas, das ich Ihnen nicht gesagt habe", fuhr er fort. „Über den Stick."

„Ich möchte Ihnen auch etwas erzählen", sagte ich. „Die Dinge geraten außer Kontrolle. Es fängt damit an, dass wir uns persönlich treffen müssen. Ich werde verfolgt und überwacht. Dann habe ich herausgefunden, dass es bei Delcroft eine leitende Angestellte gibt, die weiß, dass ich den Stick habe. Tatsächlich steht die Explosion in Ihrem Büro möglicherweise damit in Verbindung."

„Heißt die leitende Angestellte C. Hollander?"

Mir blieb der Mund offen stehen. „Charlotte Hollander. Woher wissen Sie das?"

Er bog in eine Seitenstraße der Willow Road ab, die an den Park grenzte. Bei dem milden Wetter hatten sich viele Leute bei der Rutsche und den Schaukeln zusammengefunden; die Kinder kreischten aufgeregt und voller Lebensfreude.

„Gehen wir mit Joshua spazieren", sagte er. Er steckte den Stick in die Tasche, öffnete das Handschuhfach und nahm eine Leine heraus.

Wir stiegen aus dem Auto, und Dolan leinte den Hund an, bevor wir in Richtung des Parks gingen.

„Ich weiß nicht, ob das eine Rolle spielt, aber vor der Explosion habe ich angefangen, mit dem Stick herumzuspielen."

„Und?"

„Sie wissen, was Metadaten sind, oder?"

„Daten über die Daten."

„Richtig. Also viele Systeme enthalten auch Protokolle darüber, wer wem wann gemailt hat, manchmal sogar den Betreff. Als Benutzer würde man die normalerweise nicht sehen, aber sie landen in einer Datei. Und wenn man sich auskennt, kann man sie entnehmen."

Ich blieb mitten auf dem Gehweg stehen. „Und Sie haben das Protokoll gefunden?"

„Das habe ich. Tatsächlich habe ich einen Ausdruck davon gemacht. Den werde ich Ihnen geben, obwohl Sie vielleicht nicht in der Lage sein werden, ihn zu verstehen. Er ist in – tja, in Computersprache."

Ich legte den Kopf schräg. „Was stand in dem Protokoll?"

„Es sieht so aus, als hätten drei Personen regelmäßig miteinander kommuniziert. Fast jeden Tag. Die meisten haben cc-Kopiezeichen."

„Wer waren die drei? Nein, warten Sie! Es müssen Parks und Hollander gewesen sein. Aber wer ist die dritte Person?"

„Ein gewisser General Gao", sagte Zach.

Joshua wählte diesen Moment, um an einem Haufen mit Blättern und Zweigen zu schnüffeln, dann winselte er.

„Verdammt richtig, Joshua." Ich schaute Dolan an. „Wer ist General Gao?"

„Ich habe ihn gegoogelt. Er ist ein hohes Tier beim chinesischen Militär. So etwas wie ein Fünfsterne-General. Oder noch höher."

Ich rieb mir mit der Hand über die Stirn. „Das hört sich nicht richtig an."

„Suchen Sie nach ihm! Aber machen Sie das nicht von zu Hause aus! Gehen Sie in die Bibliothek, okay?"

Ich konnte den Schauer, der mich durchfuhr, nicht unterdrücken. Mein Telefon war gehackt worden. Mein Computer auch. Was kam als Nächstes? „Aber Sie haben keinen Inhalt der Korrespondenz?"

„Noch nicht. Ich konnte die Verschlüsselung noch nicht knacken. Wahrscheinlich ist es ein chinesisches System. Aber ich werde es weiter versuchen." Wir bogen ab und drehten eine Runde um den Spielplatz.

„Also, was halten Sie davon?", platzte ich heraus.

„Kann ich nicht sagen. Das ist Ihr Job."

Ich dachte darüber nach. Hollander hatte mir erzählt, Parks sei ein Spion. Aber sie hatte täglich mit diesem sogenannten Spion kommuniziert, wie auch mit einem General des chinesischen Militärs. Statt die Dinge aufzuklären, machte Hollanders Verhalten alles noch undurchsichtiger.

Wie auf Kommando bellte Joshua. Ich zuckte zusammen. Ein Pudel an der Leine, die von einer Frau gehalten wurde, die aussah, als sei sie auf dem Weg zu Nordstrom, schlenderte vorbei.

Zach schaute herüber. „Sind Sie sicher, dass Sie wollen, dass ich damit weitermache?"

Ich schluckte. „Ich weiß nicht so recht."

———

Unsere Ortsbibliothek besteht nur aus drei Räumen. In einem davon stehen fünf Computer, die alle besetzt waren, also wartete ich. Schließlich legte ich meinen Bibliotheksausweis vor, setzte mich vor einen der Computer und googelte ‚General Gao', wobei ich auf meine relative Privatsphäre vertrauen musste. Bibliotheken, Gott segne sie, stellen ihre Computer so ein, dass alles, was ein Benutzer gemacht hat, gelöscht wird, wenn man sich ausloggt, einschließlich der Suchhistorie.

Zach hatte recht. Gao war ein hohes Tier. Er war einer von nur elf Männern des Zentralen Militärkomitees von China, das im Grunde genommen die Armee leitete. Das Komitee ernannte Personen für alle hohen Positionen und überwachte Truppeneinsätze und Waffenausgaben. Leider gab es nicht viel über General Gao als Person zu finden. Er war in seinen Fünfzigern, für chinesische Verhältnisse jung. Er war in Shanghai aufgewachsen, hatte aber in Oxford studiert. Was bedeutete, er war gebildet und sprach Englisch. Hier stand nicht, was er studiert hatte, aber ich vermutete, es hatte etwas mit Luftfahrt zu tun.

Es gab nur ein Bild eines jungen, grinsenden Gao in einem Ruderboot, der ein Paddel schwang – er musste in der Mannschaft von Oxford gewesen sein. Aber abgesehen von einem Gruppenfoto von 1994 mit etwa zwei Dutzend chinesischen Offizieren vor einem Palastgebäude konnte ich nichts Aktuelles über ihn finden. Ich machte Notizen auf dem iPhone, druckte die beiden Bilder aus und meldete mich ab.

Kapitel 36

Montag

Als ich wieder in mein Auto stieg, versuchte ich die Dinge in meinem Kopf zusammenzufügen.

Falls Parks ein Spion für die Chinesen war, warum hatte Hollander dann täglich E-Mails mit ihm ausgetauscht? Ebenso wie mit einem chinesischen General? Versuchte sie, Parks und Gao hereinzulegen? Beweise zu bekommen, dass sie Spione waren? Oder war sie selbst Teil dieser Verbindung? So oder so, ich bekam dadurch kein warmes und behagliches Gefühl.

Was mich an etwas erinnerte. Ich hielt am Straßenrand an und rief noch einmal in Hollanders Büro an.

Dieses Mal antwortete eine Frau. „Es tut mir leid. Sie ist nicht hier."

„Wann erwarten Sie sie?"

„Ich weiß es wirklich nicht." Ihre Stimme klang barsch.

„Wird sie heute überhaupt noch ins Büro kommen?"

„Wer sagten Sie, sind Sie?" Die Stimme wurde misstrauisch.

„Tut mir leid, Sie gestört zu haben." Mit diesen Worten legte ich auf. Wo war Hollander? Immer noch im langen Wochenende? Ich wusste es nicht, aber ich würde den Stick niemandem außer ihr persönlich übergeben. Und ich würde ihn auch bestimmt nicht per Post oder Boten in die Stadt schicken, wenn sie nicht da war.

———

Nach dem Treffen mit Grizzly war ich bei jeder Fahrt auf der Hut vor Verfolgern, und als ich von der Bibliothek nach Hause kam, fand ich einen. Es war kein ramponierter grüner Toyota, es war kein Pick-up-Truck und es war kein SUV. Dieses Mal war es ein unauffälliges beiges Auto, die Art viertürige Limousine, die beinahe schon offiziell aussah. Dennoch, die Tatsache, dass mich jemand beschattete, machte mir Angst und machte mir bewusst, dass jegliches Recht auf Privatsphäre, das mir zustand, ein Märchen war. Fühlte es sich so an, ein Geheimagent zu sein? Wenn ja, würde ich einen lausigen abgeben.

Ich schaute in den Rückspiegel, der, wie ich merkte, zu meinem einzigen Werkzeug wurde, um der Überwachung entgegenzutreten. Am Steuer saß ein Mann und eine zweite Person, deren Geschlecht ich nicht bestimmen konnte, saß auf dem Beifahrersitz. Der Fahrer hatte eine Baseball-Kappe tief in die Stirn gezogen, um sein Gesicht zu verdecken. Die andere Person trug eine Wollmütze, ebenfalls tief in die Stirn gezogen. Freunde oder Feinde?

Gereiztheit durchfuhr mich. Ich war es leid, eine Zielscheibe zu sein, die Maus, mit der jemandes Katze spielen konnte. Ich konnte mein Leben nicht voller Angst leben. Am nächsten Stoppschild überlegte ich mir, meinen Mut zusammenzunehmen. Ich würde mein Auto in Parkstellung bringen, aussteigen und zur Fahrertür des Wagens gehen. Ich konnte genauso gut Cop spielen wie jeder andere. Ich würde verlangen, dass sie mir sagten, wer zum Teufel sie waren und warum sie mir folgten.

Dann überlegte ich es mir anders. Was wäre, wenn sie eine Waffe auf dem Vordersitz liegen hätten? Was, wenn sie das Fenster herunterlassen und mich geradewegs erschießen würden? Das ist genau der Grund, warum sich meine Haltung gegenüber Cops, die ich, als ich jünger war, ‚Schweine‘ genannt hatte, geändert hatte. Ich wusste jetzt, dass Cops jedes Mal, wenn sie ein Auto anhielten, ihr Leben aufs Spiel setzten, und ich respektiere ihren Mut. Die einstigen Schweine waren zu ,Freunden' geworden, deren Courage ich leider nicht besaß.

Also biss ich die Zähne zusammen und versuchte, ein Kennzeichen zu bekommen. Natürlich war vorne kein Nummernschild befestigt. Ich beschleunigte und raste den Rest des Weges nach Hause, wobei ich hoffte, dass meine ,Freunde' nicht gerade heute Geschwindigkeitsmessungen durchführten. Auch die Wärme des Tages half nicht dabei, das Kältegefühl abzuschütteln, das mich überkommen hatte. Gott sei Dank würde Luke bald zurückkommen.

Kapitel 37

Montag

Gary Phillips, der stellvertretende Finanzvorstand von Delcroft, liebte sein Eckbüro im 64. Stock von Delcrofts Bürogebäude im Loop. Das Fenster nach Osten umrahmte eine herrliche Aussicht auf den Lake Michigan und war hoch genug, dass gelegentlich niedrig-hängende Wolken sein Fenster umhüllten. Während des ersten Golfkriegs war Phillips F-16-Kampfjets geflogen und, wie die meisten Piloten, liebte er die Einsamkeit und Kraft des Fliegens, das Gefühl, der einzige Mensch am Himmel und sowohl Herr als auch Diener seines eigenen Geschicks zu sein. Aber nach dem Krieg hatte Delcroft ihn von McDonnell Douglas weggelockt, und nun verbrachte er die meiste Zeit hinter einem Schreibtisch. Mit den Problemen, denen Delcroft jedoch jetzt gegenüberstand, wünschte er sich, er könnte zurück in die Wolken fliegen.

Er beklagte gerade den Stapel an Montagmorgen-Nachrichten und Entscheidungen, die zu treffen waren, als seine Bürotür aufflog und Delcrofts Sicherheits-Chef, Warren Stokes, hereinplatzte. Es hatte keine Vorwarnung von Gena, Phillips Sekretärin, über die Sprechanlage gegeben.

Phillips blickte von seinem Schreibtisch auf. Er mochte Stokes nicht, aber der Ex-CIA-Kerl war ihm von Delcrofts Hauptgeschäftsführer, Brian Riordan, aufgezwungen worden, an den Phillips immer Bericht erstattete. Delcroft dachte, sie hätten ein sicheres System, sagte Riordan, aber ihre Kontakte beim Militär überzeugten sie, dass die eskalierenden Bedenken bezüglich Wirtschaftsspionage, besonders durch Offshore-Hacker, Leute wie Stokes zu einer Notwendigkeit machten. Er war nicht vorbestraft, hatte Riordan hinzugefügt. Phillips, der selbst ein Mitglied des Ivy-League-Old-Boys-Netzwerks war, hatte keine Wahl gehabt. Die Zeiten von Handschlag-Geschäften und Ehrenkodex waren schon lange vorbei.

Untersetzt, rotgesichtig, mit Igelhaarschnitt und einem Netz von Besenreisern auf der Nase sah Stokes so aus, als fühlte er sich in einer Bar wohler als in Phillips Büro. Als der Mann einen Stuhl bis an die Kante seines Schreibtischs heranzog, bemerkte Phillips dessen Jeanshemd und die Khaki-Hose. Man würde annehmen, dass der Mann sich mit all dem Geld, das Delcroft für ihn berappte, einen Anzug leisten könnte.

Phillips zog den Stecker aus seinem Schreibtisch-Telefon und schaltete sein Mobiltelefon ab, entsprechend der Anweisung, die er erhalten hatte. Erst dann ließ er sich seine Gereiztheit anmerken.

„Okay. Sagen Sie mir, was zur Hölle hier vorgeht! Seit Hollander dieses Video gesehen hat, höre ich seltsame Dinge."

Stokes erwiderte mit gleichmütiger Stimme: „Ich habe mit Hollander gesprochen. Sie hat sich Sorgen wegen Gregory Parks gemacht, als er plötzlich in dem Video auftauchte."

„Parks … Parks … Woher kenne ich diesen Namen?"

„Ich bin mir sicher, Sie erinnern sich an ihn. Er war der Kerl im Video, wegen dem Hollander komplett ausgerastet ist. Der Typ der – angeblich – letzte Woche vor die U-Bahn gesprungen ist."

„Ja, ich erinnere mich daran. Aber was soll ,angeblich' bedeuten?"

„Es bedeutet, dass sich Parks als riesiges Sicherheitsrisiko herausgestellt hat. Ich musste die Gefahr neutralisieren."

Stokes hatte eine dreißigjährige Karriere bei der CIA hinter sich, mit Posten in Osteuropa, Afghanistan und dem Irak. Aber laut des Hauptgeschäftsführers hatte er den Geheimdienst schon vor mehreren Jahren verlassen. Dann hatte er seine eigene Sicherheitsfirma gegründet und war damit anscheinend sehr erfolgreich geworden. Nun betrieb er eine Mini-CIA, besetzt mit mehr als fünfzig ehemaligen Geheimdienst-Mitarbeitern von der CIA, dem FBI, dem Secret Service und sogar von Blackwater. Sein Unternehmen war dafür bekannt, schnelle Erfolge zu erzielen. Was sowohl Segen als auch Fluch sein konnte.

„Moment mal, Stokes", sagte Phillips. „Wollen Sie mir sagen, Sie hatten etwas mit seinem Tod zu tun?"

Stokes antwortete nicht, aber sein selbstgefälliger Gesichtsausdruck sagte Phillips alles, was er wissen musste.

„Verdammt, Stokes! So etwas machen wir bei Delcroft nicht."

„Das haben Sie ja auch nicht. Ich habe es getan."

„Ja, aber ich habe Sie ganz sicher nicht dazu ermächtigt, den Typen vor eine U-Bahn zu stoßen."

„Ich habe noch nicht mitbekommen, dass das irgendjemand behauptet."

„Stokes, hören Sie mir zu. Mord gehört nicht zu unserer Unternehmensphilosophie."

Stokes beugte sich mit gleichgültigem Gesichtsausdruck vor. „Mein Vorrecht ist es, das zu tun, was ich für notwendig erachte, um den Schutz und die Sicherheit des größten und wichtigsten Wehrtechnik-Lieferanten der Welt zu gewährleisten. Parks war eine tickende Zeitbombe. Man kann den Chinesen nicht vertrauen. Von Angesicht zu Angesicht sind sie höflich, aber hinter Ihrem Rücken warten sie nur darauf, Sie hereinzulegen. Die sind schlimmer als die Russen."

Jesus! Sie sprachen nicht die gleiche Sprache. Phillips massierte sich die Schläfen.

„Hören Sie", fügte Stokes hinzu. „Ich weiß, dass das nicht Ihr Metier ist. Deshalb hat Riordan mich angeheuert." Er schaute Phillips in die Augen. „Parks war ein Problem, aber jetzt haben wir ein noch größeres."

Der schwache, üble Geruch von Zigarrenrauch wehte zu Phillips herüber. Stokes hatte wahrscheinlich eine geraucht, bevor er hereingekommen war, weil er wusste, dass Phillips das hasste.

„Welches?"

„Hollander."

Phillips ließ den Kopf sinken. „Charlotte? Was ist mit ihr?"

„Sie ist weg. Verschwunden. Nicht mehr da."

„Was wollen Sie mir damit sagen?" Phillips straffte seine Schultern. „Sie haben doch nicht –"

Stokes unterbrach ihn. „Entspannen Sie sich, Kumpel! Alles, was ich getan habe, war, ihr Haus über das Wochenende zu observieren. Ihr Briefkasten quoll über. Es brannte kein Licht. Und ihr Auto war tagelang nicht gefahren worden. Sie hat sich aus dem Staub gemacht."

„Vielleicht ist sie in den Urlaub gefahren. Haben Sie mit ihren Leuten gesprochen?"

„Musste ich nicht." Er verschränkte die Arme. „Ich habe ihren Computer überprüft."

Die von CEO Riordan eingeführten Sicherheitsmaßnahmen waren exzessiv. Besonders, wenn sie auch noch von jemandem wie Stokes durchgeführt wurden. Wenn Riordan erfuhr, dass Stokes Parks umgebracht hatte, würde er explodieren. Stokes verhielt sich wie ein drittklassiger Killer, selbst wenn er bei der CIA gearbeitet hatte. Wie wurden sie genannt – Cleaner? Phillips beschloss, mit Riordan zu sprechen. Das musste aufhören. „Gibt es irgendjemanden hier, den Sie *nicht* verwanzt haben?"

Stokes täuschte ein Lächeln vor. Phillips vermutete, dass der Mann ihn ebenfalls nicht besonders mochte. „Mein Team hat auf Hollanders Telefon und Computer zugegriffen. Vier Anrufe gingen an eine Nummer, die sich als die von Parks' Mobiltelefon herausgestellt hat."

„Von Hollander?", fragte Phillips. „Sind Sie sicher?"

Stokes nickte. „Sie hat verzweifelt versucht, ihn zu erreichen. Hat ihm sogar eine Textnachricht hinterlassen. Seit meine Leute ihre Festplatte geprüft haben, denken wir, wir wissen auch, weshalb."

Phillips starrte ihn an.

„Ihre gesamte Korrespondenz war verschlüsselt."

„Das ist meine auch. Genauso wie die von allen hier. Sie waren derjenige, der uns dazu veranlasst hat."

„Aber sie verwendet ein Programm, das wir nicht bewilligt haben."

Phillips dachte eine Minute nach. „Das war vielleicht eine kluge Entscheidung von ihr. Sie hat mit extrem sensiblen Daten zu tun."

Stokes verschränkte die Arme.

„Haben Sie die Dateien entschlüsselt?"

„Ein Kumpel von mir arbeitet daran. Aber wir hatten Glück mit den Protokollen und konnten einige Überschriften entnehmen. Sie wissen schon, die ‚Von'- und ‚An'-Zeilen. Und auch andere Metadaten, die –"

Phillips unterbrach ihn. Auf Anordnung des CEO hatte er einen ganzen Schulungstag für Computersicherheit über sich ergehen lassen. „Und?"

„Es gab ein halbes Dutzend oder mehr E-Mails, die an jemanden namens Gao Zhi Peng geschickt wurden. Wollen Sie raten, welche Nationalität er hat?"

Phillips war sich bewusst, dass er bevormundet wurde, und stieß gereizt den Atem aus. „Also ist er Chinese."

„Ein General der chinesischen Armee. Es gab auch noch E-Mails, die zwischen Parks, Hollander und Gao hin und her gingen."

„Ihre Schlussfolgerung?"

„Wir ermitteln immer noch, Sir." Stokes betonte das letzte Wort. „Alles, was ich sagen würde, wäre rein hypothetisch."

Phillips spürte, wie ihm der Geduldsfaden riss. „Was glauben Sie, was hier vorgeht? Ganz hypothetisch?"

Stokes ließ die Arme hängen. „Nun, Ihre technische Direktorin verkauft vielleicht DADES an die Chinesen, mit Parks als Mittelsmann."

„Das ist eine verdammt ungeheuerliche Anschuldigung."

Stokes legte den Kopf schief. „Warum sollte sie nicht abkassieren wollen? Sich auf den Ruhestand vorbereiten?"

„Charlotte? Nie im Leben! Ihr Vater war beim Militär. Ein Vier-

Sterne-General. Charlotte ist mit achtzehn Jahren in die Armee eingetreten. Die Armee hat ihr Studium bezahlt."

„Hören Sie, Phillips, ich habe das schon öfter gesehen als Sie sich vorstellen können. Jemand bekommt nicht das, was ihm zusteht, die Anerkennung, die Beförderung. Also kassiert er ab. Unter'm Strich dreht sich alles immer nur ums Geld. Ich wette, die Chinesen bezahlen ihr einen gewaltigen Haufen mehr als Delcroft."

Phillips zupfte an einem seiner Manschettenknöpfe seines Hemdes.

Stokes fing wieder an zu lächeln. „Betrachten Sie es mal von dieser Seite: Jetzt haben Sie einen Grund, sie loszuwerden. Sie ist Ihre einzige wirkliche Konkurrenz um die Führungsstelle."

„So wollte ich das Unternehmen nicht führen."

„Das tun Sie nicht", sagte Stokes. „Das Unternehmen führen, meine ich. Noch nicht."

Kapitel 38

Montag

Die beiden Männer tauschten kalte Blicke aus.

„Am Wochenende habe ich nochmal auf ihren Computer zuge-griffen. Sie hat die gesamte Festplatte gelöscht. Alles ist weg. Sowohl auf ihrem Büro-Computer als auch auf ihrem Mac zu Hause."

„Ihrem Mac? Zu Hause? Sie sind in ihr Haus eingebrochen?" Als Stokes nicht antwortete, drehte sich Phillips der Magen um. Prima! Nun konnte er auch noch Einbruch zu Stokes' Verbrechens-liste hinzufügen. Er schaute aus dem Fenster. Was würde er dafür geben, jetzt in der Luft zu sein? Verdammt, er würde sogar seine alte Cessna nehmen, die er für einen Privatjet eingetauscht hatte. Widerwillig konzentrierte er sich wieder auf Stokes.

„Ich kann das nicht glauben. Alles lief gut für Hollander. DADES, der Erfolg und die Auszeichnungen, die das mit sich bringt. Sie ist keine Verräterin."

Stokes hielt einen Moment inne. „Ich sage Ihnen nur zwei Worte: Aldrich Ames. Er sitzt eine lebenslängliche Strafe ab, ohne Begnadigungsmöglichkeit. Das wird Snowden auch erwarten … falls sie ihn jemals zurückbekommen."

Nun war es an Phillips, die Arme zu verschränken. „Woher weiß ich denn, dass Sie mir die Wahrheit sagen?"

„Weil ich sie verhört habe. Bevor Parks seinen *Unfall* hatte. Sie versuchte, mich davon zu überzeugen, dass sie wusste, dass Parks ein Spion war, und sie versuche, ihn auffliegen zu lassen." Er rutschte unruhig auf seinem Stuhl hin und her. „Aber sie hat behauptet, dass Parks sie erpresse und ihr drohe, sie auffliegen zu lassen, wenn sie nicht mehr zu DADES lieferte." Stokes schwieg einen Moment lang. „Dann sagte sie mir noch etwas."

„Was?"

Stokes befeuchtete seine Lippen. „Sie sagte, es sei ein USB-Stick involviert. Dass Parks ihr gesagt habe, er hätte Beweise dafür, dass sie das System an die Chinesen *verkauft*. Sie vermutete, dass er alle E-Mails kopiert haben muss, die zwischen ihnen und dem General –"

„Gao?"

Stokes nickte.

„Mein Gott! Das wird ja immer besser. Was hat Parks überhaupt für uns gemacht?"

„Er war ‚Berater' für Hollander."

Phillips trommelte mit den Fingern auf seinem Schreibtisch. Ihm gefiel die Richtung nicht, in die dieses Gespräch führte.

„Tatsächlich gibt es auch eine gute Nachricht. Hollander hat mich angerufen, an dem Tag, nachdem wir uns unterhalten hatten, bevor sie abgehauen ist. Sie hatte sich mit der Frau, die das Video produziert hat, auf ein paar Drinks getroffen."

„Warum, zum Teufel, hat sie das gemacht?"

„Weil Parks an dem Tag, an dem er starb, auf dem Weg war, sich mit dieser Frau zu treffen. Hollander sagte, er habe dieser Frau den Stick gegeben."

„Foreman, richtig?" Als Stokes nickte, fragte Phillips: „Warum ihr?"

„Das versuchen wir noch herauszufinden. Aber Hollander fragte, ob es eine Möglichkeit gebe, dass ich ihn wiederbeschaffen könnte. Sie meinte, er würde sie entlasten."

„Und Sie dachten, der beste Weg, ihn zu beschaffen, sei, Parks umzubringen?"

„Das ist nicht der Grund dafür, dass er eliminiert wurde. Ich habe Ihnen bereits gesagt, dass ich so das Unternehmen geschützt habe. Und Hollander ebenfalls, was das betrifft. Zumindest zu diesem Zeitpunkt."

„Und jetzt wollen Sie Foreman umbringen? Kommt nicht in Frage. Die ganze Sache ist schon weit genug gegangen."

„Alles, was wir wollen, ist der Stick."

„Natürlich wollen Sie den." Phillips schüttelte den Kopf. „Was für eine komplizierte Scheiße." Er war für einen Moment still. „Was ist mit Hollanders Sohn? Wo ist der?"

„Er ist bei seinem Vater in Ohio."

„Wissen die, wo Charlotte ist?"

„Soweit ich es beurteilen kann, nicht. Zumindest hat der Sohn das seinen Freunden getextet."

Gab es überhaupt jemanden, den Stokes nicht hackte? Phillips gab einen Seufzer von sich. „Sie glauben aber nicht, dass sie —"

„Sich umgebracht hat? Keine Chance."

„Wie können Sie sich da so sicher sein? Vielleicht wusste sie, dass Sie ihr auf der Spur waren, und sie hat keinen anderen Ausweg gesehen —"

Stokes unterbrach ihn. „Nein!"

„Und das wissen Sie, weil …?"

„Es ist zu viel Geld im Spiel. Die Frau hat sich aus dem Staub gemacht. Wahrscheinlich hat sie die Millionen schon auf den Cayman Islands geparkt. Sie ist jetzt auf irgendeiner tropischen Insel ohne Auslieferungsabkommen und lacht sich ins Fäustchen." Stokes schwieg einen Moment lang. „Aber es gibt nur eine Möglichkeit, um das sicher zu wissen."

„Und die wäre?"

„Auf dem USB-Stick sollte eine Aufzeichnung all ihrer E-Mails sein."

„Ich verstehe immer noch nicht, weshalb Sie das, was Sie brauchen, nicht aus Hollanders Computer bekommen konnten."

„Wie ich bereits sagte, das war ein System, das wir noch nie gesehen haben. Tatsächlich haben wir unsere Brüder um Hilfe gebeten. Wahrscheinlich ist es ein chinesisches System. Oder ein

Russisches. Die Russen sind immer noch die besten Hacker der Welt."

Aber Phillips war nicht an den Hacking-Künsten der Russen interessiert. „Brüder? Sie meinen die NSA?" Als Stokes nicht antwortete, sagte er: „Gott! Wer weiß noch von diesem Durcheinander?"

„Nun", begann Stokes, „die NSA überwacht Delcroft seit Jahren. Sie haben all ihre Computer und Telefone im Blick. Egal, ob über Turbine, Gumfish oder Foggy Bottom; sie kommen jederzeit an alles heran, was sie wollen. Sie wissen, was Hollander im Schilde geführt hat. Und sie teilen die Informationen mit wem sie wollen: mit dem Verteidigungsministerium, dem Nationalen Sicherheitsrat oder dem Weißen Haus."

„Delcroft hat Einfluss beim Verteidigungsministerium. Ich denke, es wird höchste Zeit, dass ich zum CEO gehe."

„Lassen Sie mich noch den Stick in die Hand bekommen, bevor Sie das tun."

Phillips fühlte sich unwohl bei dem Gedanken an irgendeine Allianz mit Stokes. „Ihnen ist schon klar, dass mich dieses Gespräch zum Mitwisser bei mindestens sechs Verbrechen macht."

Stokes lächelte. „Ja, aber wenn wir Hollander und Gao festnageln können, bevor zu viele Informationen den Besitzer wechseln, wird Delcroft gut dastehen."

„Das ist verrückt, Stokes. Sie spielen mit dem Ruf – nein verdammt – mit der Zukunft des Unternehmens!"

„Bei allem Respekt, Sir, aber Sie haben mich nicht eingestellt. Das hat Ihr Boss getan. Aber hey, wenn Sie nicht wollen, dass ich das tue, dann werde ich die Finger davon lassen. Natürlich werde ich einen Bericht an den CEO und den Aufsichtsrat schreiben müssen, in dem ich alles aufführen muss, einschließlich Ihrer Einwände."

Philips richtete sich auf und durchbohrte Stokes mit seinem Blick. „Ich bin kein Freund von Drohungen, Stokes. Das sollten Sie sich nochmal gut überlegen. Wie wollen Sie Riordan gegenüber erklären, dass Sie einen unserer Berater umgebracht haben?"

Stokes lächelte knapp. „Da ist was dran." Er stand auf, schob seinen Stuhl zurück in die ursprüngliche Position und ging zur Tür. „Schachmatt." Er öffnete die Tür und ging hinaus. „Ich werde Sie auf dem Laufenden halten."

Phillips machte sich keine Illusionen, dass Stokes sich an seine Regeln halten würde – der Mann war gemeingefährlich. Kein Wunder, dass die CIA ihn hatte gehen lassen. Er schaute wieder aus dem Fenster, aber dieses Mal hatte er keinen Blick für die Aussicht. Es war für Phillips höchste Zeit, dass er sich selbst schützte. Er musste einen guten Strafverteidiger finden, bevor alles gänzlich aus dem Ruder gelaufen war.

Kapitel 39

Dienstag

Am nächsten Morgen rief ich Hollander wieder von meinem Mobiltelefon aus an. Dieses Mal hörte ich es mehrmals klicken, was bedeutete, dass der Anruf weitergeleitet wurde, bevor eine Frauenstimme abnahm. „Personalabteilung."

Ich richtete mich auf. „Ähm, ich habe versucht, Charlotte Hollander zu erreichen."

Es entstand eine lange Pause. „Wer spricht da?"

Bisher hatte ich meinen Namen nicht hinterlassen, wenn ich angerufen hatte. Aber das war eine direkte Frage, schwer, eine Antwort zu vermeiden. Und ich wollte nicht auflegen, bevor ich einige Antworten bekommen hatte. Also nahm ich einen tiefen Atemzug und antwortete: „Hier spricht Ellie Foreman."

„Nun, Ms. Foreman, Ms. Hollander wurde versetzt."

„Wirklich? Davon hat sie mir gar nichts erzählt."

„Darf ich fragen, was Sie mit ihr zu tun hatten?"

Ich schwankte einen Moment lang und entschied mich dann, die Wahrheit zu sagen. Oder zumindest einen Teil davon. „Ich bin Video-Produzentin, und wir haben ein Treffen geplant, um ein anstehendes Projekt zu besprechen. Können Sie mir sagen, wie ich sie erreiche?"

„Es tut mir leid, diese Information unterliegt der Geheimhaltung."

Geheimhaltung? Sauberer Trick. „Aber sie hat mich ausdrücklich gebeten, sie diese Woche anzurufen."

„Es tut mir leid. Ich werde notieren, dass Sie angerufen haben."

Jetzt würde es einen Eintrag über meinen Anruf geben. „Danke." Dieses Mal legte ich auf, bevor ich mir noch mehr Ärger einhandeln konnte.

Stattdessen holte ich meinen Staubsauger, Reinigungsmittel und einen Schwamm heraus. Ich stellte alle schmutzigen Teller in den Geschirrspüler und wischte die Arbeitsplatten ab, bevor ich die Bettbezüge und Laken wechselte und mich dann in den Bädern zu schaffen machte. Ich habe schon immer daran geglaubt, dass die körperliche Aktivität des Putzens, Organisierens und beim Dinge in Ordnung bringen eine ähnliche Wirkung auf mein Denken hat. Es war mir ziemlich egal, ob das echt oder ein Placebo war. Ich brauchte Klarheit.

Außerdem bezweifelte ich, dass Hollander ‚versetzt' worden war. Das passierte mit Managern auf mittlerem Level, nicht mit leitenden Angestellten derartiger Unternehmen. Sie gehörte zu denjenigen, die die Versetzung von anderen anordneten. In diesem Fall war ‚Versetzung' Unternehmenssprache für die Tatsache, dass sie weg war. Aber warum? Und warum jetzt?

Mir fielen zwei Szenarien ein. Das erste war, dass Hollander genau das machte, was sie gesagt hatte. Gregory Parks hatte irgendwie ihr DADES-System gestohlen und war dabei, es an die Chinesen zu verkaufen. Sie hatte das entdeckt und, bei ihren Bemühungen, ihn auffliegen zu lassen, war eine noch größere Bedrohung aufgetreten. Das könnten die Chinesen gewesen sein. Die waren ja nicht gerade für ihre Menschenliebe bekannt. Sie könnten versucht haben, ihr Schaden zuzufügen. Oder ihrem Sohn. Das erinnerte mich an etwas. Ich sollte versuchen, ihn zu finden. Vielleicht wusste er ja, wo seine Mutter war.

Das zweite Szenario war wesentlich verstörender. Sie könnte mit

Parks gemeinsame Sache gemacht haben. Sie könnte an die Chinesen verkaufen, insbesondere an General Gao, und Parks als Mittelsmann benutzen. Delcroft – oder jemand anderes – hatte es herausgefunden, und deshalb musste sie fliehen, um einer lebenslänglichen Gefängnisstrafe wegen Hochverrats zu entgehen.

So oder so, das wäre eine Erklärung dafür, warum ihr Haus über das Wochenende von Leuten ausspioniert worden war, die sich als die gleichen Leute herausstellten, die mein Haus bereits zuvor beschattet hatten. Die Frage war, was ich deswegen unternehmen würde.

Kapitel 40

Dienstag

Rachel hatte am Nachmittag frei und kam ins Haus, um ihre Wäsche zu machen. Das war zufällig auch der Tag, an dem das Lokal in unserer Nähe Gemüsesuppe auf der Karte hatte. Das ist keine normale Gemüsesuppe; aus ganz North Shore kommen Leute her, um sie zu essen. Wir gehen dort schon hin, seit Barry und ich das Haus gekauft hatten, also seit mehr als zwanzig Jahren. Ich bin immer noch nicht sicher, weshalb sie so gut ist, aber ich vermute, dass es an der Brühe liegt. Mehr als einmal habe ich versucht, sie zu Hause nachzukochen, aber es hat nie geklappt, und die Besitzer, Bruder und Schwester aus Griechenland, wollten kein Wort verraten. Sie wissen, dass sie etwas Besonderes kreiert haben.

Chicago stand an der Schwelle zum Frühling. März ist ein Monat der Hoffnung, auch wenn das Wetter noch lausig ist. Die schrittweise Rückkehr längerer Sonnenstunden mildert die Schärfe der Adlerklauen. Rachel blieb zu Hause, aber ich hatte strikte Anweisung, einen halben Liter Suppe mitzubringen, den sie mitnehmen konnte.

Ich holte Dad ab und wir fuhren zu dem Lokal. Als wir drinnen waren und uns gesetzt hatten, rieb er die Hände aneinander und sagte: „Happa, happa." Wenn er das tut, weiß ich, dass er gute Laune hat. „Ist dir klar, dass dieser Frühling der 94. sein wird, den ich erlebt haben werde?"

„Ich weiß. Sollen wir etwas Besonderes für deinen Geburtstag planen?" Sein Geburtstag war im Oktober, aber wenn man 94 ist, wen kümmert es da, wann man feiert?

„Lass mich mal überlegen. Ich kann nicht mehr Golf spielen, weil die Arthritis meine Hände verkrüppelt hat, und ich kann nicht mehr länger als eine Stunde in einem Flieger sitzen. Was bleibt dann noch?"

„Du hast immer noch all deine Gehirnzellen. Und du spielst noch ganz gerissen Poker." Ich dachte darüber nach. „Glaubst du, du würdest es nach Vegas schaffen? Das ist nur ein zweistündiger Flug."

Er schüttelte den Kopf. „Kein Vegas. Aber eines dieser Casino-Boote – nun, das wäre einmal etwas ganz anderes."

„Betrachte es als erledigt." Ich nahm die große, laminierte Speisekarte zur Hand, obwohl es nicht nötig war, da ich immer das Gleiche bestelle.

„Was ist mit dir? Hast du herausgefunden, wer das Büro deines Freundes in die Luft gejagt hat? Alles okay zu Hause? Ich habe mir Sorgen gemacht."

„Wir arbeiten daran. Es scheint als –"

Ich stoppte, als die Bedienung mit ihrem Block zu uns kam. Es war immer noch die gleiche Bedienung, die früher einen Hochstuhl für Rachel gebracht hatte, als sie noch ein Baby gewesen war. Offensichtlich behandelten die griechischen Besitzer ihr Personal gut.

„Hallo Jen!"

„Hi Ellie! Lass mich raten: zwei Gemüsesuppen, ein griechischer Salat, und ein Western-Omelette für den Herrn."

„Ziemlich gut. Plus einen halben Liter Suppe zum Mitnehmen."

„Für deine Tochter."

Ich breitete die Hände aus. „Du hast uns durchschaut."

„Du bist berechenbar."

„So schlimm? Das nächste Mal werde ich etwas Schockierendes bestellen."

Sie beäugte mich über ihren Block hinweg. „Es wird mehr als ein Hühnersalat-Sandwich vonnöten sein, um mich zu schocken."

Ich lehnte mich zurück. „Woher hast du gewusst, dass ich daran gedacht habe?"

Sie tippte an ihre Stirn, bevor sie wieder in der Küche verschwand.

Ich schaute kurz aus dem Fenster. „Ich sollte Fouad bald wieder kommen lassen." Fouad war der Mann, der mir half, meinen Garten und meine Seele zu pflegen. „Ich bin sicher, ich habe im Vorgarten schon Narzissen-Sprösslinge gesehen."

Mein Vater nickte.

„Du und er, ihr versteht euch erst, seit er mich oben in Lake Forest gerettet hat." Fouad hatte einen Mann erschossen, Sekunden bevor er mich umgebracht hätte.

„Dafür gibt es einen guten Grund."

„Dad, er hat mein Leben gerettet."

„Ich weiß. Und ich werde für immer in seiner Schuld stehen. Obwohl er Moslem ist."

Ich neigte den Kopf zur Seite. „Ernsthaft? Bist du nicht zu alt für Intoleranz?"

„Das liegt nicht an Fouad. Er ist ein anständiger Mann. Ein guter Mann. Wie ich gesagt habe, ich werde ihm immer dankbar sein."

„Dir ist schon klar, was man über Juden sagt oder gesagt hat? Du weißt schon, dass dieses ,einer meiner engsten Freunde ist Jude' ein Klischee ist? Wenn du so über Fouad redest, bist du nicht besser als die."

Er breitete die Hände aus. „Schätzchen, wäre ich fünfzig Jahre jünger, dann würde ich mit dir streiten. Aber jetzt, da ich mich meinem 95. Lebensjahr nähere, werde ich nur sagen, du kannst einem alten Juden keine neuen Tricks beibringen. Unser Volk liegt schon seit Jahrhunderten im Streit mit den Moslems. Und heutzutage sind deren Stimmen lauter. Und gefährlicher. Das kannst du nicht leugnen. Zum Teufel, du warst selbst schon einmal mittendrin."

Er hatte recht. Ich dachte zurück an die Zeit, als ich LeJeune kennengelernt hatte. Das hatte sich zu einer Situation entwickelt, bei der auch der radikale Islam eine Rolle gespielt hatte. „Das kannst du Fouad nicht vorhalten."

„Habe ich gesagt, dass ich das tue?"

„Nein, nur all den anderen Moslems auf der Welt."

Als unsere Suppe kam, entschied ich mich, das Gespräch so stehenzulassen.

Kapitel 41

Dienstag

Es ist herzerwärmend, zu sehen, dass die eigene Tochter Verantwortung für sich selbst übernimmt. Auch, wenn sie dabei einen Hintergedanken hat. Als wir vom Lokal zurückkamen, war Rachels Wäsche ordentlich gefaltet und neben der Tür gestapelt. Sicher, sie hätte das auch in der Stadt machen können, und tut das meist auch, aber sogar mein Vater kannte den Grund, warum sie hier war.

„Du wolltest, dass deine Mom rennt und dir Suppe holt, hm?"

„Das ist nicht wahr, Opa. Ich wollte Mom sehen. Und dich", fügte sie schnell hinzu.

Dads Augen verengten sich. „Netter Versuch."

Rachels Augen weiteten sich in gespielter Unschuld.

„Versuche niemals, einen Schwindler zu täuschen!" Er lachte.

„Oder einen Pokerspieler", fügte ich hinzu. „Besonders am Gemüsesuppentag."

Rachel kapitulierte. „Okay, okay."

Ich überreichte ihr den Suppenbehälter. Dad sah selbstzufrieden aus. „Gehst du jetzt?"

„Ich denke schon. Es sei denn, du willst mit mir einkaufen gehen. Ich dachte da an –"

„Es war toll, dich zu sehen", sagte ich.

Sie lächelte reumütig und wandte sich an Dad. „Es war einen Versuch wert."

Dad nickte.

„Ach, das hätte ich fast vergessen. Jemand war da, um dich zu sehen, während du weg warst."

Ich versteifte mich, unser Geplänkel war vergessen. „Wer?"

„Eine Frau. Jung. Na ja, in meinem Alter. Vielleicht ein paar Jahre älter."

Nicht Hollander. „Was wollte sie?"

„Sie wollte dich sprechen. Ich habe ihr gesagt, du wärst in einer Stunde zurück, aber sie meinte, sie könne nicht warten."

„Hat die Frau auch einen Namen?"

„Den hat sie nicht gesagt."

„Hast du gefragt?"

„Was denkst du denn? Natürlich! Sie meinte, es wäre nicht wichtig. Es war irgendwie seltsam. Zumindest hatte ich so ein komisches Gefühl, weißt du?"

„Kannst du sie beschreiben?"

Rachel runzelte die Stirn. „Klein. Zierlich. Hübsch. Schwarze Haare bis zum Kinn. Ach, und Asiatin. Zumindest zum Teil."

———

Nachdem ich Dad abgesetzt hatte, machte ich mich wieder auf den Heimweg und fuhr mir besorgt mit der Hand durch die Haare. Normalerweise stehen die Zeugen Jehovas einmal im Jahr auf meiner Türschwelle, genau wie die Nachbarskinder, die Süßigkeiten, Blumen und Limonade verkauften. Aber wer auch immer da gewesen war, während ich zum Essen aus war, davon war es keiner gewesen, und die Tatsache, dass ich jetzt Besuche von Fremden bekam, erfüllte mich mit Unbehagen.

Es gab keine Möglichkeit, herauszufinden, wer zu meinem Haus gekommen war, obwohl mich die Tatsache, dass sie Asiatin war, denken ließ, es könnte womöglich etwas mit Gregory Parks oder vielleicht General Gao zu tun haben. Aber ich wollte nichts mehr mit Spionen, Spionage oder der chinesischen Regierung zu tun haben. Glücklicherweise würde Luke heute Abend wieder da sein.

Ich parkte in der Garage und ging hinein, entschlossen, einen normalen Nachmittag zu haben. Aber schon eine Minute später fing ich an herumzutigern und versuchte mir auszumalen, was mit Charlotte Hollander passiert sein könnte. Wer die Explosion in Dolans Büro inszeniert hatte. Und was auf dem USB-Stick war.

Schließlich hatte ich eine Idee. Ich wollte gerade online gehen, um es zu googeln, da fielen mir wieder die Warnungen von Luke und Dolan ein. Ich hatte bereits online nach dem SUV gesucht. Ich sollte nicht noch ein Risiko eingehen. Stattdessen fuhr ich hinunter zur Bibliothek und suchte die Telefonnummer der Lake Forest Middle School heraus – die Schule, die der Sohn von Charlotte Hollander besuchte. Ich versuchte, mich an seinen Namen zu erinnern; Susan hatte ihn mir genannt, als sie die Adresse für mich herausgesucht hatte.

Kevin! Das war's.

Ich stieg wieder in mein Auto, fischte mein Mobiltelefon heraus und rief die Schule an.

„Lake Forest Middle School. Hier spricht Marie. Wie kann ich Ihnen helfen?"

Ich drückte mir mental die Daumen. „Hallo, hier spricht die Sekretärin von Kevin Hollanders Vater."

„Oh, hallo." Marie hörte sich nicht überrascht an; eigentlich deutete ihr Ton eher darauf hin, dass sie den Anruf erwartet hatte.

„Wir haben uns wegen Kevins Unterrichtsteilnahme in den letzten paar Tagen gewundert. Ist mit ihm alles in Ordnung?"

„Ähm …" Marie hörte sich verwirrt an. „Ich bin nicht sicher, was Sie meinen."

Ich fing an, mich unwohl zu fühlen. „Nun, wegen all der Veränderungen in letzter Zeit sorgt sich Mr. Hollander um ihn."

Marie zögerte, bevor sie antwortete: „Ich kenne Ihren Namen nicht, aber –"

„Tut mir leid. Hier spricht Susan. Susan – ähm – Wheeler."
Vergib mir, Susan!

„Vielleicht sind Sie beide etwas durcheinander. Wir haben gestern Kevins Abschriften an seine neue Schule in Columbus geschickt. Ich dachte, ich hätte in Mr. Hollanders Büro eine Nachricht dazu hinterlassen." Die Abschriften geschickt? An seine neue Schule?

Zurückrudern, Ellie! Ganz schnell!

Erfreulicherweise rettete mich Marie. „Am Freitag war Kevins letzter Tag."

„Ähm … oh nein! Gerade sehe ich, dass die Notiz von Mr. Hollander von vor einer Woche ist. Ich entschuldige mich. Ich bin so ein Dussel. Keine Ahnung, wie ich das so durcheinander bringen konnte."

„Ach, das ist schon in Ordnung. Passiert ständig."

„Bitte …" Mein Tonfall wurde zu einem eindringlichen Flehen. „Sagen Sie Mr. Hollander nichts davon! Er feuert mich sonst vielleicht. Das Ganze ist mir unglaublich peinlich."

„Kein Problem, Susan. Ich bin froh, dass wir das klären konnten. Schönen Tag noch."

Kapitel 42

Dienstag

Kevins Umzug war sowohl eine gute als auch eine schlechte Nachricht. Gut, weil Hollander ihn nicht mit sich genommen hatte, wo auch immer sie hingegangen war; schlecht, weil es darauf hindeutete, dass sie geplant hatte, zu fliehen. Irgendetwas stank hier ganz gewaltig, und ich vermutete, dass es durch den Tod von Gregory Parks auf den Bahngleisen ausgelöst worden war. Aber das brachte mich in eine seltsame Lage. Was sollte ich mit dem USB-Stick machen? Ihn Hollanders Boss zurückgeben? Der Personalabteilung von Delcroft? Gary Phillips? Und was sollte ich sagen, wenn ich es tat? Ich würde mich nur immer tiefer in die Sache verstricken.

Mein Mobiltelefon vibrierte und riss mich aus meinen Gedanken. Die Anruferkennung war blockiert, doch trotzdem nahm ich ab.

„Ms. Foreman?" Der Anrufer hatte eine tiefe, raue Stimme. Wahrscheinlich rauchte er zwei Schachteln am Tag.

„Wer ist da?"

„Hier spricht Warren Stokes. Ich arbeite für Delcroft. Ich würde mich gerne mit Ihnen treffen."

Was war hier los? „Ich glaube, wir haben uns noch nicht kennengelernt. Welche Position haben Sie bei Delcroft inne?"

Es folgte ein kurzes Zögern. „Ich habe mit Charlotte Hollander gearbeitet, und wir haben die Videos geprüft, die Sie für sie produziert haben. Wir glauben, dass darin viel gutes Material enthalten ist, und möchten besprechen, wie wir das Projekt wiederbeleben können."

Überraschung machte mich für den Moment sprachlos. Nach allem, was passiert war, wollten sie jetzt die Videos wieder aufleben lassen? Dann lächelte ich. Es hatte etwas Zufriedenstellendes, wenn sich der Kreis schloss. Dennoch antwortete ich vorsichtig. „Ich bin offen für Gespräche."

„Gut, gut", sagte Stokes. „Darf ich bei Ihnen zu Hause vorbeikommen, sagen wir in zwei Stunden?"

Plötzlich war ich misstrauisch. „Bei mir zu Hause? Sie wollen nicht, dass ich in die Stadt komme?"

„Ich habe nur versucht, es bequemer für Sie zu machen."

Keinesfalls würde ich einen Fremden in mein Haus lassen, egal ob Delcroft-Angestellter oder nicht. Wer war dieser Typ überhaupt?

„Wie war Ihr Name nochmal?"

„Warren Stokes."

„Und Ihre Position?"

„Sicherheits-Chef von Delcroft."

„Sicherheit? Welche Verbindung haben Sie zum Video?"

„Das würde ich Ihnen lieber persönlich erklären."

In meinem Kopf schrillten die Alarmglocken. „Nun, ich bin sicher, Sie werden verstehen, dass ich Sie lieber an einem öffentlichen Ort treffen möchte. Kennen Sie das Solyst's? Das ist eine Kneipe in Northfield."

„Die werde ich finden", sagte er, aber sein Ton ließ darauf schließen, dass er nicht glücklich darüber war.

„Großartig." Ich schaute auf meine Uhr, es war fast drei. „Wie wäre es um fünf?"

———

Solyst's war früher eine Spelunke gewesen. Dann wurde sie verkauft, und die neuen Besitzer renovierten die Toiletten, kauften eine Ladung Flatscreen-Fernseher und erweiterten die Speisekarte. Jetzt ist es nur noch eine halbe Spelunke und einer meiner Lieblingsorte. Ich kam früh an und trank ein Glas Wein an der Bar.

Um Punkt fünf Uhr war draußen der satte Klang eines Automotors zu hören und ich spähte durch die Glastüren der Bar. Dann blinzelte ich, um sicherzugehen, was ich richtig sah. Derselbe SUV, den ich nun schon zweimal gesehen hatte – beim Ausspionieren von meinem und Hollanders Haus neulich nachts – hielt auf dem Parkplatz. Der SUV, der nicht in Georgias Datenbanken aufgefunden werden konnte. Ich dachte ernsthaft darüber nach, sofort die Flucht zu ergreifen. Aber wir waren an einem öffentlichen Ort. Falls er irgendwas probieren würde, hätte ich mehr als genug Hilfe.

Aus dem SUV stieg ein stämmiger Mann aus. Er verschwand für einige Augenblicke aus meinem Blickfeld, dann erschien er wieder und kam durch die Tür. Er trug eine Baseball-Kappe und Chinos, einen dicken Pullover und eine Bomberjacke, als ob er einmal beim Militär gewesen wäre. Er schien in seinen Sechzigern zu sein. Ich saß auf einem Barhocker in der Nähe des Eingangs.

„Warren Stokes?", rief ich.

Er nickte und musterte mich, als ob er einschätzte, ob ich eine Gefahr darstellte oder nicht. Ich trug eine Jogginghose, Pullover und Stiefel, und ich glaubte einen Hauch Erleichterung auf seinem Gesicht zu erkennen, während er mich ansah. Inzwischen taxierte ich ihn. Seine Augen waren halb geschlossen und hell; vielleicht grau, vielleicht blau, aber jedenfalls nicht freundlich. Dünne Besenreiser breiteten sich über seiner Nase aus.

„Sie sind Ellie Foreman?"

Ich nickte, wobei ich innerlich debattierte, wie viel ich ihm erzählen sollte. Die Leute, die Hollanders Haus ausspioniert hatten, arbeiteten für Delcroft. Was bedeutete, Delcroft spionierte die eigenen Leute aus. Und mich. Ich entschied, dass ich genug hatte.

„Also dann erzählen Sie mir mal etwas, Mr. Stokes! Weshalb haben Sie letzte Woche in Ihrem SUV mein Haus beschattet?"

Kapitel 43

Das musste ich ihm zugutehalten, Stokes stritt es nicht ab. „Das war nicht ich, sondern jemand aus meinem Team." Er drehte sich zum Barkeeper, der in der Nähe wartete. „Was immer Sie vom Fass haben", sagte er. Der Barkeeper deutete auf eine Reihe von Zapfhähnen ein Stück entfernt, alle mit farbenfrohen Logos.

Stokes schaute sie durch. „Pale Ale ist okay."

Der Barkeeper nickte und machte sich an die Arbeit.

Ich wechselte das Thema. „Wenn Sie mich überprüfen mussten, hätten Sie mich direkt kontaktieren sollen."

„Wir haben noch eine Aufklärung des Geländes durchgeführt."

Team? Aufklärung? Gelände? Sprachen Sicherheits-Chefs jetzt so in den geheiligten Unternehmenskorridoren? „Hier geht es nicht um das Wiederauflebenlassen der Videos, nicht wahr?"

Der Barkeeper brachte Stokes ein gekühltes Glas Pale Ale. Widerwillig schüttelte er den Kopf. „Nein. Ich werde direkt zum Punkt kommen. Wir wissen, dass Sie einen USB-Stick von Gregory Parks ‚geborgen' haben, am Tag, an dem er starb."

„Und woher wollen Sie das wissen?"

„Das spielt keine Rolle." Der Blick in seinen hellen Augen wurde stahlhart. Er trank einen Schluck seines Ales.

„Für mich spielt das eine Rolle."

Er wurde für einen Moment still. Hatte er etwa keine Widerrede erwartet? Erwartete er, dass ich kapitulierte wie ein ‚braves Mädchen'?

Er rieb seine Nase und brach den Augenkontakt ab. „Charlotte Hollander hat es mir gesagt."

Er log. Oder zumindest erzählte er nicht die ganze Wahrheit. „Gehören Sie zu denjenigen, die mein Telefon angezapft haben? Und sich in meinen Computer eingehackt haben?"

Er sah überrascht aus. „Nein. Gibt es einen Grund, dass ich das hätte tun sollen?"

Die Antwort schien echt zu sein, aber jeder lügt, wenn er seine Interessen schützen will. „Übrigens, was ist mit Hollander passiert? Sie scheint verschwunden zu sein."

Er richtete meine eigene Frage zurück an mich. „Warum interessiert Sie das?"

Ich gab ihm die gleiche Antwort, die ich schon der Personalbeauftragten gegeben hatte, und falls er eine anständige Sicherheitsperson war, dann wusste er das bereits. „Wegen des Videos, natürlich. Wir hatten geplant, es wieder aufleben zu lassen. Und dann wird mir mitgeteilt, dass sie versetzt wurde."

Er räusperte sich. „Das stimmt."

„Wohin?"

„Tut mir leid. Diese Information erhalten nur berechtigte Personen."

„Ernsthaft? Glauben Sie wirklich, die Welt schert sich um eine leitende Angestellte bei einem Unternehmen?"

„Sie wären überrascht." Er trank einen großen Schluck seines Ales. „Zurück zu dem Stick. Hollander sagte uns, Sie hätten ihn. Wir brauchen ihn."

Aber ich war nicht bereit, über den Stick zu reden. „Sie haben Dolans Büro gesprengt, oder?"

„Das kann ich nicht kommentieren."

„Was sind Sie, ein Ex-CIA-Agent oder so?"

„Oder so."

„Sehen Sie, Mr. Stokes, oder wie Sie auch immer heißen, ich habe genug von diesen Katz-und-Maus-Spielen, die Sie spielen. Wir sind hier fertig." Ich drehte mich von ihm weg und war schon dabei, von meinem Hocker zu gleiten und zu gehen.

„Wir sind nicht fertig, Ms. Foreman."

„Doch, sind wir. Ich habe Hollander eine Nachricht hinterlassen, dass ich ihr den Stick zurückgeben würde. Und sie ist die einzige Person, der ich ihn übergeben werde."

„Sie verstehen nicht. Sie ist weg. Und sie wird nicht zurückkommen."

Ich erstarrte. „Ist sie tot?"

„Nicht, dass ich wüsste."

Ich stieß die Luft aus. „Nun, was genau *wissen* Sie denn dann?"

„Hören Sie …" Er beugte sich zu mir und ließ seine Hände hinunter auf seine Knie sinken, eine aggressive Position für jemanden auf einem Barhocker. „Ich versuche es gerade auf die nette Tour. Aber wenn Sie nicht kooperieren, zwingen Sie mich, andere Maßnahmen zu ergreifen."

„Nein, hören Sie, Stokes! Drohungen mag ich nicht." Ich imitierte seine Körpersprache und seinen Tonfall. „Ich schulde Ihnen gar nichts. Vor zwei Stunden wusste ich noch nicht einmal, dass Sie existieren. Sie behaupten, Sie arbeiten für Delcroft, aber da kann ich nicht sicher sein. Vielleicht habe ich nicht die Informationen, die Sie haben, aber ich bin keine Idiotin. Wenn Sie wirklich von Delcroft kommen, dann haben Sie die Gespräche und E-Mails bereits." Sogar ich wusste, dass Unternehmens-E-Mails dem Bespitzeln durch Vorgesetzte der Angestellten unterlagen.

Er lief rot an, vom Hals aufwärts. Eher ein langsames Brennen als eine Explosion. Aber ich war gerade in Fahrt. „Ich habe keine Ahnung, was auf diesem Stick ist oder was darauf sein könnte, aber bis ich sicher bin, dass ihn die richtigen Leute bekommen, übergebe ich ihn an niemanden."

„Das sollten Sie sich nochmal gut überlegen. Ihr Leben könnte sehr ungemütlich werden."

Ich trank den Rest meines Weines. „Sollte mir etwas zustoßen, irgendetwas, dann werde ich wissen, wer dafür verantwortlich ist. Und ich werde sicherstellen, dass genug andere Leute das auch wissen."

Er sagte nichts. Wahrscheinlich fragte er sich, wie er das so vermasselt hatte. Aber ich war mir auch nicht sicher, ob ich recht hatte. Ich wollte den Stick nicht, aber irgendetwas an diesem Kerl reizte mich maßlos. Ich konnte ihn ihm einfach nicht geben. Ich wollte ihm sagen, dass ich wusste, dass er letztes Wochenende bei Hollander gewesen war und sich wie ein gemeiner Dieb benommen hatte. Andererseits waren Luke und ich auch da gewesen.

Er hievte sich vom Barhocker und zog seine Baseball-Kappe tiefer in die Stirn. „Das war kein kluger Schachzug von Ihnen." Seine Stimme hatte einen giftigen Ton angenommen.

Ich erhob mich ebenfalls, öffnete meine Tasche und zog meinen Geldbeutel heraus. „Vielleicht nicht. Aber ich habe nichts zu verbergen. Und wie ist das mit Ihnen?"

Er schaute mir nicht in die Augen.

Ich warf einen Zehner auf die Bar. Er würde seinen Drink selbst bezahlen müssen. „Übrigens, es wäre nett, wenn Sie Ihre Hunde zurückpfeifen würden. Die, die mich verfolgen, mein Telefon anzapfen und sich in meinen Computer hacken." Ich hatte ihm nicht geglaubt, als er es geleugnet hatte. „Oder vielleicht sollte ich Ihren CEO anrufen. Brian Riordan, stimmt's?"

Er überraschte mich mit seiner Antwort. „Miss Foreman, wir haben uns nicht in Ihre Kommunikationsmittel eingehackt. Aber von jetzt an, da können Sie sicher sein, *werden* wir es tun."

Kapitel 44

Dienstag

Ich fuhr nach Hause, erstaunt über meine Unverfrorenheit. Wo war mein Mut hergekommen? Es stimmte, Stokes war arrogant und aggressiv, die Art Typ, die ich sofort nicht leiden konnte. Aber seine kalte Streitlust hatte mir etwas Ähnliches entlockt. Hatte er diese Wirkung auch auf andere? Vielleicht kultivierte er sie und zählte auf die Tatsache, dass er die Menschen so sehr ärgerte, bis sie etwas Unbesonnenes taten oder sagten. Nein. Da schrieb ich ihm zu viel zu. So machiavellistisch konnte er nicht sein. Und obwohl mir bewusst war, dass es später womöglich Konsequenzen haben könnte, war ich doch stolz auf mein mutiges Verhalten.

Bis Luke ankam. Während ich die Lasagne erhitzte, die ich gekauft hatte, erzählte ich ihm von meinem Treffen mit Stokes.

„Also hast du ihm im Prinzip gesagt, er solle sich verpissen", sagte Luke.

„Ich konnte nicht anders. Er ist die Art von Ekel, dem du gleich eine auf's Maul hauen willst."

Luke fuhr sich mit der Hand durch die Haare, was nicht lange dauerte. Er war fast kahl. „Sagst du mir nochmal seinen Namen?"

„Warren Stokes. Er behauptete, er sei der Sicherheits-Chef von Delcroft. Als er anrief, hat er mich mit der Möglichkeit, die bereits gedrehten Videos wiederzubeleben, geködert." Ich platzierte die Lasagne auf zwei Tellern und stellte sie auf den Tisch. „Aber bei dem Treffen war er dann nur auf den USB-Stick fixiert."

Einen Moment lang sagte Luke nichts. „Okay. Ich werde dir nicht sagen, wie dumm das war, was du da gemacht hast. Oder wie gefährlich. Besonders, da Hollander weg ist. Und der Grund, warum ich dir das nicht sage, ist, dass ich das Gefühl habe, dass du es eigentlich selbst schon weißt."

„Eigentlich nicht. Es hat sich nicht dumm angefühlt, als es passierte. Es fühlte sich – ich weiß nicht – es fühlte sich richtig an. Ich meine, welche Wahl hatte ich denn? Ich konnte mich ihm nicht völlig ausliefern."

„Nur hast du jetzt den Sicherheits-Chef von Delcroft wütend gemacht hast."

„Was sollte er schon tun? Mein Telefon hat er bereits angezapft, außerdem hat er sich in meinen Computer gehackt und eine Bombe gelegt. Soweit wir wissen, könnte er etwas mit Hollanders Verschwinden zu tun gehabt haben." Ich öffnete den Kühlschrank, holte ein Bier heraus, öffnete es und stellte es vor Luke ab. „Übrigens habe ich ihn gefragt, ob Hollander tot ist."

„Was hat er gesagt?"

„Er sagte, nicht dass er wüsste."

Luke ignorierte sein Bier. „Was ist mit der verängstigten Frau passiert, die nichts anderes wollte, als den Stick an Hollander zurückzugeben?"

Ich trank einen Schluck seines Bieres. „Ich denke, ich habe es einfach satt, herumgeschubst zu werden. Ich verstehe, dass er nicht zu den Guten gehört. Mir ist bewusst, auf was ich mich da einlasse, aber ich muss denen standhalten. Zumindest bis wir wissen, was mit Hollander passiert ist."

Luke nahm sein Handy und gab einige Ziffern ein. „Wen rufst du an?"

Er schüttelte den Kopf. Einige Sekunden später sagte er: „Griz? Hier ist Luke."

Während er telefonierte, nahm ich einen weiteren Schluck von seinem Bier. Offensichtlich war er der Meinung, dass ich zu weit gegangen war, und ich konnte nicht anders, als mich zu fragen, ob er recht hatte.

———

Während Luke am Telefon war, ging ich hinaus, um die Post zu holen, was ich normalerweise nur alle paar Tage mache. Früher lag das an den Rechnungen, die ich kaum bezahlen konnte. Mittlerweile bekomme ich die meisten Rechnungen online, aber all die Werbung verstopft immer noch regelmäßig den Briefkasten. Ich stand an der Recycling-Tonne und warf Flyer, wöchentliche Pseudo-Zeitungen und Coupons hinein, als mir ein weißer Geschäftsumschlag mit meinem Namen darauf in die Hand fiel. Er trug keine Briefmarke und keinen Absender. Jemand hatte ihn direkt eingeworfen.

Ich ließ den Rest der unerwünschten Post in die Tonne fallen, schloss den Deckel und riss den Umschlag auf. Keine Grußzeile und keine Unterschrift. Nur eine maschinengeschriebene Mitteilung:

Bitte treffen Sie mich am Mittwoch um 13:00 Uhr im Restaurant Dragon Inn North.
Ich habe Informationen über Gregory Parks.

Kapitel 45

Mittwoch

Das *Dragon Inn North* ist eines der besten China-Restaurants von North Shore. Mein Ex Barry sagte immer, das sei so, weil es Mandarin- anstelle von kantonesischer Küche anbot. Kein schmieriges Egg Foo Young oder General Tsos Hühnchen, in Teig frittiert, so fettig, dass man zu ersticken droht. Stattdessen ist die Speisekarte voll von delikat gewürzten Speisen, wie Ingwer-Shrimps und mongolischem Rind.

Früher war es in einem kleinen Raum im alten Belden Stratford Hotel untergebracht, wo Benny Goodmans Schwester lebte, wie mir mein Vater erzählt hatte. Dad hätte ein Groupie des King of Swing sein können; er kannte alle möglichen obskuren Details über dessen Leben. Der Erfolg des Restaurants in der Stadt hatte sie dazu ermutigt, eine North-Shore-Filiale zu eröffnen. Das Restaurant ist extrem beliebt, besonders am Weihnachtstag, wenn viele jüdische Familien und sogar einige erschöpfte Christen zum Essen kommen.

Ich sagte Luke nicht, wohin ich ging. Ich wusste, er würde es nicht gutheißen. Im Grunde überlegte ich, ob ich überhaupt gehen sollte. Es würde mich noch mehr in die Sache mit Delcroft verstricken. Mit Parks' Tod, Hollanders Verschwinden und Stokes' Drohungen wurde es mit jedem Tag riskanter, aber die Möglichkeit, mehr über Parks herauszufinden, war unwiderstehlich. Es könnte mir auch dabei helfen, mir darüber klarzuwerden, was ich mit dem USB-Stick machen sollte.

Ich kam am Restaurant in der Waukegan Road an und ging durch die natürlich mit einem Drachen in Blattgold verzierte Tür. Die Besitzerin stand an der Garderobe und telefonierte auf Chinesisch an ihrem Mobiltelefon. Sie war immer gut angezogen und trug eine Perlenkette um den Hals; jetzt winkte sie mir beiläufig zu, schien aber nicht sehr erpicht darauf zu sein, ihr Gespräch zu beenden. Was bedeutete, dass sie wahrscheinlich nicht die Person war, die mir die Mitteilung geschickt hatte.

Ich setzte mich in den Empfangsbereich, wo ich einen Überblick über das gesamte Lokal hatte. Das Mittagsgeschäft schien sogar an einem Wochentag gut zu laufen, und das Klimpern von Besteck, das Gurgeln von Wasser, das in Gläser geschenkt wurde, sowie die angenehmen Aromen von Gewürzen und Tee waren beruhigend.

Zehn lange Minuten später fragte ich mich, ob die Nachricht ein Trick gewesen war. Ich zog mein Mobiltelefon heraus und schaute nach neuen E-Mails oder Nachrichten. Nichts. Ich ließ das Telefon zurück in meine Tasche gleiten. Wenig später wurde ich hungriger und war kurz davor, Ingwer-Shrimps zum Mitnehmen zu bestellen, als eine junge Asiatin, die eine Schürze trug, aus der Küche geeilt kam. Ihre Haare waren unter einem Haarnetz gefangen, aber eine lange Strähne hing heraus. Als sie auf mich zusteuerte, schob sie sie hinter ihr Ohr.

Ich stand auf.

„Sind Sie Ellie Foreman?" Sie hatte einen starken Akzent und ich musste mich anstrengen, um sie zu verstehen.

Ich nickte.

„Das ist für Sie." Sie zog einen Umschlag aus der Tasche ihrer Schürze, gab ihn mir und verschwand dann wieder in der Küche.

Was war hier los? Die Zeit schien stillzustehen. Ich schaute mich um. Die Besitzerin, die immer noch telefonierte, schien mich zu beobachten, und einige der Kellner im Speiseraum reckten ihre

Hälse. Kannte jeder außer mir hier ein Geheimnis? Oder war das nur meine Einbildung?

„Hallo!" Schließlich hatte die Besitzerin ihr Gespräch doch beendet und legte ihr Handy auf die Theke. „Möchten Sie etwas bestellen?" Als hätte jemand die ‚Pause'-Taste auf einem Video losgelassen, schienen alle anderen wieder anzufangen, sich zu bewegen. Die Besitzerin lächelte, die Kellner gingen zurück an ihre Arbeit, und ich merkte: Die Paranoia war nur in meinem Kopf gewesen.

„Tut mir leid." Ich zog den Reißverschluss meiner Jacke hoch. „Ich habe einen Termin vergessen. Ich komme später wieder."

Draußen musterte ich den dünnen Umschlag. Es stand kein Name darauf, aber er war zugeklebt worden. Ich öffnete ihn und zog ein einziges Blatt Papier mit einer weiteren maschinengeschriebene Mitteilung hervor.

Kommen Sie um 14:00 Uhr zum Baha'i-Tempel. Stellen Sie sicher, dass Ihnen niemand folgt.

Kapitel 46

Mittwoch

Irgendjemand ließ mich einen Hindernisparcours durchlaufen. Diese Mitteilungen und Treffen an abgelegenen Orten waren der Stoff, aus dem B-Film-Melodramen und Spionagefilmchen gemacht waren. Ich sollte dieses Spiel beenden und nach Hause gehen. Oder wenigstens sollte ich Luke anrufen und ihm sagen, wo ich war. Angesichts des Unbekannten hatte auch die Neugier ihre Grenzen.

Doch stattdessen fuhr ich nach Osten Richtung Sheridan Road.

Ich konnte mich dem neuen Treffpunkt nicht widersetzen. Der Baha'i-Tempel, einer von nur sieben weltweit, ist ein großartiges Bauwerk mit luftiger, fast himmlischer Atmosphäre. Die Innenwände sind sowohl mit weißem Zement als auch mit Quarzsand glatt verputzt, wodurch alles in schillerndem Licht erstrahlt. Die Tempeldecke steigt mehr als vierzig Meter in die Höhe, und die Kuppel ist mit komplizierten symmetrischen Formen ausgelegt, die zwischen sich kreuzenden Linien liegen. Inmitten solcher Schönheit und Beschaulichkeit wäre es schwierig, *keine* spirituelle Erfahrung zu machen. Ich parkte und ging hinein, wobei ich praktisch auf Zehenspitzen um das Heiligtum herumging. Einige Touristen machten

Fotos; ein paar kleine Kinder, denen es hier offensichtlich nicht gefiel, jammerten, dass sie zurück in ihr Hotel wollten, um Disney-Filme anzusehen.

Ich verstand den Baha'i-Glauben nicht so ganz. Allem Anschein nach war er ein ‚Alles ist möglich'-Buddhismus, mit wenigen Ritualen und Regeln. Was ihn anziehender machte als andere Religionen, meine eigene mit ihren 613 Mitzwot inbegriffen. Ich glaube, man kann sogar die sozusagen ‚doppelte Staatsbürgerschaft' haben, also sowohl die Religion, mit der man aufgewachsen ist, als auch den Baha'i-Glauben annehmen.

Es gab keine Stühle, weshalb ich mich auf eine Marmor-Fensterbank setzte. Fünf Minuten verstrichen. Es war nach vierzehn Uhr. Meditation hin oder her, ich war genervt. Ich würde maximal noch fünf Minuten warten. Ich starrte auf die Kuppel und zählte die Sekunden ab.

Das leichte Tappen von Schritten hallte über den Marmorboden. Ich blickte in die Richtung, aus der das Geräusch kam, und sah eine junge Frau mit halb-asiatischem und halb-kaukasischem Aussehen, die von der gegenüberliegenden Seite des Tempels zu mir herüberkam. Sie war klein und sehr schlank und schien eher zu gleiten als zu gehen. Ihre Haare hatten Kinnlänge, ihre Augen ein stechendes Schwarz. Obwohl sie einen Parka, Jeans und Arbeitsstiefel trug, strahlte sie einen Hauch von Zartheit aus. Das musste die Frau sein, die zu meinem Haus gekommen war.

Ich verschränkte die Arme. Diese Gestalt hatte mich quer durch North Shore gehetzt? Das würden wir noch sehen …

Als sie sprach, war ihre Stimme hell und federweich, ohne auch nur die Spur eines Akzents zu offenbaren. „Danke, dass Sie gekommen sind. Es tut mir leid, dass ich Sie durch so viele Reifen springen lasse, bevor wir uns treffen. Aber ich musste sicher sein, dass Sie nicht verfolgt werden. Und dass Sie alleine sind. Ich bin Grace Qasimi."

„Ich nehme an, Sie sind die Person, die gestern bei mir zu Hause war?"

Sie nickte.

„Wie haben Sie mich gefunden?"

„Ich habe Ihre Visitenkarte unter Gregorys Sachen gefunden. Nachdem er ... nachdem er gestorben ist."

Jetzt erinnerte ich mich daran, wie wir auf der Messe unsere Visitenkarten ausgetauscht hatten. War das erst vor ein paar Wochen gewesen?

Sie deutete zur Fensterbank. Als wir uns beide hingesetzt hatten, senkte sie die Stimme. „Er sagte, Sie würden Delcroft beraten. Wie er."

„Na ja, nicht wirklich." Ich ließ die Arme sinken. Ich sollte mir zumindest anhören, was sie zu sagen hatte. „Also, was ist so wichtig, dass Sie in ganz North Shore Nachrichten hinterlassen mussten?"

Ein finsterer Blick huschte über ihr Gesicht, als ob sie verärgert wäre, dass ich überhaupt fragen musste. Aber dann musste sie es sich anders überlegt haben, denn ihre Miene entspannte sich. „Gregory und ich – nun, er war mein Verlobter." Sie hielt ihre linke Hand hoch, damit ich den diamantenen Verlobungsring sehen konnte. „Ich ... ich kann ihn nicht abnehmen. Ich, es ist einfach, also ..." Sie starrte den Ring an und drehte ihn. Dann schaute sie zu mir auf.

„Mein herzliches Beileid ..."

Ihre Augen füllten sich mit Tränen, und sie blinzelte schnell, während sie damit kämpfte, ihre Emotionen zu unterdrücken. Meine Stimme verstummte. Ich bekam das Gefühl, dass sie mich wissen lassen wollte, dass sie nicht nur zusammengelebt hatten, wie so viele junge Leute heutzutage, sondern dass sie sich einander offiziell versprochen hatten. Das war wahrscheinlich eine Familientradition. Und jetzt fühlte sie sich wie eine Witwe.

„... zu Ihrem Verlust", beendete ich meinen Satz.

Sie schluckte, nickte dann, als wäre sie es leid, solche nichtssagenden, unbedeutenden Worte zu hören.

„Was kann ich für Sie tun?"

„Ich habe Angst ... und ich bin verzweifelt."

„Warum? Sind Sie in Gefahr?"

„Ich denke schon."

„Weswegen?"

„Weil ich die Wahrheit über Gregory kenne."

Mein Herz fing an, schneller zu schlagen. „Welche Wahrheit?"

Sie senkte ihre Stimme abermals. „Gregory sagte, er würde sich mit Ihnen treffen, an dem Tag, an dem er gestorben ist. Dort, wo sich die Blue und Red Line kreuzen."

„Das stimmt."

Sie schaute mich mit einem entschlossenen Blick an. „Gregory würde sich nie umbringen. Niemals. Er wurde gestoßen. Da bin ich mir sicher."

Jetzt war es raus.

„Waren Sie dabei?", fragte sie nach einem Moment.

Ich nickte.

„Was glauben Sie?"

Ich wählte meine Worte mit Bedacht. „Ich wäre nicht über-rascht. Besonders, nachdem Delcroft behauptet, dass er für die Chinesen spioniert hat."

„Aber ..." Sie biss sich auf die Lippe. „Verstehen Sie, das ist nur ein Teil der Wahrheit." Sie schaute sich im Tempel um, ein vorsich-tiger Ausdruck legte sich über ihr Gesicht und ihre Stimme wurde zu einem Flüstern. „Ich bin hier, weil Gregory gesagt hat, von all den Leuten, mit denen er Kontakt hatte, seien Sie die Einzige gewe-sen, die ihm wie ein normaler Mensch vorgekommen sei."

Ich betrachte mich als Allerwelts-Neurotikerin, aber wenn ich an die überspannten Manager, Sicherheitschefs und Überwachungs-teams von Delcroft dachte, hatte Parks wahrscheinlich recht damit.

„Und weil Sie in der Video-Branche arbeiten", fuhr sie fort, „haben Sie Kontakte. Zu den Nachrichtenmedien." Ich wollte ihr gerade sagen, dass das nicht mehr der Fall war, aber sie redete einfach weiter. „Ich will Gregorys Ruf wiederherstellen. Seine Ehre. Und ich will seinen Mörder entlarven. Was von ihm behauptet wird, ist nicht wahr."

„Also war er kein Spion?"

Sie ließ einen langen Augenblick verstreichen, bevor sie antwor-tete. „Ich befürchte, das war er, doch", sagte sie schließlich. „Aber er war ein Doppelagent."

Kapitel 47

Mittwoch

„Haben Sie schon einmal von den Uiguren gehört?" Grace sprach es als ‚Wieguren' aus.

Ich brauchte einen Moment, um die Kontrolle über meinen immer noch offenstehenden Mund zurückzuerlangen. Ein Doppelagent? Was zum Teufel war jetzt wieder los? Ich schüttelte den Kopf.

„Das ist eine ethnische Gruppe in China. Es gibt ungefähr eine Million von uns, Gregory und mich inbegriffen. Die Meisten von uns leben in Xinjiang, der autonomen Uiguren-Region. Das ist im Südwesten von China, in einer Wüste, die ‚Tarimbecken' heißt. Übrigens grenzt sie an ein halbes Dutzend andere Länder, einschließlich Russland, der Mongolei, Afghanistan, Pakistan, Indien und sogar an Tibet. Aber die meisten Uiguren stammen von den Türken ab und sehen deshalb häufig eher kaukasisch als asiatisch aus. Wie Gregory", sagte sie wehmütig.

Keanu Reeves. Ich befeuchtete meine Lippen. Wie kam es, dass ich noch nie von den Uiguren gehört hatte?

„Und", sie zögerte, „wir sind Muslime. Tatsächlich sind wir die zweitgrößte muslimische Bevölkerungsgruppe in China."

„Ach!"

„Die Uiguren kämpfen seit Jahren um ihre Unabhängigkeit. China wird das natürlich nicht erlauben, und die Regierung scheut keine Mühen, uns zu diskriminieren."

„Wie geht sie dabei vor?"

„Zwangsabtreibungen, Sterilisationen. Sie verweigern unseren Kindern den Schulbesuch. Sie beschränken den Zugang zu Lebensmittel. Manche Uiguren wurden – wie sagt man – aus ihren Häusern geworfen. Und dann stecken sie uns ins Gefängnis – wegen erfundener Anschuldigungen." Sie schaute sich im Tempel um, als ob sie ihre Heimat durch einen hauchdünnen Schleier der Zeit sah. „Aber wir haben überlebt. Und wir haben Demonstrationen organisiert. Die meisten davon waren friedlich, aber es hat auch einige Konfrontationen mit der Polizei gegeben."

„Das erklärt, weshalb ich noch nie davon gehört habe", sagte ich. „Weil Chinas Presse dafür bekannt ist, so frei zu sein."

Ihre Mundwinkel zuckten nach oben, als hätte ich einen Nerv getroffen. „Jetzt behauptet die chinesische Regierung, wir seien Terroristen."

„Weil ihr Muslime seid."

Sie fuhr sich mit der Hand durch die Haare, als ob sie mit dem kämpfte, was sie als Nächstes sagen wollte. „Tja, ehrlich gesagt, sind – oder waren – einige Uiguren militant. Deshalb haben China und die USA sie im Jahr 2002 als Terroristen gelistet."

„Nach dem elften September", sagte ich.

Sie nickte. „Aber verstehen Sie, das war nur ein winziger Prozentsatz der Uiguren. Es ist wahr, dass es in China in letzter Zeit mehr Terror-Attacken gegeben hat. Aber wenn die Regierung behauptet, dass die Uiguren dafür verantwortlich sind, tja, dann ist das eine Lüge. Sie behaupten, wir stehen unter dem Einfluss islamistischer Fundamentalisten, mit Verbindungen zu Al-Qaida und ISIS. Sie sagen sogar, dass wir Massenvernichtungswaffen haben."

„Wie ungewöhnlich", sagte ich. „Dann müssen sie wohl einen Abschluss von der Dick-Cheney-Diplomatieschule haben."

Beinahe wäre ihr ein Lächeln entglitten. Dann schaute sie sich wieder um. Die Familie mit den jammernden Kindern war verschwunden. Nur ein Mann war noch da, und der schien es nicht eilig zu haben, zu gehen. Ich beäugte ihn.

Grace tat das ebenfalls, bevor sie nach meinem Arm griff. „Lassen Sie uns ein wenig herumgehen!"

Wir schlenderten aus dem Heiligtum hinaus und gingen die Treppe hinunter ins Untergeschoss. Vor uns befand sich ein winziges Kino, in dem ein Film über die Geschichte des Baha'i-Glaubens gezeigt wurde. Grace führte mich hinein, und wir setzten uns. Wir waren dort die einzigen Zuschauer.

Grace fuhr fort, wobei ihre Stimme kaum lauter war als ein Flüstern. „Das Wichtigste, was man verstehen muss, ist, dass die meisten Uiguren ihre Verbindungen zu China behalten wollen, wenn man uns nur mehr Autonomie zugestehen würde. Die Wahrheit ist, dass die wenigen Vorfälle, die es gegeben hat, durch die Unterdrückung der Regierung motiviert wurden und nicht durch Terrorismus."

Ich schaute hinauf zum Film, der die Baha'i-Tempel auf der ganzen Welt zeigte. Es gab nur sechs oder sieben davon, und der in Chicago war sicherlich der Schönste. „Grace", flüsterte ich, „was hat das alles mit Delcroft zu tun?"

„Dazu komme ich noch. Wie gesagt, China kann keine Armee schicken, um uns umzubringen, deshalb schicken sie stattdessen Drohnen. In dem Gebiet hat es Dutzende von Drohnenangriffen gegeben. Mein kleiner Bruder wurde vor Kurzem bei einem davon getötet. Er war erst neun Jahre alt."

„Das tut mir entsetzlich leid."

„Sie nehmen Madrasas und Moscheen ins Visier. China sagt, dass das alles Teil des Krieges gegen den Terror sei. Deshalb wollte Gregory die Gegendrohnen-Technik haben."

„Für die Uiguren, nicht für die chinesische Regierung?"

„Eigentlich für beide."

Kapitel 48

Mittwoch

Ich runzelte die Stirn und wollte gerade „Das verstehe ich nicht" sagen, als der Mann, der im Tempel herumgelungert war, den Kopf in das winzige Theater hereinsteckte. Als er uns sah, kam er ganz locker herein und setzte sich in die letzte Reihe. Grace spannte sich sichtlich an, ihre Augen wurden groß. Ich bedeutete ihr, aufzustehen. Zusammen gingen wir genauso locker aus dem Theater hinaus.

„Wir sollten von hier verschwinden", sagte ich.

Grace nickte.

Ich war überrascht, wie ruhig ich war. Gewöhnte ich mich etwa daran, verfolgt zu werden? Solange mir niemand zu nahe kam, war es wahrscheinlich so. Wir stiegen die Treppe zur Hauptetage hinauf. Oben angekommen zog ich den Reißverschluss meines Parkas zu, während Grace sich einen Schal um den Hals wickelte. Seite an Seite verließen wir den Tempel.

„Was glauben Sie, für wen er arbeitet?" Ich zeigte mit dem Daumen zurück auf das Gebäude.

„Ich weiß es nicht. Aber sie kommen immer näher. Ich habe Angst."

„Vielleicht sollten Sie gehen. Sich aus dem Staub machen."

Sie runzelte die Stirn.

„Das ist ein amerikanischer Ausdruck", sagte ich. „Es bedeutet so viel wie ‚weggehen'. Chicago verlassen."

Sie antwortete nicht, führte mich aber in Richtung eines ramponierten grünen Toyotas. Ich sog hörbar die Luft ein. „Sie!"

Sie schaute mich an, ganz offensichtlich überrascht von meinem Ausruf.

„Sie haben mich durch ganz North Shore verfolgt!"

Sie zuckte mit den Schultern, als wäre mich zu verfolgen etwas, was sie jeden Tag machte, wie Zähneputzen. „Ich musste sicherstellen, dass ich Ihnen vertrauen kann."

„Wissen Sie, wie viel Angst Sie mir eingejagt haben? Ich war kurz davor, die Cops auf Sie loszulassen!"

Sie lächelte entschuldigend. „Jetzt wissen Sie, womit wir jede Minute des Tages leben müssen."

Ich schätze, das hatte ich mir selber eingebrockt.

„Also", ich versuchte mich zu erinnern, wo wir stehengeblieben waren, „Sie sagten, Gregory wollte die Technologie von Delcroft für die Uiguren *und* die Chinesen."

„Ja, er wollte sie für uns, damit wir uns gegen Chinas Drohnenangriffe wehren könnten. Aber wir hatten nicht vor, sie in Gang zu setzen. Dafür haben wir nicht die Ressourcen. Oder die Willenskraft. Ihm war es egal, ob die Chinesen das System ebenfalls hätten. Es ist eine Verteidigungswaffe. Natürlich würde China sich selbst auch beschützen wollen."

Die Temperatur fiel ab und ich umschlang meinen Oberkörper.

„Kommen Sie", sagte Grace. „Wir setzen uns in mein Auto."

Ich folgte ihr. Nachdem wir die Türen geschlossen hatten, sagte sie: „Aber Sie müssen verstehen, dass der wahre Grund, warum uns China nie Autonomie zugestehen wird, nicht der ist, dass sie glauben, wir seien Terroristen. Der wahre Grund ist, dass das Tarimbecken voller Öl ist. Sehr viel Öl. Genau in diesem Moment baut die Regierung eine Pipeline durch das Gebiet."

Ich seufzte. „Was war denn anderes zu erwarten …"

„Was?"

„Noch so ein amerikanischer Ausdruck. Alles läuft immer wieder auf's Öl hinaus, nicht wahr?"

Sie warf mir einen verwirrten Blick zu.

„Wie man es bekommt. Und wie man es schützen kann."

Sie erwiderte nichts.

„Und Gregory hatte die Aufgabe, die Technologie zu beschaffen."

„Er hat entdeckt, dass Delcroft an einem neuen System arbeitete, und dass Hollander die Idee dafür gehabt hat. Was er nicht erwartet hatte, war, dass sie bereit war, es General Gao unter der Hand zu verkaufen. Gregory wurde ihr Mittelsmann."

Endlich etwas Klarheit! Ich schlug die Fußknöchel übereinander. Falls Grace die Wahrheit sagte, dann versuchte Hollander nicht, Parks bei General Gao auffliegen zu lassen. Ihre Erklärungen an Delcroft – und an mich – darüber, einen Spion zu fangen, waren Lügen. Sie hatte sich gegen ihr eigenes Land verschworen. Sie war eine Verräterin.

Aber warum? Ich schaute durch die Windschutzscheibe. Hollander war ein Soldatenkind gewesen, das wusste ich; ihr Vater war einmal ein hochrangiger General gewesen. Was war der Grund, dass sie sich gegen ihr Land gewendet hatte? War es ihr Vater? Eine dysfunktionale Beziehung? Oder war es Gier? Ich fragte mich, wie viel ihr die Chinesen wohl zahlten. Das musste in die Millionen gehen. Vielleicht sogar mehr. Während Grace weitersprach, machte ich im Geiste Berechnungen.

„Erst als die Verhandlungen mit ihr liefen, merkte Gregory, wie nützlich die Technologie für uns wäre."

„Also arbeitete er für die chinesische Regierung, während er Berater bei Delcroft war."

Sie nickte. „Ja, aber Gregory glaubte nicht, dass Gao oder seine Vorgesetzten wussten, dass er auch ein uigurischer Aktivist ist oder war. Aber ich bin mir da nicht so sicher."

„Glauben Sie, die Chinesen stecken hinter seinem Tod?"

„Das weiß ich nicht. Aber er arbeitete mit Gao und Hollander, während er auch für uns arbeitete."

„Woher würden die Uiguren das Geld und die Ressourcen erhalten, um ein ausgereiftes Gegendrohnen-System zu bauen?"

„Gregory sagte, dass er Quellen kennen würde, die man anzapfen könne", sagte sie. „Er sagte immer wieder, der Feind meines Feindes ist mein Freund."

„Hier? In den USA?"

„Ich weiß es nicht."

„Aber dann wurde er getötet."

Sie biss sich auf die Lippe. „Deshalb bin ich zu Ihnen gekommen. Es ist an der Zeit, alles an die Öffentlichkeit zu bringen. Die Öffentlichkeit entscheiden zu lassen, wer die Schuldigen sind."

Ich hielt abwehrend meine Hände hoch und streckte die Arme aus. „Oh, Moment mal, Grace! Ich danke Ihnen, dass Sie mir die ganze Geschichte anvertraut haben, aber ich kann mich da nicht einmischen. Dschihadistische Terroristen … Drohnenangriffe … die chinesische Regierung, das ist eine Nummer zu groß für mich."

Ihre Stimme wurde sanft, beinahe verführerisch. „Aber verstehen Sie doch, Sie sind bereits involviert."

Mein Blick wurde finster. Dann verstand ich es: „Der USB-Stick."

Sie nickte wieder.

„Aber wenn er jemals entschlüsselt wird, dann wird er Hollanders Absprache mit Gregory und Gao aufdecken. Und nichts von der Zwangslage der Uiguren. Oder darüber, was Delcroft wusste und seit wann sie es wussten."

„Das wird ausreichen. Wir werden den Medien die Einschlag-stellen der Drohnen zeigen. Und den Pipeline-Bau. Chinas Doppel-züngigkeit und ihre systematische Unterdrückung werden aufgedeckt werden."

Ich wollte ihr nicht sagen, dass sie naiv war. Dass, selbst wenn sie zu den Medien ging, diese wahrscheinlich nichts unternehmen würden. Also wechselte ich das Thema.

„Verraten Sie mir etwas, Grace: Was hatte Gregory geplant? Wem sollte er den USB-Stick geben? Als wir miteinander gesprochen haben, sagte er, er hätte etwas in der Innenstadt zu erledigen. Ich nehme an, es hatte mit dem Stick zu tun."

Graces legte ihre Stirn in Falten. „Ich bin mir nicht sicher. Es könnte sein uigurischer Kontakt im Konsulat in der Innenstadt gewesen sein. Oder es könnte sein chinesischer Militärkontakt gewesen sein, der befände sich ebenfalls im Konsulat." Sie lächelte. „Er hat sich oft gefragt, ob sie wussten, dass er sie gegeneinander ausspielte. ‚Wenn die wüssten', hat er immer gesagt. Und dann hat er gelacht."

„Sind Sie sicher, dass sie nichts voneinander wussten? Und auch nichts davon, dass Gregory ein Doppelagent war?"

Sie schaute mich an, und Besorgnis legte sich über ihr Gesicht. „Warum?"

„Ach, nichts." Ich wollte sie nicht beunruhigen, dass sie vielleicht die einzige weitere Person außer Parks selbst war, die die Wahrheit darüber kannte, was er im Schilde geführt hatte.

Kapitel 49

Mittwoch

Ich stieg aus Graces Auto aus und ging hinten herum, wobei meine Stiefel ein schmatzendes Geräusch auf dem Boden machten. Nach einem Moment ging ich an ihrer Seite des Autos zurück.

Sie ließ das Fenster herunter und sah mich kühl an. „Sie werden mir nicht helfen."

„Darum geht es nicht. Jemand hat sich in meinen Computer gehackt und mein Telefon angezapft. Ich werde verfolgt. Ich bin ziemlich sicher, dass es Delcroft ist, aber falls nicht, und ich würde versuchen, Ihretwegen die Medien zu kontaktieren, bin ich sicher, dass man mich aufhalten würde."

„Meine Telefone und Computer und die von Gregory wurden auch gehackt", sagte sie. „Aber ich darf mich davon nicht aufhalten lassen."

„Das ist nicht alles, Grace. Abgesehen von dem USB-Stick, haben Sie keinen konkreten Beweis. Sie können nicht erwarten, dass die Medien oder die Regierung auf etwas reagieren, das im Wesentlichen wenig mehr als eine Vermutung ist. So läuft das nicht." Ich verschwieg ihr, dass ich mir nicht mal selbst sicher war, ob ich ihr die ganze Story abkaufte. Schließlich hatte ich die Frau gerade erst kennengelernt. Warum sollte ich ihr vertrauen? Besonders mit so vielen Leuten, die in dieser Geschichte ein doppeltes Spiel spielten?

Falls sie wirklich Gregorys Verlobte war, würde sich ihre pro-uigurische Anti-China-Politik gegen sie auswirken. Ich hatte meine schwarz-weiße Weltanschauung schon lange aufgegeben und gelernt, im Grau zu leben. Aber Grace war noch jung. Sie dachte immer noch, sie könne die Welt verändern.

Ich schaute zum Tempel zurück. Bald würde unser Verfolger herauskommen. „Wir müssen gehen."

„Gehen Sie online und schlagen die Uiguren nach! Dann werden Sie ja sehen."

„Es ist nicht so, dass ich Ihnen nicht glaube. Ich wüsste nur nicht, wie ich Ihnen helfen könnte."

Sie schüttelte den Kopf, als würde ihr bewusst, dass sie kostbare Zeit verschwendete.

„Sehen Sie ...", versuchte ich, sie zu besänftigen, „lassen Sie uns in ein paar Tagen nochmal miteinander reden. Wie kann ich Sie erreichen?"

Sie schüttelte wieder den Kopf. „Das können Sie nicht. Ich werde Sie kontaktieren."

„Okay. Übrigens, wie sind Sie und Gregory aus China herausgekommen?"

„Gregory kam vor fünf Jahren. Er war, natürlich, ein Einzelkind, und seine Eltern wurden beim Entgleisen eines Zuges getötet. Danach fing er an, für die Regierung zu arbeiten. Er lernte Englisch und sie schickten ihn hierher. Ich war schon länger hier. Meine Eltern hatten eingesehen, dass es für mich keine Zukunft im Tarimbecken gab. Sie haben mir vor zehn Jahren geholfen, nach Pakistan zu entkommen, und schließlich schaffte ich es hierher."

„Ihre Eltern sind noch in China?"

Sie nickte.

Ich dachte zurück an meinen früheren Freund David Linden. Seine Mutter war aus Nazi-Deutschland entkommen und hatte ihren Mann, Kurt, hier kennengelernt. Kurt war der einzige Überlebende seiner Familie gewesen.

„Es gibt noch etwas, das Sie wissen sollten." Sie startete den Motor. Er sprang sofort an. Toyotas! „Gregory hatte Angst, dass die Zeit knapp werden würde. China hackt sich überall hinein. Auf der ganzen Welt. Das ist einer der Gründe, warum ich Sie treffen wollte. Ich weiß nicht, wie viel Zeit ich noch habe."

Sie schloss das Autofenster und fuhr los, in Richtung Sheridan Road.

Ich stapfte zu meinem Camry, während ich mir ihre Warnung durch den Kopf gehen ließ. Falls die Chinesen wussten, was Grace wusste, und in der Lage waren, Gregory mit mir in Verbindung zu bringen …

Ich zog meine Jacke enger um meinen Körper.

Kapitel 50

Mittwoch

Anstatt nach Hause zu fahren, fuhr ich zur Bibliothek. Melissa, die Bibliotheksdirektorin, saß an ihrem Schreibtisch und stapelte gerade zurückgegebene Bücher auf einem Rollwagen. „Sie kommen neuerdings oft hierher."

„Bibliotheken sind meine Lieblingsorte", sagte ich und versuchte, fröhlich zu wirken.

Sie zog eine Augenbraue hoch. „Computer immer noch kaputt?"

„Schuldig", sagte ich und warf ihr ein reumütiges Lächeln zu.

Ich ging online und suchte nach allem, was ich über die Uiguren finden konnte, ihre Geschichte und den Aufstieg des radikalen Islam in diesem Teil der Welt. Ich fand mehr als ich erwartet hatte, einschließlich einiger kurzer Videos. Eines davon zeigte eine Gruppe von Polizisten und etwas, das wie ein chinesisches SWAT-Team aussah, das an einem Kontrollpunkt um ein Auto herumschwärmte. Ein weiteres zeigte, wie ein Auto irgendwo in Peking in Flammen aufging. Ein drittes zeigte, wie eine Gruppe von Demonstranten vor der Polizei in Kampfanzügen flüchtete. Ein weiteres Video zeigte

Nahaufnahmen von Frauen mit Blutergüssen auf Armen und Gesichtern und Aufnahmen von Uiguren in verschiedenen Posen und Einstellungen, die meisten von ihnen mit dieser besonderen Mischung aus asiatischen und kaukasischen Gesichtszügen.

Dann googelte ich ‚Drohnenangriffe auf Uiguren'. Der erste Artikel, der zu sehen war, stammte aus dem Jahr 2012 und berichtete über einen Drohnenangriff, bei dem ein uigurischer, dschihadistischer Terrorist in Ost-Turkestan, einem Teil des uigurischen Gebiets, getötet worden war. Nur hieß es, dass der Angriff von einer US-Drohne und nicht von einer chinesischen Drohne ausgeführt worden war. Die USA rechtfertigten den Angriff damit, dass sie behaupteten, der Dschihadist sei ein bekanntes Mitglied von Al-Qaida gewesen. Warum überraschte mich das nicht? Die Drohnen waren wahrscheinlich von Delcroft hergestellt worden.

Ein weiterer Artikel beschrieb eine von den Chinesen hergestellte Stealth-Drohne, die für Angriffe verwendet werden konnte, aber natürlich behaupteten die Chinesen, sie würden diese Drohne nur zur Überwachung von Terroristen verwenden.

Klar.

Dann gab es noch sporadische Berichte von Explosionen, die nie erklärt wurden, genau wie Artikel über den Tod oder das Verschwinden von Leuten in der Wüste, die den größten Teil des Tarimbeckens ausmachte.

Ein fünftes Video, dieses Mal bei YouTube, behauptete, einen Drohnenangriff in der uigurischen Wüste zu zeigen. Die von oben gezeigte, stille Explosion verursachte Staubwolken und herumfliegendes Gestein und den Ausbruch eines Feuers, das sich durch alles hindurchfraß, was es zu packen bekam. Es sah aus wie eine dieser Szenen aus *Homeland*, als Carrie Mathison Drohnenangriffe für die CIA befehligte. Schließlich behauptete ein CNN-Nachrichten-Video, dass der Markt für bewaffnete Drohnen, angeführt von Israel und den USA, in den letzten fünf Jahren in die Höhe geschossen wäre und nun einen Wert von mehr als zwanzig Milliarden Dollar hatte.

Bis dahin passte also alles, was Grace mir erzählt hatte.

Kapitel 51

Donnerstag

Am nächsten Morgen rief Zach Dolan mich auf dem Handy an. Er hörte sich aufgeregt an und bat mich, ihn bei Starbucks zu treffen, damit wir eine Runde drehen konnten. Als er auf dem Parkplatz anhielt, sprang ich in sein Auto. Unter seinen Augen zeichneten sich leichenhafte schwarze Ringe ab. Er sah aus, als hätte er die ganze Nacht nicht geschlafen. Trotzdem strahlte er.

„Nun?", fragte ich, während er sich in den Verkehr einreihte.

Er öffnete seine Daunenweste, zog einen braunen Umschlag heraus und schob ihn zu mir. „Ich hab's geknackt."

„Die Verschlüsselung? Wirklich?"

Er nickte. „Einer der schwierigsten Jobs, die ich je gemacht habe. Aber letztendlich habe ich es doch hingekriegt."

„Wie?"

„Lassen Sie mich überlegen, wie ich es verständlich erklären kann … Eigentlich wurden drei unterschiedliche Typen von Verschlüsselung verwendet. Auf der US-Seite haben sie ein Single-Pass-Verfahren verwendet. Den Entschlüsselungs-Schlüssel habe ich im Darknet gefunden. Aber die chinesische Verschlüsselung war echt schwierig. Ich habe mir Sorgen gemacht, dass es doppelt verschlüsselt sein könnte, was eine Entschlüsselung unmöglich gemacht hätte, aber ich bin mit einem chinesischen Hacker in Verbindung getreten, und der hat mir den Schlüssel besorgt."

„Das verstehe ich nicht." Jetzt würde sich also zeigen, ob Grace Qasimi die Wahrheit gesagt hatte. „Also?"

„Ich habe alles ausgedruckt." Er legte die Hand auf den Umschlag. „Ich muss Ihnen wohl nicht sagen, dass das streng geheimes Zeug ist. Wenn jemand herausfindet, dass Sie das haben, sind wir beide geliefert."

„Vielleicht sollte ich es nicht entgegennehmen", sagte ich. Dann hielt ich inne. Was zum Teufel hatte ich mir dabei gedacht? Das hier war der Grund, weshalb ich überhaupt in dieses ganze Schlamassel verwickelt war.

„Nur damit Sie es wissen, ich habe keine Kopie davon gemacht. Der zweite Stick, den Sie mir nach der Explosion gegeben haben, liegt den Ausdrucken bei. Ich will nie wieder etwas davon hören." Er warf mir einen durchdringenden Blick zu. „Ist das klar?"

„Glasklar."

Er schob mir den Umschlag zu und ich nahm ihn entgegen. Er war dick.

Ich wollte gerade den Verschluss öffnen, als er die Hand hob.

„Öffnen Sie ihn nicht hier."

Ich nickte und ließ das Päckchen auf meinen Schoß sinken. „Wie viel schulde ich Ihnen?"

„Wir hatten dreihundert vereinbart, stimmt's?"

„Aber das war, bevor man Ihr Büro in die Luft gejagt hat."

Er warf mir einen kurzen Blick zu. „Als das passiert ist, hätte ich wissen sollen, dass ich lieber nicht weitermachen sollte."

„Aber Sie konnten nicht anders?"

Er seufzte. „So ungefähr."

„Soll ich Ihnen einen Scheck ausstellen?"

„Nie im Leben. Das läuft nur mit Bargeld ab."

„Passen Sie auf sich auf, Zach!"

„Sie auch, Ellie!"

———

Nachdem Zach mich abgesetzt hatte, eilte ich nach Hause, als brenne der Umschlag und ich müsse ihn löschen. Lukes Pick-up stand nicht in der Garage und parkte auch nicht am Straßenrand. Trotzdem rief ich nach ihm, als ich das Haus betrat.

„Luke? Bist Du zu Hause?"

Keine Antwort.

So war es besser. Ich nahm den Umschlag vorsichtig mit in mein Büro, schloss die Tür und ließ die Jalousien herunter. Erst dann öffnete ich den Verschluss und zog den Inhalt heraus. Das mussten mehr als fünfzig Blätter sein.

Das erste Dutzend waren Kopien von E-Mails zwischen Hollander, Gao und Parks, die ich sofort zu lesen begann. Es fühlte sich an, als ob sich ein Film vor meinem inneren Auge abspielte. Am Anfang gab es Einleitungs-E-Mails, in denen alle sagten, wie geehrt sie seien, die anderen kennenzulernen. Dem folgten von jedem von ihnen viel Lob und Komplimente über die jeweilige Position innerhalb ihrer oder seiner Organisation. Und wie wohltätig es von Gregory Parks sei, sie alle zusammenzubringen.

Wohltätig, von wegen. Parks wurde für diese Verbindung bezahlt, wahrscheinlich von beiden Seiten. Die Wetten standen gut, dass er ein Riesengeschäft damit gemacht hatte. Ich ertappte mich selbst bei diesem Gedanken und verzog das Gesicht.

Dann bewegte sich die Konversation in substantiellere Bereiche. Parks sprach das System an, obwohl er nicht die Worte ‚Gegendrohne' oder ‚DADES' verwendete. Er erklärte, dass Hollander in den vergangenen beiden Jahren an fast nichts anderem gearbeitet hatte. Gao antwortete mit überschwänglichem Lob. Parks fuhr damit fort, dass er sagte, dass Hollander die einzige Person der Welt sei, die das System in- und auswendig kannte, und dass ihr Wissen hilfreich für General Gao sein könnte, der dem ausdrücklich zustimmte. Parks brachte die Unterhaltung voran, indem er vorschlug, dass sich die beiden persönlich treffen sollten; er war der Meinung, sie könnten sich gegenseitig von großem Nutzen sein.

Als ich den nächsten Stapel E-Mails las, schnappte ich nach

Luft. Sie *hatten* sich getroffen! Sechs Monate zuvor waren alle drei für ein langes Wochenende auf die Bahamas geflogen. Dort musste der Handel abgeschlossen worden sein, weil in den E-Mails vor oder nach der Reise nichts von Geld oder Verträgen oder davon erwähnt wurde, wer was bekam.

Tatsächlich änderte sich die Art der E-Mails danach wesentlich. Die E-Mails zwischen Hollander, Parks und Gao hörten auf; stattdessen lief alles nur noch über Parks. Das war verständlich – sowohl Hollander als auch Gao mussten sich selbst so gut wie möglich schützen. Ich fragte mich, ob Hollander die früheren E-Mails aus ihrem Computer gelöscht hatte – ich war mir sicher, das hatte sie. Zweifellos hatte General Gao das ebenfalls getan.

Zum Glück für mich kam mein USB-Stick jedoch von Parks und enthielt alle E-Mails, die von Anfang an zwischen den dreien ausgetauscht worden waren. Ich konnte die von Hollander an Parks lesen, aber die von Parks an Gao waren auf Chinesisch, und ich hatte keine Ahnung, was darin stand. Vielleicht würde Grace sie mir übersetzen. Dann überlegte ich es mir anders. Ich las gerade etwas über einen Hochverrat. Je weniger Leute darin verwickelt waren, desto besser.

Der letzte Stapel E-Mails von Hollander an Parks war geschäftsmäßig. Der Großteil hatte mit Lieferfristen, Komponenten und Spezifikationen zu tun. Eine E-Mail von Hollander bestätigte den Erhalt einer Zahlung. Ich vermutete, dass das die für sie belastendste E-Mail sein könnte. Es gab auch noch Diagramme, Abbildungen und Schemata, die an einige der Schreiben angehängt worden waren. Wieder hatte ich keine Ahnung, was ich mir da überhaupt anschaute; wahrscheinlich würde ich das auch dann nicht verstehen, wenn ich einen Abschluss in Maschinenbau hätte. Dann gab es noch E-Mails, in denen namhafte Lieferanten aufgelistet wurden, sowie Diskussionen darüber, wer die Teile herstellen könnte, besonders die Elektronik, obwohl Hollander Parks mitteilte, sie nähme an, Gao hätte seine eigenen Lieferanten.

Was viel billiger wäre, dachte ich. Die Chinesen waren bekannt dafür, dass sie amerikanische Technologie stahlen, sie nachbauten und dann zum halben Preis anboten.

Ich durchkämmte die E-Mails zwischen Parks und Gao. Obwohl ich sie nicht verstehen konnte, fiel mir auf, dass Parks die Anhänge von Hollander weitergeleitet hatte. Ich verglich einige davon; sie schienen denen zu entsprechen, die sie an Parks geschickt hatte.

Alles von Hollander war von ihrer privaten E-Mail-Adresse, Char24@comcast.net, geschickt worden. Und nichts an Gaos E-Mail-Adresse wies darauf hin, dass er für die chinesische Regierung arbeitete. Dennoch, falls Hollander sie vom Arbeitsplatz aus geschickt hatte, selbst wenn sie ihr privates E-Mail-Konto verwendet hatte, dann gab es wahrscheinlich eine Aufzeichnung davon auf dem Computer-System von Delcroft, und, da war ich mir sicher, Stokes versuchte ebenfalls, sie zu entschlüsseln. Aber Stokes hatte nicht das, was ich hatte, und zwar die Korrespondenz zwischen Parks und Gao. Was das, was ich hatte, noch wertvoller machte. Tatsächlich könnte ich jetzt, da Parks tot war, die einzige Person sein, die die ganze Geschichte hatte.

Jetzt wusste ich, weshalb Hollander verzweifelt versucht hatte, Parks' USB-Stick zu bekommen. Und Stokes ebenfalls, auch wenn sich die beiden anscheinend nicht leiden konnten. Hollander musste den Stick zerstören, und Stokes – na ja, ich war mir nicht sicher, was er mit den E-Mails tun wollte, aber er konnte nichts unternehmen, bis er sie in seinem Besitz hatte. Die Ungeheuerlichkeit dessen, was ich da in Händen hielt, überwältigte mich, und ich stieß zittrig den Atem aus. Es hätte genauso gut eine riesige Zielscheibe auf meinem Rücken angebracht werden können. Ich ging ins Bad, schluckte eine Xanax und versuchte herauszufinden, was ich tun sollte.

Kapitel 52

Donnerstag

Ich schaute auf die Uhr, es war fast Mittag. Wo auch immer Luke war, er würde bald zurück sein. Bevor er mich zu etwas anderem überreden konnte, legte ich die Papiere wieder in den Umschlag, sprang in mein Auto und raste hinüber zu einem Ort, den wir Kinko's nannten. Ich druckte eine Kopie von allem aus, stellte sicher, dass die Seiten sortiert waren, und fuhr hinüber zu meiner Bank, die sich nur ein Stück weiter die Straße hinauf befand. Ich rannte hinein und wartete ungeduldig, bis sie mich zu meinem Schließfach führten, wo ich die Originale verstaute.

Als ich nach Hause kam, stöberte Luke gerade nach Resten im Kühlschrank.

Wir begrüßten uns mit einem Kuss. „Wo bist du gewesen?", fragte ich.

„Ich habe mit Grizzly gesprochen. Ich muss etwas mit dir besprechen."

„Ich muss mit dir auch etwas besprechen."

Er neigte den Kopf zur Seite und schloss die Kühlschranktür. „Okay. Du zuerst."

„Setz dich." Das tat er. „Dolan hat die Verschlüsselung auf dem Stick geknackt."

Er beugte sich vor und legte die Hände aneinander. „Und?"

„Schau es dir an!" Ich fischte die Kopien aus meiner Tasche. „Lass dir Zeit."

Während er zu lesen anfing, ging ich zum Kühlschrank und holte ein Eistee heraus, dann kam ich zurück zum Tisch und wartete. Er sagte nichts, und auf seinem Gesicht zeichnete sich dieser leicht finsteren Ausdruck intensiver Konzentration ab. Gelegentlich zog er die Augenbrauen hoch, und einmal schaute er mich staunend an. Schließlich kam er zum letzten Stapel, der auf Chinesisch geschrieben war.

„Das ist ja unglaublich!"

Ich nickte. „Aber das ist nur ein Teil davon."

„Was willst du damit sagen, Ellie?"

„Sollen wir einen kurzen Ausflug machen?"

„Da sind Sie ja schon wieder", sagte Melissa, als wir die Bibliothek betraten.

„Wir können einfach nicht anders", gab ich zurück. „Als Perle Mesta des Deweyschen Dezimalsystems schmeißen Sie eine Wahnsinns-Party."

„Wie erfreulich", sagte sie. „Leider ist sie schon seit mehr als vierzig Jahren tot." Sie bedeutete uns, zu den Computern zu gehen.

Wir meldeten uns an und setzten uns an einen der Rechner. Ich ging sofort online, um die Artikel und Videos zu googeln, die ich gestern angeschaut hatte. Das Video des Autos, das in Peking explodierte, war da, aber es war viel kürzer. Im Verlauf des Videos war ein deutlicher Bildsprung zu sehen. Erst fuhr das Auto; dann brannte es plötzlich. Jemand hatte es bearbeitet! Ich versuchte, mich zu erinnern, was noch zu sehen gewesen war, als ich es gestern angeschaut hatte. Ich glaube, es war ein Schild, das Peking als den Schauplatz identifizierte.

Ich runzelte die Stirn. „Irgendetwas stimmt nicht."

„Was?", fragte Luke.

„Dieses Video wurde bearbeitet, seit ich es gestern angesehen habe. Gestern konnte ich erkennen, dass sich das explodierende Auto in Peking befand. Heute ist nicht zu erkennen, wo die Explosion stattfindet. Siehst Du den Bildsprung?" Ich ließ das Video nochmal ablaufen, damit Luke es sehen konnte.

Luke strich sich über den Bart. „Bist du dir sicher?"

„Ich bin mir sicher." Dann suchte ich nach dem Video, auf dem das SWAT-Team den Kontrollpunkt irgendwo in China umstellte. Es war überhaupt nicht mehr da. An der Stelle stand nun eine freundliche Meldung: „Es tut uns leid, aber dieses Video wurde von den Rechteinhabern entfernt."

„Was ist da los?", fragte ich.

„Du bist die Video-Expertin."

Ich massierte meinen Nacken, dann zeigte ich auf ihn. „Komm mit."

Luke stand auf und folgte mir hinaus. Wir setzten uns auf die hüfthohe Mauer, die den Parkplatz umgab. Ich senkte meine Stimme.

„Es gibt etwas, das du wissen musst."

Ich erzählte ihm von meinem Treffen mit Grace Qasimi und davon, was sie mir über Parks und die Uiguren erzählt hatte. Dass Parks ein Doppelagent gewesen sei.

Lukes Augen verengten sich. „Die Uiguren ... sind das nicht die Muslime in China?"

„Genau. Du erinnerst dich an das Auto, das in Flammen aufgeht? Die chinesische Regierung behauptet, die Uiguren seien Terroristen. Das brennende Auto soll ein terroristischer Akt gewesen sein."

„Aber?"

„Grace sagt, die Uiguren seien keine Terroristen. Sie seien Opfer religiöser Verfolgung."

„Wie die Palästinenser."

Ich verspannte mich. Wir hatten schon viele Gespräche über Israel und Palästina geführt. Natürlich nicht, wenn Dad dabei war – er trug seine politische Einstellung auf der Zunge. Wie sich herausstellte, hatte Luke mehr Sympathie für die palästinensische Situation. Ich konnte beide Seiten des Problems verstehen, aber da ich Jüdin bin, halte ich mich normalerweise aus diesem politischen Minenfeld heraus.

„Lass uns einfach bei den Uiguren bleiben, okay?"

Wir gingen wieder hinein und an den Bibliothekscomputer. Ich klickte auf einige der Artikel, die ich am Tag zuvor gelesen hatte. Die zwei oder drei Artikel, die China gegenüber am kritischsten gewesen waren, waren jetzt mit diesen ‚404'-Fehlermeldungen versehen, was bedeutete, dass der Link unterbrochen und der Artikel nicht mehr verfügbar war.

Kapitel 53

Donnerstag

„Einige der Artikel und Videos sind nicht mehr da", flüsterte ich überrascht.

„Bist du sicher?"

„Ich bin sicher. Jemand muss sie in den letzten 24 Stunden entfernt haben."

Er warf mir einen ungläubigen Blick zu. „Komm schon, Ellie! Willst du damit sagen, dass sie weg sind, weil du sie angesehen hast?"

„Ich weiß es nicht. Ich weiß nur, dass sie gestern noch da waren." Ich klickte auf Wikipedia und fing an zu lesen. „Mein Gott! Da stand ein ganzer Absatz über vermeintliche Diskriminierung der Uiguren durch die Chinesen. Der ist auch weg." Ich drehte mich zu ihm um. „Ich schwöre bei Gott, dass dieser Artikel gestern noch da war. Melissa kann für mich bürgen. Ich habe ihr davon erzählt."

Luke drehte sich um und schaute zu Melissa, die ihm kurz zuwinkte. Dann drehte er sich wieder zum Bildschirm und las den Artikel durch. Als er fertig war, lehnte er sich zurück. „Also. Eine Fremde lässt dich durch ganz North Shore rennen. Du triffst dich mit ihr, und sie erzählt dir, Parks wäre ein Doppelagent gewesen und hätte für die Uiguren gearbeitet. Dann füllt sie deinen Kopf mit Bockmist über Diskriminierung und Leiden, und du kommst in die Bibliothek, um ihre Geschichte zu prüfen."

Ich nickte.

„Gestern schien das alles wahr zu sein. Aber jetzt sind Teile der ‚Beweise' verschwunden."

„Das hört sich so an, als würdest du mir nicht glauben."

„Ich weiß nicht, was ich denken soll. Jeder kann einen Wikipedia-Artikel verändern. Wann immer er will."

„Ich weiß."

„Also, wer hat den Artikel verändert? Und warum ausgerechnet jetzt?"

„Jeder weiß, dass die Chinesen die besten Hacker der Welt sind", sagte ich leise. Das war nicht gerade meine beste Antwort des Tages gewesen. „Neben den Russen", fügte ich hinzu.

„Es braucht keinen Hacker, um einen Wikipedia-Artikel abzuändern", sagte er. „Die Frau, mit der du dich gestern getroffen hast, könnte es selbst getan haben."

„Aber warum? Grace möchte, dass die Welt von der Notlage der Uiguren erfährt."

„Vielleicht auch nicht."

„Nein. Das kaufe ich dir nicht ab."

„Warum nicht? Wir wissen immer noch nicht, wer am verdächtigsten ist. Hollander, Delcroft, Parks, die uigurische Frau, der CIA-Typ –"

„Stokes."

„Wer auch immer. Jeder von ihnen verfolgt einen bestimmten Plan", fuhr er fort. „Und durch deine Fragerei, das Reden mit all den Leuten und besonders durch das Entschlüsseln dieses USB-Sticks bringst du deren Pläne durcheinander." Er tippte sich mit dem Finger auf die Lippe. „Selbst wenn die Diskriminierungsbehauptung der Uiguren wahr ist, ist das kein Staatsgeheimnis", fuhr Luke fort. „Es ist ebenfalls kein Geheimnis, dass die Chinesen und die USA zusammenarbeiten, um Terrorismus in diesem Teil der Welt zu bekämpfen."

„Also glaubst du, die Chinesen hatten etwas mit dieser … dieser Desinformation zu tun?"

„Ellie, ich weiß nicht, wer dahintersteckt, und es ist mir auch egal. Aber du bist mir nicht egal. Und Rachel auch nicht." Er hielt inne. „In der Zwischenzeit wird dieser Morast tiefer und tiefer, deshalb werden wir für eine Weile verschwinden."

„Was … und die Sache mit dem USB-Stick nicht zu Ende bringen? Aber das müssen wir."

„Nein, das müssen wir nicht! Oder sollte ich sagen, *du* musst das nicht. Glaub mir, wenn Dolan die Entschlüsselung geschafft hat, dann wird Delcroft das auch tun."

„Aber ich bin die Einzige, die die gesamte Kommunikationskette hat. Von beiden Seiten."

„Glaubst du nicht, dass Delcroft oder sonst jemand auch Parks' E-Mails gehackt hat?"

Ich sagte nichts. Das war ein gutes Argument.

„Aber okay. Nehmen wir einmal an, du hast recht und der USB-Stick ist der einzige Beweis für Hollanders Hochverrat. Was, denkst du, wird Delcroft tun, wenn sie herausfinden, dass ihre Chef-Ingenieurin sie betrogen hat? Denkst du, dass sie dir dafür danken und dir eine Medaille überreichen werden?"

„Luke …" Mein Ton wurde lauter. Melissa warf mir einen Blick zu und hielt einen Finger vor ihre Lippen.

„Glaubst du auch nur für eine Nanosekunde, dass sie das an die Öffentlichkeit gelangen lassen werden?"

Ich blinzelte.

Luke sprach weiter. „Wer auch immer hinter dieser Sache steckt, wird es vertuschen wollen. Er wird sicherstellen wollen, dass nichts ans Licht kommt. Und was, glaubst du, werden Sie mit dem Boten machen, der ihnen den Beweis gebracht hat?"

Ich musste wieder an die Zielscheibe auf meinem Rücken denken. Sie wurde größer. „Ich kann nicht für immer untertauchen."

„Stimmt. Deshalb war ich heute Morgen bei Grizzly."

„Wozu? Wie kann er uns helfen?"

„Herumstochern, erst einmal. Herausfinden, wer die Schlüsselfiguren sind. Besonders dieses Arschloch, Stokes. Was ein weiterer Grund ist, warum wir verschwinden."

Ich gab nach. „Du hast recht."

„Gut. Wir werden rauf nach Lake Geneva fahren. Rachel nehmen wir mit."

Trotz der Situation lächelte ich. „Sie wird begeistert sein. Dann kann sie jeden Tag in der Wellness-Einrichtung der Abbey verbringen. Aber was ist mit Dad?"

„Die Sicherheitsmaßnahmen in seinem Heim sind ziemlich gut. Er wird in Sicherheit sein."

Das stimmte. Mit den Gittern an den Türen und Fenstern und einem Sicherheitsmann rund um die Uhr erinnert es mich eher an ein Gefängnis als an ein Heim für betreutes Wohnen.

„Dann werden wir zur Hütte am Star Lake fliegen", sagte Luke.

In der Hütte am Star Lake haben Luke und ich uns verliebt. Oder sollte ich besser sagen, es war der Ort, an dem Luke sich erlaubt hatte, mich zu lieben. Wir achten darauf, dass wir alle paar Monate dorthin fahren. Er beugte sich zu mir und umfasste mein Kinn. „Okay, Schatz? Du weißt, ich versuche nur, dich zu beschützen."

Ich nickte. „Aber glaubst du, dass die Hütte eine gute Idee ist? Dort oben gibt es kein Mobilnetz und auch keinen Internetempfang."

„Genau deswegen fahren wir dorthin."

Kapitel 54

Donnerstag

Wieder zu Hause rief ich Rachel bei der Arbeit an.

„Fantastisch!“, sprudelte es aus ihr heraus. „Ich kann in die Abbey gehen!“

„Tut mir leid, aber wir werden nicht lange dort bleiben.“

„Sag mir nicht, wir fahren in diese Hütte, mitten im Nirgendwo!“

Ich entschied mich, einen Streit zu vermeiden. Außerdem wollte ich nicht am Telefon über den Standort der Hütte sprechen. Obwohl ich eigentlich eine ziemlich gute Verschlüsselung haben sollte, man wusste ja nie. „Ich werde es dir sagen, wenn ich dich sehe. Wie schnell kannst du hier sein?“

„Ich arbeite bis fünf.“

„Du musst früher herkommen.“

„Warum? Was ist los?“

„Rachel, ich kann am Telefon nicht darüber sprechen. Sei bitte um drei hier. Spätestens.“

„Was erzähle ich meiner Chefin?“

Ihre Chefin, Betsy McNair, war eine geradlinige Frau um die

Fünfzig. Sie liebte Rachel; mich dafür weniger. „Erfinde irgendetwas. Sag ihr, deine Mutter hat einen Zusammenbruch und braucht dich."

„Das habe ich ihr letztes Mal schon erzählt."

Ich rollte mit den Augen. „Dir wird schon etwas einfallen."

„Wie lange werden wir weg sein?"

„Bring genug Klamotten für eine Woche mit! Hör mal, ich muss auflegen. Wir sehen uns nachher."

———

Nicht alles daran war schlecht, dachte ich, als ich meinen Koffer packte. Der Tag, eines von Chicagos späten Wintergeschenken, war frisch und klar. Sonnenschein glitzerte durch die kahlen Äste und glänzte auf Metall wie Feuerzeuge bei einem Rock-Konzert. Die Fahrt hinauf wäre kurz, und wären wir erst einmal angekommen, hätten wir eine Fünf-Sterne-Unterbringung. Luke wohnte in einem Herrenhaus, auf das sogar Thomas Jefferson stolz gewesen wäre, hauptsächlich, weil es eine Nachbildung von Monticello war. Wie es dazu kam, das ist eine lange Geschichte, in die Lukes verstorbener Vater verwickelt war. Es gibt nur neun Schlafzimmer, die meisten mit angrenzendem Bad, sowie ein Dutzend andere Räume, die Küche nicht mit eingerechnet, aber wir nehmen damit Vorlieb.

Während wir auf Rachel warteten, sagte Luke: „Jetzt bin ich dran mit Reden. Grizzly und ich haben heute Morgen über etwas diskutiert."

„Okay."

Er setzte sich auf die Couch im Wohnzimmer und klopfte auf den Platz neben sich. Ich setzte mich. „Vor einigen Monaten wurden einige Chinesen hier in den USA wegen Diebstahls von Mikroelektronik-Plänen aus Silicon Valley angeklagt."

„Und?" Ich zog das Wort in die Länge, weil ich mich fragte, worauf er hinauswollte.

„Und ein Jahr zuvor hat das Justizministerium fünf weitere Chinesen wegen Hackens amerikanischer Unternehmen und dem Diebstahl von bestimmten Technologien angeklagt."

Ich kratzte mich an der Wange. „Was willst du damit sagen?"

„Das, was wir dank Hollander vor uns haben, ist nicht genau das Gleiche. Falls sie wirklich das System an die Chinesen verkauft hat, ist das, was Hollander getan hat, ein Fall von Insider-Diebstahl und kein Hacken."

„Ich verstehe es immer noch nicht. Beides sind Verbrechen."

„Wenn die Regierung versucht, Hacker zu jagen, seien es Chinesen, Russen oder wer auch immer, dann hat sie nicht viel Erfolg damit. Hacker-Angriffe sind kaum bis zu bestimmten Personen nachzuverfolgen, und es ist schwierig, jemanden außerhalb der USA dafür zu verhaften oder auch nur vorzuladen. Da wird es echt kompliziert."

Ich neigte meinen Kopf zur Seite. „Was bedeutet …"

„Was bedeutet, falls sie geschnappt wird, könnte es sein, dass Hollander allein verantwortlich gemacht wird, von der kriminalistischen Seite aus gesehen."

„Du meinst, die Chinesen gehen einfach munter ihres Weges und bauen das Gegendrohnen-System trotzdem?"

„Richtig. Sie werden ihr so viel Schuld zuschieben, wie sie können, anstatt politische Konsequenzen zu riskieren."

Ich ließ mir das durch den Kopf gehen. „Hollander ist keine Idiotin. Sie muss gewusst haben, dass dieses Risiko besteht."

„Wir werden nicht schlau daraus. Warum sollte sie damit weitermachen, wenn sie wüsste, dass sie der Sündenbock wäre?"

„Ich habe keine Ahnung, Luke."

„Du hast ein paar Drinks mit ihr getrunken. Wie hat sie da auf dich gewirkt?"

Ich dachte zurück an unser Treffen im Happ Inn. „Eigentlich mochte ich sie irgendwie. Zumindest für eine Weile. Andererseits gibt es immer jemanden, der glaubt, die Regeln gelten nicht für ihn. Hollander passt da ins Bild."

Luke hielt inne. „Tja, wir werden mehr Zeit haben, darüber nachzudenken, wenn wir in der Hütte sind."

„Übrigens, wenn du das nächste Mal mit Grizzly sprichst, kannst du ihn dann etwas fragen?"

„Sicher."

„Kannst du ihn nach US-Drohnenangriffen im Uiguren-Gebiet fragen? Wie oft die vorkommen? Du erinnerst dich an diesen Artikel in der Bibliothek?"

„Ich werde Griz fragen, aber vergiss nicht, dass Drohnenangriffe einer der wenigen Bereiche sind, bei denen China und die USA miteinander kooperieren können. Sogar Russland kann da mitmischen. Lieber Bomben auf die Uiguren abwerfen als auf einander, und die Supermächte können behaupten, sie kämpfen zusammen im Krieg gegen den Terror."

„Das hat Grace auch gesagt. Aber es ist schon interessant. Es gibt keine Erwähnung von Uiguren in einer der Mails zwischen Parks, Gao und Hollander. Alles davon ist nebulös, in Anti-Terror-Sprache formuliert: Frühwarnsysteme, präzise Navigation, die sich auf das Ziel ausrichtet ... Solche Sachen. Jemand hat die hochentwickelten Waffen erwähnt, die von Drogenkartellen benutzt werden. Und es gab sogar einen abfälligen Kommentar über Amazon. Aber nichts über die Uiguren."

„Überrascht dich das?"

„Ich glaube nicht."

Luke schaute auf seine Uhr. „Hey, wo bleibt deine Tochter? Es ist nach drei."

Mir fiel auf, dass Rachel zu ‚meiner Tochter‘ wurde, wenn die Dinge nicht nach Plan liefern.

„Ich werde sie anrufen." Ich gab ihre Handynummer ein. Mein Anruf ging zu ihrer Mailbox. „Vermutlich ist sie unterwegs."

Luke stand auf und begann, auf und ab zu gehen. „Wir müssen los."

Ich ließ ihn einige Augenblicke weiter auf und ab gehen. Dann: „Hör auf! Du machst mich ganz nervös." Ich schaute auf meinem Handy nach der Uhrzeit. „Es ist erst zehn nach. Was ist so dringend?"

„Wir hätten besser gestern schon fahren sollen."

„Was weißt du, das ich nicht weiß?"

„Lass es mich so sagen: Falls Griz die Anrufe macht, von denen ich glaube, dass er sie macht, dann kann es ganz schön heiß werden."

„Wunderbar." Ich rief Rachel nochmal mit meinem Handy an. Wieder erreichte ich nur die Mailbox.

Angst war ansteckend und jetzt fing ich selber an, mir Sorgen zu machen. Um meine Nerven zu beruhigen, schaltete ich die Nachrichten ein. Der Mann, der den Wetterbericht bringt, hatte gerade erzählt, dass es klar, aber der Jahreszeit entsprechend kalt werden würde, als ihn einer der Nachrichtensprecher unterbrach.

„Wir haben eine Eilmeldung. Gerade wurde berichtet, dass eine junge Frau bei einem Autounfall ums Leben gekommen ist" – ich sog panisch die Luft ein: Rachel? – „auf dem Eisenhower Expressway." Ich sackte vor Erleichterung zusammen. I-290, oder der Eisenhower oder Ike, wie wir ihn nannten, führt vom Westen in die Innenstadt von Chicago. Rachel würde die Edens nehmen, und die ist weit weg vom Ike.

Im Bericht gab es nun einen Schnitt zur Unfallstelle, die vom Verkehrshubschrauber des Senders gefilmt wurde. Ich schnappte nach Luft. Ein ramponierter grüner Toyota hatte einen Totalschaden erlitten, und Rauch kam aus dem vorderen Teil des Autos. Eine Ambulanz war vor Ort, und der Nachrichtenhubschrauber filmte eine Nahaufnahme eines Körpers in einem Plastiksack auf einer Trage. Ein Staatspolizist aus Illinois, der auf den Highways patrouillierten, sprach mit einem Reporter.

Die Szene wurde geschnitten zu einer Kamera am Boden, in die eine Reporterin hineinsprach. „Das Opfer, das als Grace Qasimi identifiziert wurde, wurde noch an der Unfallstelle für tot erklärt. Obwohl es noch zu früh ist, um genau sagen zu können, was passiert ist, glauben die Behörden, dass die Lenkung ausgefallen sein könnte und die Fahrerin frontal in die Leitplanke gerast ist."

„Oh Gott!" Eine Welle der Übelkeit stieg in mir hoch und blieb in meiner Kehle stecken. „Luke! Hast du das gehört?" Ich bedeckte den Mund mit meiner Hand.

Luke eilte ins Wohnzimmer. „Was ist los? Ist es Rachel?"

Ich konnte kaum den Kopf schütteln. „Es ist Grace Qasimi. Gregory Parks' Freundin." Ich deutete auf den Fernseher.

Luke starrte auf den Bildschirm. „Oh Gott!"

„Was ist da passiert, Luke? Ich kann nicht glauben, dass das ein Unfall war."

Luke presste die Lippen zusammen. „Das kann ich auch nicht."

„Wer hat das getan?"

Er kam herüber und legte beschützend den Arm um mich. „Ich weiß es nicht."

Ich erinnerte mich an den Mann im Baha'i-Tempel, der uns gefolgt war. War er es gewesen? Wenn ja, für wen arbeitete er? Die Chinesen? Für jemanden von hier? Anscheinend war Grace zu weit gegangen, aber zu weit womit? Wann? Wen hatte sie verärgert? Wem hatte sie gedroht? Ich war verängstigt und ließ mich in Lukes Arme fallen, wir hielten einander fest.

Kapitel 55

Donnerstag

Eine halbe Stunde später quietschten Reifen in der Einfahrt. Rachel war angekommen. Ich stieß erleichtert den Atem aus, wobei ich erst jetzt merkte, dass ich ihn angehalten hatte. Luke ging es genauso. Ich nahm mich zusammen und traf meine Tochter unten in der Garage.

Den typischen Geruch einer Garage hatte ich schon immer gemocht. Ob es die Überreste der Benzindämpfe sind oder deren Eindringen in die Betonmauern, der Geruch ist einzigartig. Fast süchtig machend. Wahrscheinlich auch wahnsinnig giftig. Nach den Nachrichten über Grace jedoch, konnte ich all das nicht wirklich würdigen.

„Tut mir leid, dass ich spät dran bin", sagte Rachel. „Ich musste für Betsy noch einen Kunden zu Ende bedienen und konnte erst dann Feierabend machen – ich weiß nicht einmal, was ich eingepackt habe."

„Luke wird sich freuen, dass du endlich da bist."

Sie neigte den Kopf zur Seite. „Was ist los, Mom?"

„Es ist kompliziert. Es hat mit diesem Video für Delcroft zu tun, das ich nicht fertig produziert habe.“

„Laufen wir davon?“, fragte sie grinsend. „Und verstecken uns in einem Loch in der Wand?“

„Eigentlich versuchen wir, von den bösen Jungs wegzukommen.“

„Verdammte Scheiße! Wirklich? Wie cool! Ich kann es nicht erwarten, das zu erzählen –“

„Ähm … Du wirst es niemandem erzählen. Keinem Einzigen. Im Ernst. Es könnte um Leben und Tod gehen.“

Rachels Lächeln verschwand. „Jetzt machst du mir Angst.“

Ich umarmte sie schnell. „Entschuldige. Dafür gibt es keinen Anlass. Es wird nichts Schlimmes passieren.“

Luke kam die Treppe heruntergepoltert. „Gut, Rachel. Ich bin froh, dass du hier bist.“ Er schien sich ebenfalls beruhigt zu haben und wandte sich mir zu. „Ich habe nachgedacht. Wir sollten zwei Autos nehmen. Das wird sicherer sein.“

„Sicherer?“, riefen Rachel und ich gleichzeitig. Sorge breitete sich über dem Gesicht meiner Tochter aus.

„Ähm, nun, das war vielleicht das falsche Wort“, ruderte Luke zurück. „Praktischer. Es wird praktischer sein.“ Gedankenverloren strich er sich mit der Hand über die Stirn. „Ich werde den Pick-up nehmen. Du und Rachel, ihr folgt in dem Camry. Wir werden in Lake Geneva zu Abend essen und morgen früh zur Hütte fliegen.“ Er öffnete das Garagentor und ging zum Pick-up-Truck. „Vergesst nicht, eure Handys abzuschalten!“

„Wirklich?“, sagte Rachel. „Ich kann nicht einmal meine Musik hören?“

„Nein. Und das ist auch nicht verhandelbar.“ Sein Ton war kurz angebunden. „Warum gibst du mir dein Handy eigentlich nicht gleich?“

Rachel war eingeschnappt. „Ich kann es schon selbst abschalten.“

„Rachel, du kannst das Telefon nicht nur auf Flugmodus umstellen und Musik hören. Es gibt immer noch ein Signal ab“, sagte ich.

„Ich weiß.“

Luke schaute mich an, als wollte er fragen: „Schafft sie das?"

Aber Rachel überraschte uns beide und übergab Luke ihr Mobiltelefon. Und ich dachte, ich kenne meine Tochter. Was hatte sie vor? Oder, Wunder über Wunder, war sie endlich reif genug, den Ernst unserer Lage zu erkennen? Jedenfalls lächelte ich. „Problem gelöst."

„Du auch, Ellie."

„Ich hab's verstanden. Ruf nur im Notfall an!"

Luke schüttelte den Kopf. „Das wird nichts helfen. Ich werde meines nämlich auch ausschalten. Aber es ist nur eine Fahrt von einer Stunde."

Kapitel 56

Donnerstag

Als wir losfuhren, war es fast vier Uhr nachmittags, und die Sonne wanderte langsam Richtung Westen. Luke blieb auch vor uns, als wir auf die Edens abbogen. Eine Zeit lang folgte ich ihm artig. Ich beschleunigte, bremste und wechselte die Spur, wenn er es tat. Nach ungefähr zwanzig Minuten jedoch begann ich mich zu entspannen und ließ einige Autolängen Abstand zwischen uns.

„Ich denke, es ist alles gut", sagte ich. „Mach dir keine Sorgen."

Rachel und ich sangen Camp-Lieder. Dann erzählten wir einander Witze. Dann hatten wir tatsächlich eine Unterhaltung wie unter Erwachsenen. Sie und Q waren definitiv ein Paar, darüber schien sie genauso überrascht zu sein wie ich. Trotzdem konnte ich sehen, wie glücklich sie war. Dann fiel mir etwas ein.

„Hast du ihm gesagt, dass du wegfährst?"

Rachel kauerte sich tiefer in den Beifahrersitz. Sie schaute mir nicht direkt in die Augen.

„Du hast ihm eine SMS geschrieben, oder?"

„Mom, das musste ich. Wir hatten Pläne für heute Abend."

„Ich wünschte, das hättest du nicht getan."

„Ich habe ihm nicht gesagt, dass wir zur Hütte fahren. Was mich an etwas erinnert. Muss ich unbedingt mit euch mit?"

Plötzlich war sie wieder ein kleines Mädchen, das nicht zum Arzt gehen wollte, weil sie dort eine Spritze bekommen könnte. „Ich meine, ich bin in nichts von alldem verwickelt. Und es ist langweilig. Kann ich in Lake Geneva bleiben? Bitte?"

„Damit du zur Abbey gehen und Q herkommen lassen kannst? Netter Versuch."

Sie warf mir einen vernichtenden Blick zu und starrte dann aus dem Fenster. Die Sonne stand noch über dem Horizont, die Tage wurden länger. Das schien ein vielversprechendes Omen zu sein.

Ich hielt Ausschau, wo Luke war. Er war einige Autolängen vor uns auf der linken Spur. Ich wechselte die Spuren und beschleunigte. Bald fuhr ich fast hundertdreißig. Mein Vater sagt, ich habe einen Bleifuß; zu meiner Verteidigung muss ich sagen, dass ich glaube, es ist Zeit- und Raumverschwendung, den Highway nicht so schnell wie möglich entlang zu rasen.

Als wir noch einige Meilen von der Abfahrt nach Lake Geneva entfernt waren, hatten die Wolken, die uns schon den ganzen Tag begleitet hatten, eine pink- und goldfarbene Schattierung angenommen, und der Himmel bekam diesen wunderschönen violetten Ton, den die Abenddämmerung mit sich brachte.

Ich dachte darüber nach, selbst Abendessen zu kochen, beschloss aber dann, dass wir ins Restaurant von Jimmy Saclarides' Familie gehen sollten. Seine Mutter und seine Tante führten das Restaurant, und ihr preisgünstiges griechisches Essen wurde in wahnsinnig großen Portionen serviert. Ich fing an, von Spinat und Feta Spanakopita zu träumen und von der Fischpaste, die wie salziger Kaviar schmeckt, dessen Namen ich mir aber nie merken kann. Und Lamm: gebraten oder am Spieß und mariniert mit Zitrone, Rosmarin und allem Möglichen. Mir lief das Wasser im Munde zusammen. Ich würde sogar alle einladen.

Ich hielt wieder nach Luke Ausschau, sah ihn aber nicht. Er raste wahrscheinlich schon die Route 50 hinunter. Ich schaute in den Rückspiegel. Etwa eine Meile hinter mir war ein Auto mit blinkenden Lichtern auf dem Dach. Die Staatspolizei von Illinois.

Wenn es um Strafzettel wegen Geschwindigkeitsüberschreitung ging, waren sie genauso schlimm wie die Cops in meinem Wohnort. Ich war schon mehr als einmal angehalten worden, also musste ich langsamer fahren.

Ich schaute hinüber zu Rachel. Sie schlief. Offenbar war sie total fertig. Ich starrte weiter in den Rückspiegel. Die rot und blau blinkenden Lichter holten auf. Anscheinend suchten die Cops nicht nach Rasern, sondern hatten eine bestimmte Mission. Ich wechselte die Spur, um sie überholen zu lassen, und stellte sicher, dass ich nicht über hundert fuhr.

Aber der Streifenwagen wechselte ebenfalls die Spur und setzte sich genau hinter meinen Camry. Das blendende Scheinwerferlicht machte das Erkennen des Fahrzeugs selbst schwer, aber ich konnte die Silhouette eines Mannes am Steuer sehen, und es sah so aus, als trüge er diesen einzigartigen, breitkrempigen Hut eines State Troopers. Einen Kalabreser.

Erst als ich das Knistern des Mikrofons, gefolgt von einem lautstarken Befehl hörte, zog sich mein Magen zusammen.

„Camry mit Illinoiser Kennzeichen, fahren Sie rechts ran! Sofort!"

Rachel wachte auf, streckte sich und schaute in den Beifahrer-Seitenspiegel.

„Was ist los, Mom?"

„Ich war zu schnell, verdammt."

Sie drehte sich um und ich schaute nochmal in den Rückspiegel. Der Streifenwagen war nur etwa fünfzehn Meter hinter uns. Die blinkenden Lichter ließen das Auto und seine Insassen immer noch nicht genau erkennen.

„Mom, das sieht nicht wie ein Polizeiauto aus."

„Was willst du damit sagen, Rachel?"

„Dreh dich nicht um, aber es sieht eher wie ein normales Auto aus, außer dass es Lichter auf dem Dach hat."

„Aber sie haben dieses Lautsprecher-Ding, und sie haben mir gerade befohlen, rechts ranzufahren. Das müssen Offizielle sein."

„Ich weiß nicht recht", sagte Rachel. „Vielleicht sollten wir das nicht tun."

„Wir müssen."

„Erinnerst du dich nicht an all die Warnungen in den Nachrichten über falsche Cops und die Tatsache, dass Frauen nicht anhalten sollten, wenn sie alleine auf der Straße unterwegs sind und es dunkel ist? Auch wenn die ein rotierendes Licht haben?"

„Zunächst einmal ist es nicht dunkel. Noch nicht. Zweitens, wir sind nicht alleine unterwegs. Und drittens, seit wann schaust du dir Nachrichten an?"

Sie schüttelte genervt den Kopf.

Wieder ertönte die Stimme aus den Lautsprechern: „Fahren Sie rechts ran! Staatspolizei."

Ich schaute hinüber zu Rachel. „Siehst du?"

Rachel seufzte. Sie hatte nicht ganz Unrecht. Aber ich auch nicht. Selbst wenn sie nicht in einem Streifenwagen saßen, waren sie doch im Amt; vielleicht verdeckte Ermittler. Und es war nicht dunkel; es dämmerte. Und Luke war – nun, er war nicht in Sicht. Ich hatte keine Wahl. Vor den Cops, den Bundesbehörden – oder wer auch immer die waren – davonzulaufen, wäre eine schlechte Idee. Ich verlangsamte mein Tempo und hielt schließlich auf dem Seitenstreifen an.

Das Fahrzeug hinter uns tat es mir gleich. Was als Nächstes passierte, geschah in einem solchen Tempo, dass ich das Gefühl hatte, alles würde im Zeitraffer ablaufen, weil wir in eine Zeitmaschine geraten waren. In dem Moment, als ich auf dem Seitenstreifen anhielt, fuhr das Polizeifahrzeug an mir vorbei und setzte sich vor den Camry, sodass ich eingekeilt war und keine Möglichkeit mehr hatte, mich wieder in den Verkehr einzureihen. Dann ersetzte ein zweites Auto, das ich vorher nicht bemerkt hatte, das Polizeifahrzeug hinter uns. Drei Männer, einschließlich des Fahrers, sprangen aus diesem Auto. Aus dem Auto vor uns stiegen zwei Männer aus. Zu spät wurde mir klar, dass das ‚Polizeifahrzeug' doch kein Polizeifahrzeug war. Es war nur eine viertürige Limousine. Und keiner der Insassen der Limousine trug die khakifarbene Uniform eines State Troopers. Abgesehen von dem State-Trooper-Hut auf dem Kopf des Fahrers, trugen sie Jeans, Sweatshirts und Parkas. Rachel hatte recht gehabt.

Ich riss am Lenkrad und ließ den Motor aufheulen, beim Versuch, zurück auf den Highway zu kommen, aber sie hatten mich eingekeilt. Der vorbeifahrende Verkehr verlangsamte sich, aber niemand hielt an; die dachten wahrscheinlich, wie ich es auch getan hätte, dass sie das nichts anging. Ich überlegte mir, trotzdem das Fenster hinunterzudrehen und um Hilfe zu schreien, aber ich hatte keine Zeit dafür. Ich rief Rachel zu, sie solle mein Mobiltelefon suchen und die Polizei anrufen.

Während sie meine Tasche durchsuchte, fing einer der Männer an, auf Rachels Seite ans Fenster zu hämmern, und bedeutete uns, es herunterzulassen. Ich schüttelte den Kopf. Er zog etwas aus seiner Tasche – eine Pistole – und zielte damit durch das Fenster auf Rachel. Ich erstarrte. Wieder bedeutete er mir, die Fenster zu öffnen. Dieses Mal tat ich es.

Ein zweiter Mann erschien auf Rachels Seite des Camry und wedelte mit einer zweiten Pistole herum. Er ging zum Rückfenster und feuerte einen Schuss ins Glas. Es zerbarst – Glasscherben und Glassplitter wurden über den Rücksitz geschleudert.

„Duck dich!", schrie ich Rachel zu.

Das tat sie, aber der Mann hinten konnte durch das Fenster greifen und riss an ihren Haaren.

„Entriegeln Sie die Türen!", befahl er.

„Nein. Ich rufe die Polizei!"

„Mom … die tun mir weh!", schrie Rachel mit panischem Wimmern.

Plötzlich erschien ein dritter Mann an meinem Fenster, der ebenfalls eine Waffe hatte. Er zielte damit auf mich. Ich entriegelte die Türen. Der Typ neben Rachels Tür öffnete sie, der hintere Mann ließ ihre Haare los, und beide Männer zogen Rachel aus dem Auto. Sie schrie.

Und ich schrie.

„Mama! Mach doch was!"

Aber der Mann auf meiner Seite des Camry kletterte auf den Rücksitz, drückte mich gegen den Sitz und hielt mich im Würgegriff fest. Ich versuchte mich zu befreien, konnte mich aber nicht bewegen.

„Lassen Sie mich los!", versuchte ich zu schreien, aber ich konnte nicht atmen, und die Worte waren selbst für mich nicht zu erkennen.

Mein Ausbruch brachte ihn nur dazu, mich noch energischer in den Sitz pressen. Während er mich eingekeilt hatte, zogen die anderen beiden Rachel in das Auto hinter uns. Erst als sie die Tür zuschlugen, lockerte der Mann, der mich festgehalten hatte, seinen Griff. Er kam herum, nach vorne, öffnete meine Tür und schnappte sich meine Zündschlüssel, bevor er zurück zu dem Auto vor mir rannte, hineinsprang und den Motor aufheulen ließ. Ich sah entsetzt zu, wie beide Autos mit quietschenden Reifen losfuhren und mit meinem kleinen Mädchen davon rasten.

Kapitel 57

Donnerstag

Ich reckte den Hals, um zu sehen, in welche Richtung sie fuhren, aber es wurde jetzt ziemlich schnell dunkel, außerdem herrschte reger Verkehr, sodass ich nicht sagen konnte, welche Rücklichter zu dem Auto gehörten, in dem meine Tochter saß. Es waren erst zehn Sekunden vergangen und schon hatte ich sie aus den Augen verloren.

Panik durchströmte mich und brachte eine tiefe Verzweiflung mit sich, so tief, dass ich den Grund nicht sehen konnte. War das gerade wirklich passiert? Ich lehnte den Kopf gegen das Lenkrad, war wie gelähmt. Eisige Luft pfiff durch den Wagen. Ich wollte die Heizung einschalten, konnte es aber nicht; die Mistkerle hatten meine Schlüssel mitgenommen. An dem Schlüsselbund hingen auch noch mein Hausschlüssel, Rachels Wohnungsschlüssel und der Schlüssel zu Lukes Haus. Ich saß fest.

Luke! Ich musste Luke anrufen! Er würde wissen, was zu tun war. Glücklicherweise war meine Tasche immer noch in den Zwischenraum zwischen den Vordersitzen gestopft – sie hatten genau gewusst, was sie wollten, als sie uns überwältigt hatten, und es war nicht unser Geld. Ich fischte hektisch mein Handy aus der Tasche, wobei ich versuchte, die über die Sitze verteilten Glassplitter zu vermeiden, und schaltete es ein. Mein Standort war jetzt egal; sie hatten offensichtlich gewusst, wo ich war, seit wir das Haus verlassen hatten. Wie? Hatte Rachel versehentlich ihr Handy angeschaltet gelassen? Nein. Sie hatte es Luke gegeben. Gab mein Mobiltelefon doch irgendwie Signale ab? Nein. Ich hatte es gerade erst eingeschaltet. Das würde ich später herausfinden müssen; ich konnte mich jetzt ohnehin nicht konzentrieren. Meine Hände zitterten, während ich Lukes Nummer wählte.

Mein Anruf ging an seine Mailbox. Ich sank niedergeschmettert in mir zusammen. Er hatte sein Mobiltelefon abgeschaltet, so wie er gesagt hatte. Offensichtlich war er noch unterwegs, dachte immer noch, wir seien hinter ihm. Wie konnte meine Welt so schnell auseinandergerissen werden?

„Luke", sagte ich zittrig, „ruf mich sofort zurück! Rachel wurde auf der 94 entführt. Ich – ich weiß nicht, was ich machen soll!"

Nachdem ich aufgelegt hatte, spürte ich, wie mein Magen sich verkrampfte. Diese Arschlöcher mussten jetzt schon in Wisconsin sein. Waren sie dorthin gefahren? Oder würden sie auf einer Nebenstraße umdrehen und nach Illinois zurückfahren? Meine Lähmung weitete sich auf meine geistigen Fähigkeiten aus. Ich wusste nicht, was ich machen sollte, wen ich anrufen sollte.

Die Polizei. Natürlich. Aber welche? Die in meinem Wohnort? Nein, das lag nicht in ihrem Zuständigkeitsbereich. Jimmy Saclarides in Lake Geneva? Hatte ich überhaupt seine Nummer? Ich musste irgendjemanden anrufen. Wenn ich nichts tat, würden die Gangster noch mehr Vorsprung aufbauen können. Dann merkte ich in meinem halb-verrückten Denkprozess, dass es egal war. Ich rief den Notruf 911 an.

Eine Frauenstimme antwortete. „Was für einen Notfall haben Sie?"

„Meine Tochter wurde entführt!", schrie ich. „Auf der Interstate 94. Bitte helfen Sie mir!"

Die Stimme der Frau blieb ruhig. Sogar besänftigend. „Wo sind Sie?"

„Das habe ich Ihnen doch gerade gesagt!", schrie ich. Wie blöde war die denn?

„Wo auf der 94 sind Sie?" Immer noch ruhig. Rational.

„Ich weiß es nicht", schluchzte ich und schaute mich um. Wo zum Teufel war ich? Warte mal! Ich wusste es! „Einige Meilen vor der Staatsgrenze und der Abzweigung nach Lake Geneva. Südlich der Route 50. In Illinois."

„Sehr gut. Warten Sie dort! Hilfe ist unterwegs."

Drei Minuten vergingen. Das wusste ich, weil ich alle paar Sekunden Luke anrief, auflegte und auf die Uhr schaute. Ich fragte mich, ob ich aus dem Auto aussteigen sollte, aber mit dem Einsetzen der Dunkelheit fiel auch die Temperatur. Sogar mit heruntergelassenen Fenstern war es im Innern immer noch wärmer als draußen. Ich erinnerte mich, dass eine Decke im Kofferraum liegen könnte, aber ich hatte keinen Schlüssel, um ihn zu öffnen. Dann fiel mir der Hebel auf der Seite meines Sitzes ein, der den Kofferraum automatisch öffnete. Mein Hirn funktionierte eindeutig nur träge. Ich zog den Hebel, stieg aus und fand die Decke. Ich legte sie um meine Schultern und stieg wieder ins Auto. Der Verkehr floss immer noch langsam, aber niemand hielt an. Zwei weitere unendlich lange Minuten vergingen. Das Zeitraffertempo der Entführung war verflogen; jetzt kroch die Zeit in Super-Zeitlupe vor sich hin.

Die Nacht war hereingebrochen. Ich war alleine auf dem Highway und meine Rachel, mein Liebling, war weg. Wenn ich Rachel nicht hatte, dann hatte ich nichts. Meine Augen wurden feucht. Tränen rannen meine Wangen hinunter, bauten sich zu einem stetigen Strom auf. Mit ihnen kamen erschütternde Schluchzer. Ich vergrub mein Gesicht in den Händen und versuchte nicht einmal, mich zusammenzureißen.

Kapitel 58

Donnerstag

Der erste State Trooper, der ankam, hatte rote Wangen, einen spärlichen blonden Schnurrbart und sah aus, als wäre er kaum sechzehn Jahre alt. Sein Hut war nach hinten gekippt, wie bei einem modernen Lone Ranger. Das meiste seiner Uniform wurde von einer dicken Jacke verdeckt. Er hatte mit blinkendem Suchscheinwerfer hinter mir angehalten, dann stieg er aus und kam auf meine Seite des Autos herübergeschlendert.

„Guten Abend. Darf ich bitte Ihren Führerschein und die Fahrzeugpapiere sehen?"

Ich verlor die Fassung. „Machen Sie Witze? Meine Tochter wurde entführt! Sehen Sie – da ist ihre Handtasche." Ich drehte mich um. „Und ihr Koffer ist hinten im Kofferraum! Das ist keine verdammte Verkehrskontrolle!"

Er unterbrach mich. „Ma'am, bitte beruhigen Sie sich! Ich brauche Ihren Führerschein und die Fahrzeugpapiere."

„Ist Ihnen denn nicht klar, dass wir hier wertvolle Zeit verschwenden? Sie sind Richtung Norden gefahren, aber keine Ahnung, sie

könnten genauso gut umgedreht haben. Bitte … glauben Sie mir!"
Ich gestikulierte wild mit den Händen. Eine dringliche Energie baute
sich in mir auf, eine Energie, die kein Ventil hatte.

Sein Ton wurde kurz angebunden. „Ma'am. Ich verstehe Ihre
Notlage. Aber bevor wir weitermachen, muss ich nachprüfen, dass
Sie diejenige sind, die Sie behaupten zu sein."

Ich hörte Lukes Stimme in meinem Kopf, die mir sagte, ich solle
mich beruhigen und dem nachkommen. Dass es unklug wäre, einen
schlechten Start mit den Behörden hinzulegen, obwohl dieses
Milchgesicht für mich kaum dazugehörte. Ich wühlte im Handschuhfach, zog die Fahrzeugpapiere heraus und gab sie ihm,
zusammen mit meinem Führerschein. „Bitte beeilen Sie sich! Es
geht um meine Tochter."

Er nickte und ging zurück zu seinem Streifenwagen.

Ich begann zu zittern. Der Verkehr war weniger geworden.
Entgegenkommende Scheinwerfer blitzten in der Dunkelheit auf,
aber sie sahen aus, als verspotteten sie mich. Wenigstens gab es
keinen Schnee. Wo war Luke? Warum hatte er nicht angerufen?
Und noch wichtiger, wo war Rachel?

Ich zwang mich, mich zu konzentrieren. Man musste kein Genie
sein, um sich auszurechnen, wer dahintersteckte. Stokes hatte seine
Absichten praktisch angekündigt, als wir uns bei Solyst's getroffen
hatten. Er hatte deutlich gemacht, dass er den verdammten USB-
Stick haben wollte und ihn auf jede erdenkliche Weise bekommen
würde. Mein Kind zu entführen, die verabscheuungswürdigste Tat,
die sich eine Mutter vorstellen konnte, war nur eine weitere Einsatz-
taktik von ihm.

Natürlich hatte ich keine Möglichkeit, mit ihm in Verbindung zu
treten. Keine Telefonnummer, keine E-Mail-Adresse. Ich würde
warten müssen, bis er mich kontaktierte. Dann, wann er es wollte.
Gott! Langsam wurden meine Panik und meine Verzweiflung zu
Wut. Er hatte jeden einzelnen Zug inszeniert und er hatte damit
Erfolg gehabt. Irgendwann musste er einen GPS-Tracker am
Camry angebracht haben und mir seither gefolgt sein. Wahrschein-
lich bei Solyst's. Ich erinnerte mich, wie ich ihn für kurze Zeit aus

dem Blickfeld verloren hatte, nachdem er aus seinem Auto ausgestiegen war und bevor er die Bar betreten hatte.

Ich ballte meine Hände immer wieder zu Fäusten. Keinesfalls konnte ich mit einem gewieften Spieler wie Stokes konkurrieren. Ich brauchte jemanden, der sich dem Arschloch gegenüber behaupten konnte. Jemanden, der so gut austeilen wie einstecken konnte. Der nicht zuließ, dass man uns noch mehr mit Füßen trat, als er es ohnehin schon getan hatte. Ich brauchte jemanden, der Rachel finden und sie zurückbringen konnte. Gesund und munter.

Ich starrte auf die entgegenkommenden Autos. Dieser Jemand würde nicht Luke sein. Wenn er davon hörte, würde er an die Decke gehen, und sein unermesslicher Zorn würde sein Urteilsvermögen vernebeln. Vielleicht könnte es Jimmy Saclarides sein – er *war* der Polizeichef von Lake Geneva –, aber vielleicht wäre er nicht die richtige Person, um mit einem arroganten Arsch wie Stokes fertigzuwerden. Ich brauchte jemanden … Mein Kopf zuckte nach oben. Ich wusste, wer der perfekte Kandidat war! Jemand, der fast so arrogant und berechnend war wie Stokes. Ich durchsuchte meine Telefonkontakte, fand den gesuchten Namen und drückte auf Anrufen.

„Das ist der Anschluss von Special-Agent Nick LeJeune …"

„Ist er da?"

„Er ist unterwegs. Wer spricht da?"

„Ellie Foreman. Sagen Sie ihm, er soll mich so schnell wie möglich anrufen! Es handelt sich um einen Notfall."

Kapitel 59

Donnerstag

Bis Milchgesicht, dessen Name, wie ich erfuhr, Chadwick war, zum Auto zurückkam, hatten zwei weitere Streifenwagen auf dem Seitenstreifen angehalten, und der Verkehr auf dem Highway wurde durch Gaffer beeinträchtigt.

Ich stieg aus dem Auto und trat von einem Fuß auf den anderen. Chadwick hatte eine Thermoskanne mit Kaffee dabei, den er mir anbot. Ich sah das als Friedensangebot und nahm ihn dankbar an. Ein Polizist aus dem zweiten Streifenwagen, älter und deutlich höher gestellt als Milchgesicht, stellte sich als Lieutenant Wickham vor und bat mich, genau zu erzählen, was passiert war. Mitten in unserem Verhör meldete sich mein Mobiltelefon. Ich prüfte die Anruferkennung. Endlich! Luke.

„Tut mir leid. Das ist mein Freund. Er weiß es noch nicht."

„Machen Sie es kurz", antwortete Wickham.

Ich nickte.

„Was zur Hölle ist los, Ellie?"

Seine Stimme zu hören, öffnete meinen emotionalen Wasserhahn, und ich wollte losheulen. Aber ich konnte nicht. Ich würde es nicht. Nicht bis – Nein! Ich würde es nicht zulassen, darüber nachzudenken.

„Rachel wurde entführt." Meine Stimme hörte sich zittrig an.

Es entstand eine lange Pause. „Wie?" Unterdrückte Wut klang in seiner Stimme mit.

Während ich ihm die Geschichte erzählte, hörte Wickham mir ebenfalls zu und machte sich gelegentlich Notizen. Versuchte er festzustellen, ob ich irgendetwas ausgelassen hatte?

„Ich bin in zwanzig Minuten da."

„Luke, sie haben mein kleines Mädchen mitgenommen", heulte ich.

„Halte durch, Schatz! Ich bin bald da."

Ich legte auf. Wickham sagte: „Okay, zuerst werden wir eine mögliche Entführungs-Warnung herausgeben. Können Sie Ihre Tochter beschreiben und was sie getragen hat?"

Rachel hatte noch ihre Kleidung von der Arbeit getragen, als wir losgefahren waren. „Jeans, eine dieser Paisley-Retro-Westen, einen Blazer, schwarze Stiefel." Ich fuhr mir mit der Hand durch die Haare und ging auf und ab. „Sie ist ungefähr 1,65 Meter groß. Lockige blonde Haare. Graublaue Augen. Sie ist 25. Schlank …" Ich stoppte abrupt. Was wäre, wenn ich diese Locken nie wiedersehen würde? Diese wunderschönen Augen? Entsetzen raste meine Wirbelsäule hinauf, drohte, mich zu überwältigen. Ich bedeckte den Kopf mit meinen Armen und beugte mich hinunter. Am liebsten würde ich mich auf dem Seitenstreifen des Highways in Embryonalstellung zusammenrollen.

Wickham musste die Zeichen meines Schocks erkannt haben, weil er sanft einen Arm um meine Schultern legte und mich zu einem der Streifenwagen führte.

„Warum setzten Sie sich nicht hier hinein und wärmen sich auf?"

Ich nickte unsicher.

Er nahm sein Funkgerät und fing an, Anweisungen für die Meldung durchzugeben, während ich zitternd und benommen auf dem Rücksitz saß.

Wieder vibrierte mein Telefon. Ich prüfte die eingehende Nummer. LeJeune.

„Was ist passiert, Ellie?"

„Rachel wurde entführt."

„Verdammte Scheiße, *chère*. Wo bist du?"

„Knapp südlich der Staatsgrenze von Wisconsin, glaube ich."

„Was denkst du, wo sie hingefahren sind?"

„Ich weiß es nicht." Irgendwie realisierte ich durch meinen von Panik hervorgerufenen Nebel, was er wirklich fragte. „Sie könnten Richtung Wisconsin fahren. Über die Staatsgrenzen hinaus."

„Ich komme, so schnell ich kann."

———

Eine Stunde später muss es für vorbeikommende Fahrer ausgesehen haben wie eine Stoßstangen-Party auf der I-94. Zusätzlich zu meinem Auto waren drei State Trooper-Streifenwagen, Lukes Pick-up, LeJeunes Spyder und Jimmy Saclarides' Lake-Geneva-Polizei-auto auf dem Seitenstreifen geparkt. Offensichtlich hatte Luke Jimmy angerufen. Ich stieg aus dem Streifenwagen und gesellte mich zu ihnen.

Ich wusste genug über Strafverfolgung, um mir bewusst zu sein, dass es ein Gerangel über die Zuständigkeit des Falles geben könnte. Ich wusste auch, dass man, falls die Entführung über Staatsgrenzen hinweg ging, darauf wetten konnte, dass das FBI einschreiten würde. Um ehrlich zu sein, war ich erleichtert, LeJeune an meiner Seite zu haben. Er war vielleicht von sich eingenommen, aber ich hätte lieber einen erfahrenen FBI-Agenten anstelle von Milchgesicht Chadwick.

Zuerst erklärten sie mein Auto zu einem Tatort. LeJeune und Jimmy beratschlagten sich mit den State Troopern. Jimmy sagte, er könnte Spurensicherer vom Walworth County Sheriff's Department anfordern, aber Wickham unterbrach ihn.

„Chief, das ist sehr nett von Ihnen, aber die Staatspolizei hat ein ausgezeichnetes kriminaltechnisches Labor. Sie sind bereits auf dem Weg."

LeJeune nickte. „Guter Zug, Lieutenant."

„Natürlich", sagte Jimmy. „Das ist viel besser." Dann sagte er, er würde mein Auto zu Luke abschleppen lassen, wenn sie fertig wären.

Ich atmete tief durch. „Oh mein Gott, ich habe vergessen, euch etwas Wichtiges zu sagen!"

Die Polizisten und Luke schauten zu mir.

„Der Fahrer hat so getan, als sei er ein Polizist. Er trug einen Ihrer breitkrempigen Hüte. Und sie hatten Blinklichter und eine Sirene auf dem Auto."

Wickham kniff die Augen zusammen.

„Aber das Auto war kein Streifenwagen. Es war einfach … einfach ein Auto."

Wickham sah seine Notizen auf dem iPad nach. „Sie sagten, es war eine dunkle viertürige Limousine."

„Stimmt. Das mit der Sirene und den Lichtern hatte ich vergessen."

„Ich bin froh, dass Sie sich noch erinnert haben." Er nahm sein Mobiltelefon zur Hand und gab eine Nummer ein. Als er sich einige Schritte von uns entfernt hatte, hörte ich, wie er weitergab, was ich gerade gesagt hatte.

Wieder fing ich an zu zittern. Luke legte seinen Arm um mich. „Es wird alles gut werden", sagte er. „Wir werden sie finden."

Ich nickte ihm geistesabwesend zu.

Wickham kam in dem Moment zurück, als wir das Schlagen der Rotorblätter eines Helikopters hörten.

„Mist", sagte LeJeune. „Verdammte Medien-Aasgeier!" Er drehte sich zu Wickham. „Schauen Sie, im Moment bin ich nur in inoffizieller Funktion hier. Miss Foreman ist eine persönliche Freundin von mir. Aber ich möchte den Dienstweg einhalten und will, dass wir uns darum kümmern. Was meinen Sie dazu?"

Wickham schaute mich an, dann Jimmy und Luke und wieder zurück zu LeJeune. „Ich habe kein Problem damit."

Ich sackte vor Erleichterung zusammen. Am liebsten wäre ich ihm um den Hals gefallen.

Natürlich war LeJeunes Antwort gedämpfter. „Großartig. Wir

werden natürlich mit Ihren Leuten vom Kriminallabor zusammenarbeiten."

Wickham nickte.

„Eine Bitte hätte ich." LeJeune zeigte nach oben. „Können wir wegen dieses Riesenmists hier Stillschweigen bewahren? Ich meine, ich weiß, Sie haben die Warnung herausgegeben, aber den Medien könnten Sie doch sagen, dass *das hier* nur ein Unfall sei und Sie ermitteln."

Die Andeutung eines Lächelns huschte über Wickhams Gesicht. „Kein Problem."

Wenigstens eine Sache lief richtig.

LeJeune schüttelte Wickham die Hand. „Danke, Mann. In der Zwischenzeit, *chère,* gehen du, Luke und ich in die Fernfahrer-Kneipe ein Stück weiter drüben und besorgen dir etwas zu essen."

Kapitel 60

Donnerstag

Zwanzig Minuten später betraten Luke, LeJeune und ich eine Fernfahrer-Kneipe, nicht weit von der ‚Unfallstelle' entfernt. Die Neonlichter waren zu hell und die Country-Musik, die aus den Lautsprechern plärrte, knisterte. Ich konzentrierte mich auf meine Atmung. Ein. Aus. Ein.

LeJeune führte uns in den Restaurantbereich, was eine nette Umschreibung des Dutzends wackliger Tische, Plastikstühle und klebriger Nischen war. Es gab dort nur ein weiteres Pärchen an einem Tisch, er mit grauem Bart und dickem Bauch, sie in türkisfarbener Jogginghose und aufgeplusterter Fönfrisur, die schon seit Farah Fawcett nicht mehr in Mode war. Aber es war warm hier, und wir – zumindest ich – benötigten eine Atempause von dem Horror.

Es war ein Speiselokal im Cafeteria-Stil, und ohne zu fragen, stand LeJeune auf und kam mit Sandwiches, Chips und Kaffee zurück. „Erzählt mir nie wieder, ihr würdet nichts für eure Steuern bekommen. Die Runde geht auf das FBI, meine Freunde."

„Danke." Die Decke lag immer noch um meine Schultern und ich zog sie fester um mich.

„Also, bevor wir anfangen, müsst ihr beide etwas wissen", sagte LeJeune.

Luke, der meine Hand gehalten hatte, seit wir den Highway verlassen hatten, ließ sie los und konzentrierte sich auf LeJeune. Ich wickelte mein Sandwich aus seiner Verpackung.

„Ihr erinnert euch, dass ich die Explosion untersucht habe, die das Büro deines Hacker-Freundes zerstört hat, stimmt's?"

Ich nickte. „Zach Dolan."

„Ich wurde von dem Fall abgezogen."

Ich schaute auf. „Warum?"

„Gute Frage, *chère*. Jemand hat einen Aufstand gestartet und erzählte einen Haufen Bockmist über nationale Sicherheit. Die Sache wurde an das Militär übergeben."

„DIA?", fragte Luke. Er und ich tauschten einen Blick aus.

LeJeune beobachtete uns. „Anscheinend bekomme ich hier etwas nicht mit. Würde es euch etwas ausmachen, mich aufzuklären?"

Ich biss von meinem Sandwich ab. Es schmeckte wie Papier und Zellophan, aber ich zwang mich, zu kauen, und spülte den Bissen schließlich mit einem Schluck Kaffee hinunter. Das Koffein konnte ich gut gebrauchen, denn ich hatte nicht vor zu schlafen, bis Rachel zurück war.

„Es ist viel passiert, seit Dolans Büro zerstört wurde." Ich erklärte alles, angefangen mit Parks über Stokes zu Hollander bis zu meinem Gespräch mit Grace Qasimi und ihrem darauffolgenden ‚Unfall'. Luke ergänzte weitere Informationen über seine Beziehung zu Grizzly.

„Da ist noch eine Sache", fügte ich hinzu, als Luke fertig war. „Ich habe dich angelogen, als ich sagte, ich hätte keine Kopie des USB-Sticks gemacht. Ich trage sie bei mir, seit Parks gestorben ist."

„Denkst du etwa, das wüsste ich nicht?" Er blinzelte. „Was zum Teufel hast du da ins Rollen gebracht, Ellie?"

„Das ist nicht fair, Nick. Es hat damit angefangen, dass ich bei einem Job gefeuert wurde. Ich wollte doch nur herausfinden warum, also habe ich einen Anruf gemacht. Das hätte jeder andere doch auch getan."

Weder Luke noch LeJeune antworteten, aber sie tauschten Blicke aus, die, unter anderen Umständen, als ein Lächeln hätten beschrieben werden können.

„Stimmt das etwa nicht?"

„Die meisten Leute", sagte Luke, „die bei einem Job gefeuert werden, gehen nach Hause und behandeln ihre Wunden mit einem Wodka. Oder einer Flasche Wein." Er legte den Arm um mich, als er das sagte.

„Irgendwie sind die Dinge einfach eskaliert", sagte ich.

„Das kann ich verstehen." LeJeune biss in sein Sandwich. „Okay, das ist mies."

Ich war mir nicht sicher, ob er das Sandwich oder meine Situation meinte. Oder beides.

„Was machen wir jetzt?", fragte ich. „Kannst du den SUV zur Fahndung ausschreiben?"

„Schon geschehen, aber falls sie so clever sind, wie anzunehmen ist, werden wir ihn nicht finden."

„Was sonst noch?"

„Wir können nicht viel anderes machen, außer zu warten."

„Bis er mich kontaktiert."

LeJeune nickte.

„Ich kann doch nicht nur herumsitzen und warten, bis irgendein Arschloch anruft."

„Das musst du aber, Ellie", sagte Luke. Er schaute hinüber zu LeJeune. „Spielt es eine Rolle, ob sie zu Hause ist oder bei mir in Lake Geneva?"

„Wahrscheinlich nicht. Heutzutage benutzt sowieso jeder das Mobilfunknetz." Er nahm einen weiteren Bissen seines Sandwiches zu sich – ich konnte nicht sagen, ob es Rind oder Schwein war – und kaute nachdenklich. „Nach all dem, was du mir gerade über all diese Spionagespielchen erzählt hast, bin ich mir nicht so sicher, ob du dir allzu große Sorgen machen musst."

Ich explodierte. „Wovon sprichst du? Ein Widerling, wahrscheinlich Stokes, hat mein kleines Mädchen entführt! Du tust so, als wäre das nur ein Streich. Vielleicht würdest du es verstehen, wenn du selber Kinder hättest. Wirklich, ich –"

LeJeune unterbrach mich: „Beruhige dich, *chère*. Und hör mir zu! Ja, er hat die Grenze überschritten, als er sich Rachel geholt hat. Da widerspreche ich dir nicht. Aber ich würde meine Marke darauf verwetten, dass das nur Show ist. Er will dich wissen lassen, dass er die Oberhand hat und Dinge passieren lassen kann."

Luke nickte. „Er will dich verunsichern."

„Großartig! Dann spielen wir also jetzt das ‚Wer ist der größere Macho'-Spiel." Ich strafte sie beide mit einem bösen Blick.

„Wie ich schon sagte, es geht nicht um deine Tochter."

„Deshalb wirst du ihm auch den USB-Stick übergeben", sagte LeJeune.

Meine spontane Reaktion war, darüber zu streiten. „Ich sehe nicht ein, weshalb ich ihn damit davonkommen lassen sollte."

„Weil, wenn du das nicht tust, Rachel wirklich verletzt werden *könnte*", sagte LeJeune. „Er hat dich in der Hand."

„Was er wahrscheinlich genießt", sagte ich.

„Ellie", fing Luke an, „du hast doch gesagt, dass du den Stick sowieso an Delcroft zurückgeben wolltest."

„Ja, aber das wäre zu meinen Bedingungen gewesen."

Keiner sagte etwas.

Ich sackte gegen die Rückenlehne der Nische, plötzlich fühlte ich mich völlig erschöpft. Mein Blick wanderte von LeJeune zu Luke. „Natürlich habt ihr beide recht. Er kann den verdammten Stick haben. Ich will einfach nur mein Kind zurück."

„Also", sagte LeJeune. „Kein weiterer Kampf um Gerechtigkeit? Kein weiterer Kampf gegen Windmühlen im Zeichen der Gerechtigkeit?"

Ich schüttelte den Kopf. Tränen traten mir in die Augen.

Er neigte den Kopf zur Seite. „Weißt du was? Ich glaube, ich mag dich lieber, wenn du streitlustig bist."

Meine Tränen trockneten und ich warf ihm einen Blick aus zusammengekniffenen Augen zu.

Luke sagte: „Wisst ihr, es gibt noch etwas, über das wir noch nicht gesprochen haben."

„Was wäre das?", fragte ich.

„Was ist, wenn es nicht Stokes ist, der Rachel entführt hat? Was ist, wenn es die chinesische Regierung war?"

„Auch möglich." LeJeune schob sein Sandwich von sich und öffnete seine Tüte Chips. „Aber unwahrscheinlich."

„Warum?"

„Vor etwa einem Jahr haben die USA sechs chinesische Staatsbürger hier im Land wegen Diebstahl von Technologien angeklagt."

„Luke und ich haben kürzlich darüber gesprochen."

„Aber das Verfahren verläuft im Schneckentempo. Sehr wenige Fälle wurden vor Gericht verhandelt. Und das erwartet auch niemand."

„Was bedeutet, dass die Chinesen einen Freibrief haben, zu tun, was immer sie wollen? Vielleicht bekommt Stokes ja seine Befehle von den Chinesen. Zusammen mit Hollander." Ich rutschte näher an Luke heran. „Was ist, wenn Rachel in Peking landet?" Ich erstarrte. „Weißt du, LeJeune, an deinem Benehmen am Krankenbett musst du noch arbeiten."

LeJeune hob seine Hände. „Ich würde meinen Job nicht richtig machen, wenn ich nicht alle Möglichkeiten auf den Tisch bringen würde. Sicher, es könnten die Chinesen sein, aber so, wie es abgelaufen ist, fühlt sich das persönlicher an. Weniger politisch. Und man muss sich fragen, was die Chinesen davon hätten, deine Tochter zu entführen."

„Rache für die Anklagen, über die wir gerade gesprochen haben."

„Das hätten sie anders gemacht, Ellie", sagte Luke. „Denk mal darüber nach. Alles, was China will, ist DADES. Ihnen ist völlig egal, was mit den Leuten geschieht, von denen sie es gekauft haben. Einschließlich ihrer eigenen Staatsbürger."

„Mal abgesehen davon, dass sie einen gewaltigen Batzen Geld dafür bezahlt haben", sagte ich.

„Stimmt", sagte Luke. „Und gemäß des Inhalts des USB-Sticks scheint es, als hätten sie bereits bekommen, wofür sie bezahlt haben."

LeJeune nahm einen Löffel in die Hand und pochte damit auf den Tisch. „Das ist reine Spekulation. Wir können sie nicht in unser

Rechtssystem zwingen. Ihre Pässe sind quasi ihre ‚Du kommst aus dem Gefängnis frei'-Karte.“

Ich lehnte mich zurück. „Wisst ihr was? Mit all dem, was ihr beide sagt, habe ich Schwierigkeiten, die Guten von den Bösen zu unterscheiden.“

„Willkommen in meiner Welt“, sagte LeJeune. „Es gibt viele Teilnehmer in diesem Spiel, und irgendjemand wird der Unterlegene sein. Ich bin hier, weil ich nicht will, dass du das bist. Oder Rachel. Vergiss nicht – alles deutet auf Hollander als Schuldige hin. Amerikanische Staatsbürgerin. Ex-Militär. Jetzt eine Verräterin. Wenn das herauskommt, wird Amerika durchdrehen. Wie bei Snowden. Aber das hier wird schlimmer sein, weil es ein *fait accompli* ist. Es ist bereits geschehen. Sie werden sie kreuzigen.“ Er hielt inne. „Aber ich lasse ein Team nach Stokes suchen.“

„Ihr werdet ihn nicht finden“, sagte Luke. „Wenn das stimmt, hat er sich bereits irgendwo mit Rachel versteckt.“

„Das ist mir bewusst.“ Verärgert warf LeJeune die Chipstüte auf den Tisch. „Aber dennoch kann ich seinen Arbeitgebern einen Besuch abstatten.“

„Du gehst zu Delcroft?“, fragte ich.

„Verdammt richtig, das mache ich.“ Er schaute zum Fenster hinaus. „Gleich morgen früh.“

„Glauben Sie wirklich, sie werden Ihnen irgendetwas Nützliches erzählen?“, fragte Luke.

„Das werden wir herausfinden. Und selbst wenn nicht, werden sie mit der Tatsache umgehen müssen, dass ihr sogenannter Sicherheitschef ein Schwerverbrecher ist.“

„Falls er derjenige ist, der Rachel entführt hat“, sagte ich.

„Lies den Kaffeesatz, *chère!*“, sagte LeJeune.

Ich stellte meinen Kaffee ab. Die Porzellantasse klirrte auf der Tischplatte. „Ich lese für dich jeden Kaffeesatz der Welt, solange du mir meine Tochter lebendig zurückbringst.“

Kapitel 61

Donnerstag

Kurz vor Mitternacht kamen wir bei Luke zu Hause an. LeJeune folgte uns zum Haus und bläute mir ein, wie ich mich bei Stokes' Anruf verhalten sollte. Danach ließen wir uns in Lukes Küche nieder. In dem Raum gab es auf einer Seite einen Gas-Kamin, den Luke einschaltete. Davor stand eine hässliche Couch mit Schottenkaro, wegen der ich Luke immer hänselte – nur weiße amerikanische Protestanten ohne jeglichen Geschmack würden so etwas in ihr Haus stellen, ganz zu schweigen in die Küche. Er antwortete dann immer, dass ich wohl seine Eltern gekannt haben müsste.

Heute gab es jedoch keine Sticheleien. Ich war erschöpft, aber eine fieberhafte Dringlichkeit verhinderte, dass ich mich entspannen oder schlafen konnte. Luke und LeJeune wechselten von Kaffee zu Bier und campierten auf der Couch, aber meine überreizte Nervosität ließ mich auf und ab gehen.

„Bist du sicher, dass er anrufen wird?"

„Natürlich wird er das, *chère*. Er wartet nur, bis du total panisch bist und alles machst oder sagst, um Rachel zurückzubekommen."

„In dem Fall hätte er schon vor Stunden anrufen können."

„Ich habe ein Geschenk für dich", sagte Nick, während er etwas von der Größe eines Vierteldollars aus der Jackentasche zog und es auf den Kaffeetisch warf.

Luke beugte sich darüber. „Der Peilsender."

LeJeune nickte. „Er wusste schon eine geraume Zeit lang, wo du warst."

„Das schließt den Baha'i-Tempel und die Bibliothek mit ein, oder?"

Er runzelte die Stirn. „Warum?"

Ich erzählte ihm von dem Mann, der aufgetaucht war, während ich mich mit Grace Qasimi unterhalten hatte. Und von dem Videoclip über die Uiguren, der aus dem Internet verschwunden war.

LeJeune zog sein Mobiltelefon heraus und machte sich einige Notizen. „Wegen der Videos weiß ich auch nicht weiter, aber weißt du, wie man diese Frau Qasimi erreichen kann?"

„Kann man nicht", sagte ich.

„Warum?"

„Sie wurde vor ein paar Stunden auf dem Eisenhower Expressway getötet."

LeJeunes Augenbrauen schossen bis zum Anschlag nach oben.

„Ich glaube nicht, dass es ein Unfall war."

„Weil ..."

„Wegen dem, was ich dir gerade erzählt habe. Sie war die Verlobte von Gregory Parks. Sie war diejenige, die mir von den Uiguren erzählt hat. Und dass Gregory ein Doppelagent war."

LeJeune kaute auf seiner Lippe herum. „Was ist mit Freunden? Verwandten? Kennst du irgendjemanden, der sie gekannt hat?"

„Offensichtlich kennt sie jemanden im *Dragon Inn North*. Sie hat sie dazu gebracht, mir eine Nachricht weiterzugeben."

„Gut. Dort werde ich anfangen."

Panik stieg in mir hoch. „Warte. Du gehst jetzt nicht weg, oder?"

Er lächelte. „Luke kommt schon alleine mit dir zurecht." Er warf ihm einen Seitenblick zu. „Wahrscheinlich besser als ich."

Meine Augen weiteten sich wegen LeJeunes − nun, ich werde es Bescheidenheit nennen müssen. Das war das erste Mal, dass ich das bei ihm erlebte. Hätte ich mich nicht so elend gefühlt, dann hätte ich darauf eine Antwort parat gehabt. Stattdessen ließ ich es so stehen.

„Da ist noch eine Sache, Leute", sagte ich. „Was machen wir wegen Dad? Ich habe ihm noch nichts gesagt. Aber wenn ich es nicht tue, wird er mir das nie verzeihen."

Beide Männer waren einen Moment lang still, dann sagte Luke: „Ich würde noch nichts sagen. Falls du bis morgen Abend nichts hörst, können wir es uns nochmals überlegen."

„Ich bin der gleichen Meinung", meinte LeJeune. „Je weniger Leute wissen, was los ist, desto besser. Kontrollierbarer."

Ich hörte auf, auf und ab zu gehen. „Kontrollierbar? Wie kontrolliert man eine Entführung? Du hast mir gerade noch gesagt, dass er alle Karten in der Hand hält."

„Stimmt."

„Also haben wir keine Wahl."

„Vielleicht, vielleicht auch nicht. Er braucht den USB-Stick, oder?"

Ich nickte.

„Im Grunde muss er ihn für sich erkämpfen. Oder zumindest denkt er das."

Ich nickte wieder.

„Das könnte bedeuten, dass wir diktieren können, wie und wann die Übergabe stattfinden soll."

„Und Rachel noch mehr in Gefahr bringen? Auf keinen Fall!" Ich ging zu meiner Tasche und begann, darin nach dem USB-Stick zu suchen.

LeJeune stieß entnervt den Atem aus. Ich merkte, dass ich seine Geduld strapazierte. Es war eine lange Nacht gewesen. „Nicht unbedingt."

Ich stöberte immer noch nach dem Stick in meiner Tasche. LeJeune sah mir zu. Er sah aus, als würde er das erklären, als ich meine Tasche auf die Couch warf. „Oh, verdammt!"

„Was?"

„Der USB-Stick! Er ist nicht da. In der Eile, aufzubrechen, muss ich ihn zu Hause vergessen haben. Und Stokes weiß wegen des Aufspürers, dass ich nicht dort bin. Was ist, wenn er einbricht und ihn sich holt? Dann braucht er Rachel gar nicht. Er könnte mit ihr machen, was er will", jammerte ich. „Mein Gott! Was machen wir jetzt nur?"

LeJeune stand auf. „Mach dir keine Sorgen darüber, Ellie!"

„Was meinst du damit, mach dir keine Sorgen? Natürlich mache ich –"

„Ich habe im Moment sechs Agenten um dein Haus herum postiert. Niemand, außer uns, kommt da rein."

„Wirklich?" Zum ersten Mal an diesem Abend gestattete ich mir einen tiefen Atemzug. „Gott sei Dank! Ich danke *dir*."

Er nickte und zog den Reißverschluss seiner Jacke hoch. „Aber ich werde ihn holen. Willst du mir deinen Schlüssel geben?" Er hielt inne. „Es sei denn, dir ist ein Einbruch à la Bureau lieber?"

Ich lächelte beinahe. Nur beinahe. „Ja."

„Was meinst du mit ‚Ja'?"

„Du wirst wohl einbrechen müssen. Die Arschlöcher sind mit meinen Schlüsseln abgehauen."

LeJeune seufzte. „Natürlich, auch das noch!" Er presste kapitulierend die Augen zu und öffnete sie wieder. „Mach dir keine Sorgen! Wir werden vorsichtig sein."

Ich zog verwundert die Augenbrauen hoch.

„Das Beste, was du jetzt tun kannst, ist, dich etwas auszuruhen", fuhr er fort. „Er wird anrufen. Aber nicht heute Nacht. Vielleicht nicht einmal morgen. Aber er wird es tun."

Luke kam herüber und legte die Arme um mich. „Hör auf ihn, Ellie. Er weiß, was er tut."

Ich schluckte. „Wo ist er?", fragte LeJeune. „Der Stick."

„Wahrscheinlich in meiner Schreibtischschublade. Oben in meinem Büro."

„Okay, *chère*. Ich komme morgen wieder."

Kapitel 62

Ich hatte so oft geübt, was ich zu Stokes sagen würde, dass der Anruf, als er am nächsten Abend kam, fast ein Nebengedanke war.

Ich hatte nur eine vage Erinnerung an die vergangenen 24 Stunden. Es hatte abwechselnde Zeiten der Trauer, des Entsetzens und der Schuld gegeben. Ich erinnerte mich an eine Flut von Tränen, Stunden auf dem Bett in Embryonalstellung, Lukes Arme, die mich hielten. Ich erinnerte mich an den Babygeruch von Rachels Haut, nachdem ich sie gebadet hatte. Wie sie im Alter von fünfzehn Feuer und Flamme für Fußball gewesen war ... Wie sie mich fast überfahren hätte, als ihr Vater ihr das Autofahren beibrachte. Vielleicht würde ich mein kleines Mädchen nie wieder sehen, hören oder berühren können, und das war meine Schuld. Wenn ich nur nicht so besessen gewesen wäre wegen des verdammten USB-Sticks! Wann würde ich es endlich lernen? Gedanken wie diese brachten die Tränen wieder hervor, und der Kreislauf begann von Neuem.

LeJeune hatte einige Male angerufen, bei einem Anruf hatte er mir gesagt, dass er den Stick geholt hätte, bei einem weiteren erzählte er mir, dass er Gary Phillips bei Delcroft vernommen, aber nichts Wesentliches erfahren hätte.

„Eines kann ich über diese Unternehmer-Typen sagen", meinte LeJeune. „Die werfen mit Bockmist besser um sich als fast alle anderen. Abgesehen von Anwälten."

Jimmy Saclarides brachte meinen Camry und stellte ihn in der Einfahrt ab. Die Techniker des Kriminallabors hatten ihn rundum untersucht, aber nicht viel mehr als Glasscherben und Müll wie Bankquittungen, Einkaufslisten und Starbucks-Becher gefunden. Jimmy wollte wieder gehen, aber Luke bat ihn, noch zu bleiben.

Ich fühlte mich von einer umfassenden Abgeschlagenheit wie gelähmt; es war schwer, auch nur die Energie aufzubringen, ins Bad zu gehen. Gegen fünf führte Luke mich in die Dusche, seifte mich ein und wusch meine Haare. Dann führte er mich hinunter in die Küche, machte Suppe warm und zwang mich, einige Löffel voll zu essen.

Mein Mobiltelefon war den ganzen Tag nicht mehr als ein paar Zentimeter von mir entfernt gewesen, aber ich versuchte, nicht daraufzustarren. Wenn ich das täte, würde er nie anrufen. Wenn ich es ignorierte, würde er auch nicht anrufen.

Das erinnerte mich an einen Witz, den Rachel und ich über Park-Karma machten. Ich habe es; sie will es. Ich scheine in der Lage zu sein, an den besten Stellen in der Innenstadt von Chicago kostenlos zu parken, oder zumindest zu einem Minimalpreis. Eines Abends rief sie mich an, nachdem sie ihre Wohnung in Wrigleyville zwanzig Minuten lang umrundet und versucht hatte, einen Parkplatz zu finden. Während wir uns unterhielten, sagte ich ihr, ich hätte das ans Universum weitergegeben. „Gib Rachel ein bisschen Park-Karma!", intonierte ich Mantra-artig.

Dreißig Sekunden später quietschte sie: „Oh mein Gott! Da ist gerade eine Parklücke frei geworden. Direkt vor meiner Wohnung. Du bist unglaublich, Mom!"

Wir hatten so sehr gelacht, dass ich beinahe meinen Wein ausgespuckt hätte.

Jetzt wollte ich weinen. Ich brauchte Mobiltelefon-Karma.

LeJeune erschien, während Luke Ingwertee zubereitete. Er warf einen Blick auf mich, sah, wie verzweifelt ich war, und richtete das Gespräch hauptsächlich an Luke und Jimmy.

„Ich wollte euch mitteilen, was ich über unseren Freund herausgefunden habe. Warren Stokes kommt aus Oklahoma. Er ist mit achtzehn in die Army eingetreten. Um den ersten Golfkrieg herum."

Luke zog die Augenbrauen hoch.

LeJeune massierte sich den Nasenrücken. „Er gehörte zum achtzehnten Infanterie-Regiment. Er war an einigen Kampfhandlungen beteiligt, aber das Meiste davon waren Aufräumarbeiten. Als er zurückkam, bewarb er sich bei der CIA. Die sagten ihm, er bräuchte einen College-Abschluss. Also besuchte er die Abendschule am Prince George Community College außerhalb von DC. Untertags arbeitete er als Sicherheitsbediensteter. Zu einem gewissen Zeitpunkt bewarb er sich bei der Polizei von DC, wurde aber nicht genommen."

„Wirklich."

LeJeune nickte. „Aber er hat eine kluge Sache gemacht. Er hat Arabisch gelernt."

Lukes Augenbrauen wanderten noch weiter nach oben.

„Nach dem elften September überzeugte er die CIA, dass er es fast fließend sprechen würde."

„Konnte er das wirklich?", mischte ich mich ein.

„Wer weiß? Aber sie nahmen ihn und schickten ihn nach Afghanistan. Er wurde mehrmals dorthin entsendet. Ich schätze, das ging über fünf Jahre so."

„Das ist eine lange Zeit."

LeJeune nickte. „Dann hat er die CIA plötzlich verlassen. Anstatt in den Sonnenuntergang zu reiten, baute er sein Unternehmen Stokes Security auf. Heuerte eine Werbefirma an und hat innerhalb eines Jahres ein halbes Dutzend Kunden. Ein Jahr später sechs weitere. Er hat mehrere Ex-Spione eingestellt, fast alle aus dem Militär, der CIA, dem FBI und dem Secret Service. Die Meisten davon mit Talent zum Hacken. Vor einigen Monaten bekam er Delcroft als Kunden."

„Er ist nicht dumm", sagte Luke.

„Stimmt", sagte LeJeune. „Wenn sich seine Leute wirklich in die Computer der Leute hacken können, dann lässt sich überhaupt nicht sagen, wie viel Schmutz er aufwirbeln kann."

Ich trank von dem Tee. Es fühlte sich beruhigend an. „Willst du damit sagen, dass er Unternehmen erpresst hat, um Kunden zu bekommen?"

„Wie ich schon sagte, wer weiß?"

„Warum hat er die CIA verlassen?", fragte Luke.

„Das ist nicht klar. Ich werde es euch mitteilen, sobald ich es weiß. In der Zwischenzeit sollten wir uns auf den Austausch mit den Entführern konzentrieren."

Kapitel 63

Freitag

Und dann summte mein Mobiltelefon. Wir alle vier starrten darauf. Ich prüfte die Anruferkennung. Unbekannter Anrufer. Ich hielt es hoch, damit Luke und LeJeune das sehen konnten. Beide nickten. Ich nahm einen tiefen Atemzug, drückte auf die grüne Taste und stellte es auf Lautsprecher, wie Nick mich angewiesen hatte.

„Hallo?"

Kein Zögern am anderen Ende. „Sie wissen, wer hier ist, nehme ich an."

„Ja, Mr. Stokes", antwortete ich.

„Und Sie wissen, was ich will."

„Ja."

„Also?"

„Ich muss mit Rachel sprechen. Mich vergewissern, dass es ihr gut geht."

LeJeune hatte gesagt, er würde es wahrscheinlich ablehnen, aber ich sollte ihm sagen, dass nichts stattfinden würde, bis ich ihre Stimme gehört hätte. Zu meiner Überraschung hatte er jedoch nichts dagegen. „Natürlich."

Es war ein Rascheln zu hören. Einen Augenblick später hörte ich: „Mom?"

Ihre Stimme am anderen Ende war wie mein Geburtstag, Muttertag und Weihnachten zusammen. „Rachel! Oh mein Gott. Ich liebe dich. Es tut mir so leid. Bist du okay?"

„Na ja, eigentlich schon. Am Anfang hatte ich vor Angst die Hosen voll, aber jetzt ist es okay."

Ich fing an zu kichern. Ich wusste, es war eine nervöse Reaktion auf den Stress und die Angst. Aber ich konnte nicht anders als zu denken, wie erwachsen sie sich anhörte.

„Was ist so witzig?", fragte Rachel.

„Nichts, Schätzchen." Trotzdem, sie war nicht bei mir, und innerhalb einiger Sekunden wurde mein Kichern zu einem Schluchzen. Luke drückte meine freie Hand.

Rachel merkte, dass ich weinte. „Weine nicht, Mom! Wirklich, es geht mir gut. Sie haben mir gestern Abend etwas von McDonald's geholt. Und heute von KFC. Und einer der Kerle ist ein ziemlich guter – ich kann nicht am Telefon bleiben. Er gibt mir Zeichen, aufzuhören."

War das meine Tochter? Sie hörte sich so vernünftig und ruhig an, dass man hätte denken können, sie wäre im Zeltlager und nicht die Gefangene eines ehrgeizigen, überheblichen Geheimagenten. Reagierte ich zu heftig? War die ganze Hysterie und Sorge fehl am Platz? „Baby, wir werden –"

Aber ein plötzliches Rascheln am Telefon sagte mir, dass ich nicht mehr mit Rachel sprach. Meine Angst nahm zu.

„Zufrieden?", sagte Stokes.

„Ich will noch länger mit ihr sprechen."

„Jetzt nicht. Übrigens können Sie das FBI zurückpfeifen. Ich weiß, dass die zuhören."

Alle der Anwesenden tauschten Blicke aus. LeJeune lehnte sich mit einem Gesichtsausdruck zurück, der besagte, dass er Stokes möglicherweise unterschätzt hatte.

„Und Sie können dem Rest der Gang sagen, dass wir ihnen einen großen Gefallen tun."

„Was wäre das?", sagte ich.

„Ich weiß, dass Sie in Lake Geneva sind. Und Sie haben jetzt den Stick bei sich."

„Woher –"

Er ignorierte die Frage. „Hinter der Lodge, dem schicken Ferienort dort oben, gibt es eine Landebahn."

„Die kenne ich." Ich schaute hinüber zu Luke und Jimmy. Wir alle drei hatten dort eine gemeinsame Vergangenheit.

„Seien Sie heute Nacht um zwei Uhr dort. Sie geben uns den Stick; wir geben Ihnen Ihre Tochter."

„Woher weiß ich, dass Sie nicht in letzter Sekunde einen Trick abziehen?"

„Das wissen Sie nicht." Er hielt inne. „Keine Waffen. Kein Flutlicht und auch keine Kameras. Keine Kommunikation. Maglites und Ferngläser sind okay. Am Wichtigsten: Keiner kommt vor zwei Uhr. Wenn mein Team jemanden sieht, den sie nicht kennen, irgendjemanden, der herumstöbert, Landminen oder Leuchtgeschosse vorbereitet oder aufstellt, dann fällt der ganze Deal ins Wasser und Sie werden Ihre Tochter nie wiedersehen." Eine weitere Pause. „Ach ja, und *Sie* werden den Stick übergeben. Nicht Ihr FBI-Kumpel oder Ihr Freund. Verstanden?"

Ich wollte gerade antworten, aber er hatte bereits aufgelegt.

Kapitel 64

„Irgendetwas stimmt da nicht." LeJeune stand auf und fing an, auf und ab zu gehen.

Meine Blicke folgten ihm. „Was?"

„Es ist zu leicht."

„Für dich vielleicht. Ich finde, er hat es ziemlich deutlich gemacht. Keine Waffen, Kommunikation, Leuchtraketen –"

Er unterbrach mich. „Das ist selbstverständlich." Er hörte auf, auf und ab zu gehen, sah aber weiter angespannt und nervös aus, und bereit, in Aktion zu treten. „Warum sollte er vorschreiben, dass *du* den Stick übergeben musst? Das gefällt mir nicht." Er wandte sich an Jimmy und Luke. „Erzählen Sie mir etwas über die Landebahn!"

Jimmy meldete sich zu Wort. „Das ist eine Piste mit einer Länge von ungefähr eineinhalb Kilometern auf dem hinteren Teil des Anwesens. Ihr Zustand hat sich über die Jahre verschlechtert. Aufgebrochener Beton. Unkraut. Sie wurde gebaut, um Künstler und Stars einzufliegen, die im Playboy-Club auftreten sollten."

„Und ihr ganzes Equipment", fügte Luke hinzu.

„Was befindet sich an den anderen Seiten der Landebahn? Wer überwacht sie?"

„Es ist eine private Piste. Nur Leute wie Luke verwenden sie."

„Sie haben Ihr eigenes Flugzeug?", fragte LeJeune.

„Ja", antwortete Luke. „Aber die Landebahn ist nicht beschränkt. Wenn Sie da landen oder starten müssen, ist das kein Problem. Manchmal unterstützt die Stadt Lake Geneva die Piste mit einigen Geldern. Und manchmal nicht."

„Auf der einen Seite sind Wälder", übernahm Jimmy. „Das Resort-Anwesen ist auf der anderen Seite. An einem Ende gibt es einen kleinen Hangar, der von einem Geräteschuppen und Reihen von Setzlingen und Blumen umgeben ist, die die Gärtnerei des Resorts darstellen."

„Können meine Männer im Wald Stellung beziehen?"

„Wahrscheinlich. Aber ich weiß nicht, wie Sie sie rechtzeitig dorthin bringen wollen."

„Kann man noch über einen anderen Weg zu der Landebahn gelangen?"

„Sie meinen, außer durch das Resort zu fahren?"

LeJeune nickte.

„Es gibt einen verlassenen Feldweg, der parallel zur Piste verläuft und zur County Route 45 führt", sagte Jimmy. „Aber von dort ist es noch etwa vierhundert Meter bis zur Piste auf unbefestigtem Gelände. Dann haben sie hoffentlich Off-Road-Reifen."

„Was ist mit Augen am Himmel?"

„Das wird keinen guten Überblick bieten", meinte Jimmy. „Zu viel Waldgebiet."

„Trotzdem werden wir einen Satelliten darauf ansetzen." LeJeune zog sein Mobiltelefon heraus, doch dann hielt er inne. „Jetzt, da ich darüber nachdenke, wird er das natürlich auch machen."

„Stokes?", fragte Luke.

„Er war bei der CIA. Er kennt die richtigen Leute, die er anrufen müsste. Satelliten zu überwachten ist einer der langweiligsten Jobs der Welt. Für eine Tasche voll Geld machen diese Beobachter alles. Das wird für die wie das Kentucky Derby sein."

„Du musst es ja wissen", sagte ich. LeJeune kam aus Louisiana. Das war nahe genug dran.

Er schnellte herum. „Du fühlst dich besser, hm, *chère*?"

Ich gestattete mir zu lächeln.

„Gut. Denn du wirst bald Eier aus Stahl brauchen."

Mein Lächeln verschwand.

Er schaute auf seine Uhr. „Wir haben zwei Stunden. Mein Team wird in fünfzehn Minuten hier sein. Ich werde das Gelände mit ihnen erkunden und mir einen Plan einfallen lassen."

———

Fünfzehn Minuten später kam ein Schwarm von Männern in einem Lieferwagen und zwei Zivilautos an. Ich wurde aus meiner Trägheit gezwungen, um Unmengen von Kaffee zu kochen. Sie hatten drei Dutzend Donuts mitgebracht, was mich überraschte. Ich hatte gedacht, darauf hätten die Cops das Monopol. Nachdem sie Kaffee bekommen und sich ihre Leckereien gekrallt hatten, gingen sie zurück nach draußen, um mit LeJeune zu reden. Luke und Jimmy gingen mit.

Ich stahl einen der Donuts und spähte hinaus, während ich ihn aß. Eine Gruppe von acht Männern, alle mit ihren dunkelblauen Jacken, auf denen in gelben Buchstaben FBI stand, stand in einem Halbkreis um LeJeune. Ich konnte nicht hören, was sie sagten, aber ich sah, dass einige nickten. Andere schüttelten den Kopf. Ein Mann begann, mit seinem Fuß auf dem Kies der Einfahrt zu scharren. Es war eine kalte Nacht, aber nicht bitterkalt, was ein sicheres Zeichen dafür war, dass der Winter seinen Griff lockerte. Und glücklicherweise lag kein Schnee.

Nach zehn Minuten teilten sich die Männer auf und fuhren im Lieferwagen davon. Jimmy ging mit ihnen. Luke und LeJeune kamen zurück in die Küche.

„Das ist eine gute Sache …", sagte Luke.

„Was ist gut?", fragte ich.

„Sie haben Stokes' Mobiltelefon aufgespürt."

„Wirklich?" Meine Miene hellte sich auf.

„Ja", sagte LeJeune. „Aber wenn er sein Geld wert ist, hat er vorausgesehen, dass wir das tun würden. Wahrscheinlich verwendet er ein Wegwerfhandy.

Ich rieb meine Arme, und fröstelte trotz des Feuers. „Nun, das ist wenigstens etwas. Wo sind deine Männer hin?"

„Die Wälder neben der Landebahn überwachen."

„Was passiert, wenn Stokes sie findet?"

LeJeune machte eine wegwerfende Handbewegung. „Was er gesagt hat, war Bockmist. Er weiß, dass wir da sein werden. Er hat *seine* Männer wahrscheinlich auch schon in Position."

Furcht kroch mein Rückgrat hinauf. „Ich verstehe das nicht. Wenn du deine Männer hinausschickst und er schickt seine, und ihr beide wisst das, was bringt das dann? Was verhindert dann eine totale Katastrophe?"

„Deshalb spielen wir das frühzeitig aus. Stokes weiß das. Er schätzt jetzt seine Möglichkeiten ab. Mach dir keine Sorgen darüber."

Ich wollte ihn schlagen. Der alte LeJeune war wieder da. Sagte mir, ich solle mir meinen hübschen kleinen Kopf über nichts zerbrechen.

„Nun, ich bin aber besorgt. Ihr Kerle spielt Spielchen mit dem Leben meiner Tochter!" Ich wandte mich an Luke. „Was meinst du, Luke?"

„Ich denke, du solltest auf das FBI hören."

„Du auch?" Ich schaute ihn böse an. „Kann mir bitte jemand etwas sagen, was mein hübscher kleiner Kopf versteht und was meine hübsch manikürten Nägel nicht ruiniert, bevor ich euch beiden eine aufs Maul haue?"

Luke hob die Hände in einer verteidigenden Geste, aber LeJeune lachte.

„Sie ist zurüüück", witzelte er. „Aber jetzt mal im Ernst, setz dich und ich gehe den Plan mit dir durch!"

„Welchen Plan? Ich gehe aus einer Richtung die Piste hinunter. Rachel und Stokes kommen aus der anderen Richtung. Ich gebe ihm den Stick. Er gibt mir Rachel."

„So einfach wird das nicht. Zunächst einmal, wird es nicht

Stokes sein, der kommt. Es wird einer seiner Männer sein. Stokes will nicht, dass sein Gesicht aufgenommen werden könnte. Was wir natürlich machen würden. Aber das ist nicht die Hauptsache. Das Arschloch hat noch ein Spielchen im Sinn."

„Was für eine Art Spielchen?"

„Das weiß ich noch nicht. Aber es gibt eins. Das muss es geben. Sein Gespräch mit dir war zu vage. Er hat nichts gesagt, was wir nicht bereits erwartet hätten. Wir müssen mit allem rechnen."

„Zum Beispiel womit?"

Er antwortete nicht. „Wir sind im Nachteil."

Ich hob die Hand. „Mich eingeschlossen."

Er lächelte. „Deshalb hast du ja uns. Wir werden hinter dir stehen."

„Also bringt ihr Waffen mit."

LeJeune rollte mit den Augen. „Natürlich tun wir das. Und er wird das auch tun."

Wieder fragte ich Luke: „Ist das für dich okay?"

„Ellie, wie ich schon sagte, er ist der Profi. Hör auf ihn."

„Okay, was soll ich machen?"

„Du gehst die Landebahn hinunter, gibst dem Typen bei Rachel den Stick und führst Rachel wieder zurück. Aber erwarte das Unerwartete! Sei vorbereitet!"

„Hey, das ist ja ein grandioser Plan, LeJeune!"

Kapitel 65

Samstagmorgen

Wir fuhren gegen 1:30 Uhr in Lukes Pick-up los. Zehn Minuten später erreichten wir die Lodge. Die Fahrt vorbei am Eingang brachte Erinnerungen an den Sommer zurück, in dem ich ein Video für dieses Resort produziert hatte, den Sommer, in dem ich Luke getroffen hatte. Jetzt schlängelten wir uns durch die kurvigen Straßen, die zu dieser Stunde leer und kahl wirkten, und hielten am Hangar am Ende der Landebahn an. LeJeunes Männer waren bereits angekommen, ihre hellgelben Buchstaben waren auch in der dunkelsten Nacht erkennbar. Ich zählte mehr als ein Dutzend von uns, einschließlich drei Polizisten aus Lake Geneva. Alle waren sie da, um eine junge Frau zu retten. Die meisten der Polizisten hatten Schultermikrofone und Funkgeräte am Gürtel. Fast alle hatten Maglites dabei. Falls sie Waffen trugen, was ich annahm, waren diese in ihrem Holster untergebracht und damit außer Sicht.

Einer der FBI-Agenten arbeitete mit einem Klemmbrett, er schätzte die Distanz zwischen dem Hangar und dem anderen Ende ab. Ich war mir nicht sicher, warum. Jimmy hatte ihnen bereits gesagt, dass die Landebahn etwa eineinhalb Kilometer lang war.

Während sie arbeiteten, wanderte ich hinüber zum Hangar. Ich war schon einige Male auf der Landebahn gewesen, aber nie nachts. Sie war in ziemlich schlechtem Zustand, soweit ich mich erinnerte, übersät mit Brocken aufgerissenen Asphalts und Steinen. Andererseits waren keine Starts oder Landungen von Flugzeugen eingeplant. Außer der von Luke und den Managern des Resorts.

Ich folgte LeJeune hinüber zu dem Typen mit dem Klemmbrett. „Durch den Wald bekommen wir keine klaren Linien des Geländes", berichtete er Nick. „Aber wenigstens gibt es hier außer dem Hangar und dem Geräteschuppen keine Gebäude, und die wurden durchsucht und freigegeben."

„Wie wird Rachel hierherkommen?", fragte ich.

„Wahrscheinlich wird sie in einem Lieferwagen oder SUV sein." Der FBI-Typ zeigte zum anderen Ende der Piste. „Sie werden von dieser Seite kommen."

„Glauben Sie, er wird irgendetwas versuchen? Ein doppeltes Spiel oder so?", fragte ich ihn.

Er schaute hinüber zu LeJeune, der antwortete: „Nun, das ist die 64.000-Dollar-Frage, nicht wahr, *chère*?"

Ich massierte meine Stirn, versuchte meine angstvolle Besorgnis zu unterdrücken.

LeJeune ging hinüber zu einer kleinen Gruppe von Leuten, dann winkte er mir zu, ihm zu folgen. „Komm hierher, Ellie! Wir müssen dir ein Mikro anlegen."

„Davon hast du gar nichts gesagt."

„Das ist zu deinem Schutz. Ich will alles hören, was gesagt wird, und ich werde dir ins Ohr flüstern, was du antworten sollst."

„Was ist, wenn Stokes das sieht?"

LeJeune zuckte mit den Schultern. „Das spielt keine Rolle. Was ist das Schlimmste, das passieren könnte?"

„Dass er es von seinen Schlägern abreißen lässt und Rachel umbringt."

„Ich glaube, die Möglichkeit ist ziemlich gering. Ihm ist alles egal, er will eigentlich nur den Stick."

Ich sagte nichts. Einer seiner Männer steckte ein Mikro unter meine Jacke und befestigte den Knopf in meinem Ohr.

„Jetzt setz deine Mütze."

Das tat ich.

„Gut." LeJeune machte einen Anruf mit seinem Handy. „Wir sind ziemlich ungeschützt. Es gibt nichts, was wir dagegen unternehmen können." Sprach er mit seinem Boss?

„Also, entweder er verarscht uns oder nicht … Ja. Habe verstanden." Er legte auf und wandte sich seinen Männern zu. „Diejenigen von euch, die Funkgeräte haben, vergewissert euch, dass wir alle die gleiche Frequenz haben. Kanal vier." Dann rief er Luke zu: „Hast du dein Fernglas?"

Luke hielt es hoch. „Infrarot."

LeJeune nickte. „Du wirst als unsere Augen fungieren."

„Klar", sagte Luke.

In diesem Moment kamen am anderen Ende der Landebahn zwei Lieferwagen in Sicht.

„Okay, Männer!", rief LeJeune. „Die Show beginnt."

Luke hob das Fernglas und schaute hindurch. „Zwei Männer steigen aus dem ersten Lieferwagen. Einer davon ist der Fahrer." Ich hörte ein schwaches Rauschen, als eine Tür zugeschoben wurde. „Ein Mann steigt aus dem anderen Lieferwagen. Beifahrerseite." Noch ein Geräusch. „Sieht aus, als säßen im zweiten Lieferwagen drei Personen."

Plötzlich blitzten die Scheinwerfer des ersten Lieferwagens zweimal auf.

Als Antwort ließ Jimmy die Scheinwerfer seines Streifenwagens zweimal aufblitzen.

„Wie viele?", fragte LeJeune.

„Rachel mitgezählt, sechs Leute sichtbar", sagte Luke.

„Hoffen wir, dass es nicht noch ein Fahrzeug gibt, das im Wald wartet."

Keiner antwortete.

LeJeune schaute mich an. „Hast du den Stick?"

Ich nickte zittrig und holte ihn aus meiner Jackentasche.

„Du weißt, was du zu tun hast."

Einige der FBI-Agenten schalteten ihre Maglites ein und zielten damit auf mich wie mit Scheinwerfern. Ich ging los.

„Langsamer, Ellie! Ich weiß, du willst zu Rachel. Aber keine plötzlichen Bewegungen. Verstanden?"

Mein ganzer Körper war bis zum Äußersten angespannt. Ich war nur ein paar Meter vom Hangar entfernt, dennoch überkam mich eine Welle der Einsamkeit, als wäre ich der einzige lebende Mensch auf der Welt. Obwohl ich LeJeune in den Ohren und Luke im Rücken hatte, bereitete ich mich auf einen Kampf vor, wie ein Gladiator, der alleine im Forum kämpfen muss.

Aus dem Augenwinkel sah ich den Wald. Irgendwo dort im Unterholz hatten sich FBI-Scharfschützen positioniert. Andererseits hatte LeJeune gesagt, Stokes' Männer würden auch dort sein. Ich sollte nicht auf Hilfe aus dieser Richtung zählen.

Eine Minute später öffneten sich die Türen des zweiten Lieferwagens erneut und eine weitere Person stieg vom Beifahrersitz aus.

„Ist das Stokes?", fragte LeJeune.

„Das kann ich nicht sagen", sagte ich. Ich hatte ihn nur einmal getroffen. Es war jemand von stämmiger Gestalt, er könnte es sein.

„Able, hast du deine Kamera bereit? Versuche, so viele Bilder wie möglich zu bekommen!"

„Roger", sagte eine Stimme in meinem Ohr. „Aber sie werden nicht sehr gut ausfallen."

„Mach dir darüber keine Gedanken. Mach einfach die Bilder."

Die hintere Tür des Lieferwagens glitt auf, und eine weitere Person stieg aus. Rachel!

„Okay. Tochter ist draußen", sagte Luke. „Die Männer aus dem anderen Lieferwagen sind auch draußen."

„Übrigens, *chère*, das Innenministerium sagt, wir werden aus dem Himmel beobachtet." Er sprach in sein Mobiltelefon. „Siehst du etwas Außergewöhnliches?" Es entstand eine Pause. Dann: „Gut. Geh wieder weiter, Ellie!"

Ich machte ein paar Schritte vorwärts.

Der Mann, Stokes oder jemand anderes, ging ans hintere Ende des Lieferwagens, öffnete die Tür und entfernte etwas Sperriges. Ich kniff meine Augen zusammen, versuchte zu sehen, was es war, aber ich war zu weit entfernt.

LeJeune bemerkte das ebenfalls. Er sprach mit dem Satelliten-

Beobachter. „Was ist los, Skylight?" Eine Pause. „Dann zoomen Sie Ihr verdammtes Bild näher heran. Luke? Kannst du etwas erkennen?"

„Noch nicht."

Der Mann nahm die Sache, was auch immer es war, und ging zurück zu Rachel.

„Was ist los, Leute?", fragte ich.

„Sieht aus, als zöge er ihr etwas an", sagte Luke. Dann, nach einer Pause, schrie er auf. „Nein! Das kann nicht sein!"

„Was? Was ist es?" Eine neue Welle von Krämpfen ließ meine Hände vibrieren.

Luke fing an, etwas zu sagen, wurde aber plötzlich still. Ich wirbelte herum. LeJeune machte eine ‚Halt die Klappe'-Bewegung mit seinen Fingern. Ich schirmte meine Augen vor dem Schein der Maglites ab. „Was zur Hölle geht da vor?"

„Dreh dich um!", sagte LeJeune in meinem Ohr. Das tat ich. „Ellie, ich will nicht, dass du irgendeine Reaktion zeigst. Verstehst du? Tu so, als hätte ich kein Wort gesagt!"

„Warum?" Meine Stimme war hoch und kratzig und zögerlich.

„Er legt ihr gerade eine Sprengstoff-Weste an."

Kapitel 66

Samstag

Ich schrie vor Entsetzen. „Nein! Tut das weg! Zieht das aus! Irgendjemand!" Ich begann unkontrolliert zu zittern. „Nicht meine Tochter! Nicht das!"

„Ruhig, Ellie. Reiß dich zusammen!", sagte LeJeunes Stimme in meinen Ohren. Aber alles, was ich tun wollte, war, mich in Lukes Arme zu werfen. Das war nicht Teil des Plans gewesen. Er würde dafür sorgen, dass es nicht so passierte, oder?

Ich schrie ins Mikro: „Wie soll ich das denn können? Er wird sie in die Luft jagen. LeJeune, tu etwas! Erschieß den Bastard! Sofort!"

„Ich rufe ihn auf seinem Mobiltelefon an."

Ich wirbelte herum. Nach einigen Minuten schüttelte er den Kopf und steckte das Mobiltelefon wieder ein. „Wie ich mir gedacht hatte ... Er hat ein Wegwerfhandy benutzt."

„Verdammt! Was machen wir jetzt?", schrie ich. Ich hatte die Arme um meine Brust geschlungen. Das war die einzige Möglichkeit, mich selbst daran zu hindern, auf den Boden zu sinken. Ich schloss meine Augen. Das war etwas, was verrückte Dschihadisten oder der ISIS machten. Die Art von Verzweiflungstat, die man von

Menschen erwartete, die man einer Gehirnwäsche unterzogen hatte und die nichts zu verlieren hatten. Das passierte doch nicht mitten in Amerika! Das musste ein surrealer Alptraum sein, der verschwinden würde, wenn ich die Augen öffnete.

Nur war es das nicht. Und es verschwand auch nicht.

Ich blinzelte bei dem Versuch zu sehen, wie es Rachel ging. Sie war zu weit weg und es war zu dunkel, um viel erkennen zu können, aber ihre Körpersprache sprach Bände. Starr. Unbeugsam. Die Arme und Beine bewegten sich steif, wie bei einer Marionette. Sie musste völlig verängstigt sein.

„Hör mir zu, Ellie!", sagte LeJeune. „Erinnerst du dich, dass ich dir gesagt habe, dass du das Unerwartete erwarten musst? Und genau das ist jetzt passiert."

Ich schaute in Richtung Wald, erwartete halb, zu sehen, wie die FBI-Scharfschützen sie ins Visier nahmen.

LeJeune las meine Gedanken. „Wir können sie nicht abschießen. Was wäre, wenn sie stattdessen Rachel treffen würden? Und außerdem würde das eine Schießerei in Gang setzen, bei der niemand, du und deine Tochter inbegriffen, mit dem Leben davonkommen würde."

Meine Stimme wurde brüchig. „Was sollen wir bloß tun?", schluchzte ich.

„Du wirst es aushalten müssen." Nicks Stimme war angespannt.

„Ich werde sie bitten, die Weste stattdessen mir anzulegen." Ich setzte mich in Bewegung, ging zügig vorwärts und wedelte dabei mit den Armen.

LeJeune sprach in mein Ohr, und seine Befehle machten mir deutlich, dass unser Dialog vom Rest seines Teams mit angehört wurde. „Nehmt sie ins Visier, meine Herren, aber schießt nicht! Verstanden?"

Ich hörte ein Stimmengewirr von „Verstanden" und „Zehn-Vier" als Antwort.

„Du schaffst das, *chère*. Wir sind bei dir."

Ich zwang mich, einen tiefen Atemzug zu nehmen. Und dann noch einen. Ich versuchte, meine Angst in die letzte Ecke meines Gehirns zu verbannen. Meine Mission war es, Rachel zurückzubekommen und Stokes den verdammten Stick zu geben. Während ich mich ihnen näherte, stieg der Mann, der Stokes sein könnte, wieder in das Führungsfahrzeug ein.

„Er sitzt wieder im Lieferwagen", sagte Luke.

„Er überwacht von drinnen aus alles", sagte LeJeune.

„Ich werde das Arschloch umbringen", sagte Luke.

„Beruhige dich, Luke!", sagte LeJeune. „Ellie, bist du okay?"

Das war ich nicht, aber ich nickte. Einer von Stokes' Männern und Rachel warteten auf der anderen Seite der Landebahn.

LeJeune schrie: „Bringen Sie sie bis zur Mitte!"

Eine arktisch kalte Brise wehte plötzlich auf, und ich wollte mir meinen Wollschal fester um den Hals wickeln, aber ich rechnete damit, dass eine unerwartete Bewegung von mir nach hinten losgehen und eine Schießerei auslösen könnte. Also schob ich stattdessen die Hände in meine Taschen.

Der Mann führte Rachel in Richtung Mitte der Rollbahn. Als sie näher kam, konnte ich den glasigen, erstarrten Blick auf ihrem Gesicht erkennen. Sie ähnelte einer Schaufensterpuppe, ihre zwanglose Art vom Telefon war längst verflogen. Als wir innerhalb eines Abstands von hundert Metern kamen, zog der Gorilla seitlich etwas hervor. Eine Pistole.

„Siehst du das, Nick?", hauchte ich.

LeJeune rief wieder etwas. „Ich dachte, es gäbe keine Waffen."

„Der Boss hat seine Meinung geändert", sagte der Schlägertyp.

„Nehmen Sie ihr die Weste ab!"

Ich schwöre, ich sah, wie ein Lächeln auf dem Gesicht des Mannes erschien, während er den Kopf schüttelte. „Der Boss sagt, akzeptieren Sie es oder vergessen Sie den Deal!"

LeJeune flüsterte in meinem Ohr: „Eier aus Stahl, *chère*! Fast geschafft."

„Ja und dann zieht er an der Schnur, und sie fliegt in die Luft", flüsterte ich zurück.

„Hab Vertrauen! Übrigens, Luke sagt, er liebt dich."

Ich hielt inne. Dass Luke LeJeune sagen würde, er sollte mir das sagen, und dass LeJeune das tatsächlich tat, machte einen Unterschied für mich. Plötzlich fühlte ich mich wieder mehr im Gleichgewicht. Weniger allein. Mehr als ein Dutzend Leute, einschließlich des Mannes, den ich am meisten auf der Welt liebte, passten auf uns auf. Vielleicht würde es funktionieren. Dennoch schwor ich mir, nie wieder Filme über Terrorismus anzuschauen.

Ich ging stetig, aber vorsichtig, auf den Mann und Rachel zu. Rachel war totenstill, ging aber steif weiter, als wüsste sie, dass eine falsche Bewegung zur Katastrophe führen würde. Dann blieben sie stehen.

Das Herz klopfte mir bis in den Hals. Was jetzt?

Sie beugte sich zu dem Mann und fragte etwas. Ich konnte nicht hören, was es war.

Er nickte und zeigte nach vorne. Dann ging sie weiter. Mein Mund wurde knochentrocken. Ich wollte schreien: „Stopp! Halt einfach an!", doch als ich den Mund öffnete, kam nichts heraus.

Es schien ewig zu dauern, aber schließlich waren wir nur noch ungefähr fünfzehn Meter auseinander.

Der Mann hielt an, genau wie Rachel. Ich tat es ihnen gleich. Der Mann kam mir bekannt vor. Mir wurde klar, dass er einer der Männer sein musste, der bei meinen Nachbarn, den Schomers, herumgelungert war. In dem Pick-up. Das schien so lange her zu sein, als wäre es in einem anderen Leben passiert.

Jetzt hob der Schlägertyp seine Pistole und zielte auf meine Brust. Die Zeit stand still. Ich würgte. „Eine falsche Bewegung und ich werde schießen. Und das ist dann das Signal für den Boss, die Weste zu aktivieren."

Ich brachte ein schwaches Nicken zustande.

„Geben Sie mir den Stick!"

„Lassen Sie zuerst Rachel gehen!"

„So läuft das nicht. Sie zuerst, Miss Foreman!" Ich hätte schwören können, dass er ein Grinsen unterdrückte.

„Warum?" Ich konnte nicht anders.

Es war einen Moment lang still und da wusste ich, dass Stokes, wie LeJeune in meinem Ohr, mit seinem Mann sprach. „Wir haben das Treffen hier geplant. Haben Sie mit Ihrer Tochter am Telefon sprechen lassen. Beides waren Gesten unseres guten Willens. Jetzt sind Sie an der Reihe."

Ich warf einen Blick über meine Schulter zu Luke und LeJeune und fragte mich, ob ich das machen sollte. Dann wurde mir klar, dass der Schlägertyp direkt neben Rachel stand. Er wollte genauso wenig, dass die Weste explodierte, wie ich.

Ich trat langsam vor. „Er ist in meiner Tasche. Ich muss meine Hand hineinstecken und ihn herausholen."

Er nickte. Oh, wie ich mir wünschte, ich hätte den Colt meines Vaters darin anstatt des USB-Sticks. Ich würde den Bastard erschießen ohne zu zögern. Stattdessen schob ich meine Hand hinein und holte das fünf Zentimeter lange Plastikteilchen heraus, das jetzt das Einzige war, das zwischen Leben und Tod meiner Tochter entscheiden würde. Ich wollte ihn ihm am liebsten zuwerfen, Rachels Hand ergreifen und zurück zum Hangar sprinten. Aber das konnte ich nicht tun. Als ich vorsichtig vortrat, streckte er seine Hand aus und ich überreichte ihm den Stick.

Das war's.

Ich erwartete kein Danke oder Dankbarkeit, aber, was er als Nächstes tat, hatte ich nicht erwartet. Er steckte die Waffe ein, wirbelte herum und rannte zurück zum Lieferwagen und ließ Rachel und mich in der Mitte der Piste stehen.

„Oh, Baby!" Ich ging mit ausgestreckten Armen auf sie zu.

„Nicht, Mom! Beweg dich nicht! Hörst du, was ich sage? Stokes wird auf die Fernbedienung drücken."

Ich erstarrte und stand stockstill. Das würde er nicht. Das konnte er doch nicht.

Rachel starrte mich an, ihre Augen vor Panik weit aufgerissen.

Ich hörte rennende Schritte hinter mir. „Beweg dich nicht, Ellie!" LeJeune.

„Rachel, du auch nicht!" Es war Luke. „Dreh dich nicht um! Wir müssen das Ding entfernen."

„Beeil dich!", schrie ich. „Der Typ ist schon fast beim Lieferwagen!" Seine anderen Männer stiegen in die Fahrzeuge und einer der Motoren startete.

Luke ging zu Rachel und ließ die Taschenlampe auf die Weste scheinen. Dann schaute er hinauf zu ihr. „Wo ist der Verschluss? Wie hat er sie an dir angebracht?"

„Oben und unten ist ein Haken. Auf der Innenseite."

„Braves Mädchen", sagte Luke. „Jetzt steh einfach still! Ich mache den Rest. Es wird alles bald vorbei sein." Er gab LeJeune die Taschenlampe, der damit auf die Weste zielte.

Meine Blicke folgten Stokes' Männern. „Oh Scheiße! Der Letzte steigt in den Lieferwagen. Du musst das Ding runterbekommen. Er wird sie jede Sekunde hochgehen lassen!"

Der Wind wurde stärker und ließ mich erzittern. Ich brauchte mein kleines Mädchen. Sie brauchte mich. Wir waren nur wenige Meter voneinander entfernt, aber es hätten genauso gut Kilometer sein können.

Luke schaffte es, den oberen Verschluss an der Weste zu öffnen. „Fast geschafft. Haltet alle noch etwas durch!" Jetzt fing er an, am unteren Verschluss zu arbeiten. Während er nach dem unteren Haken suchte, sprang der zweite Lieferwagen an.

„Luke, beeil dich! Bitte! Jetzt oder nie!"

Luke fand den Haken, öffnete ihn und nahm Rachel vorsichtig die Weste ab. Sie rannte in meine Arme.

„Wirf sie weg!", schrie LeJeune.

Luke holte aus, als würde er einen Volleyball abschlagen, nahm drei Schritte Anlauf und warf sie zu der Seite der Landebahn, die der Waldseite gegenüber war.

„Okay. Weg hier, na los!"

Wir vier sprinteten wie professionelle Läufer und waren fast zurück beim Hangar, als die Weste explodierte. Die Wucht der Explosion warf uns zu Boden. Ich kroch hinüber zu Rachel, bedeckte ihren Körper mit meinem und beobachtete, wie ein riesiger oranger Feuerball in den Nachthimmel aufstieg.

Kapitel 67

Samstagnacht und Sonntag

Am nächsten Morgen beschloss ich, zur Drogerie in Lake Geneva zu fahren, um ein Nachtlicht zu kaufen. Luke, Rachel und ich waren gegen vier Uhr morgens bei Luke zu Hause angekommen. Rachel hatte kein Wort gesagt, seit sie freigekommen war, doch der Ausdruck des Entsetzens auf ihrem Gesicht sprach Bände. Sie ließ nicht zu, dass ich mich mehr als ein bis zwei Meter von ihr entfernte, also krochen wir beide in ein Bett in einem von Lukes Gästezimmern. Sie ließ mich das Licht nicht ausschalten und drückte sich so fest an mich wie sie konnte. Ich hielt sie fest, stundenlang, wie mir schien, bis ich schließlich ihr tiefes, gleichmäßiges Atmen im Schlaf hörte.

Mit dem eingeschalteten Licht und dem Stress der vergangenen zwei Tage würde ich auf keinen Fall einschlafen können. Ich versuchte, Rachel nicht zu stören, als ich gegen sieben Uhr aus dem Bett kletterte und hinunter ging. Luke hatte bereits eine Kanne Kaffee gekocht und trank ihn am Küchentisch. Dunkle Ringe umschatteten den Bereich unter seinen Augen, und sein heruntergekommenes Äußeres zeigte, dass er weder geschlafen noch geduscht hatte. Vor ihm lag ein Block mit gelbem Papier, auf dem er sich Notizen machte, die ich von der anderen Seite des Raumes nicht entziffern konnte.

Ich ging zu ihm, legte ihm die Hände auf die Schultern und küsste ihn auf den Kopf. „Danke", flüsterte ich. „Für alles."

Er drehte sich nicht um, aber er fasste hinauf und drückte eine meiner Hände. Ich vergrub mein Gesicht an seinem Hals und schmiegte mich an seine Wange.

„Es ist noch nicht vorbei", sagte er mit rauer Stimme.

„Du hast auch nicht geschlafen." Er schüttelte den Kopf. „Was machst du da?"

„Notizen."

„Warum? Für Vernehmungen mit dem FBI und den Cops?"

„Unter anderem."

Ich richtete mich auf, ging hinüber zur Kaffeekanne und schenkte mir eine Tasse ein. „Und für welche Dinge noch?"

„Er wird damit nicht davonkommen."

Ich schaute Luke an. „Das ist er doch schon."

„Das habe ich nicht damit gemeint, Ellie." Ich neigte den Kopf zur Seite. Diesen Ton hatte ich schon seit Jahren nicht mehr von ihm gehört: streng und ernst und geladen mit schwelender Wut. Es erinnerte mich an das erste Mal, als wir uns getroffen hatten. Als er des Mordes beschuldigt worden war.

„Was hast du vor?"

„Wie geht's Rachel?", fragte er und wich damit meiner Frage aus.

„Sie lässt mich nicht von ihrer Seite weichen. Aber sie ist endlich eingeschlafen. Bei eingeschaltetem Licht."

„Warum lässt du sie dann allein?"

Eine Spur von Verärgerung überkam mich. Ich hatte sie nicht allein gelassen. Andererseits waren wir beide erschöpft, physisch und emotional. Wir neigten beide dazu, Dinge zu sagen, die wir nicht wirklich meinten. Ich zumindest. Also zwang ich mich, meine Verärgerung runterzuschlucken. „Ich fahre zur Drogerie und kaufe ein Nachtlicht. Brauchst du noch etwas?"

„Warum fahre nicht ich stattdessen?" Er stand auf. „Ich werde auch etwas zu essen einkaufen. Was soll ich besorgen?"

„Was du möchtest." Ich durchquerte nochmal den Raum und legte meine Arme um ihn, erleichtert, dass ich mein kleines Mädchen nicht allein lassen musste.

Er umarmte mich ebenfalls. „Du weißt, dass heute Nachmittag eine ganze Menge Leute da sein werden. Glaubst du, Rachel schafft das?"

„Wenn nicht, dann werden sie einfach warten müssen, bis sie so weit ist. Dann müssen sie stattdessen mit uns sprechen. Sie ist in einem schlechten Zustand, Luke."

„Ich werde es Jimmy sagen. Er hat schon angerufen."

Ich trat aus seiner Umarmung zurück. „Ich habe mich etwas gefragt. Glaubst du, die Weste ist explodiert, weil du sie zur Seite geworfen hast? Oder hat Stokes sie aktiviert, als sie weggebraust sind?"

„Ich weiß es nicht. Ich schätze, wir werden auf die forensische Analyse warten müssen."

„Wird das einen Unterschied machen? Ich meine, keiner wird dich deshalb beschuldigen, oder?"

„Das sollen sie mal versuchen."

Ich massierte meinen Nacken. In gewisser Weise sträubte ich mich, noch einmal alles durchzugehen, was in der letzten Nacht passiert war. Nicht, weil es den Horror der Ereignisse zurückbringen würde. Ich hatte Angst vor meiner eigenen Wut. Die hatte sich immer weiter aufgestaut, seit wir Rachel wiederhatten. Eine reine, intensive Wut. Ich wollte Stokes Stück für Stück auseinandernehmen. Ich wusste, dass ich das tatsächlich tun könnte. Er hatte meine Tochter durch die Hölle gehen lassen. Er hatte die wertvollste Person in meinem Leben bedroht und viele andere Leute zu Tode geängstigt. Wenn Rache je berechtigt war, dann in so einer Situation. Die Stärke meiner Gefühle jagte mir beinahe Angst ein.

Luke zog seine Jacke an. „Okay. Ich werde bald zurück sein. Falls irgendjemand anruft, lass es einfach auf die Mailbox gehen."

„Ich werde mich wieder zu Rachel legen. Vergiss das Nachtlicht nicht."

Kapitel 68

Montag

Gary Phillips freute sich nicht auf sein Treffen mit Stokes. Der Sicherheitschef hatte darum gebeten, ihn in einer abgelegenen Gasse im South Loop, in der Nähe von Manny's Delikatessen, um sieben Uhr morgens zu treffen. Phillips hatte nur widerwillig zugestimmt, und jetzt, nachdem er ein Taxi hierher genommen hatte, fuhr er sich mit der Hand durch seine grau melierten Haare. Das war eine Angewohnheit aus College-Tagen und er hatte gedacht, dass er sie mittlerweile abgelegt hatte. Aber besonders in stressigen Zeiten tauchte sie immer wieder auf. Und ein Besuch des FBI, das behauptet hatte, der Delcroft-Sicherheitschef hätte eine junge Frau entführt, obendrein zu den anderen Verbrechen, die er begangen hatte, war stressig genug gewesen. Kein Wunder, dass Stokes sich versteckt hielt.

Phillips' einzige Rechtfertigung für sein Kommen war, dass er wissen musste, was Stokes genau getan hatte, um Schadensbegrenzung betreiben zu können. Er trat von einem Fuß auf den anderen. Es war ein sonniger Tag mit metallisch-blauem Himmel, aber es war kalt. Er nahm seine Lederhandschuhe aus der Tasche, zog sie an und klappte den Kragen seines North-Face-Parkas hoch.

Er schaute auf seine Uhr; Stokes war immer pünktlich, egal wo sie sich trafen. Phillips schaute sich um. Wie in so manchen Gassen in Chicago war auch in dieser der Beton aufgeplatzt; genau in der Mitte befand sich ein Schlagloch. Die Hintertüren eines Dutzends kleiner Büros und Läden, die durch Maschendrahtzäune auf den Grundstücksgrenzen voneinander getrennt waren, gingen zu einer Seite hinaus. Einige kleinere Gebäude, wahrscheinlich Lagerhäuser, standen auf der anderen Seite. Mehrere grüne Abfalltonnen standen auf jeder Seite und verbreiteten einen widerlichen Gestank. In einem Hinterhof lag die Karosserie eines alten Chevy, der auf Mauersteinen aufgebockt war.

Am Südende der Gasse hielt ein Taxi und die hintere Tür öffnete sich. Eine stämmige Person kam zum Vorschein. Stokes. Der Mann kam gemächlich herüber, als hätte er alle Zeit der Welt. Als sie näher beieinander waren, sagte er: „Ich habe Parks' USB-Stick."

Phillips stieß die Luft aus. Darum ging es also wieder. Mord aus niederen Beweggründen. Jetzt noch Entführung. Und versuchter Mord. Wenigstens hatte er seinen Anwalt angerufen.

„Über das Wochenende hatte ich Besuch. In meinem Haus in Winnetka."

„Vom FBI, würde ich wetten."

„Genau. Die suchen Sie. Was, verdammt nochmal, haben Sie sich dabei gedacht, das Foreman-Mädchen zu entführen?"

„Es war … notwendig."

„Und die Sprengstoff-Weste? Sind Sie komplett wahnsinnig? Wissen Sie, wie viel Scheiße das Unternehmen da wegschaufeln muss, um das unter Verschluss zu halten?"

„Mir ist klar, dass Sie denken, es wäre übertrieben, aber ich habe es als Sache der nationalen Sicherheit betrachtet. Wir mussten genau wissen, was Hollander mit Gao gemacht hat. Jetzt wissen wir es."

„Tja, jetzt, da wir das wissen, kann ich Sie wissen lassen, dass Sie *gefeuert* sind."

Stokes neigte den Kopf zur Seite. „Riordan ist der Einzige, der mich feuern kann."

„Das hat er. Der Befehl kommt von ihm", sagte Phillips.

„Er wird seine Meinung ändern, wenn er sieht, was ich in meinem Besitz habe."

„Was da wäre?"

„Ich habe die Informationen, die wir brauchten. Hollander ist definitiv eine Verräterin. Die E-Mails beweisen das."

Phillips scharrte unruhig mit den Füßen. „Sie haben sie entschlüsselt?"

„Das waren sie bereits." Stokes strich mit dem Finger zwischen Nase und Oberlippe entlang. „Wir haben den Jackpot geknackt. Wir hatten Hollanders E-Mails an Parks, aber jetzt haben wir auch die Korrespondenz zwischen Parks und Gao. Es gibt E-Mails über Zahlungen, wer wann was bekommt. Auch Anhänge mit Plänen. Und die drei haben sich vor einigen Monaten auf den Bahamas getroffen, um den Handel zu besprechen." Stokes blähte seinen Brustkorb auf. „Und es wird sogar noch besser!"

„Ich will so schnell wie möglich eine Hartkopie von all diesen Nachrichten", sagte Phillips.

„Ich weiß nicht." Stokes beäugte ihn. „Diese Information sind nur für berechtigte Personen."

„Sie werden sie bis heute Abend auf meinem Schreibtisch deponiert haben!" Er schaute auf seine Armbanduhr. „Riordans Anweisungen", fügte er hinzu.

Stokes sah ihn an, als wäre er sich unsicher, was er darauf erwidern sollte. Phillips konnte sich ein Schmunzeln nicht verkneifen.

„Er hat die ganze Sache mir übergeben. Will sich die Hände nicht schmutzig machen." Als von Stokes keine Antwort kam, fügte Phillips hinzu: „Was Ihre Entbindung von Ihren Aufgaben betrifft, steht es Ihnen frei, ihn anzurufen." Er schob die Hände in die Taschen. „Sonst noch etwas?"

„Was meinen Sie damit?"

„Gibt es sonst noch etwas, was Sie mir sagen wollen? Wo Sie hingehen? Wo wir Sie finden können?"

„Sie werden mich nicht finden. Ich werde Sie kontaktieren. Und eine Sache sollte Ihnen bewusst sein: Selbst wenn ich Ihnen die E-Mails gebe, werde ich eine Kopie davon behalten. Nur für den Fall der Fälle."

Phillips wusste, dass Stokes versuchte, ihn einzuschüchtern. Aber das ließ er sich nicht gefallen. „Erinnern Sie sich, dass Sie bei unserem letzten Treffen gesagt haben, Sie hätten zwei Worte für mich?"

„Ja. Aldrich Ames."

„Richtig. Nun, ich habe zwei für Sie." Er hielt inne. „Glaubwürdige Abstreitbarkeit. Sie sind von den Grundsätzen abgewichen."

Einen Moment lang antwortete Stokes nicht. Dann: „Wenn Sie meinen, dem FBI den von Ihnen vermuteten Aufenthaltsort verraten zu müssen, werde ich mit allem an die Öffentlichkeit gehen. Mit der ganzen Geschichte, von Anfang bis Ende."

„Aha." Phillips ließ sich nicht einschüchtern. Er wusste, dass Stokes nicht eine verdammte Sache unternehmen würde, die noch mehr Aufmerksamkeit auf ihn lenken würde. Aber nur um sicherzugehen, würde Phillips einen Anruf machen, wenn er zurück in seinem Büro war. Und zwar bei seinem DOD-Kontakt. Zuerst würde er ihn zusammenstauchen, weil er nicht von Anfang an bessere Informationen über Stokes bekommen hatte. Dann würde er ihm klipp und klar sagen, was getan werden musste.

„Tja, das war ein gutes Treffen. Jetzt entschuldigen Sie mich, aber ich habe einen arbeitsreichen Tag vor mir. Sorgen Sie dafür, dass das Paket bis fünf Uhr auf meinem Schreibtisch liegt. Ach, und stellen Sie sicher, dass Sie die Personalabteilung vor Tagesende kontaktieren. Die werden Ihnen gerne Möglichkeiten für die Berufsneuorientierung vorschlagen."

Stokes warf Phillips einen bösen Blick zu, was Phillips ein wenig genoss. Er versteckte sein Grinsen, während er zur Straße zurückging und Stokes dort zurückließ, wo er hingehörte – bei den Mülltonnen.

Kapitel 69

Montagabend

Phillips arbeitete noch nach Einbruch der Dunkelheit in seinem Büro, als sein Telefon summte. „Phillips."

„Mr. Phillips, hier spricht Henry Harding aus der Technikabteilung."

Zu Phillips' Überraschung hatte Stokes die Hartkopien der E-Mails kurz vor fünf Uhr bei ihm abliefern lassen. Phillips hatte den Satz sofort kopieren lassen und Harding geschickt, dem vorübergehenden Chef der Technikabteilung während Hollanders Abwesenheit.

„Das ist ein streng geheimes Projekt, Harding. Niemand darf etwas darüber erfahren. Verstehen, Sie?"

Harding, ein Mann um die Vierzig, mit Brille, mit Anzügen von der Stange und Krawatten, die schon seit zwanzig Jahren altmodisch waren, hatte genickt. „Ja, Sir."

„Ich will, dass Sie diese Papiere mit den Originalen vergleichen. Also, die Diagramme und Blaupausen. Stellen Sie sicher, dass beide identisch sind." Phillips konnte immer noch nicht glauben, dass Hollander Verrat begangen hatte. Es ergab einfach keinen Sinn.

Harding hatte geschluckt. Phillips war klar, dass der Mann Fragen hatte, aber anscheinend hatte er verstanden, dass es sich um eine heikle Angelegenheit handelte.

Jetzt meldete er sich am Telefon. „Was kann ich für Sie tun, Henry?"

„Ich glaube, Sie sollten besser herunterkommen. Es gibt da etwas, das Sie bestimmt sehen wollen."

Phillips fuhr mit dem Fahrstuhl zwei Stockwerke hinunter zur technischen Abteilung. Harding wartete schon auf ihn, also musste er seine Schlüsselkarte nicht benutzen. Harding führte ihn in einen Konferenzraum, wo ein alter Tageslichtprojektor in der Mitte des Tisches stand. Phillips erinnerte sich an Tageslichtprojektoren aus seiner Anfangszeit im Marketing. Er war überrascht, dass diese noch immer verwendet wurden. Nun, vielleicht auch nicht. Es war eine bekannte Tatsache, dass Ingenieure in manchen Bereichen die fort-schrittlichste Technologie verwendeten, aber immer noch Kugel-schreiberetuis trugen und veraltete Technologie auf anderen Gebieten verwendeten.

Harding hatte die Ärmel hochgekrempelt; er war blass, als hätte er seit Wochen kein Tageslicht mehr gesehen. Vermutlich hatte er das wirklich nicht. Wie die meisten der anderen Delcroft-Ingenieure war Harding ein Workaholic. Er sah ausgelaugt aus und hatte eine gebückte Haltung. Aber hinter dem müden Erscheinungsbild befand sich ein scharfer Verstand mit ausgeprägten analytischen Fähigkei-ten. Harding beugte sich über den Projektor und schaltete ihn ein. Ein Bild aus zwei Dokumenten nebeneinander wurde auf der beleuchteten Wand sichtbar.

„Sehen Sie sich das an. Beides sind Diagramme des Navigations-systems von DADES."

Phillips sah sich konzentriert die Bilder an. „Wonach suche ich?"

„Sehen Sie einen Unterschied?"

Phillips war kein Ingenieur. Er hatte den Physik-Grundkurs in Yale nur knapp bestanden. Jetzt musste er den Kopf schütteln. „Für mich sehen sie gleich aus."

„Sehen Sie sich die rechte Seite jedes Diagramms an." Harding schaltete einen Laserpointer ein. „Sehen Sie die Verbindungen und die Verkabelung?"

Jetzt, als Harding darauf zeigte, sah Phillips genauer hin. „Sie unterscheiden sich. Das Eine hat Drähte, die zu einer Box führen, und das andere hat Drähte, die zu diesem rotierenden Ding führen, was auch immer das ist."

„Ganz genau. Jetzt schauen Sie sich diese beiden an." Harding legte zwei neue Bilder auf den Projektor und umkreiste mit dem Laserpointer den Bereich, auf den Phillips sich konzentrieren sollte.

„Sie unterscheiden sich ebenfalls. Fast unmerklich, aber sie unterscheiden sich."

Harding nickte.

„Wollen Sie damit etwa das sagen, wovon ich glaube, dass Sie es sagen?"

Harding lächelte. „Ja, die linke Abbildung ist die richtige Unterlage. Direkt aus dem Tresor. Das rechte Bild ist das Exemplar, das Hollander über Parks an Gao geschickt hat. Irgendwie wurde es verfälscht. Geändert. Es wird also überhaupt nicht funktionieren."

Phillips fiel die Kinnlade herunter, sein Mund blieb offen stehen. Dann fing er so lange und so sehr zu lachen an, dass Hardings Blick ganz verunsichert wurde. Der Ingenieur dachte wahrscheinlich, dass Phillips den Verstand verloren hätte. Aber Phillips konnte einfach nicht aufhören.

Kapitel 70

Mittwoch

Rachel und ich verbrachten die nächsten Tage bei Luke. Wie ich später herausfand, zeigte Rachel klassische Anzeichen einer posttraumatischen Belastungsstörung. Sie schlief nur in kurzen Etappen und wachte schreiend und von Albträumen geplagt auf. Wenn sie wach war, war sie launisch. Sie starrte vor sich hin, war kühl und abweisend, und einen Moment später wurde sie von Angst zerfressen.

Das passierte, nachdem sie aufgewacht war. Während des Frühstücks sagte sie kaum ein Wort, aber sie aß gierig ihre Eier mit Toast. Ich war froh, dass ihr Appetit anscheinend okay war.

Als sie fertig war, fragte ich: „Möchtest du duschen?"

Sie nickte vage und stapfte die Treppe wieder hinauf. Ich stellte gerade das Geschirr in die Spülmaschine, als ich sie schreien hörte.

„Mama, wo bist du? Ich brauche dich!" Sie nennt mich oft „Mama", nicht mehr „Mom" oder „Mutter", wenn sie sich hilflos fühlt.

Ich raste hinauf und fand sie zusammengekauert auf dem Badezimmerboden, nackt. Sie zitterte am ganzen Körper, als wäre sie draußen in der Kälte. Ich deckte sie mit einem Handtuch zu und führte sie zurück ins Schlafzimmer.

Ich blieb den ganzen Tag bei ihr, hielt sie und kuschelte mit ihr und erinnerte sie daran, dass alles vorbei und sie nun in Sicherheit war. Vermutlich würden wir über alles andere, was passiert war, sprechen, wenn sie bereit dazu war. Ich vermutete jedoch, dass sie möglicherweise professionelle Hilfe benötigen würde. Welche 25-Jährige würde nicht ausflippen, nach all dem, was sie durchgemacht hatte? Eine Sprengstoff-Weste umgeschnallt zu bekommen und zu wissen, dass eine falsche Bewegung von ihr oder jemand anderem sie und die Leute um sie herum auslöschen könnte? Ich war ihre Mutter, aber selbst ich konnte den furchtbaren Horror nur erahnen, der sie erfasst hatte.

Die Polizei und das FBI kamen immer wieder nach Lake Geneva. Hauptsächlich LeJeune und Jimmy Saclarides, die Rachel glücklicherweise schon kannte. Es waren auch andere Beamte dabei, aber niemand setzte Rachel unter Druck. Stattdessen führten sie eine Reihe von Vernehmungen mit Luke und mir durch. Ich war mir nicht sicher, ob die Männer, die mit LeJeune kamen, beim FBI waren; sie könnten auch von einer anderen Bundesbehörde sein, vielleicht Homeland oder der CIA. Ich wollte Nick später darüber befragen. Sogar LeJeune und Jimmy waren befragt worden und bereiteten detaillierte Berichte vor.

Natürlich hörten die Medien Gerüchte über die Explosion und darüber, dass auf der Lodge Unmengen von Bundesagenten aufgetaucht und herumgeschwirrt waren. Jimmy übernahm die Führung und erklärte in einer Pressekonferenz, dass ein Gastank in der Nähe der Landebahn gerissen war. Niemand war getötet oder verletzt worden und der Sachschaden war minimal. Damit war das Medieninteresse vorübergehend ruhiggestellt worden, und die Presseleute zogen wieder ab. Ich war beeindruckt.

In der dritten Nacht gewann Rachel etwas Gelassenheit zurück. Sie war immer noch nicht sie selbst, aber sie stimmte zu, als ich fürs Abendessen Essen zum Mitnehmen von Saclarides vorschlug. Ich wurde mit einem Lächeln belohnt, als ich Taramasalata erwähnte, die pinke Fischrogen-Vorspeise, die sie so gern mochte. Ich bestellte per Telefon und hatte ein nettes Gespräch mit Jimmys Tante, die fragte, wie es Rachel ging. Als ich aufgelegt hatte, erzählte ich Rachel, dass sich viele Leute um sie sorgten.

Das schien sie zunächst aufzumuntern, bevor sie aus keinem ersichtlichen Grund plötzlich in Tränen ausbrach. Ich legte meine Arme um sie und führte sie in die Küche, wo ich ihr ein Glas Wein einschenkte. Das war vielleicht nicht das empfohlene Stärkungsmittel, aber es schien sie zu beruhigen. Ich schenkte mir selbst auch eines ein, und als wir uns setzten, fragte ich: „Willst du Q sehen?"

Ihre Augen weiteten sich und der Ausdruck darin ließ mich glauben, sie bekäme erneut Panik. Doch dann beruhigte sie sich. „Nein. Das kann ich nicht."

„Warum nicht?"

„Ich – ich weiß es nicht. Ich – ich will nicht, dass er mit dieser – dieser Sache in Verbindung kommt."

Ich glaubte zu verstehen, was sie meinte. „Okay. Er hat angerufen. Er will einfach, dass du weißt, dass er um dich besorgt ist. Seine genauen Worte waren", ich räusperte mich, „ich vermisse sie."

Sie trank einen Schluck Wein und lächelte mich schelmisch an.

Da wusste ich, dass sie darüber hinwegkommen würde.

Kapitel 71

Mittwoch

Eine Stunde später fuhr Luke weg, um das Essen abzuholen. Rachel und ich dösten auf den Sofas in seinem Wohnzimmer. Ich war gerade am einschlafen, als das Telefon klingelte. Ich dachte mir, es wäre besser, ranzugehen, und ging in die Küche, wo ich den Hörer abnahm.

„Ellie? Grizzly hier."

„Hey, Griz. Was ist los?"

„Ich habe einige Informationen für Luke."

„Ich kann ihm etwas ausrichten, wenn du möchtest."

Er hielt inne, bevor er schließlich sagte. „Sicher. Ich denke, das geht in Ordnung. Sag ihm, ich habe mehr über Stokes herausgefunden."

Mein Körper verspannte sich. „Was ist mit ihm?"

„Wie viel weißt du über seinen Hintergrund?"

„Nur, dass er bei der CIA war."

„Das stimmt. Nun, dort ging er unter etwas mysteriösen Umständen weg."

„Ja?"

„Ich habe einige Anrufe gemacht und herausgefunden, dass er gefeuert wurde."

Ich richtete mich auf. „Weswegen?"

„Anscheinend war er in Afghanistan und bekam dort Informationen in die Hand, die er ans Militär weitergab."

„Und?"

„Es waren lausige Informationen. Ein halbes Dutzend amerikanische Soldaten gingen in das Dorf und wurden abgeschlachtet. Der verantwortliche General rief die CIA an und sagte ihnen, die Army würde nie wieder mit dem Kerl zusammenarbeiten."

„Wirklich."

„Ja, aber weil er so lange bei der CIA war, waren sie damit einverstanden, das unter Verschluss zu halten."

„Warum bin ich darüber nicht überrascht?"

„Nach allem, was er dir und deiner Tochter angetan hat, bin ich es auch nicht."

„Denkst du, Delcroft weiß darüber Bescheid?"

„Darauf würde ich nicht wetten. Meine Quellen beruhen auf tiefgehenden Hintergrund-Recherchen."

„Du bist spitze, Griz."

„Ich weiß."

Ich ging mit dem Telefon ins Wohnzimmer. Rachel schlief, zumindest waren ihre Augen geschlossen. Ich ging zurück in die Küche. „Wie hast du das herauszufinden, Griz?"

„Ich habe dir doch gesagt, dass ich herumschnüffeln werde."

„Sorry, falsche Frage. Warum hast du danach gesucht?"

Er zögerte kurz. „Ich dachte, du wüsstest das. Luke hat mich darum gebeten."

———

Als Luke zurückkehrte, erzählte ich ihm von Grizzlys Anruf und was er gesagt hatte. Er ging in die Küche und begann, die Essenskartons auszupacken. Ich folgte ihm zum Tisch.

„Was machst du da, Luke?"

Er warf mir einen Blick über seine Schulter zu. „Das Essen vorbereiten. Wie geht's Rachel?"

Ich stemmte die Hände in die Hüften. „Versuch nicht, das Thema zu wechseln! Du weißt, was ich meine. Warum lässt du Stokes' Hintergrund überprüfen?"

„Ist das nicht offensichtlich?"

„Tun wir mal so, als wäre es das nicht."

„Ich will so viel Dreck wie möglich über das Arschloch ausgraben. Und es dann öffentlich machen. Zusammen mit dem, was er dir und Rachel angetan hat."

„Und was ist, wenn ich das nicht möchte?"

„Warum solltest du das nicht wollen?"

„Ähm … Es gibt da etwas, das sich Privatsphäre nennt. Ich weiß, davon ist nicht mehr viel übrig, aber ich möchte gerne an den winzigen Fragmenten festhalten, die wir noch übrig haben. Und ich will nicht, dass Rachels Situation öffentlich gemacht wird. Sie ist immer noch sehr sensibel. Und was ist, wenn irgendein Idiot das beenden will, was Stokes angefangen hat?"

Luke drehte sich um. „Ich glaube nicht, dass das passieren wird. Und eure Namen werden nicht veröffentlicht werden."

„Wie kommst du darauf?"

„Du wirst schon sehen."

Ich nahm einen tiefen Atemzug. Ich liebte Luke und würde ihm jederzeit mein Leben anvertrauen, aber diese Seite von ihm, diese zornige, rachsüchtige Haltung, sah ihm gar nicht ähnlich. Dennoch schuldete ich es ihm, seine Motive zu respektieren. Ich wusste, dass sie von seinem Wunsch herrührten, uns zu beschützen. Sicherzustellen, dass jegliche Bedrohung, die es gab, ausgeschaltet werden würde. Ich seufzte und holte die Teller aus dem Schrank.

„Was du auch vorhast, … bitte … sei vorsichtig."

Kapitel 72

Freitag

Zwei Tage später tauchte LeJeune nach dem Frühstück bei uns auf. Luke war gerade draußen und stutzte einige Büsche. Danach wollte er einen der Bäume zurückschneiden. Er spielt gerne den Holzfäller.

„Hey, Nick. Habe ich dir schon für alles gedankt, was du neulich nachts getan hast?"

„Brauchst du nicht. Das ist mein Job. Ich habe einige Antworten für dich." Er schaute sich um. „Ist Luke da?"

„Ich hole ihn."

„Wo ist Rachel?"

„Sie schläft noch."

„Gut. Sie muss das hier nicht unbedingt mit anhören."

Ich ging zur Hintertür, um Luke zu sagen, dass LeJeune hier war. Eine Minute später kam er herein und sie schüttelten sich die Hand. Ich freute mich. Die Spannungen, die zwischen ihnen aufgeflammt waren, hatten sich seit der Entführung in Luft aufgelöst. Ich spürte, dass sie gegenseitigen Respekt entwickelt hatten. Vielleicht könnte sich das sogar zu einer Freundschaft entwickeln.

Wir setzten uns ins Wohnzimmer. „Also, wir haben Teile des Sprengstoffs auf der Landebahn untersucht."

„Sag mir, dass es militärisches C-4 war", sagte Luke.

LeJeune schob die Baseball-Kappe hoch, die er immer trug. „Genau das war es, mein Freund. Die Art von Material, welches Stokes ganz einfach in die Hände bekommen konnte."

Luke stand auf und fing an, im Raum auf und ab zu tigern.

LeJeune fuhr fort. „Die vorläufige forensische Analyse deutet darauf hin, dass die Zeitschaltuhr eingestellt war, um hochzugehen."

„Was bedeutet, dass Stokes wirklich vorhatte, Rachel umzubringen", sagte Luke.

Mir wurde schlecht. Meine Hand flog zu meinem Mund, während ich ins Bad rannte und mich übergab. Ich brauchte zehn Minuten, um mich zu beruhigen. Als ich zurück ins Wohnzimmer kam, war ich ruhig. „Welche Pläne hast du, um diese Drecksau dranzukriegen? Der Typ muss für immer weggesperrt werden."

„Das wird nicht notwendig sein, *chère*." LeJeune schaute von Luke zu mir.

„Warum nicht?" Lukes Stimme war laut, anklagend.

„Weil Stokes tot ist."

Ein Frösteln überkam mich. „Was?"

Luke blieb abrupt stehen. „Wann? Und wie ist es passiert?"

„Eine Autobombe in seinem Lieferwagen, die irgendwann gestern angebracht worden sein muss. Als er und zwei seiner Mitarbeiten den Lieferwagen gestern Abend starteten, flog alles in die Luft."

„Wer ist dafür verantwortlich?", fragte ich mit unnatürlich ruhiger Stimme.

„Das wissen wir nicht." LeJeune schaute zu Luke hinüber.

Genauso wie ich. Bildete ich es mir nur ein oder sah Luke nicht so überrascht aus, wie er hätte sein müssen? Er stand da wie angewurzelt. Dann fing er an, leicht hin und her zu wanken.

LeJeune lächelte. „Nun, *chère*, das ist eine separate Ermittlung, die zum Glück nicht zu meinen Aufgaben gehört. Aber ich werde mein Bestes tun, euch auf dem Laufenden zu halten."

Luke wiegte sich immer noch hin und her. Und schaute mir nicht in die Augen.

„Was ist hier los?", fragte ich.

Er sagte nichts. Dann schien er sich wieder zu fassen, streckte den Rücken durch und zuckte mit den Schultern. „Ich weiß darüber genauso wenig wie du."

Ich wollte ihm glauben. Ich schaute zu Boden und starrte auf den Teppich im Wohnzimmer, der ein beiges Indianer-Design mit roten und braunen Fäden hatte. Sehr erdig. Vornehm. Maskulin.

„Ich denke, es könnte Delcroft gewesen sein", sagte ich.

„Warum denkst du das?", fragte LeJeune.

„Das alles begann mit Hollander, die DADES an die Chinesen verkauft hat. Vielleicht hatte Delcroft entschieden, es selbst öffentlich zu machen, anstatt Stokes es der Presse zuspielen und die Lorbeeren für sich einheimsen zu lassen –"

Luke unterbrach mich. „Komm schon, Ellie! Glaubst du wirklich, Delcroft würde einem Mord zustimmen?"

„Vielleicht schon", sagte ich. „Erinnerst du dich an Gregory Parks? Ich habe nie geglaubt, dass er Selbstmord verübt hat. Ich habe mich immer gefragt, ob ihn jemand gestoßen hat."

„Ein gewisser Jemand namens Stokes?"

Ich nickte.

LeJeune schüttelte den Kopf. „Das ist möglich. Aber das FBI glaubt nicht, dass Delcroft etwas damit zu tun hatte. Zu riskant. Obwohl sie einen Preis dafür zahlen werden, dass sie Stokes überhaupt angeheuert haben. Der Zweck heiligt nicht immer die Mittel."

„Wer hat es dann getan?", fragte ich. „Die Chinesen? Zugegeben, ihnen war wahrscheinlich klar, dass es für alle besser wäre, wenn Stokes nicht in der Sache herumstocherte und dabei jedem ans Bein pinkelt. Aber tatsächlich einem Mord auf US-Boden zustimmen? Ich weiß nicht."

Wir waren alle einen Moment lang still. Dann schaute LeJeune hinüber zu Luke. „Was denkst du, Luke?"

Er zögerte. „Ich weiß nicht, was ich denken soll."

Eine weitere bedeutungsvolle Pause folgte.

Ich beendete sie. „Also weiß Delcroft von Stokes' ‚heimlichen' Aktivitäten?"

LeJeune ergriff das Wort: „Jetzt wissen sie davon. Ich hatte das Vergnügen, mich mit jemandem namens Phillips zu treffen."

„Gary Phillips. Stellvertretender Finanzvorstand. Ziemlich hoch oben in der Hierarchie."

„Ich habe ihm alles erzählt." LeJeune beobachtete immer noch Luke.

Ich entschied, das nicht weiter zu verfolgen. „Hey, Jungs! Es gibt etwas, was ich nicht verstehe. Wenn Stokes von der CIA gefeuert wurde, warum hat ihn dann Delcroft überhaupt eingestellt?"

„Phillips behauptet, sie hätten nichts von seinem Hintergrund gewusst", sagte LeJeune.

„Glaubst du ihm?"

LeJeune spitzte die Lippen.

„Offensichtlich stehen sich Delcroft und das Militär sehr nahe", fuhr ich fort. „Und selbst wenn Grizzly behauptet, Stokes' Rausschmiss aus der CIA wäre verschleiert worden, dann hat Delcroft trotzdem Zugriff auf Informationen, den wir nicht haben."

„Ich schätze, es hängt davon ab, wie viel man Phillips glaubt", antwortete LeJeune. „Übrigens, wer ist nochmal Grizzly?"

„Ein Freund von Luke bei der Navy. Ein Kommandeur oben in Great Lakes."

„Ach ja, stimmt." LeJeune beobachtete Luke weiter.

„Oder …" Jetzt stand ich von der Couch auf, um auf und ab zu gehen. „Vielleicht steckte Hollander dahinter. Vielleicht hat Stokes sie erpresst … oder zumindest gedroht, ihr ‚Arrangement' öffentlich zu machen. Das könnte ein starkes Motiv sein."

„Vielleicht …", sagte LeJeune.

Wir beide richteten unsere Blicke auf Luke. Er sagte nichts.

Kapitel 73

Ein paar Minuten später verabschiedete sich LeJeune und versprach, in Verbindung zu bleiben.

Luke ging in Richtung Hintertür.

„Einen Augenblick mal, Partner …", sagte ich.

Er blieb stehen.

„Was habt ihr, du und Grizzly, getan?"

Er drehte sich um. „Wovon sprichst du?"

„Luke …"

„Woher willst du wissen, dass ich etwas getan habe?"

Ich wurde gereizt. „Hör mit den Spielchen auf! Ich bin vielleicht mit Rachel beschäftigt, aber ich bin nicht mehr völlig neben der Spur."

Er antwortete nicht.

„Wenn du etwas mit Stokes' Tod zu tun hast, dann bist du genauso schlimm wie er."

Jetzt widersprach er. „Ellie, dir ist schon klar, dass du nur spekulierst. Du hast keine Beweise."

„Nur Grizzlys Anruf."

Er steckte die Hände in die Taschen und vermied es, mir in die Augen zu sehen. „Wenn ich überhaupt etwas getan habe, und ich sage nicht, dass es so ist, dann nur, um dich und Rachel zu beschützen."

„Nenn mir einen guten Grund, weshalb ich dir glauben sollte."

„Weil ich dich liebe. Und weil Stokes von den Grundsätzen abgewichen ist. Er hat es total übertrieben."

„Es tut mir nicht leid, dass er tot ist, okay? Ich bin froh, dass er meinem Kind nicht mehr wehtun kann. Aber wenn du etwas damit zu tun hattest", ich fühlte, wie meine Wut zunahm, „dann ist das eine ganz andere Sache. Also. Hast du?"

„Ich werde diese Frage nicht beantworten. Aber mit einer Sache hast du recht. Es ist eine ganz andere Sache. Ich weiß, du bist unabhängig. Ich weiß, du hast deine Kriege immer gerne selber gekämpft. Aber manchmal wächst dir das über den Kopf und du brauchst Hilfe. Entweder erlaubst du mir, mich um dich zu kümmern und das Richtige zu tun, oder nicht."

„War einen bösen Typen umzubringen die einzige Möglichkeit, mich zu retten?"

„Sei nicht so naiv! Manchmal ist das so, und das weißt du. Wenn dein Leben auf dem Spiel steht und ich die Möglichkeiten oder die Kontakte oder die Fähigkeiten habe, na ja …" Er beendete den Satz nicht. Das musste er auch nicht.

Luke und ich hatten einen Schlüsselmoment in unserer Beziehung erreicht. Es ging nicht darum, dass ich ihn verdächtigte, Informationen an Grizzly weitergegeben zu haben, der sie wahrscheinlich wiederum an andere weitergegeben hatte, die die Entscheidung getroffen haben, Stokes auszuschalten. Aber ein Mord? Wäre es nicht wirkungsvoller gewesen, ihn einzusperren? Ihn in ein Guantanamo auf US-Territorium zu schicken oder in ein Black-Ops-Geheimgefängnis, wo man ihn für den Rest seiner Tage für seine Taten leiden ließe? Obwohl ich diesen Mann für das hasste, was er mir und meiner Tochter angetan hatte, wäre es meiner Meinung nach eine größere Strafe, ihn zu zwingen, jeden seiner verbleibenden Tage damit zu verbringen, darüber nachzu-

denken und vielleicht sogar etwas von seinen Sünden wiedergutzumachen, als ihn hinzurichten.

Andererseits hatte ich nie im Militär oder beim Geheimdienst
gedient. Luke, Grizzly und LeJeune hatten das. Vielleicht wussten
sie etwas über das Verhalten dieses Mannes, das ich nicht wusste.
Sie waren ein Teil des immerwährenden Kriegszustandes, in
welchem unser Land zu existieren scheint. Vielleicht verändert das
die Werte von jemandem und auch die Art, wie ‚Soldaten' mit
Rebellion, Autorität und Verbrechen umgingen. Vielleicht macht
der Krieg es einfacher, Strafe zuzumessen und Vergeltung zu üben.

Im Kern jedoch stand die persönliche Beziehung zwischen Luke
und mir. So ungern ich es auch zugeben wollte, ich habe die Angewohnheit, zu tief in Sachen hineinzurutschen. Manchmal muss ich
gerettet werden. Barry war nicht in der Lage dazu gewesen. Und
David auch nicht. Aber Luke bettelte geradezu um den Job.

Er stand jetzt vor mir und legte sich seine Überlegungen
zurecht. Schließlich sagte er: „Ich weiß nicht, wer Stokes getötet hat.
Aber ich weiß, weshalb es getan wurde. Er hat jede Person und
Institution, mit der er in Berührung kam, infiziert. Wie sich herausgestellt hat, wollten ihn eine ganze Menge Leute tot sehen."

Nun war ich an der Reihe, nichts zu sagen. Wenn ich weiterhin
zum Ablauf von Stokes' Tod nachbohrte, da war ich ziemlich sicher,
würde ich entdecken, dass Luke dabei eine Rolle gespielt hatte. War
ich bereit, einem Partner zu verzeihen, der aktiv die Ermordung
eines anderen Mannes verfolgt hatte, so abscheulich der auch
gewesen war? Konnte ich zugeben, dass ich vielleicht – nur vielleicht – jemanden an meiner Seite brauchte, auf den ich mich
verlassen konnte? Es war ein gigantisches Risiko, jemandem bedingungslos zu vertrauen. Bedingungslos. Was war, wenn er dieses
Vertrauen ausnutzte und mich verletzte? Was war, wenn es nicht
funktionierte? Dieses Leben ‚in der Grauzone' war nicht einfach.

Ich musste eine Entscheidung treffen. Ich musste darüber nachdenken. „Sag mir nur eines: Ist es vorbei?"

Seine Stirn glättete sich, und sein Körper entspannte sich sichtlich. Seine Augen füllten sich mit der sanften, unermesslichen
Wärme, die ich normalerweise immer bei ihm sehe. „Ja. Der Teil,

der dich und Rachel betrifft, ist vorbei. Keiner wird mehr hinter euch her sein. Das verspreche ich dir."

„Was ist mit dem gehackt werden? Wird die NSA, oder wer auch immer der Hacker des Monats ist, ab jetzt aufhören, mein Leben abzuhören?"

„Das kann ich nicht versprechen. Aber ich vermute, dass sie, wenn sie erst einmal herausfinden, wie banal und normal dein Leben ist, das Interesse verlieren werden."

Ich nickte. „Wegen dem, was du getan hast."

Er verlagerte sein Gewicht. Ich war froh, dass er nicht versuchte, mich zu umarmen. Es würde einige Zeit dauern, bis ich sein Verhalten relativieren konnte. Im Augenblick war alles, an das ich denken konnte, dass der ‚Soldat', den ich liebte, nicht die Person war, von der ich gedacht hatte, ich würde sie kennen. Und auch das Land, in dem wir lebten, war nicht so, wie ich gedacht hatte. Diese beiden Gedanken hinterließen ein unbehagliches Gefühl in mir.

Kapitel 74

Sonntag und Montag

Am Sonntag fuhren wir zu meinem Haus zurück. Rachel würde eine Weile bei mir bleiben, bis sie stark genug war, ihr Leben wieder aufzunehmen. Als ich Barry anrief, eilte er sofort zu uns. Sie warf sich in seine Arme und mir wurde klar, dass er, obwohl es zwischen ihm und mir nicht funktioniert hatte, Rachel genauso sehr liebte wie ich. Das war ein gutes Zeichen. Ich lächelte. Barry fing während ihrer Umarmung meinen Blick auf und lächelte zurück.

Rachel und ich schliefen die Nacht beide durch, aber als ich aufwachte, sah es nach Regen aus. Schon eine Stunde später regnete es; ein kalter, düsterer Regen, bei dem ich am liebsten unter eine Decke kuscheln wollte. Gerade, als ich das tun wollte, fuhr eine Limousine mit Chauffeur vor. Ein uniformierter Fahrer stieg aus, öffnete einen Schirm und ging zur hinteren Tür der Limo, wo ein grauhaariger Mann, der einen einwandfrei geschnittenen Anzug trug, ausstieg. Der Limo-Fahrer überreichte ihm den Schirm, und der Mann ging auf meine Haustür zu. Ich spürte das Aufblitzen der Wiedererkennung.

Gary Phillips. Der stellvertretende Geschäftsführer von Delcroft.

Ich ging zur Tür und öffnete sie in dem Moment, als er die Veranda erreichte, noch bevor er auf die Türklingel drücken konnte. Wenn er überrascht war, zeigte er es nicht. „Guten Morgen, Ellie. Haben Sie ein paar Minuten?"

Ich führte ihn ins Wohnzimmer und brachte ihm eine Tasse Kaffee. Er setzte sich auf den Stuhl meines Vaters, trank einen Schluck und stellte die Tasse dann zur Seite. Ich setzte mich auf die Couch.

„Ich nehme an, Sie haben die Neuigkeiten über Stokes gehört?" Ich nickte.

„Im Namen von Delcroft Aviation möchte ich Ihnen eine offizielle Entschuldigung für den Schrecken und die Angst, die Sie und Ihre Tochter erlitten haben, aussprechen. Und, geben Sie sich keiner Täuschung hin, das war ein terroristischer Akt. Stokes hat das, was ihm passiert ist, verdient."

War das eine stillschweigende Entlastung für das, was Luke getan hatte? Wollte er mir damit sagen, dass Luke tatsächlich eine aktive Rolle bei der Tötung von Stokes gespielt hatte?

„Und wir möchten Sie für das Erlittene entschädigen. Ich weiß, Geld kann nicht −"

„Ich will Ihr Geld nicht", unterbrach ich ihn.

Seine Augenbrauen schossen nach oben.

„Aber ich möchte einige Antworten."

Er griff nach seinem Kaffee. „Sie haben das recht dazu. Fragen Sie drauf los!"

„Warum haben Sie Stokes überhaupt angeheuert? Was ist mit Ihrer Sorgfaltspflicht?"

„Wir dachten, wir hätten es richtig gemacht. Es stellte sich heraus, dass der Bericht, den wir über ihn bekommen habe, pure Erfindung war. Er war voller − na ja, einfach gesagt − Lügen."

„Dann wussten Sie nicht, dass er bei der CIA gefeuert worden war?"

„Nein, das wussten wir nicht. Stokes hatte auf jeden Fall Verbündete in hohen Positionen, die die Hand über ihn hielten. Übrigens wird das gerade genauer geprüft."

„Gregory Parks. Er hat nicht Selbstmord begangen, oder?"

Philips spannte die Lippen an und sagte eine halbe Minute lang nichts, bevor er schließlich antwortete: „Nein. Das hat er nicht."

„Stokes hat ihn gestoßen."

Phillips nickte. „Ja."

„Seit wann wussten Sie das?"

Wieder dauerte es, bis er antwortete. „Lange genug, dass ich, falls es jemand darauf anlegt, wegen eines Kapitalverbrechens angeklagt werden könnte."

Mein Kopf fuhr hoch, ich war überrascht über seine Aufrichtigkeit.

„Was ist mit Charlotte Hollander? Was werden Sie tun? Sie hat DADES an die Chinesen verkauft."

„Tja, eigentlich ist das der andere Grund, weswegen ich hier bin."

Ich legte den Kopf schief.

„Die Diagramme, die Blaupausen von DADES, die in Charlottes E-Mails an General Gao geschickt wurden, waren verfälscht."

„Verfälscht? Inwiefern?"

„Sie wurden verändert. Einfach, aber effektiv. Falls und wenn die Chinesen sie kopieren und das System produzieren wollen, werden sie unterm Strich mit Nichts dastehen. DADES wird nicht funktionieren."

Ich zuckte zusammen. „Sie machen Witze."

Er schüttelte den Kopf. „Übrigens, das ist streng geheim. Keiner außerhalb des Unternehmens weiß davon. Nur der Vorstandsvorsitzende und ich. Und einer unserer Ingenieure."

Ich versuchte, die Neuigkeit zu verstehen. „Wer hat die Pläne geändert? Wie hat man das herausgefunden? Was werden Sie jetzt unternehmen?"

Er lächelte und hob eine Hand. „Ich werde all Ihre Fragen beantworten, aber eine nach der anderen. Wir haben die Anhänge – Sie wissen schon, die Diagramme und Blaupausen – auf dem Stick von Parks, den Sie Stokes gegeben haben, mit den Originalen in unserem Tresor verglichen. Die Unterschiede waren klar ersichtlich."

„Und?"

„Wie ich schon sagte, es war eine subtile, aber effektive Strategie. Ein Schaltkreis führte zur falschen Box. Ein Draht hier und dort war falsch angebracht. Zusammen genommen war das genug, um das Produkt wertlos zu machen."

„Wer hat das getan?"

„Es muss Charlotte gewesen sein."

„Nicht Parks?", sagte ich.

„Nein, es war Charlotte."

„Woher wissen Sie das?"

„Weil die Änderungen ihren Ursprung auf ihrem Computer haben. Das, was sie Parks geschickt hat, war nicht das, was sie konstruiert hatte. Und das wiederum hat Parks an Gao geschickt."

„Mein Gott!" Ich beugte mich vor. „Das bedeutet …" Ich dachte darüber nach. „Das bedeutet, Hollander hat doch keinen Verrat begangen."

„Das ist korrekt. Hollander ist eine Patriotin. Zumindest in unseren Augen. Endlich hatte jemand – entschuldigen Sie den Ausdruck – die Eier, um sich mit diesen verdammten internationalen Cyber-Kriminellen anzulegen."

„Denken Sie, Parks wusste davon?"

„Ich weiß es nicht."

So wie ich die Stärke von Parks' Loyalität gegenüber den Uiguren kannte, wäre ich nicht überrascht gewesen, wenn Hollander und Parks beide beteiligt gewesen waren. Ich fragte mich, ob ich Phillips sagen sollte, dass ich wusste, dass Parks ein Doppelagent gewesen war, doch ich entschied mich, für den Moment zu schweigen. Schließlich war die einzige andere Person, die das abgesehen von den Chinesen noch gewusst hatte, nicht mehr am Leben. Was mich an etwas erinnerte.

„Wussten Sie, dass Parks verlobt war? Und dass seine Verlobte bei einem Unfall auf der Eisenhower getötet wurde?"

„Das hat man mir mitgeteilt."

„Haben Sie eine Ahnung, wer dahinterstecken könnte?"

„Das sollten Sie Ihren FBI-Freund fragen. Darüber weiß ich nichts."

„Aber wenn Sie spekulieren müssten …"

„Das würde ich lieber nicht." Phillips holte tief Luft. „Wir leben in einer gefährlichen Welt."

Deutete er damit an, dass die chinesische Regierung eine Rolle bei Graces Tod gespielt haben könnte? Ich wusste es nicht, aber ich wusste, dass ich nicht mehr aus ihm herausbekommen würde, was das betraf.

„Zurück zu Charlotte", sagte Phillips. „Wie ich schon sagte, Delcroft steht riesig in ihrer Schuld. Sie hat die Zukunft des Unternehmens gerettet."

Vielleicht, dachte ich. Obwohl sie immer noch in Gefahr sein könnte, falls und wenn die Chinesen herausfanden, dass sie gelinkt worden waren. Aber die Tatsache, dass Hollander und Parks zusammengearbeitet haben könnten, würde ihre Reaktion erklären, als sie Parks in meinem Video sah. Sie wollte nicht, dass zwischen ihnen eine Verbindung hergestellt werden könnte. Sie war mitten in einer verdeckten Operation.

Aber eine Sache passte nicht. „Moment mal. Wenn alles, was Sie sagen, wahr ist, warum ist Hollander dann abgehauen?"

„So, wie ich das sehe", sagte Phillips, „musste sie wissen, dass Stokes ihr auf den Fersen war. Und wie gefährlich er werden konnte. Ich schätze, sie hat entschieden, dass es sicherer wäre, von der Bildfläche zu verschwinden, als seinetwegen ein Risiko einzugehen."

„Hatten Sie beide seitdem Kontakt?"

„Nein." Er schaute mir in die Augen. Ich spürte, dass er die Wahrheit sagte. „Aber ich wünschte, es wäre so. Ich würde wollen, dass sie weiß, dass es jetzt sicher ist, zurückzukommen."

„Sie glauben nicht, dass sie das weiß?"

„Nein. In ihrer Lage könnte sie es noch nicht einmal riskieren, ein Internet-Café aufzusuchen."

„Weil ..."

„Weil sie nicht weiß, wer was wann wusste. Stokes hat sie wahrscheinlich überwacht, genau wie die CIA und die NSA. Und die Chinesen. Wäre ich sie, wäre ich so weit weg wie nur irgend möglich von einer Internet-Verbindung."

Es gab noch eine Institution, die er nicht erwähnt hatte. „Sie haben bei Ihrer Auflistung das Militär vergessen."

Er hob seine Kaffeetasse, trank noch einen Schluck und stellte sie wieder ab. „Ja." Er nickte. „Die auch."

„Wissen die beim Militär über die geänderten Dateien Bescheid?"

„Warum fragen Sie?"

„Weil", ich hielt inne, „sie vermutlich diejenigen waren, die Stokes umgebracht haben, oder nicht?"

„Ich habe Ihnen gesagt, dass ich nicht weiß, wer Stokes umgebracht hat", sagte Phillips. „Aber, wer auch immer es war, ich kann nicht behaupten, dass es mir leidtut."

„Gut ausgewichen, Mr. Phillips."

„Was meinen Sie damit?"

„Ist es nicht möglich, dass zusätzlich zu Hollander und Parks auch das Militär entdeckt hat, dass die Pläne geändert wurden?"

„Alles ist möglich."

„Hollander hatte eine vorbildliche Karriere beim Militär, bevor sie zu Delcroft kam."

„Das hatte sie", gab er zu.

„Also, woher wissen wir dann, dass nicht *das Militär* hinter diesem ganzen Täuschungsmanöver steckt?"

Er sagte nichts.

Ich hatte angenommen, dass Stokes die Bombe in Dolans Büro gelegt hatte. Zu der Zeit hatte das Sinn ergeben. Aber was wäre, wenn es nicht Stokes gewesen war? Was wäre, wenn es das Pentagon gewesen war? Sie hatten eigennütziges Interesse daran, dass der Handel funktionierte, besonders wenn sie wussten, dass sich DADES als Blindgänger erweisen würde.

Phillips stieß den Atem aus. „Eigentlich, Ellie, spielt die Regierung beide Seiten schon lange gegeneinander aus."

Kapitel 75

Montag

Wieder war ich überrascht über Phillips Aufrichtigkeit. Das hatte ich von dem Geschäftsführer eines der größten Waffenlieferanten der Regierung nicht erwartet.

„Das Militär ist in einer Win-Win-Situation", sagte Phillips nach kurzem Zögern. „Sie können die Chinesen unterstützen, indem sie ihnen ein Anti-Terror-System verkaufen, das in diesen unsicheren Zeiten als unverzichtbar gilt. Sie können sich sogar darauf einigen, dass Terroristen jeglicher Art zu bekämpfen sind. Einschließlich der Uiguren."

„Dann wissen Sie von ihnen."

Er lächelte. „Es ist mein Job, alle Mitspieler zu kennen."

„Sie wussten, dass Parks ein Doppelagent war."

„Das hat man mir gesagt. Zurück zu dieser Win-Win-Sache … Die USA gewinnen auf jeden Fall. Wir unterstützen China, aber wir verkaufen ihnen defekte Systeme."

„Was ist mit den Uiguren?"

„Sie stehen nicht besser oder schlechter da als vorher."

„Aber wenn Parks wusste, dass das Drohnensystem nicht funktionieren würde, woher wissen Sie dann, dass ihm Hollander nicht doch das Richtige gegeben hat, um ihn für seine Mittäterschaft zu belohnen?"

„Das wissen wir nicht. Das ist einer der Gründe, weshalb ich Charlotte finden und zurückholen will."

Ich tippte mit dem Zeigefinger auf die Lehne des Sofas. „Sie sind ziemlich zynisch."

Zum ersten Mal in unserem Gespräch sah Phillips überrascht aus.

„Sehen Sie kein ethisches Problem bei diesen ganzen doppelten Spielchen?", fragte ich.

Er lächelte. „Ethik geht nur bis zu einem gewissen Punkt, wenn es um Schutz geht. Wir leben in einer komplexen Welt. Das wissen Sie. Es gibt – nennen wir es Kompromisse, die wir auf dem Weg machen müssen."

„Der Staat im Staat", murmelte ich.

Wieder flackerte Überraschung in seinem Blick auf. „Sie sind eine intelligente Frau."

„Tun wir einfach mal so, als wäre ich das nicht."

„Wir haben ernsthafte Probleme beim Thema Außenhandelsbilanz mit China. Wie Sie wissen, ist China Inhaber vieler unserer Verbindlichkeiten. Deshalb geziemt es sich für uns, miteinander auszukommen, wo immer wir können. Den Terrorismus auszumerzen, ist ein Punkt, bei dem wir zusammenarbeiten können."

„Auch wenn US-Drohnen Bomben auf unschuldige Leute wie die Uiguren abwerfen? Denn genau das passiert. Nicht nur chinesische Bomben, sondern auch amerikanische."

„Dessen bin ich mir bewusst." Er beugte sich vor. „Würde es Sie überraschen, wenn Sie hörten, dass ich Glenn Greenwald lese?"

„Der liberale Journalist, der geholfen hat, Edward Snowdens NSA-Material zu veröffentlichen?"

Phillips nickte. „Er schrieb in einem Artikel, dass die USA und, in Erweiterung, die Medien nicht glauben, dass menschliches Leben einen Wert hat, außer es handelt sich um Menschen aus dem Westen. Dass es einfach ist, nicht-westliche Opfer von Drohnenangriffen zu entmenschlichen, sie buchstäblich zu ignorieren. Nicht einmal anzuerkennen, dass sie existieren. Dass wir nur einen Wirbel machen, wenn das Leben eines US-Bürgers verlorengeht. Unterm Strich sagt er aus, das wir darauf getrimmt sind, das Töten unschuldiger Menschen nicht nur als akzeptablen, sondern als *unvermeidlichen* Teil des Krieges anzusehen. Als Kollateralschaden."

„Finden Sie nicht, dass das scheiße ist?"

„Es ist egal, was ich denke. Ellie, das ist nur ein winziger Teil der Realität. Sogar Charlottes System, so fortschrittlich es auch ist, wird an irgendeinem Punkt überholt sein. Dann wird es etwas Anderes geben, das wir überwachen und über das wir uns Sorgen machen müssen. Amerika hängt zu sehr von China ab, als dass wir das Boot unnötig ins Wanken bringen sollten."

Ich ließ mir das durch den Kopf gehen, unwillig, in diesem Fall die Zweideutigkeit zu akzeptieren. Das Grau. „Was passiert, wenn ich zum Kongress oder an die Presse gehe und das öffentlich mache?"

Er lächelte wieder. „Das werden Sie nicht."

„Weil …?"

„Von wem hat Stokes den Stick bekommen, Ellie?"

Ich biss auf meine Lippe.

„Auch wenn Stokes tot ist, würden Sie der Spionage bezichtigt werden. Delcroft wäre das Opfer. Sie würden den Rest Ihres Lebens im Gefängnis verbringen. Wahrscheinlich in einer Zelle neben Edward Snowden. Falls er jemals zurückkommt."

Ich fühlte, wie sich meine Kehle zuschnürte.

Phillips sah auf seine Armbanduhr. „Ich habe unser Gespräch genossen, Ellie. Aber jetzt muss ich gehen. Ich hoffe, wir bleiben in Kontakt. Ich würde mich freuen, wenn Sie das Video zu Ende bringen."

Kapitel 76

Zwei Wochen später stießen die Narzissen vorsichtig durch den Matsch und der Himmel hatte dieses tiefe Azurblau angenommen, das ein Hochdrucksystem begleitete. Susan und ich machten Power Walking. Der Schnee war geschmolzen und eine warme Brise tanzte im Rhythmus unserer Schritte. Um vier Uhr kamen wir zurück zu meinem Haus.

„Hast du Zeit für ein Glas Wein?", fragte ich.

„Natürlich." Susan und ich hatten entschieden, dass Wein und Sport sich nicht gegenseitig aufheben. Beide Aktivitäten tragen biologisch dazu bei, uns fit zu halten. Und glücklich.

Ich öffnete eine Flasche Chardonnay und schenkte uns zwei Gläser ein, mit denen wir uns an den Küchentisch setzten. Ein Strahl der spätnachmittäglichen Sonne fiel über den Boden.

„Du bist durch die Hölle gegangen", meinte Susan.

„Ich weiß." Ich nippte an meinem Wein. „Ich bin immer noch nervös."

„Wer wäre das nicht? Wie geht es denn Rachel?"

„Wahrscheinlich besser als mir. Sie schläft nachts durch."

„Ist sie noch hier?"

„Nur noch ein paar Tage. Ich will sicher sein, dass sie bereit ist, in ihr Leben zurückzukehren."

Susan nickte. „Also ist es vorbei? Alles?"

Ich hob die Hand und kippte sie seitlich auf und ab. „So ziemlich. Es gibt immer noch Dinge, die ich wahrscheinlich nie sicher wissen werde."

„Was zum Beispiel?"

„Einmal, wer die Videos geändert hat, die ich in der Bibliothek über die Uiguren angeschaut habe. Wer das auch war, er wusste offensichtlich, dass sie angeschaut worden waren."

„Was glaubst du?"

„Irgendwie glaube ich, dass es die Chinesen waren. Sie haben unglaubliche Hacking-Kenntnisse, wie du ja selbst sehr gut weißt."

Susan nickte. „Was sonst noch?"

„Erinnerst du dich, dass wir vor ein paar Wochen beim Walken waren und den SUV gesehen haben?"

„Als du mir nicht sagen wolltest, was los war?"

„Richtig. Nun, da stand auch ein Pick-up. Erinnerst du dich? Er fuhr davon, als wir näher kamen."

„Oh, ja. Was haben die gemacht?"

„Sie beobachteten die Beobachter." Ich trank von meinem Wein. „Einen der Kerle im Pick-up habe ich auf der Landebahn wiedererkannt. Er hat Rachel zu uns gebracht."

„Tatsächlich?"

„Ja. Aber jetzt weiß ich nicht genau, wer die Bombe in Dolans Büro gelegt hat. Ich dachte die ganze Zeit, es wäre Stokes gewesen. Er schien sich das als sein Verdienst anzurechnen. Aber jetzt bin ich mir da nicht mehr so sicher."

„Glaubst du, dass es die Chinesen waren?"

„Die Chinesen, das US-Militär, wer weiß?" Ich trank meinen Wein aus und schenkte uns nach. „Ich bin noch nicht mal sicher, wer meine Telefone angezapft hat oder wer mir alles gefolgt ist." Ich trank einen Schluck. „Wir wissen, dass Stokes es getan hat und dass Grace Qasimi es getan hat, aber wer noch? Das Militär? Die Chinesen? Ich weiß es nicht."

„Willst du das nicht herausfinden?"

Ich dachte darüber nach. „Eigentlich nicht."

„Weil …?"

„Weil ich nicht enttäuscht werden möchte."

„Was meinst du damit?"

„Ich habe zu viel über die Leute in den höchsten Machtpositionen unseres Landes erfahren und wie sie agieren. Ich glaube nicht, dass ich noch mehr wissen will."

Susan kniff die Augen zusammen. Einen Moment lang sagten wir nichts.

„Und dann war da auch noch Grace Qasimis Tod."

„Die Verlobte von Gregory Parks."

Ich nickte. „Ihr Tod war total unnötig. Aber LeJeune hat gesagt, er würde dranbleiben. Sicherstellen, dass jemand dafür zur Rechenschaft gezogen würde."

„Glaubst du, dass er das tun wird?"

Ich fuhr mir mit der Zunge über die Lippen. „Eigentlich schon. Er hat sich als ein ziemlich guter Kerl entpuppt." Ich hielt inne. „Aber es gibt noch ein fehlendes Teil."

Kapitel 77

„Welches?", fragte Susan.

„Charlotte Hollander. Ich habe dir doch erzählt, dass sie inmitten des ganzen Geschehens verschwunden ist, als jeder dachte, sie hätte Verrat begangen. Tja, jetzt ist sie eine Heldin. Aber sie ist nicht zurückgekommen und die Leute machen sich Sorgen."

„Worüber?"

„Dass Stokes sie vielleicht umgebracht hat, so wie Parks auch. Oder vielleicht haben das auch die Chinesen getan."

„Wirklich?"

„Der Punkt ist, wenn sie noch am Leben wäre, würde sie wissen, dass es für sie nun sicher ist, zurückzukommen."

„Vielleicht weiß sie es auch nicht."

„Das hat Phillips auch gesagt." Ich trank einen weiteren Schluck Wein. „Aber jemand mit ihren Ressourcen verschwindet nicht einfach, ohne sich über die Entwicklungen um sich herum auf dem Laufenden zu halten."

„Warum nicht?"

„Sie steckte sehr tief bei Delcroft drin. Und auch beim Militär. Zumindest hätte sie in ein Internet-Café gehen und sich die Nachrichten ansehen können."

„Es sei denn, sie hat das nicht getan. Wenn man unentdeckt bleiben will, muss man einige Dinge aufgeben. Du weißt, wie leicht es für die NSA ist, Leute zu finden, wenn sie motiviert genug sind."

„Und schon wieder, das hat Phillips auch gesagt. Habt ihr zwei eine heimliche Beziehung, von der ich nichts weiß?" Ich lächelte und nahm die Weinflasche. Dann hielt ich mit der Flasche in der Hand inne. „Sag das nochmal!"

„Was soll ich sagen?", fragte Susan. „Das über Phillips und meine heimliche Beziehung?"

Ich schüttelte den Kopf. „Das, wie leicht es ist, Leute zu finden, wenn man motiviert genug ist …"

„Darum geht es ja", sagte Susan. „Das funktioniert in beide Richtungen. Die einzige Möglichkeit, komplett vom Radar verschwunden zu bleiben, ist, *nicht* nachzuverfolgen, was los ist."

Ich stellte die Weinflasche zurück auf den Tisch. In meinem Kopf nahm eine Idee Gestalt an. „Hey! Erinnerst du dich, als vor ein paar Jahren Edward Kaiser starb? Und an seine Frau, die Vorzeigeehefrau, die mit seinem ganzen Geld abgehauen ist?"

„Ja, und ich erinnere mich, wie sie sie gekriegt haben. Du hattest viel damit zu tun."

„Ja, aber erinnerst du dich, wie man sie erwischt hat?"

Susan neigte den Kopf zur Seite, während sie nachdachte. „War es nicht so, dass deine Rachel und ihr Sohn sich E-Mails geschickt haben, obwohl sie das nicht tun sollten?"

„Genau."

„Ich sehe dieses Funkeln in deinen Augen, Ellie. Was denkst du?"

„Hollander hat einen zwölfjährigen Sohn."

„Na und?"

„Sie hat ihn nicht mitgenommen. Er lebt bei seinem Vater in Ohio."

„Und?"

„Was für eine Mutter könnte für alle Zeit aufgeben, mit ihrem Kind zu sprechen? Denk mal darüber nach! Könntest du das?"

„Niemals!"

„Ich auch nicht."

„Worauf willst du also hinaus?"

„Nun", sagte ich, „wir wissen bereits, dass die NSA, das FBI, Homeland Security, der Militärgeheimdienst und jeder andere Geheimdienst des Landes wahrscheinlich Computer und Handys des Kindes gehackt haben, um sie zu finden, richtig?"

Susan tippte mit ihrem Weinglas auf den Tisch. „Wenn du das sagst."

„Und sie haben nichts gefunden. Nada. Keinen Beweis, dass sie Kontakt hatten."

„Richtig …"

„Aber was ist, wenn sie eine andere Möglichkeit zur Kommunikation mit ihrem Sohn gefunden hat? Eine Möglichkeit, die alles, was die NSA und ihre Lakaien verfolgen, umgeht?"

„Das müsste so etwas wie eine Brieftaube sein."

„Nicht unbedingt." Ich sprang vom Tisch auf. „Ich muss mit deinem Mann sprechen."

„Doug? Warum?"

„Er ist doch Amateurfunker, oder?"

„Schon seit der High School."

„Tja, das macht Hollanders Sohn auch."

Susans Stimme wurde überschlug sich, wodurch ich immer merke, wenn sie aufgeregt war. „Woher weißt du das?"

„Hollander hat es mir erzählt, als wir uns im Happ Inn getroffen haben."

„Glaubst du, dass sie über Funk in Verbindung stehen?"

„Ich denke, es wäre möglich. Kannst du Doug anrufen? Bitte?"

„Aye, aye, *capitaine*." Susan wählte seine Nummer auf ihrem Handy. Nach einem Moment sagte sie: „Kannst du kurz mit Ellie sprechen?" Eine kurze Pause. „Großartig. Ich stelle es auf Lautsprecher." Sie drückte auf die entsprechende Taste.

„Hi Doug. Danke, dass du kurz Zeit für mich hast."

„Kein Problem, Ellie."

Ich erklärte ihm den Sachverhalt.

„Also …", sagte er. „Du willst wissen, ob – hypothetisch gesehen – zwei Leute über Amateurfunk kommunizieren könnten, ohne dass die NSA oder ein anderer Geheimdienst das erfahren könnten?"

„Genau."

„Natürlich. Das ist auf jeden Fall möglich."

„Wirklich?" Susan und ich grinsten uns an.

„Ich werde dich nicht mit den technischen Details langweilen, aber grundsätzlich kannst du die Hochfrequenz-Bänder des Amateurfunks benutzen, um jeden in allen Ecken der Welt zu kontaktieren. Alles, was man tun muss, ist, eine Zeit und eine Frequenz zu vereinbaren. Die Bedingungen müssen stimmen, aber wenn man etwas im mittleren Frequenzspektrum wählt, wird es wahrscheinlich funktionieren."

„Also, wenn du auf Barbados wärst, und die Person, mit der du sprechen wolltest, wäre in Ohio, könntest du das tun, solange beide die Zeit und die Frequenz im Voraus kennen?"

„Auf jeden Fall."

„Aber wie vermeidet man, dass man entdeckt wird?"

„Jeder, der nach ihren Konversationen suchen würde, würde wissen müssen, wo und wann er suchen müsste. Soweit ich weiß, können sie nicht so einfach das gesamte Hochfrequenzspektrum überwachen. Sie bräuchten dieselben Informationen wie die Leute, die miteinander sprechen wollen. Tatsächlich ist der Amateurfunk gerade deshalb so effektiv. Es ist so, als würde man eine Nadel im Heuhaufen suchen. Es ist durchaus bekannt, dass Drogenkuriere diese Möglichkeit andauernd nutzen."

„Dann muss es das sein!" Ich klatschte begeistert in die Hände.

„Was ist was?", fragte Doug.

Ich sagte es ihm. „Ich muss Delcroft anrufen. Phillips. Er muss jemanden mit dem Sohn sprechen lassen, damit der seiner Mutter die Entwarnung zukommen lassen kann. Der Junge hat wahrscheinlich keine Ahnung, was überhaupt los ist, aber Hollander wird es verstehen. Danke, Doug. Du bist ein Lebensretter!"

„Ich habe gerne geholfen. Bis später, Süße."

Sie waren seit mehr als zwanzig Jahren verheiratet, aber Susan errötete immer noch. „Bis dann, mein Schatz."

Ich schenkte uns noch etwas Wein ein und wir stießen an. Dann nahm ich mein Telefon zur Hand, um Phillips anzurufen.

Epilog

Die Menschenmenge begann sich lange im Voraus auf dem Tiananmen Square zu versammeln. Der frische Frühlingstag, sonnig und hell, war perfekt für eine Parade. Kleine Kinder winkten mit Fähnchen. Schüler sonnten sich und waren glücklich, der Langeweile der Schule zu entkommen. Sogar die Älteren versammelten sich, um die Festlichkeiten anzusehen und miteinander zu plaudern.

Als die Parade anfing, enttäuschte sie nicht. Viele Reihen von Soldaten marschierten im Stechschritt in enger Formation vorbei. Es hatte den Anschein, als würden die Soldaten jedes Jahr jünger. Aber bald darauf kam an deren Stelle eine Phalanx aus Panzern und LKWs, und sogar Flugzeuge rollten vorbei. Die Regierung ließ die militärischen Muskeln spielen und erinnerte die Welt an ihre Macht. Den Fahrzeugen folgten Marschkapellen, die patriotische Musik spielten und Jubelrufe der Menge auslösten. Danach kamen noch mehr Soldaten mit Helmen, Gewehren und glänzenden, kniehohen Stiefeln, junge Mädchen in kurzen roten Uniformen, die stolz die überdimensionale chinesische Flaggen trugen.

In der Mitte der Prozession rollten drei offene Limousinen aus deutscher Produktion herbei, die langsam im Tempo der Marschmusik vorwärts fuhren. In einer saß der Präsident, in einer der Premierminister, und die dritte war mit General Gao Zhi Peng besetzt, der kürzlich zum Vorsitzenden der Zentralen Militärkommission befördert worden war. Es gab keinen höheren militärischen

Rang, und es wurde gemunkelt, dass er sogar der nächste Präsident werden könnte. Als er vorbeifuhr, knipsten Kameras und Smartphones Bilder, und das Gebrüll der Zustimmung schwoll an. Er honorierte den Jubel mit einem gelegentlichen Salut. Er war zur Spitze der chinesischen Macht aufgestiegen, und seine strahlende Miene zeigte, dass er vorhatte, dort zu bleiben.

———

Während die Parade Peking vereinnahmte, trauerte die Bevölkerung von Xinjiang, der autonomen Uiguren-Region in der Wüste des Tarimbeckens, um ihre Toten. Die erbarmungslosen Drohnenangriffe forderten ihre Opfer und jeden Tag fanden Beerdigungen statt. Kinder beerdigten ihre Eltern; Eltern beerdigten ihre Kinder; und der Anblick winziger Särge, von denen jeder eine abgebrochene Zukunft symbolisierte, brachte schmerzliche Schreie der Trauernden hervor.

Eine Mutter unterdrückte ihre Trauer und schüttelte eine drohende Faust Richtung Himmel, als ob sie jemanden davor warnen wollte, noch mehr Bomben zu werfen. Ihr Mann griff nach ihrer Hand und senkte sie. „Es gibt nichts, was wir tun können. Und wenn die Soldaten dich sehen, werden sie dich ins Gefängnis bringen."

„Das ist mir egal. Ich sollte auch tot sein; ich will nicht mehr leben. Wir bedeuten denen, die uns zerstören, nichts. Für sie sind wir nichts als Flecken am Boden, die durch das Feuer weggefegt und vergessen werden."

„So darfst du nicht reden. Allah wird uns schützen. Er wird die Ungläubigen besiegen."

Die Frau warf ihrem Mann einen Blick zu, der aussagte, wie verrückt seine Worte klangen. „Allah? Du glaubst, Allah wird uns retten?" Sie spuckte auf den Boden. „Das denke ich über deinen Allah. Wenn er uns keine Gewehre und Waffen schickt, die den Feind vom Himmel schießen, habe ich keine Verwendung für deinen Allah."

Der Ehemann der Frau wurde bleich. „So darfst du nicht reden. Wenn dich jemand hört …"

Plötzlich kam ein Mann in Soldatenuniform näher, ihr Streit hatte seine Aufmerksamkeit auf sie gezogen. Das Paar sagte nichts mehr, während der Soldat langsamer wurde, sie böse anstarrte, aber dann schließlich doch an ihnen vorbeiging.

„Siehst du?", sagte der Ehemann. Sanft ergriff er ihren Arm und führte sie von der Grabstätte fort.

Die Mutter von Grace und Yusup presste die Zähne zusammen. Sie hatte ihre beiden Kinder an die Amerikaner, die Chinesen und deren Waffen verloren. Sie hatte keine Worte mehr, um ihren Schmerz auszudrücken. Keine Antworten. Keine Hoffnung. Für einen kurzen Moment hatte sie gedacht, alles würde sich ändern. Ein hell scheinendes Licht würde für ihr Volk leuchten. Ihre Tochter hatte ihr das versichert. Aber Grace hatte Unrecht gehabt. Das würde nicht passieren. Es war schon immer so gewesen.

Es würde immer so bleiben.

Wenn Ihnen dieses Buch gefallen hat, würde sich Libby sehr über eine Rezension auf Amazon und/oder einer anderen Plattform Ihrer Wahl freuen. Falls Sie einen Buchclub haben, in dem Sie gerne JUMP CUT lesen würden, stehen hierfür bereits Diskussionsleitfäden zur Verfügen. Sollte Ihre Gruppe Interesse haben, persönlich mit der Autorin zu sprechen, würde sie sich freuen, mit Ihnen über Zoom in Verbindung zu treten. (Auf Englisch)

Alle Romane und Kurzgeschichten von Libby sind in englischer Sprache auch als Hörbuch verfügbar.

libbyhellmann.com

Facebook: authorLibbyFischerHellmann
Twitter: libbyhellmann
Instagram: msthrillerauthor